儿童文学教程

主　编　林　涛
副主编　李雅琴　张　颖
编　委　王　思　朱婷婷　刘　佳
　　　　刘　晨　李雅琴　肖星晨
　　　　张　颖　林　涛　崔丽君
　　　　喻　旭　潘多灵

南京大学出版社

图书在版编目(CIP)数据

儿童文学教程 / 林涛主编. — 南京：南京大学出版社，2024.1
ISBN 978-7-305-27406-0

Ⅰ.①儿… Ⅱ.①林… Ⅲ.①儿童文学理论－教材 Ⅳ.①I058

中国国家版本馆 CIP 数据核字(2023)第 225063 号

出版发行	南京大学出版社
社　　址	南京市汉口路 22 号　　邮　编　210093
书　　名	**儿童文学教程** ERTONG WENXUE JIAOCHENG
主　　编	林　涛
责任编辑	曹　森　　　　　编辑热线　025-83686756
照　　排	南京南琳图文制作有限公司
印　　刷	南京玉河印刷厂
开　　本	787 mm×1092 mm　1/16　印张 16　字数 379 千
版　　次	2024 年 1 月第 1 版　2024 年 1 月第 1 次印刷
ISBN 978-7-305-27406-0	
定　　价	49.80 元

网　址：http://www.njupco.com
官方微博：http://weibo.com/njupco
官方微信号：njupress
销售咨询热线：(025) 83594756

* 版权所有，侵权必究
* 凡购买南大版图书，如有印装质量问题，请与所购
　图书销售部门联系调换

前 言

儿童文学是语文教育的源头活水。提升语文教师的儿童文学素养及实践能力势在必行。作为一所有着百年师范办学历史的应用型本科院校,《儿童文学》是我校小学教育专业、汉语言文学专业的必修课。

回首当下儿童文学相关教材,更多的是偏向于儿童文学理论及作品鉴赏,不够重视实践运用。本书既全面阐述了儿童文学的相关理论和各种体裁,又以名著意识为导向,将经典作品引入语文阅读教学实践,探索课程中的儿童文学教学策略,从而实现文学性和教育性、人文性和工具性的有机统一。全书从不同章节结合语文教材,聚焦童谣、童诗、童话、寓言、儿童故事、儿童小说、儿童散文、儿童报告文学、童话剧、绘本等各种文体,系统而全面地介绍了不同文体的知识,既具有专业性,又具有实用性。教材的编写特色如下:

第一,以党的二十大精神为统领,对应语文教学岗位能力的要求,重构课程体系,创新课程建设模式,侧重课赛证融合和突出课程思政,融入教师资格考试内容和师范生基本功大赛相关要求,秉持"课证赛"融通理念,加快推进地方高等教育高质量发展。

第二,积极探索新文科建设路径,根据应用型本科师范院校学生特点,在版式设计上考虑读者的学习需求设计了边码,在阅读时可以直接通过切口处的边码直达所要检索的章节。配套数字化教学资源,学生扫码直接获取,内容科学严谨、深入浅出、图文并茂,体现应用型本科师范院校理实一体化的特点,以"探究与实践"环节,增加学生"诵讲创演教"实训内容,强调不同学科之间的交叉与融合,从而解决传统的文学教育中文本阅读与课堂教学实践相脱节的问题,提升师范生的教师职业技能。

第三,立足于儿童教育发展,尊重儿童成长规律,树立语文教育"以儿童为本"的理念,以培养知中国、爱中国、懂中国,会讲中国故事、能讲好中国故事的语文教师为导向,强化师范生服务儿童的理念，文本选用了大量的中国经典著作（片段），旨在弘扬优秀传统文化，树立民族自信心，培育师范生的家国情怀。

孔子曰："不学《诗》，无以言。"同样，不学儿童文学，就无以言语文教育。离开了儿童文学，小学语文教育也就成了沙上之塔，空中楼阁。教育是个循序渐进的过程，其魅力来自"随风潜入夜，润物细无声"的"熏陶"而非"黑云压城城欲摧，山雨欲来风满楼"的"灌输"。而所谓"熏陶"，在语文教育这里更多是来自语言。语言是人类新知识界的建构物和创造物，因此语言的熏陶是语文教育的重头戏。

"千教万教教人求真，千学万学学做真人"，让学生通过语言的学习成为有创造性的人，而不仅仅是掌握语言这样一个工具。文学是人学，儿童文学则是"人之初"的文学，是朴素的，有意味的，极清浅而又极深刻的文学。儿童文学本就是语言中最好的部分，同时也是儿童最容易接受、最容易产生共鸣的。儿童文学是最能激活儿童潜在的语言灵性的语言系统。

"你若小看小孩小，便比小孩还要小"，儿童文学视角下的语文教育，或者语文教育视角下的儿童文学，是值得我们教育工作者和研究者托付一生的大事。所幸的是，我们已经在路上。

本书的出版依托豫章师范学院"儿童文学"精品课程建设和已列入学校"笃行"规划教材建设名单的机遇，同时又承蒙各编委的用心参与。全书共九章，第一章由林涛、张颖编写；第二章由刘佳、刘晨编写；第三章由朱婷婷编写；第四章由张颖、李雅琴编写；第五章由喻旭编写；第六章由王思编写；第七章由崔丽君编写；第八章由潘多灵编写；第九章由肖星晨编写。最后由林涛、李雅琴统稿。

在编写本书的过程中，我们参考了大量的资料，借鉴了线上线下多位专家学者的研究成果，在此一并致谢，尤其要感谢的是南京大学出版社和曹森编辑。感谢曹编辑对本书进行了细致认真的专业编校和指导。由于编者能力有限，书中存在不完善之处，敬请有关专家和广大师生批评指正，在此致以衷心的感谢！

编　委
2024 年 1 月

目 录

上编　儿童文学与儿童教育

第一章　儿童文学与儿童美育 ···································· 3
　第一节　儿童文学的基本概念 ································ 3
　第二节　儿童文学的美学特征 ································ 11
　第三节　儿童文学的审美价值 ································ 18
　探究与思考 ·· 22

第二章　儿童文学是儿童教育的源头活水 ····················· 24
　第一节　外国儿童文学的发展历程 ·························· 24
　第二节　中国儿童文学的探索发展 ·························· 33
　第三节　中外儿童文学重要奖项 ····························· 43
　第四节　语文教师必备的儿童文学素养 ···················· 45
　探究与思考 ·· 51

下编　儿童文学的主要文体及探究实践

第三章　儿歌与儿童诗 ·· 55
　第一节　儿　歌 ·· 55
　第二节　儿童诗 ·· 73
　第三节　儿歌与儿童诗的创作 ································ 89
　探究与实践 ·· 100

第四章　童话与寓言 ··· 105
　第一节　童　话 ·· 105
　第二节　寓　言 ·· 123
　探究与实践 ·· 136

第五章 儿童故事与儿童小说······140
第一节 儿童故事······140
第二节 儿童小说······145
第三节 儿童故事与儿童小说的创作······149
探究与实践······151

第六章 儿童散文与儿童报告文学······152
第一节 儿童散文······152
第二节 儿童报告文学······163
第三节 儿童散文与儿童报告文学的创作······174
探究与实践······175

第七章 儿童科学文艺······176
第一节 儿童科学文艺概述······176
第二节 儿童科学文艺的类别及作品赏析······177
探究与实践······180

第八章 绘 本······182
第一节 绘本概述······182
第二节 绘本的图画叙事艺术······189
第三节 绘本赏析与阅读指导······201
探究与实践······206

第九章 儿童戏剧与儿童影视······208
第一节 儿童戏剧······208
第二节 儿童影视······232
探究与实践······247

参考文献······249

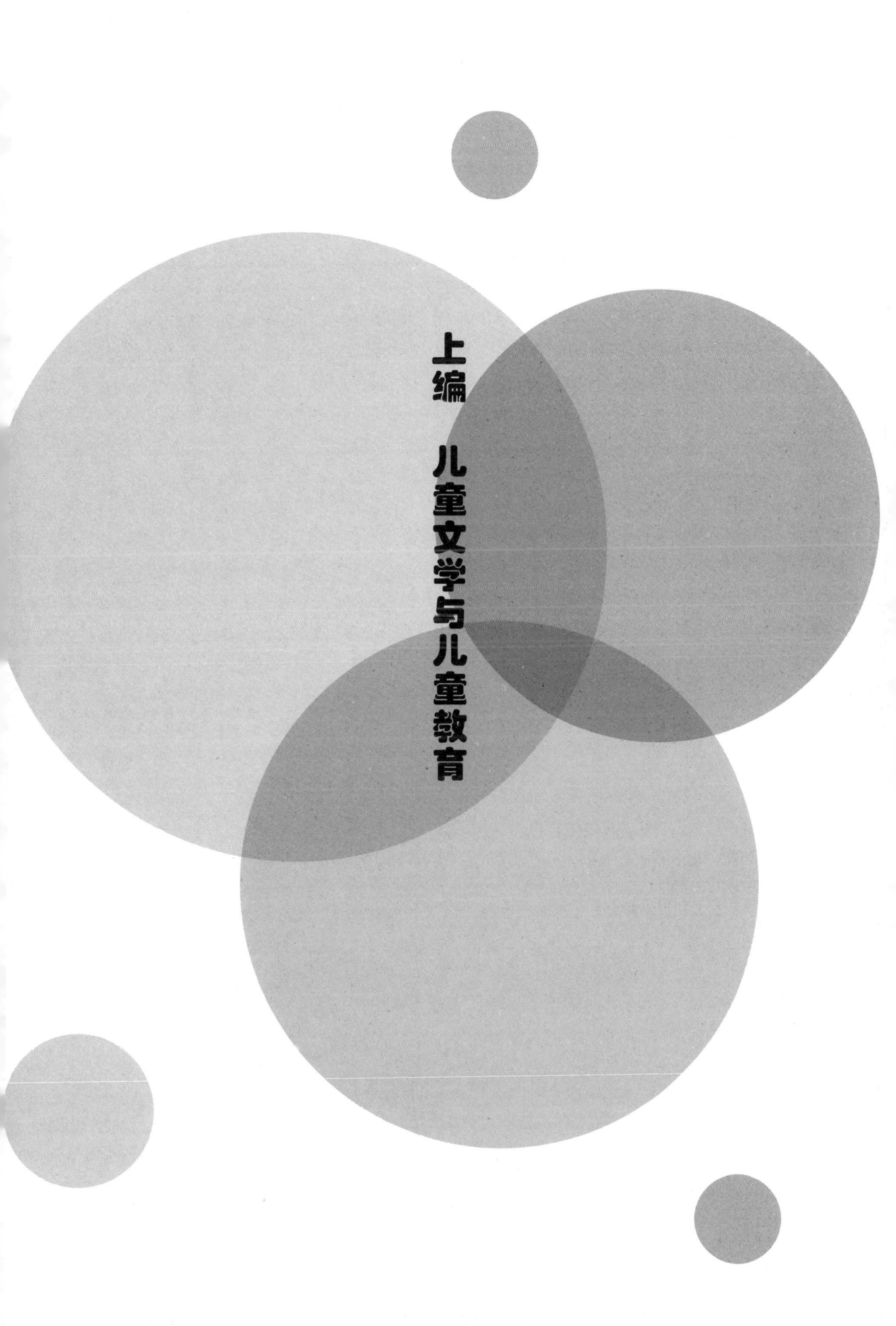

上编 儿童文学与儿童教育

第一章 儿童文学与儿童美育

第一节 儿童文学的基本概念

在整个文学系统中,儿童文学是文学的一个组成部分,具有文学的一般特征,符合文学创作的一般规律:通过语言文字塑造具体生动的形象来反映社会生活,表达作者的思想感情。然而,儿童文学又因其阅读对象(儿童)的特殊性而成为一个独特的审美领域,从成人文学中独立出来。

一、儿童文学的内涵

（一）定义

儿童文学是与各个年龄阶段儿童的心理水平、审美要求及阅读能力相适应,有助于他们健康成长的各类文学作品的总称。它包括幼儿文学、童年文学、少年文学,其中以童年期儿童为读者对象而创作的童年文学是儿童文学的主体与核心。

（二）存在状态

1. "为儿童创作"的各类文学作品

即成人明确地以儿童为读者对象而创作的文学作品。这类作品在整个儿童文学作品中占据最为核心的地位。如安徒生的童话,叶圣陶、张天翼的童话,郑渊洁、冰波的童话,J.K.罗琳(《哈利·波特》的作者)的童话;柯岩、金波、圣野的儿童诗,斯蒂文森、马尔夏克的儿童诗;亚米契斯、盖达尔的儿童小说,任大霖、曹文轩、秦文君的儿童小说;沈石溪的动物小说;任德耀、刘厚明的儿童戏剧;高士其、叶永烈的科学文艺,等等。不论是儿童文学作家创作的作品还是非儿童文学作家创作的作品(如托尔斯泰的儿童故事、王尔德的童话等),都因其明确的为儿童创作的目的性使这些作品具有强烈的儿童特点。

2. 儿童自己创作的作品

儿童自己创作的文学作品虽只占儿童文学的一部分,但由于是孩子们自己用文学的方式表达对生活的认识和感受,是童心与文学最为自然的结合,所以具有特殊的社会功效和研究价值。如田晓菲、梁芒的诗;郁秀的小说等。

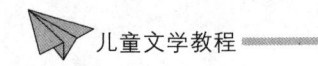

3. 被儿童占为己有的"儿童文学"

即那些为儿童所喜爱又影响了儿童文学发展的成人文学作品。如笛福的《鲁滨逊漂流记》，斯威夫特的《格列佛游记》，凡尔纳和威尔斯的科幻小说，格林兄弟的童话，各种民间故事和神话传说等。它们被一代又一代的儿童所喜爱，也使一代又一代的儿童文学作家和理论家爱不释手。

4. "自我表现"的儿童文学

作家并无明确的为儿童的目的，但因其作品的选材和表现充满了童心童趣而深受儿童喜爱。包括一些"自叙""自传"等取材于作家童年生活的作品，如马克·吐温的《汤姆·索亚历险记》《哈克贝里·芬历险记》，任大霖的《童年时代的朋友》等；也有一些是作家"童心来复"时对生活感受的记录，如爱克絮佩利的《小王子》，李嘉雯的《鸡先生和鸡太太的故事》等。这是一块真正的成人与儿童平等相待、自然交流的自由天地，对成人作家和儿童读者都具有极大的吸引力。

（三）儿童文学的层次

广义的儿童文学的接受对象是18岁以下的少年儿童，而在0—18岁这个区间内，各年龄段的个体生理、心理特征差异很大，对儿童文学的需求在内容、形式、表现手法上都有明显的差异。因此，王泉根教授提出了儿童文学的三层次理论，把儿童文学分为幼儿文学、童年文学和少年文学。

1. 幼儿文学

幼儿文学是以0—6岁儿童为接受对象的文学，被称为"认识周围世界的文学"。

0—6岁儿童身心正处于人生发展的最初阶段，缺乏生活经验和认知能力。为了适应幼儿的心理需要，幼儿文学需要特别注意内容与形式的娱乐性、趣味性，让他们在节奏鲜明的儿歌和儿童诗中逐渐增长知识，培养良好的生活习惯；在美好的故事中丰富情感、掌握语言；在奇幻的童话中训练思维能力、发展想象力；在色彩和图形的刺激下感知周围多彩的世界。

幼儿文学的主要形式包括儿歌、幼儿诗、幼儿童话、幼儿故事和图画书*等。

2. 童年文学

童年文学是以6—12岁儿童为接受对象的文学，被称为"勇敢浪漫主义文学"。

6—12岁儿童已经有了一定的生活经验和认知能力，而且已经形成自己的个性，不满足于已知的事物，喜欢新奇、爱探索、爱幻想，乐于通过自己的阅读获取更多的知识。为了适应他们的心理需要，童年文学要注重想象和认知，让他们在充满奇幻色彩的童话故事中发展想象力；在各式各样的历险奇遇中崇尚勇敢、坚毅，逐渐形成良好的品格。

童年文学的主要形式包括儿童诗、童话、寓言、儿童故事、儿童小说、科学文艺、儿童剧剧本等。

---

* 这里说到的图画书也可称为绘本，与本书第八章中的绘本属于同类形式。

3. 少年文学

少年文学是以 12—18 岁儿童为接受对象的文学，被称为"面向社会的文学"。

12—18 岁的少年正处于由天真到成熟的过渡时期，认知、理解、记忆、逻辑思维等方面的能力大大提高，心理特征表现为情绪不稳定。为了适应他们的心理需要，少年文学应特别注重美育的引导，在强调正面教育的同时注重全景式的生活描写，引导少年正确认识、评价社会人生。

少年文学的主要形式包括少年诗、寓言、少年小说、少年散文、报告文学、少年戏剧剧本等。

二、儿童文学的本质

（一）我国儿童文学史上关于儿童文学本质的几种论说

对儿童文学本质的认识是引导和制约儿童文学发展的关键问题。在中国儿童文学发展史上，关于"儿童本位"和"教育儿童"的论证历经几十年，内容丰富，矛盾错综，从昔日的"走向社会"还是"走向童心"发展为今天的"为儿童而艺术"还是"为成人（目的服务）而艺术"。

1. "儿童本位的文学"

20 世纪 20 年代，进步学者倡导以人道主义思想解放被封建思想禁锢了两千年的中国儿童，呼吁"把儿童当人看"（儿童不是父母的私有物，他是一个完全独立的个人，具有与成人同等的人格）、"把儿童当儿童看"（儿童不是缩小的成人与不完全的小人，他有不同于成人的内外两方面的生活）。鲁迅、郑振铎等抓住儿童的特殊性，建立了进步儿童观指导下的儿童文学观。

鲁迅说："孩子的世界，与成人截然不同；倘不先行理解，一味蛮做，便大碍于孩子的发达。所以一切设施，都应该以孩子为本位……"（《我们现在怎样做父亲》）

郭沫若说："儿童文学……是用儿童本位的文字，由儿童的感官以直诉于其精神堂奥，准依儿童心理的创造性的想象与感情之艺术。""创作儿童文学者，必先体会儿童心理，犹之绘画雕塑家必先研究美术的解剖学。"（《儿童文学之管见》）

郑振铎说："儿童文学是儿童的——便是以儿童为本位，儿童所喜看所能看的文学。"（《儿童文学的教授法》）

"儿童本位说"注重的是儿童心理、儿童情趣与儿童的需要，将儿童从封建的儿童观下解放出来。"儿童本位的文学"是把读者对象放在第一位的儿童文学观，更是尊重儿童独立人格与精神世界的现代儿童观。但这种观点却忽视了成人作者在儿童文学中的主体地位，也忽视了儿童生活与整个社会生活之间存在的必然联系，把儿童看成了绝缘于社会的孤立个体，忽视了儿童的社会性。

2. 儿童文学专为儿童创作

这种观点认为儿童文学就是专门为儿童创作的文学作品，从创作动机和服务对象的角度来界定儿童文学，符合现代儿童文学创作的一般情况。但这种观点也不够严密。

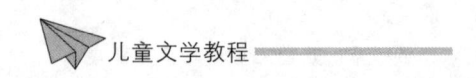

首先,进入世界儿童文学宝库的很多作品当初并不是专为儿童创作的;其次,仅有为儿童创作作品的动机也未必就能创作出真正意义上的儿童文学作品。

3. 儿童文学是写儿童的文学

这种观点认为儿童文学就是以儿童和儿童生活为描述对象的文学作品,从内容的角度界定儿童文学,基本符合现代儿童文学的情况,但命题反之却不成立。也就是说内容为儿童或儿童生活的作品不一定就是儿童文学。例如,戈尔丁的长篇小说《蝇王》写了一群少年流落孤岛,表达了作者对"人性恶"的思考,所以从整体和内容上看该作品并不是一部儿童文学作品。虹影的作品《饥饿的女儿》《月光武士》也以儿童作为主人公,但也不属于真正意义上的儿童文学。

4. "教育儿童的文学"

20世纪50—60年代,在批判"本位说""童心说"的基础上出现的"教育儿童"的观点,突出了儿童文学的社会功用,把儿童文学作为成人对儿童实施教育的一种工具。

贺宜说:"儿童文学作为一种教育工具,它辅助学校教育,成为对广大少年儿童进行全面教育的完整的系统的教育部署的一个重要环节。"(《小百花园丁杂说》)

鲁兵认为,"儿童文学就是教育儿童的文学","通过有趣的故事使他们在欢乐中接受教育"。(《教育儿童的文学》)

"教育儿童的文学"的观念影响深远,曾多次写进"儿童文学"的定义中。"教育儿童的文学"把关注儿童健康成长放在第一位,它所强调的社会责任感是所有的儿童文学作家和理论家必须重视的。但这种观点却忽视了儿童文学的其他功能。首先,儿童文学还有发展儿童的审美、认知、供儿童娱乐等功能;其次,用来教育儿童的文学也未必都是儿童文学;最后,教育应当是双向的教育,不仅仅是"成人教育儿童",还包括"儿童教育成人"。

(二) 儿童文学的本质

儿童文学是指适合儿童阅读的、具有独特艺术性和丰富情感的各类文学作品的总称,其中,以专为儿童创作和编写为主。儿童文学是儿童的,也是文学的。

1. "儿童文学是文学的"决定了审美是儿童文学的本质

文学是一种社会审美意识形态。文学创作作为一种特殊的精神生产,其目的是满足人们的审美需要。审美是文学与其他意识形态的本质区别。作为社会意识形态之一的文学,具有多方面的价值和功能,有政治的、伦理的、教育的,有社会的、文化的、心理的,等等,但是作为作家审美经验、审美意识物态化的产物,作为人类的审美创造性活动的文学,只有审美才是它的首要价值和功能。就像文学从文化中分离出来就被赋予特殊的审美本质一样,儿童文学也是因它的审美本质与其他儿童读物区别开来。

审美本质决定了儿童文学的如下特点。

第一,儿童文学反映生活的形式是具体的、概括的、具有审美意义的艺术形象。普列汉诺夫认为:艺术"既表现人们的感情,也表现人们的思想,但是并非抽象的表现,而是用生动的形象来表现。艺术的最主要的特点就在于此"。英国著名童话作家王尔德把他对生活的感悟——"孩子和春天同在"形象地、具体地展示在《巨人的花园》中:自私的巨人由于粗暴地将孩子们拒之花园墙外,致使春天迟迟不肯光临花园,墙外早已是鸟语花香,唯有巨人的花园仍是冰天雪地,使巨人感到阴冷、寂寞。有一天,当巨人无意间发现从墙洞里钻进来的孩子将春天一起带进园子里来时,他幡然醒悟,推倒围墙,欢迎可爱的孩子们进来。还有安徒生的《海的女儿》对人类精神的赞美,叶圣陶的《稻草人》对黑暗现实的揭露,郑渊洁的《舒克和贝塔历险记》对传统观念的反叛,等等,都是通过具体的、概括的、情感的艺术形象来完成的。

第二,儿童文学创作必须从作家对生活(以儿童为主体的)的感受出发,以生命和情感熔铸的形象把他们对生活的认识对生活的感受传达给小读者。这种创作过程是典型化的过程,是形象思维的过程。如著名儿童文学作家张天翼从家庭的处境痛感贫富的悬殊和对立,痛恨有财有势的欺压行为。经过多年的社会生活的体验与感悟,他将人压迫人的社会现实典型化、艺术化为长篇童话——《大林和小林》,让孩子们"知道一些真的道理"(这是个贫富不均的世界、这是个富人欺压穷人的世界,这是个穷人逐渐觉醒的时代;富人穷奢极欲、愚蠢透顶,穷人英勇无畏、敢于斗争)的意愿通过大林和小林这两个高度概括鲜明对照的人物形象来完成。尤其是奢侈、懒惰、愚蠢、丑陋的大林,让孩子们真切感受到资产阶级的腐败堕落。

第三,儿童文学欣赏过程包括形象感受、审美判断和体验玩味。孩子们是在感受中理解,在理解中判断,情感体验与形象玩味提升了他们对生活的认识。

2."儿童文学是儿童的"决定了儿童文学审美的特殊性

(1)儿童文学审美有自己的特殊形式

文学作为审美对象,必须对应接受者的审美心理,诉诸接受者丰富的审美体验,使接受者获得深广的审美感知。在接受美学看来,文学作品的价值尺度不是由作家独家生产出来的,而是由作家和读者的审美意识共同创造的。唯其如此,儿童文学与成人文学的审美存在天然的差异。

成人文学审美价值的实现,是以作家为一方的审美意识形成一条水准线,读者为另一方的审美意识形成另一条水准线,双方对话的结果是同类水准的审美意识的碰撞、交流、融合和提升。

儿童文学审美有自己的特殊形式:创作者——成人(多数是成人),既具有成人的审美意识,又必须自觉地从接受对象那里吸纳儿童的审美意识;接受者——儿童,既兴致勃勃地咀嚼和回味文本中自己熟悉的儿童审美意识,又潜移默化地体验和接受文本机智地传达出的陌生的成人的审美意识。成人审美意识是文本的艺术质量和价值尺度赖以实现的根本保证;儿童审美意识的存在是儿童文学之所以成为"儿童文学"的美学前提。蒋风曾指出:儿童文学的本质是"成年人与儿童在审美领域的生命交流","现代儿童文学的美学特质也就在于成年人的与儿童的两种审美意识的融合与协调"。

儿童文学审美的特殊性就在于创作者的审美必须是成人审美与儿童审美两种审美意识的融合,接受者的审美也必须是儿童审美和成人审美两种审美意识的融合。

(2)儿童思维特点对儿童文学审美的影响

儿童是儿童文学的审美主体,所以,儿童思维特点不仅决定了儿童自己的审美特点,同时,也制约着创作主体的审美倾向。瑞士心理学家皮亚杰的"发生认识论"对儿童

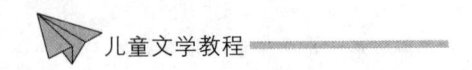

思维特殊性的揭示有助于我们对儿童审美心理的认识,也是作家审美倾向的体现。

① 儿童的"泛灵论"和拟人化。儿童尤其是低幼儿童意识中普遍存在着"泛灵论",即认为大自然的事物和人一样都是有生命的,而且也和人一样有感觉、有意识。他们常把主观情感与客观认识融为一体,把主观的东西客观化,把世界人格化。在儿童眼里,太阳公公有喜怒哀乐,月亮婆婆会讲故事,雨是天的泪,云是风的花,山会走路,海会搬家。他们能听见花朵的歌唱,他们能看懂绿草的舞蹈。他们一同为丑小鸭艰难的处境而流泪,为小蝌蚪找到了妈妈而欢呼。他们把自己的情感和意识赋予了整个世界。所以,儿歌、儿童诗、童话、寓言等少不了拟人化。拟人化给儿童文学带来了特殊的审美趣味。所以安徒生笔下的丑小鸭、坚定的锡兵,叶圣陶笔下的稻草人、画眉鸟,郑渊洁笔下的舒克和贝塔等使孩子们感到无比的亲切自然。

② "人造论"与魔法宝物、夸张变形和不受任何限制的幻想。"人造论"是由于儿童是从自我出发来观察事物的,于是就产生了万事万物都是人造出来的,是为人服务的。在儿童心目中,"人定胜天"不仅是理想,也是现实。山可以铲平,海可以舀干。人可以指挥一切,改变一切,创造一切。于是在童话中出现了无所不能的魔法宝物——这些魔法宝物虽是超人的但又完全依人的意志而存在,如传统童话中的咒语、魔棒、飞毯、宝盒、宝葫芦、灵芝草等能随心所欲地满足主人的任何要求,甚至能产生一种神秘的力量扬善惩恶,如现代童话中的"二踢脚"能把皮皮鲁送上天,电动玩具能和真的飞机坦克一样神出鬼没(郑渊洁《舒克和贝塔历险记》)。于是出现了擎天巨人和拇指姑娘,于是匹诺曹的鼻子一说谎就变长。于是出现了现实人物自由出入于幻想世界的幻想小说,如 R.L. 斯坦的《鸡皮疙瘩丛书》,安房直子的《谁也看不见的阳台》。"人造论"给作家的想象插上了翱翔的翅膀。

③ "任意结合"与荒诞怪异的形象。儿童的"自我中心思维"导致儿童思维逻辑上的"非逻辑性",其最主要特征是不同现象(或事物)的"任意结合",就是把毫不相干的事物(或现象)按照主观意愿任意联系在一起,创造出新的意象。许多儿童文学作家就是抓住了儿童意识结构中的这种"荒诞性",创造出神奇的故事,赢得了小读者的共鸣。郑渊洁《象鼻子牛的故事》里的象鼻子牛就是小朋友用捏完牛剩下的一点橡皮泥给这头牛又安上了一只大象的鼻子,于是就有了一个奇怪动物的不平凡的故事。在林格伦的《小飞人三部曲》中,给卡尔松装上螺旋桨,他就成了非同一般的小飞人。海格的宠物巴克比克是个鹰头马身有翼兽(《哈利·波特》),喝了掺着酵母的牛奶的猫发得像小山一样大(《面包房里的猫》)。

三、儿童文学的母题

关于母题,它是文学作品中最小的单一要素,是叙事情节展开的基本单位,例如民间故事中常规化的场景、功能和事件等。但刘绪源将母题定义为一种笼统的概念,定义为一种"元主题",是主题之上的主题。他基于一种审美把握,将儿童文学的母题划分为:爱的母题、顽童的母题和自然的母题。

(一)爱的母题

爱的母题分为母爱型和父爱型。这一母题所体现的,是成人对于儿童的眼光——

一种洋溢着爱意的眼光。早期民间童话的主题几乎都是母爱型。它们的共同特点是：第一，创作时大多没有教育目的，随意性、即兴性较强；第二，故事离现实遥远，所涉及的都是母亲们感兴趣的话题；第三，情节曲折但不过于刺激，最后多以"大团圆"结尾；第四，结构上采取反复回旋的方式，一般篇幅不大；第五，叙述语言体现母性的慈祥与安详，也有适度的幽默与夸张，这是发自内心的喜爱激发起的玩笑心态，合乎儿童渴求游戏的心理。

母爱型作品方面，典型作品有《穿靴子的猫》《小红帽》《青蛙王子》《生角的吕盖》《白雪公主》《灰姑娘》等。在这些作品中，谈论的都是母亲对孩子的担忧，寄托的都是母亲对孩子的期许。在这类作品的语境中，充满了母亲与孩子的交流，孩子不断地从故事的叙述中，获得母爱的暗示和感染，这为他的内心提供了"补偿"。"亲切温馨"的审美气氛正是在这种美好的内心交流中弥漫开来的。

"遇到难题绕道走"是母爱型作品解决危机的方式。无论主人公遇上任何困难，作品都选择不让他们直面难题，而安排他们巧妙地避开难题，轻易地就过上幸福快乐的生活。然而，文学总要涉及人生难题，儿童也总要面对现实的残酷，这种解决方式是虚幻而随意的。父爱型作品与母爱型作品最大的区别是在危机的解决上，母爱型的解决方式往往是虚幻的、随意的，父爱型的很多情况下是不解决问题的，也就是直面人生的，但却是现实的、深刻的。它已向成人文学的方向跨出了一大步，其审美追求也开始转向"揭示人生难言的奥秘"。

父爱型作品方面，典型的作品有乾富子的《小矮人奇遇》、怀特的《夏洛的网》、科罗狄的《木偶奇遇记》、罗大里的《洋葱头历险记》和张天翼的《大林和小林》。刘绪源先生认为，尽管这类儿童文学作品流露出明显的"教育性"，但他更愿意称之为"审美的理性"，这是为了强调这些理性的因素必须存在于审美之中。离开了审美它们就是作品中的外在因素或破坏因素，而只有当它们自然流露于作品这一审美整体之中，成为审美情感运行过程中的有机部分时，它们才会在文学中获得自身的价值。

（二）顽童的母题

爱的母题中，无论是"母爱型"或"父爱型"的作品都具备各自独特的审美价值，然而两者也同样只体现了"成人对于儿童的眼光"。如果儿童文学领域只存在这样一种眼光，只存在着"爱的母题"的话，那么这样的文学园地不仅将是单调的，且这一单向的发展，终将使自己走向荒芜。"成人的眼光"虽然充满着爱，但毕竟有它的局限性，它未必总能促进儿童自身的全面发展，尤其是到了那种"有创造力和能推动未来社会前进的个人"纷纷蓬勃欲出的时代，"父爱型"和"母爱型"的作品已远远不能满足新一代儿童的全新审美需求了。

从"儿童自己的眼光"出发的"顽童的母题"弥补了"爱的母题"的不足，使儿童不仅在审美中获得爱抚和导引，同时也能保持甚至激活儿童内在的热爱自由的天性。顽童的母题方面，典型的作品有《长袜子皮皮》《小飞人卡尔松》《疯丫头马迪琴》等林格伦的大部分作品、埃·拉斯伯《明希豪森奇游记》、卡罗尔的《阿丽思漫游奇境记》和巴里的《小飞侠彼得·潘》。

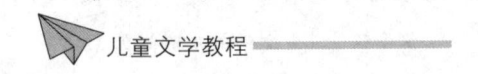

林格伦的成功之处,在于她能敞开博大的充满童趣的心,毫不掩饰地、直率乃至放肆地表现"顽童"的任性与调皮。她笔下的顽童形象突破了儿童文学创作的一些框框,为儿童文学发展注入了全新的生机。其不可忽略的重大意义在于:它虽然不尽合乎教育的要求,却恰恰能弥补教育所留下的缺憾。毕竟,儿童的生活和需要是多方面的,教育并不能囊括儿童生活的全部。

渴望母爱,追寻家庭与社会的温暖,体现了人类现实性的一面,起源于现实的人的生存发展的需要。这是"爱的母题"根本意义之所在。渴望自由,向往无拘无束尽情翱翔的天地,体现了人类的未来指向,是对于未来社会中人的自由而全面发展的一种深情呼唤。这是"顽童的母题"根本意义之所在。二者都是人类精神向前发展的产物,在人类精神宝库中都应有其合法存在的理由。要让儿童的身心得到更全面的发展,就不应压抑他们的欲望,而应让其获得释放和升华。

(三) 自然的母题

爱、死亡与自然是三大永恒的文学主题,自然母题是成人和儿童审美眼光的共同聚焦点。在儿童文学中自然的母题是成人文学所最为望尘莫及的。早期的成人文学作品但凡是过多描写了自然界的内容往往最后都被儿童读者喜欢,且最终成为儿童文学经典。比如《鲁滨逊漂流记》和《格列佛游记》。自然的母题给人带来超脱感、惊诧感和亲近感,使人意识到人类社会之外还有一个无比伟大的自然,这是文学中的自然万物的审美意义。

成人文学中"自然"这一永恒主题已被渐渐淡忘;儿童文学界的情形正好相反,20世纪以来还出现了"动物文学"的创作高潮。这是因为:第一,根据"复演说"的理论,儿童年龄越小,与大自然越亲近,正如原始的初民与大自然保持着更淳朴天然的联系一样。第二,在审美需求上,儿童永远是"好奇"的。第三,儿童对一切抱有热情,在审美选择上有近乎无限的宽泛性;成人的眼界则狭小得多,只注重最与自己眼下切身相关的题材。

从来文学都是表现人生的,儿童文学与成人文学皆然,"自然的母题"却是个例外。它的表现对象是自然万物,"人只是唯一的见证者"。但它对于人生仍有意义,从深层本质上看它其实也是一种反异化的母题。它让你在审美中产生"超脱感",让你暂时脱离碌碌尘世中,人因自身的"不完整"所带来的一切烦恼;它让你产生"惊异感",使你感悟到自然宇宙的无限宏大和人类的无知与渺小,这正是人类走向自身"完整性"的新起点;而动物身上真实存在的"类人"的特性,还能激起你与大自然的"亲近感",使你意识到人不是一种孤立的存在物,意识到人与大自然之间密不可分的血缘关系。这都有利于人类打破精神生活上的自足状态,以在未来走出人类社会种种异化的"怪圈"。

如果爱的母题体现的是"成人对儿童的眼光",顽童的母题体现的是"儿童自己的眼光",那么自然的母题体现的就是"人类共同的眼光"了。自然的母题方面,典型的作品有西顿的动物小说、娅当森的《野生的爱尔莎》、黎达的动物故事,以及一些纯粹描绘和赞赏童趣的作品。

第二节　儿童文学的美学特征

儿童特殊的心理年龄特征决定了他们特殊的审美兴趣和审美习惯，也决定了儿童文学特殊的审美倾向——纯真的、稚拙的、欢愉的、变幻的。

一、美在纯真

儿童文学的情感表达和思想表现是纯真的。儿童世界总是纯真的，所以表现儿童生活的儿童文学也应是纯真的；儿童喜欢用纯真美好的心态看待世界、解释生活，那么表现生活的纯真的作品更易于孩子们接受。作家笔下的儿童世界是纯真的。如李其美的儿童生活故事《鸟树》真实地表现儿童纯真的心灵、纯真的情感：冬冬和扬扬偶然捉住了一只鸟，他们很高兴，又是喂食，又是抚爱，可是不知为什么小鸟却默默地死了。孩子们非常难过，他们希望小鸟能复活，就把小鸟埋进地里，并在土堆上插了一根葡萄藤。春天葡萄藤长出了绿芽，"这就是鸟树呀！"冬冬和扬扬告诉他们的朋友："这棵树长大了，会开出很多很多的鸟花，鸟花又会结成很多很多的鸟果，鸟果熟了，裂开来就跳出了很多很多的小鸟。那时候，小鸟每天从树上飞下来和我们玩。"如孙文圣的童话《咒语》真实地表现了儿童生活，真实地展示了童心：贾佳在语义课上回答问题时引起了同学们的哄笑，原来是调皮鬼张小强在她的辫子上插了两个纸卡子。贾佳在回家的路上遇到一块有魔法的红石头，生气地写下了"张小强，变小狗！"的咒语，没想到，张小强果然变成了一只小白狗。看着变成小白狗的张小强的痛苦，贾佳十分难过，后悔不该用咒语来惩罚他。在用尽所有办法都不能使张小强变回人后，她怀着深深的歉疚和同情，在魔法石上写下"让我也变成小狗吧，好永远陪伴他"的愿望，没想到咒语破解了咒语，张小强终于变回了人。本来是一段矛盾纠葛，因其发生在儿童之中，就演绎成了一个美好的故事。作家笔下的人类追求是纯美的：小人鱼宁可牺牲自己的爱情、理想甚至生命也不愿伤害王子(安徒生《海的女儿》)，受尽排挤磨难的丑小鸭变成了最美丽的天鹅也不会骄傲(安徒生《丑小鸭》)，快乐王子把自己的一切都献给了陌生的穷人(王尔德《快乐王子》)，小猴子为满足小白兔对荡秋千的渴望宁愿用自己的身体当秋千(冰波《秋千，秋千》)。

作为一种独特的艺术样式，儿童文学与一般文学在艺术特征上的重要区别在于它的纯真。这里所使用的"纯真"一词，是一个具有整合意义的核心类概念，它包容了儿童文学的"自然""本色""简约""单纯""率真"等艺术风格。

也许加拿大诗人但尼斯·李的《进城怎么走法》这首诗是最能将自然、本色、简约、单纯、率真这些品格集于一身的作品——

> 进城怎么走法？
> 左脚提起，
> 右脚放下。
> 右脚提起，

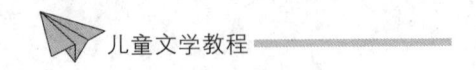

　　　　左脚放下。
　　　　进城就是这么个走法。

（任溶溶译）

　　做人、做事怎么做法？人生怎么走法？不也是要这样踏踏实实、一步一个脚印地走吗？这首小诗用最平常的事，蕴涵不平常的真理，语表至浅，但是含义至深。深度与浅度，在儿童文学这里是一种辩证关系，有多深就可能有多浅，只能深不能浅，也许能成为优秀的成人文学，无法成为优秀的儿童文学。儿童文学的艺术难度正在这里！

　　老爷爷种成了一棵大萝卜，拔呀，拔呀，拔不动，于是老奶奶、小孙女、小狗、小猫甚至小老鼠，一个一个加入进来，一次一次拔呀，拔呀，萝卜终于拔出来了（《拔萝卜》）。这么简约、单纯的小故事，里面有什么？我以为，这个故事象征着人类生存的一种原型：播下希望的种子，培育希望长大，并竭尽全力去收获希望。一次一次地拔呀，拔呀，失败了，重新再来——这种在困难和挫折面前不断努力、锲而不舍的精神不正是人的本质力量的体现吗？

　　再来看中国台湾作家洪志明的一首小诗——

　　　　《笑了》
　　　　哥哥饿了
　　　　弟弟尿了
　　　　妹妹哭了
　　　　爸爸急了
　　　　妈妈说我来了我来了
　　　　大家都笑了

　　在儿童文学之外，想找到如此纯真而又简洁，但却精辟、透彻地揭示出生活本质的作品恐怕并非易事。

　　纯真的儿童文学的思想不但不是简单、轻薄的，反而常常于不动声色之中，深刻揭示生活的本质，成为开启时代心性的一把钥匙。

　　《三只小猪》本来是英国的民间故事，美国沃特·迪斯尼公司曾将其改编拍摄成面向幼儿的动画片。这个故事讲述的是小猪怎样以自己的智慧，一次次战胜凶恶的老狼，最后过上幸福的生活。用沃特·迪斯尼的广告词来讲：《三只小猪》给当时经济萧条的美国社会带来了一股活力和希望。

　　出版于1900年的美国作家鲍姆的《奥茨国的魔法师》（中译本名为《绿野仙踪》）是久负盛名的童话作品。小姑娘多萝西被一阵大风吹到了芒奇金人的地方，她要回家就必须到遥远的翡翠城去，请求大魔法师奥茨的帮助。途中，多萝茜先后解救了要去寻找一个脑子的稻草人，想得到一颗心的铁皮人和希望获得勇气的胆小的狮子。他们一路上互相帮助，战胜了无数困难，终于每个人都实现了自己的愿望。这部童话里铁皮人想得到的心，稻草人想要的头脑，狮子想获得的勇气，正是19世纪与20世纪之交的美国人想要寻求的精神财富。这样,鲍姆就是利用传统的故事模式,表现了当时美国人内心深处的普遍愿望。

像这类及时而准确地把握时代脉搏的作品,我们还可以想起马克·吐温的《哈克贝利·费恩历险记》、诺顿的《地板下的小人》以及恩德的《毛毛 时间窃贼和一个小女孩的不可思议的故事》等。

叔本华认为,只有烦琐的、思考不清而又乏味的思想,才需要使用一些暧昧堂皇的词句,这就像丑妇需要浓妆一样,天生丽质的佳人就用不着俗气的胭脂花粉了。

儿童文学要坚持自己纯真的艺术品格,就应该对自身艺术"质地形色"有充分自信。就像无伴奏合唱艺术,这种歌唱艺术,不依赖任何乐器的装饰,全凭天然本色的声音,但是却真正表现了歌唱艺术的极致。儿童文学也正是敢于进行无伴奏歌唱的艺术之大者。

儿童文学是"纯真"的文学。它是一种"简化"的艺术形式。正是因为被"简化",它能够更鲜明、更清晰、更准确地接近事物和生活的本质。

自然(大巧若拙,浑然天成),但是不是无为;本色(质地形色站得住脚),但是不苍白;简约(洞悉事物的本质),但是不空洞;单纯,但是不简单;率真(有如《皇帝的新装》里的那个孩子),但是不幼稚。

二、美在稚拙

稚拙美是在幼稚而又拙朴的艺术形式中表现出的一种原始而又纯真的艺术形式。它没有所谓绘画法则的条框的限制,而是来自人类天性和生命本能,它不加修饰毫不做作,展示的是一种质朴的、原始的,甚至有悖于常理却异常明净的美感。

(一) 稚拙的顽童形象

顽童是儿童文学中最典型的人物形象。顽童是富有游戏精神的儿童,他们在儿童文学中是有别于正统的好孩子的另类人物形象,通常表现为富有冒险精神的顽皮的孩子,憨态可掬的怪兽形象,或者是被赋予顽童性格特征的动物形象。

如果说顽童即顽皮的儿童,那么他既不是一个正面形象,也不完全是一个反面形象。不管他们在形式上表现为儿童还是怪兽,但从根本上,他们往往是既淘气又勇敢,既能制造麻烦,又心地善良纯真的人物形象。其实在对儿童行为的研究中发现,幼儿一般对反面人物的模仿较正面人物更主动,但这并不是一种趋恶的潜意识,而是一种对填鸭式正面教育的逆反心理。

在幼儿的价值取向中,对强势人物是崇拜的,对弱势人物是同情的,他们不可能分辨出更深层的善与恶、好与坏。所以,我们可以看到儿童文学中的人物,不管是爱丽丝还是彼得潘,不管是匹诺曹还是机器猫,它们都是神化了的儿童形象,既具备强势人物的呼风唤雨、无所不能,又有弱势人物稚拙可笑的特点,当无所不能遭遇稚拙可笑,所制造出来的滑稽夸张的故事效果和塑造出来的稚拙可爱的人物形象,都会受到孩子们的欢迎。

在《野兽出没的地方》中,作者故意把这群张牙舞爪的怪兽画得圆滚滚、胖嘟嘟的,头部占整体比例的二分之一,而且不管是什么野兽,头部都是圆形的,再加上圆圆的眼睛圆圆的鼻子,样子不但不吓人反而很惹人喜爱。他们是非常典型的顽童形象,既有野兽的凶猛,又有孩童般的稚拙纯真,难怪会有小读者写信给作者莫里克·桑科达说:"到底花多少钱才能到达野兽出没的地方?如果票价不是太贵的话,我和妹妹都想到那里度假。"可见,这种圆头圆脑的野兽是受幼儿欢迎的。在五味太郎的作品《鳄鱼怕怕,牙医怕怕》中,鳄鱼和牙医的头部也都是占整个比例的二分之一,鳄鱼本应是令人害怕的形象,但在五味太郎的笔下,它却是大大的脑袋,露出几颗不尖不圆的牙齿,其中一颗异常巨大,尾巴很短往上翘着,与身体形成一个弧形,看上去惹人怜爱。而那个牙医同样是圆头圆身子,更多地使用了弧线,并且还被塑造成一个留着小胡子、秃顶、只剩下后脑勺还有一圈头发的引人发笑的小老头。

如果我们概括顽童形象的特点,首先,在比例上,通常是人物的头部被扩大,身体被缩小,一般在两头身至四头身左右,由于头部的扩大,所以更容易夸张人物的表情,被缩短的四肢,使得人物行动更加笨拙,也更加可爱。其次,在造型上,偏圆形和弧线,加大了形象可亲、可爱的力度,更容易被幼儿所接受。最后,在人物性格特征上,顽童形象既不是正面形象也不是反面形象,既不是强势人物也不是弱势人物,它体现的是顽皮和稚拙,更接近幼儿的审美趣味。

(二)稚拙的造型设计

稚拙的美并不是以和谐为标志的优美,而是一种不和谐带来的趣味,令人由衷地绽开笑颜。但这种不和谐又不是严重的让人震惊的不和谐,而是一种轻量级的不和谐形态,它给人的感受,如同大人看到人始之初的幼儿,做着憨稚不和谐的动作,是那么的可笑又可爱。

在图画书《两个巨人》中,作者把巨人的形象塑造得简洁概括、突出了巨人身材的巨大,反衬出他们行动的愚笨。作者采用了半平面化的手法,强调了轮廓线,在形象塑造上,造型并没有服从明暗、空间、透视等视觉因素,轮廓线也略显呆板。手法从局部看上去是很笨拙的,似乎并不在于追求和谐的优美,但从整体上看,造型却十分完整,作者似乎故意显露出单线平涂的稚拙的结构形式以及不经雕琢的原始之美,体现了稚拙的造型趣味。在色彩方面,这本书采用了强烈的色彩对比,棕红色的人物,绿色的植物,紫色的建筑,黄色的受光部分,效果十分强烈。作者采用了丙烯材料,大面积地用平涂手法,使得画面呈现出极强的装饰感,它以色彩本身作为表现的目的,而不是对自然界的客观事物的被动描绘。在构图上,作者也没有受真实空间的约束,一排排的大树,越在前边的反而是越小,一排一排的像排好了队一样整整齐齐,看上去稚拙可爱。所以说,画面的稚拙美所追求的是大关系上的和谐,在局部更追求一种非写实的不和谐的趣味,以及更重视神似的审美趣味。比如日本著名的图画书作家五味太郎在和另一个女画家林明子讨论画得"像不像"的问题时,林明子说,如果她要画一辆巴士,她就到街上拍一张巴士的照片回来,但五味太郎说他不,他只是画出脑子里类似巴士的东西。所以他的画多是平面的,还歪歪扭扭,颜色也单纯得很,所以看上去似乎是一个笨手笨脚的孩子所为,但画面却憨态可掬,呈现出了诱人的稚拙趣味。

(三) 稚拙的故事情节

《我的壁橱里有个噩梦》讲的是这样一个故事:"我的壁橱里有个噩梦,于是睡觉前我总是把壁橱的门关上,看都不敢看它一眼。一天晚上我决定永远地摆脱我的噩梦,我关了灯,噩梦从壁橱里钻了出来,我飞快地打开灯,看见噩梦正坐在床的另一头,我叫它滚开,可是它不动,于是我就冲它开了一枪。没想到噩梦竟然像个孩子似的哭了起来,我很生气,对它说:安静点,不然该把我爸爸妈妈吵醒了。可它还是不停下来,我只好走过去拉它的手,让它睡在我的床上,然后关上了壁橱的门。噩梦乖乖地睡觉了,我猜壁橱里还有一个噩梦,可是我的床却实在睡不下三个人了。"想法聪明而又脱俗,似乎只有幼儿才想得出来。作者赋予这个噩梦一个极其丑陋的怪物形象,一开始它还张牙舞爪,可是一开灯,情节便急转直下,噩梦就像小男孩怕黑一样,胆小的失声痛哭起来。最后,小男孩竟拉着它的手安慰着它,让睡在了自己的床上,俨然一个大人哄小孩的样子。想法如此奇特,也唯有这样,才显出天真稚拙的童趣。

儿童生活经验不足,却喜欢用自己有限的经验来解释世界;儿童身体很小,却认为无所不能。这种矛盾所产生的幼儿的想法和行为,充满了儿童情趣。稚拙是一种艺术本能,是一种美学天性,也是一种富于魅力的特质和表现形态。稚拙美是儿童文学独有的美。儿童文学作品中的稚拙美是作家对儿童天性的认识、提炼和升华。它所展示的是一种质朴的、原始的、有悖于常情常理,却异常透彻、明净而又令人惊奇、赞叹的美。稚拙美是稚嫩、纯朴、清新、淡雅的美,不加雕饰,毫不做作。

三、美在欢愉

向往快乐是孩子们的天性,儿童文学(尤其是幼儿文学和童年文学)在情节安排、形象塑造、形式选择和语言运用等方面总是倾向于制造欢快愉悦的感觉,而且允许存在一些以趣味性表达和幽默氛围营造为目的的作品(如传统儿歌中的颠倒歌,就是一种以表现趣味性和幽默感为主的儿歌种类)。皮皮鲁的奇遇、汤姆的探险、皮皮的恶作剧等,都令孩子们乐得手舞足蹈,大林的丑态、温尼·菩的憨容让孩子们忍俊不禁。在儿童文学作品中,作者常常使用夸张、比喻、对比、移植、仿拟、反语、拈连、颠倒、交叉、谐音、双关、反复、误会法、矛盾法、自嘲法、词义引申等手段,由语言、情节的不协调构成戏剧性的矛盾冲突,造成趣味性和幽默效果,构成一种轻松、清新、隽永的欢愉美。著名作家张天翼深谙童心,善造快乐,如在《大林和小林》中,他调动一切给孩子们提供"笑料"。有童稚的幻想:狐狸皮皮的帽子飞到天上挂到月牙上,要等月亮圆了挂不住的时候,才能拿回他的帽子;有诙谐的夸张:大林胖得指甲上都长满了肉,低头看不见自己的脚,笑一笑要两个听差把脸拉开,与乌龟、蜗牛进行赛跑得倒数第一;还穿插了毫无意义的滑稽儿歌:"三七四十八/四七五十八/爷爷头上种菊花/地板上有虫子爬。/蔷薇公主吃了十个大南瓜。"

儿童读者从儿童文学中获得的快乐,是一份十分珍贵的心理体验。这一心理体验与儿童从玩具那里获取的愉悦和快乐有质的不同。儿童文学给儿童读者带来通过想象力去体验一个新的世界、新的人生的乐趣。儿童读者凭借儿童文学把自己从平凡的现实中解放出来,走进一个比现实更高一层的第二生活之中。儿童因阅读儿童文学所获得的这种乐趣,不断地把自身从旧的自我中解放出来,走向新的更高的自我。也就是说儿童文学的趣味性不能止于使用一些创作技巧,给儿童读者带来情绪的、官能的愉悦,而是应该创造出情感的、心灵的这种高层次的愉悦来。

通过世界范围内获得承认的那些充满欢愉的趣味性的名作,我们可以从中总结出以下一些生成欢愉的条件:

（一）引人入胜的惊异故事

像《宝岛》这样的讲述惊心动魄的冒险故事的作品和《艾米尔和侦探们》这样的讲述强烈吸引好奇心的侦探故事的作品自然无需多论,像《长袜子皮皮》《玛丽·波平斯阿姨回来了》这样的幻想小说,由于在现实中展开了新奇的幻想境界,对好奇且又追求不平凡事物的儿童也会产生极大的魅力。想象是儿童的特殊而又擅长的本领,其过程会给儿童带来巨大的快乐,而《长袜子皮皮》这类作品恰恰解放了儿童狂野的想象力。可以断言,引人入胜的惊异故事在今后仍然是儿童文学吸引儿童、产生趣味的不可或缺的手段。即使有人想舍弃生动的故事,在哲理、诗化、意境上建功立业,但在创造趣味性这一点上,与营造故事相比仍然是事倍功半,弄得不好甚至是费力不讨好。而缺乏趣味性的儿童文学作品,首先就该"降价打折"。

（二）生动有趣的人物性格

儿童文学中的人物应该具有能够给儿童读者带来切实感或亲近感的性格。比如英国作家米尔恩的《小熊温尼·普》之所以对孩子产生巨大的魅力,主要是因为米尔恩不让罗宾房间的小动物们受自己原来性格的束缚,而是赋予它们以打破常识的、出人意料的性格。在这些鲜明、生动的性格中,尤其是小熊温尼·普的性格,米尔恩出色地融合进了儿童的某些本质特征。法国作家桑贝、葛西尼的《小淘气尼古拉》,美国作家洛贝尔的《青蛙和蟾蜍》,日本作家寺村辉夫的《我是国王》等系列故事令儿童读者开怀而笑的都是人物有趣的性格以及在性格驱使下做出的趣事。

儿童文学的这些生动有趣的人物性格,对成人读者也是极有魅力的,其身上洋溢出来的天真和童趣的幽默,是儿童文学艺术的独特趣味所在,它使成人读者在忍俊不禁之余对"童年"频生感慨。

（三）完满解决的事件

在世界儿童文学名作中,基本上每部作品的事件会从主人公面临的困境或内心中的不满开始,到作品结束时,事件都有一个完满的解决,主人公的欲望或要求都能获得满足,不满也会得到消解,像成人文学那样事件没有结果就结束作品,把结果交给读者来判断的几乎没有。这一点也是出自儿童独特的心理需求。

主人公的困境或不满没有圆满地解决,儿童读者就无法获得充实感和满足感。以广受儿童欢迎的中国儿童文学作品为例,张天翼的《宝葫芦的秘密》、严文井的《"下次开船"港》,都是大团圆结局的作品。即使是事件没有明确解决的作品,比如日本作家佐藤晓的《谁也不知道的小小国》,在结尾处,主人公与小人们再度相会,而且还有了女友,可以说是展示了光明的前景。有人说,儿童一捧起书来就希望快点出事,这里可以加上一句,儿童不仅希望快点出事,而且还希望最后有一个完满的结局。

(四) 简洁、明快和富于行动性的语体

每个儿童文学作家都应该具有自己的语体特色。文体取决于作家运用语言的能力,作家有不同的语言选择和组合排列的习惯,自然会产生不同的语体。但是,这并不妨碍儿童文学在语体上简洁、明快、富于行动性的要求,这一要求主要是为了使儿童文学通俗易懂。通俗易懂不仅是对语言的要求,也是对主题和人物的要求。当然,这里所说的通俗易懂,不是理性上的而是心灵和感性方面的。

文体的行动性是指作品中的语言表现要多运用具体的、富于动感的句式,文体的脉络要流畅、运动,不宜总是停下来就某一内容作大段的心理方面的细腻描写。在词汇的使用方面,以名词和动词为主,集中表现事物在如何变化、人物在如何行动;形容词对幼儿和儿童读者不宜多用,对少年读者也宜适当节制。取这种文体是为了适应儿童对具体事物、人物以及其如何变化、行动往往十分关注这一心理特点。

四、美在变幻

儿童喜好新奇、追求变化、富于幻想、乐于创造。因此,儿童文学总是更富于幻想,充满变化。儿童文学作家善于演绎惊险奇特的故事,善于描绘神奇变幻的场景。在他们的笔下什么样的故事都可能发生,什么样的形象都可能出现:长袜子皮皮力大无穷,可以举起一匹马,可以制服强迫她进入"儿童之家"的警察(林格伦《长袜子皮皮》);皮皮鲁坐上二踢脚可以直上天空,拨动地球之钟,让地球加快转动(郑渊洁《皮皮鲁外传》);哈利·波特和他的伙伴骑着飞天扫帚在空中进行魁地奇比赛,骑着鹰头马身有翼兽飞越城堡,韦斯莱家小小的福特安格里亚车内部可以神奇地扩大座位加长到像公园里的长凳一样(J.K.罗琳《哈利·波特》);白佳丽为报复朋友们的捉弄几经周折买到一个非常恐怖的面具,在万圣节那天把朋友们吓得魂飞魄散,但不料面具竟长在了她的脸上无论如何也弄不下来(R.L.斯坦《鸡皮疙瘩系列丛书·魔鬼面具》)。不仅童话可以这样变幻莫测无奇不有,就是取材于日常生活的小说,也常常是新异离奇,令孩子们感到无限的新奇刺激。五年级学生徐小冬因要归还同学、老师、校长一致认为是他偷走的圆珠笔而真的去偷了一支圆珠笔(邱勋《三色圆珠笔》);十四岁少年桑桑不知不觉患上了绝症,多方求医问药不见好转,最后意外地确诊为鼠疮而治愈(曹文轩《草房子》)。

说儿童文学是"幻想"文学,不仅是作为文学体裁的幻想文学(比如童话、幻想小说),而且更是儿童文学作为一种文学样式所具有的精神特质。

成人文学当然也有幻想型文学,比如,王尔德的《道林·格雷的画像》、卡夫卡的《变形记》、马尔克斯的《百年孤独》等,但是,无论从质还是量上都远不能与儿童文学相比。尤其是幻想型作品在各自文学中所占的比例及其对所属文学的特质产生的影响力方面,成人幻想型作品更是无法望儿童文学中的幻想型作品之项背。在儿童文学中,幻想型作品(主要是民间童话、创作童话、幻想小说)一直是一枝独秀,支举着儿童文学的半

壁江山,举凡世界儿童文学的经典,恐怕半数以上都是幻想型作品。可以这样说,儿童文学至少有一半是靠闻名并享誉全世界的幻想文学作家和作品,为自己争得了在文学社会里的"公民权"。

人类不是神仙,不是上帝,人类在有限的世界上生活,处在种种制约之下。然而作为"宇宙的精华、万物的灵长"的人类,却又每时每刻都怀着超越现实生活中的种种制约的愿望。在这种愿望驱动下的心灵的活动,便是幻想。幻想具有超越性,幻想力是进入可能的世界的能力。幻想乃是人类一种极其宝贵的品质。英国政治哲学家霍布斯说,幻想是一位建筑师,人的幻想沿着真正的哲学走多远,它造福于人类的殊勋就有多大。

第三节 儿童文学的审美价值

儿童文学的根本意义在于帮助儿童健康成长,成为一个健全的社会人。儿童文学的审美价值主要在于"感情教育""美的教育",在于"人性之熏陶"。从文学的意义和儿童的需求两方面概括,儿童文学的主要价值功能有如下几点。

一、开阔视野,感知生活

儿童成长需要对生活更为广阔的观察和探索,儿童文学能帮助他们突破生存空间狭小的局限,成为他们扩大视野、认识世界的一个窗口。儿童文学容纳了广阔的生活图画,揭示了深刻的生活内涵,可以把孩子们引向陌生的地方如异国他乡,使他们增加见闻、开阔眼界;可以把他们引进他们未经的历程如战争革命,丰富他们的生活知识、生活阅历;也可以把他们引导到成人的内心世界,促进他们对人生的感悟和思考;还可以把他们引向奇妙未知的远古和未来,激发他们对宇宙的发现和探索。如冰心的《寄小读者》、拉格洛芙的《骑鹅旅行记》都有异域风光的描绘和他乡风俗的介绍;张光耀的《小兵张嘎》、李心田的《闪闪的红星》都有对战争革命的叙述;亚米契斯的《爱的教育》、常新港的《独船》表现了生活中心灵的震荡;凡尔纳的《从地球到月球》、威尔斯的《时间机器》满足了孩子们的好奇心,也激发了他们对科学的热爱。视野的扩大丰富了儿童的知识与感受,也更激励他们对社会及整个世界的热情关注,更加深他们对生活的了解和认识。

儿童文学的阅读是儿童健康成长必不可少的辅助手段。它可以让学龄前儿童初步涉猎人世间的种种稀奇古怪(正如他们在现实中所逐渐发现的一样)。它让中小学生可以从不断被强化的教育氛围中,暂时性地脱离出来,进入一个艺术领空,这里没有枯燥无味紧张压抑的灌输和教训,有的是一颗自由的童心舒展自如地漫游。他们内心的苦恼可以暂时得到忘却和纾解,他们的好奇心想象力得到极大的滋养和满足。他们从现实世界里的被教导者,变成了虚幻世界里的国王。这是一种自由的行动,而非强制性的教导。他们阅读儿童文学可能只是为了乐趣,但往往会起到学校教育难以起到的作用。

儿童文学对儿童最为本体的意义是生活启蒙。此处本体意味儿童文学存在的最大使命,即儿童文学之所以存在,乃是为了更好地让儿童生活。现实生活中,成人们(老师和家长)无时无刻不想着教导儿童该如何生活。然而儿童天生自由,绝不会完全按部就班,他们时时刻刻都在接收着各种信息,他们总是在与大人或其他一切外在力量的交往中,逐渐找到自己的方向。在此过程中,儿童文学对儿童的启蒙作用尤为重要。

那么,儿童文学从哪些方面能够给儿童以生活启迪呢?儿童文学对儿童的生活启蒙可从三个维度体现出来:让儿童敬畏生命,积极生活,勇于探索未知的存在。

(一) 敬畏生命

儿童文学,尤其是童话,完全是一个生命的王国。动物、植物、山水甚至器具都会被赋予神奇的生命。儿童文学的泛生命化会给阅读者产生潜移默化的影响,他们可能会变得特别热爱生命,对身边的生命温柔以待,甚至也会善待器具。也许有人会质疑,儿童文学中不是有许多残杀生命的现象吗?的确,儿童文学中的生命伦理也常常遭遇一种悖论,即珍爱生命与杀戮生命往往同时存在。

我们如何看待儿童文学中的杀戮生命呢?法国儿童文学家吉约的小说《格里什卡和他的熊》很能说明问题。格里什卡的父亲为同伴报仇,在禁猎季徒手打死了一只熊,遭到巫士诬告被迫只身离走他乡。格里什卡打猎时救了一只熊崽。小熊成了圣物,所有的人都喜欢。可下一个狩猎季却要按习俗将其杀死。于是格里什卡带着他的熊逃回大山,和熊一起生活。父亲回乡组织搜寻儿子。逃难中格里什卡跌入陷阱,小熊不惜中箭引诱人来救格里什卡。小说跌宕起伏,反映了人类与大自然相处中的一些悖论,既令人敬畏又凶残,也许只有天真的儿童因天然具备怜爱之心,而无视陈规陋习。

在儿童文学之中,不管是人类还是其他生物,往往都被分成两类:善良和邪恶。而且最终的结局往往都是善良战胜邪恶。所谓生命伦理并不意味着善待每一个生命存在,而是在敬畏生命的同时,呵护那些更加美好或弱小的生命,甚至不惜牺牲其他生命来保全它们。我想这才是儿童文学生命伦理的核心。所以尽管儿童文学也充斥着各种杀戮生命的情节,但是儿童文学对善良和柔弱生命的特别关爱,可以促进儿童读者更加善良温柔地对待身边的生命,也可以促进成人读者温柔地呵护儿童的成长。

(二) 积极生活

儿童文学因为以儿童的健康成长为核心,所以绝大多数的作品都充满正能量,都会融入积极生活的观念。无论什么样的大难当前,无论多少坎坷横在前头,无论命运多么起伏不定,也许有脆弱不堪的情节,也许有消极遁世的主角,但其主导精神必定是积极向上的。奥台尔的小说《蓝色的海豚岛》为我们设计了一个绝无仅有的情境。因为海獭皮,岛上印第安人遭外人血洗。岛上人弃岛而去。一个十二岁姑娘在弟弟被野狗咬死后便孤身一人生活在荒岛上。小说主要写女孩如何独自求生,从一种对抗式生存慢慢变成一种较为和谐的生存,与周围的各种动物温情相处的故事。对文明的渴望最终又让她回到人类社会。这篇小说形象生动地揭示了绝境中积极向上的生存意识。过程可以痛苦,结局必定美好。这是儿童文学的一条传统圭臬。虽然现在很多作品也打破了这种结尾,但绝大多数的儿童文学仍然坚守着对幸福的承诺。积极生活可谓儿童文学之于儿童最有意义的观念,尤其是在一个充满竞争、压力重重又人口过剩、资源缺乏的地球上。

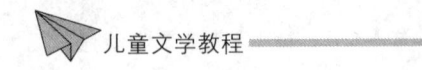

（三）探索未知的存在

儿童处于生命的春天，充满无尽的可能性。儿童生活充满不确定性，是向未来敞开的未知数。儿童文学中对未知世界的永无尽头的探索，对生活中各种可能性的展示，都会极大地激起儿童天性中的好奇和幻想。儿童正是凭借好奇和幻想，深入成人可能永远也意想不到的存在。

二、启迪情感，促进发展

美好理想世界的建造需要高尚美好的情操，高尚美好的情操是从小在潜移默化的熏陶中形成的。如果儿童从小就能认识到、感受到美好情操的崇高、美丽和伟大，就会自然激起他们的向往、追求。优秀的儿童文学作品都有对真善美的集中表现和赞美（对丑的揭露和批判也是一种美的教育），都能使儿童充分感受人生、世界的美好，陶冶培养他们美好的情操。海的女儿的追求、快乐王子的奉献、张石牙的牺牲、雨来的勇敢，这一切都自然地融入儿童的追求和行为之中。

文学阅读其实也是一种心理释放的需要，儿童亦如此。儿童（包括幼儿）在儿童文学的感受中得到的不仅仅是快乐（当然，首先是能获得快乐使他们走近儿童文学），也得到了一种情感交流基础上的心理释放。儿童（包括幼儿）在生活中渴望更多的情感交流，还有着许多关心他们的师长也无从知晓更无法排解的烦扰，他们（尤其是儿童期和少年期的孩子们）在与儿童文学的接触中，自然地敞开心扉，在喜剧的欢乐和悲剧的震荡中将郁结的心绪释放出来，这是其他的娱乐方式如游戏等所无法达到的。

在儿童社会化的过程中，温柔的力量何其重要！的确，儿童旺盛的想象力和生命力，使他们无拘无束，往往对大人世界毫无顾忌。此时，一种温柔的呵护会更加滋润他们的心灵。然而实际生活中，大人很容易把自己面对生活的压抑和不满，发泄在儿童身上。暴力体罚可能适得其反，导致更多的叛逆行为甚至让孩子心理扭曲。《我亲爱的甜橙树》中，泽泽不就是因为家人过度的打骂，滋生了自杀的念头吗？然而泽泽是幸运的，他的身边一直都不缺少呵护他的人，格格姐姐、埃德蒙多伯伯、丁丁娜奶奶，尤其是后来结识的忘年交——老葡。姐姐给的是亲情的温暖，伯伯给的是思想的启蒙，奶奶给的是慈祥的疼爱，而老葡则将温柔的呵护体现到极致，他细心地观察着泽泽，倾听泽泽的心声，并能让泽泽不安的心在自由自在的放牧中得到舒展。

"上善若水。"在儿童成长的过程中，大人如能像水一样，让温柔渗透童心的每一块领地，那将是一件至善至美的事情。《我亲爱的甜橙树》正是一本温柔的书，值得每一位遇到它的人认真阅读，仔细感悟那字里行间洋溢的无限温情！

总而言之，优秀的儿童文学作品，都会像《我亲爱的甜橙树》这样把儿童的健康成长作为其核心。成人阅读的时候，不仅能够获得许多教育儿童的思想观念，而且也可以从中得到自我教育。因为当我们想教孩子成为一个什么样的人的时候，也应以此标准来要求自己，以便为孩子树立榜样。由此，我们也可能会不自觉地约束一些自己的不良言行，久而久之也会在做人方面有所进步。

三、鼓励创造,培养想象

文学能带给人独特的美的享受,儿童文学亦如此。从根本上说,儿童文学是为了满足小读者的审美需要而存在的。儿童文学以其文学的特殊的艺术感染力和情感净化力满足了儿童的审美需求、发展了儿童的审美兴趣、提高了儿童的审美能力。

儿童文学评论家刘绪源曾提出审美具有整合性和统摄力,认为:"美感一经产生,总是包含着极其丰富的内容,包含着近乎无限的转化的可能性。凡美感,总是积极的,向上的,总能净化人的心灵,潜移默化地将你引入一种新的境界。"

儿童文学尤其是童话故事,往往在现实世界之外营造另一个生机勃勃的世界。即便不是童话,儿童文学所建构的世界也与成人世界大相径庭。儿童世界的统治者是童心。成人阅读儿童文学会有一种特殊的感觉,仿佛时光倒流,回归到童年时代的无忧无虑。成人在现实原则的支配下,深陷庸常之中,被单调、重复、琐屑、无聊、无奈等折磨得身心疲惫。所以阅读儿童文学,可以作为一次心灵的放风和疗伤,可谓一次超越日常生活的审美出游。如果你的工作压力过大,你不妨抽点时间读读宁静优美、充满温情的童书作品,如《夏洛的网》《我是跑马场老板》等。

四、丰富语言,学会表达

语言学习需要长期的、自然的积累与感悟,儿童文学为儿童提供了丰富多彩的语言现象和语言运用,也为儿童提供了最佳的接受语言、理解语言的心理感受环境。儿童文学是儿童语言能力锻炼的最佳园地,在这里他们愉快地自觉接受了丰富优秀的语言知识(如词语、句式、修辞、文字),自然地感性地体验了语言的运用,有效地提高了他们的听说阅读能力。

语言的魅力是无穷的,儿童文学的语言具体而言具有以下特征:

(一) 形象性

儿童的感知和思维首先会注重对象的外部特征,因此儿童文学作品的语言特别强调形象性,通过形象生动的语言使人物及事物的声音、色彩、形状、动作、神态等鲜明地呈现在儿童面前。形象化的语言能使儿童将亲身经验与语言所提供的信息自然结合起来。

(二) 简洁性

儿童文学作品必然要向儿童展现丰富多样的语言。因为儿童年龄小,难以理解和接受深奥难懂的语言,优秀的儿童文学总是在充分展示语言多样性的同时力求简洁生动,选取明朗并富有表现力的语词和句式,使语言丰富多样而又简洁明快。

(三) 音乐性

儿童文学语言的声音层面不仅和意义层面相联系,具有传情达意的作用,而且还包含独特的审美价值,可以给小读者以听觉上的美感,即音乐性。尤其是内容通俗浅显、

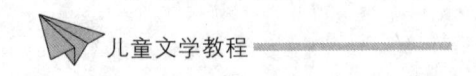

节奏柔和舒缓、语言柔美流畅的摇篮曲,对孩子的影响更是在"声"而不在"义"。

（四）叙述性

儿童文学的语言体现着明显的叙述功能,在童话、故事、小说等叙事性文体中,无论是叙述话语还是人物对话,都有很强的叙述性。

探究与思考

1. 在讲授《桂林山水》一课时,教师设计的"感受山水之美,体会作者对祖国的热爱之情"的教学目标属于(　　)。

  A. 结果性目标　　　　　　　　B. 体验性目标
  C. 表现性目标　　　　　　　　D. 知识性目标

2. 儿童文学创作一般来说有四种视角,郑春华的《大头儿子和小头爸爸》属于(　　)。

  A. 成人视角　　　　　　　　　B. 两代人对话对比视角
  C. 儿童视角　　　　　　　　　D. 少年作者的视角

3. 分析题

阅读《萝卜回来了》,回答问题。

问题：

1. 试评析作品的语言特色。
2. 结合作品谈谈你对儿童文学特征的理解。

萝卜回来了

方轶群

雪这么大,天气这么冷,地里,山上都盖满了雪。小白兔没有东西吃了,饿得很。他跑出门去找。

小白兔一面找一面想：雪这么大,天气这么冷,小猴在家里,一定也很饿。我找到了东西,去和他一起吃。

小白兔扒开雪,嘿,雪底下有两个萝卜。他多高兴呀！

小白兔抱着萝卜,跑到小猴家,敲敲门,没人答应。小白兔把门推开,屋子里一个人也没有。原来小猴不在家,也去找东西吃了。

小白兔就吃掉了小萝卜,把大萝卜放在桌子上。这时候,小猴在雪地里找呀找,他一面找一面想："雪这么大,天气这么冷,小鹿在家里,一定也很饿。我找到了东西,去和他一起吃。"

小猴扒开雪,嘿,雪底下有几颗花生。他多高兴呀！

小猴带着花生,向小鹿家跑去；跑过自己的家,看见门开着。他想：谁来过啦？他走进屋子,看见萝卜,很奇怪。说："这是从哪来的"他想了想,知道是好朋友送来给他吃的,就说："把萝卜也带去,和小鹿一起吃！"

小猴跑到小鹿家，门关得紧紧的。他跳上窗台一看，屋子里一个人也没有。原来小鹿不在家，也去找东西吃了。

　　小猴就把萝卜放在窗台上。

　　这时候，小鹿在雪地里找呀找，他一面找一面想："雪这么大，天气这么冷，小熊在家里，一定也很饿。我找到了东西，去和他一起吃。"

　　小鹿扒开雪，嘿，雪底下有一棵青菜。他多高兴呀！

　　小鹿提着青菜，向小熊家跑去；跑过自己的家，看见雪地上有许多脚印，他想："谁来过啦？"

　　他走进屋子，看见窗台上有个萝卜，很奇怪，说："这是从哪来的"他想了想，知道是好朋友送来给他吃的，就说："把萝卜也带去，和小熊一起吃！"小鹿跑到小熊家，在门外叫："开门！开门！"屋子里没有人答应。原来小熊不在家，也去找东西吃了。

　　小鹿就把萝卜放在门口。

　　这时候，小熊在雪地里找呀找，他一面找一面想："雪这么大，天气这么冷，小白兔在家里，一定也很饿。我找到了东西，去和他一起吃。"小熊扒开雪，嘿，雪底下有一个白薯。他多高兴呀！

　　小熊拿着白薯，向小白兔家跑去；跑过自己的家，看见门口有个萝卜，他很奇怪，说："这是从哪来的"他想了想，知道是好朋友送来给他吃的，就说："把萝卜也带去，和小白兔一起吃！"

　　小熊跑到小白兔家，轻轻推开门。这时候，小白兔吃饱了，睡得正甜哩。小熊不愿吵醒他，把萝卜轻轻放在小白兔的床边。

　　小白兔醒来，睁开眼睛一看："咦！萝卜回来了！"他想了想，说："我知道了，是好朋友送来给我吃的。"

第二章 儿童文学是儿童教育的源头活水

儿童文学作为独立的文学门类,相比于成人文学,其发展历程并不久远,但如果追溯源头,全部文学的起始处,包括神话、故事、歌谣,都是儿童文学得以生长的摇篮。从时间上来看,东西方儿童文学发展的历史步伐并不完全一致,但也存在许多的共同点。了解中外儿童文学的发展史能让我们从世界儿童文学中认识儿童文学历史发展的一般特征。

第一节 外国儿童文学的发展历程

在16世纪以前,欧洲各国还没有"童年"这个观念。随着17世纪以后教育思潮的转变,儿童文学的观念才开始形成。早期的外国儿童文学对传统的口传、民间材料有较具体完整的搜集,有专人热诚投入、提倡,使得儿童文学在质、量上均获得较大的进展。外国儿童文学的发展,大致可以划分出四个阶段:史前期(18世纪以前)、萌芽期(18世纪)、第一个繁荣期(19世纪)、第二个繁荣期(20世纪)。

一、史前期的儿童文学(18世纪以前)

史前期的儿童文学是自觉的儿童文学赖以生长发展的基础。18世纪以前,在漫长的岁月中,流传于民间的许多神话、传说、故事、歌谣和一些深受儿童喜爱的、易于儿童理解接受的成人作品,包含了以今天目光来看的具有儿童文学特征的内容,也给儿童带来了许多欢乐。

一般认为,古印度的寓言童话集《五卷书》是儿童喜爱的、最早的文学读物。因此又被称为"皇家教科书"。全书以"精通许多事论而享有大名"的婆罗门用讲故事的方式教会王子为人施政的道理。全书除序言外分五卷:《朋友的决裂》《朋友的获得》《乌鸦和猫头鹰从事于和平与战争等等》《已经得到的东西的丧失》《不思而行》。《五卷书》最鲜明的特点是韵散结合的叙述方式和大故事套小故事的结构。这本书通过各色各样的动物形象及其故事,表达了不少睿智而生动的思想和哲理,并以大胆瑰奇的想象、明朗质朴的色调、健康乐观的精神,给读者以隽永的艺术享受。

在西方,《伊索寓言》一直被认为是传统的儿童读物。这部古希腊寓言集,相传是获得解放的奴隶伊索创作的,共350多篇,内容大多与动物有关。书中讲述的故事简短精练,刻画出来的形象鲜明生动,每则故事都蕴含哲理,有的揭露和批判社会矛盾;有的抒发对人生的领悟;还有对日常生活经验的总结。阿拉伯民间故事集《一千零一夜》(又名

《天方夜谭》),作品主要描写中古时期阿拉伯和东方一些国家的社会制度的风土人情,高尔基称之为民间口头创作"最壮丽的一座纪念碑"。

12—13世纪在法国出现的市民文学《列那狐传奇》被誉为"伟大的禽兽史诗",同时也是一部别开生面的动物童话。这部作品不仅是法国中世纪古典文学中的瑰宝,更是一部可爱的童话集。许多故事被改写成散文,深受儿童喜爱。西班牙现存最早的一部流浪汉小说是16世纪的《托梅斯河畔的小拉撒路》(中译本《小癞子》),作者不详,小说以主人公拉撒路自叙的形式,叙述他的命运遭遇和流浪史。小说人物形象刻画得朴实、生动,心理活动的描写洋溢着童趣,对后世儿童小说的创作产生了极大影响。

17世纪西班牙人文主义作家塞万提斯的不朽名作《堂吉诃德》,是欧洲第一部优秀的现实主义长篇小说,讲述了主角阿隆索·吉哈诺因为沉迷于骑士小说,幻想自己是个中世纪骑士,进而自封为拉曼却地区的守护者,带着邻居桑丘·潘沙游走天下,做出了种种与时代相悖的行为,造成了四处碰壁的结果,最终从梦幻中苏醒的故事。对儿童而言堂吉诃德是一位侠士、英雄,令他们"一面翻书,一面狂笑"而且能引起孩子海阔天空的幻想。作者采用讽刺和夸张的艺术手法把幻想与现实结合起来,符合儿童的审美趣味,并为后世描写轻松题材的儿童文学作家提供了经验。

儿童文学的史前期走过了漫长的岁月。在很长的时间里,人们为儿童提供的读物往往重在其教育功能,而孩子们反感那些呆板无味的书籍,自发努力到成人文学中去探寻,上述作品之所以成为儿童文学之作,就是孩子们自作主张据为己有的结果。

二、萌芽期的儿童文学(18世纪)

儿童文学作为一种独立的审美形态,从自生自灭状态走向自觉发展而形成一种文体是在18世纪中叶,所以18世纪被认为是儿童文学萌发、诞生的时期。

此前的1656年,捷克教育家夸美纽斯出版了图文并茂的儿童读物《世界图解》,标志着人们已充分注意到儿童的特点。1693年,英国的哲学家、教育家约翰·洛克的《教育漫话》提出:儿童应有欢乐的童年,享有与年龄相适应的自由。要鼓励儿童阅读而非采用惩罚的手段,并推荐《伊索寓言》《列那狐传奇》给孩子们看。这种寓教于乐的教育受到人们的关注和欢迎,并促进人们重新认识儿童。

1744年英国著名的作家、画家和出版商约翰·纽伯里,以"圣经与太阳"为招牌,办起了世界上第一家儿童图书出版社。从出版《漂亮的小书》开始,一生出版了200余种图书。纽伯里专心为儿童写作的作品给当时儿童文学的发展注入了一股新的生机,促进了自觉意识的儿童文学的萌发。英国把1744年其公司的成立看作是英国儿童文学的真正开端。为纪念纽伯里,1922年美国图书馆协会设立了"纽伯里儿童文学奖"。

1762年出版的《爱弥儿》是法国启蒙运动思想家、哲学家、教育家和文学家卢梭为儿童而创作的并轰动法国乃至西欧的一部关于儿童生活、教育、成长的传记体小说,是世界儿童文学史上第一部把儿童作为具有独立人格的人来描写的小说,颇具开创意义。

1719年,英国作家笛福出版了风靡世界的《鲁滨逊漂流记》,这是小读者书架上的一部成人小说。该作品主要讲述了主人公鲁滨逊因出海遭遇灾难,先被海盗攻击,再到种植园,最后漂流到无人小岛,并坚持在岛上生活了28年多,最后回到原来所生活的社会的故事。小说赞美了劳动,颂扬了人与自然的斗争。全书洋溢着乐观主义情绪,极易感染读者,尤其是小读者。

1726年,英国著名作家斯威夫特完成了杰出的讽刺幻想小说《格列佛游记》,这是又一部深受儿童喜爱的成人小说。小说以格列佛船长的口气叙述周游四国的经历。其中荒诞的情节、奇妙的想象、滑稽曲折的故事使孩子入迷,尤其是"大人国""小人国",历来被视为两个诱人的童话。

《敏豪森奇游记》是18世纪后期德国的一部深受儿童喜爱的饶有趣味的幻想故事,由德国作家埃·拉斯伯在民间幽默故事基础上再创作而成。这部作品通过描写敏豪森男爵的游历故事,刻画了一个既爱说大话又机智勇敢、正直热情的神秘骑士形象。这部作品想象奇特、夸张大胆、构思新奇、语言风趣。后来"敏豪森"竟成了喜好吹牛、撒谎、爱把事情无限夸张因而毫不可信的代名词。至今这部作品仍被誉为儿童文学的瑰宝,广泛传诵于各国儿童间。

三、第一个繁荣期的儿童文学(19世纪)

(一) 19世纪儿童文学发展状况

1. 队伍日渐扩大

随着科技的发展,印刷术的不断改进,欧洲许多国家都有了专门的出版社,出版、编辑各类儿童图书。儿童文学创作队伍也空前壮大,出现了有影响力的作家及作品。一些文坛巨匠投身儿童文学事业,为孩子们创作,如巴尔扎克、托尔斯泰、契诃夫、王尔德、马克·吐温等。

2. 题材愈见广阔

以往儿童文学作品多取材于民间传说故事或家庭生活,题旨多偏重道德教育。19世纪的儿童文学创作却面向社会,从广阔的生活中取材,其中具有知识性、科学性的题材内容也在创作中占有重要一席。如法拉第(英国)的《蜡烛的故事》、法布尔(法国)的《昆虫记》,都是为儿童创作或供给他们阅读的知识题材名著。此外,以历史事件为题材,以及描写各种冒险、惊险经历的作品也都各具特色,共同构成了五彩缤纷的儿童文学世界。

3. 体裁不断突破

童话是一种古老的体裁,安徒生童话的出现使童话从民间传说,故事的加工、改写跃入了创作童话的时代,成为儿童文学中独具风采、占有重要地位的样式。英国作家路易斯·卡罗尔的《爱丽丝漫游奇境记》、意大利作家卡洛·科洛迪的《木偶奇遇记》等杰作的问世又使文学童话由短小的散文体故事扩展至鸿篇巨制。

儿童小说崛起是19世纪儿童文学的重要特征,以少年儿童为读者对象的各种形式的小说作品大量涌现,尤其是一些著名作家典范性作品的问世,标志着小说体裁已在儿童文学中确立了巩固的地位。

儿童诗歌、儿童散文也脱颖而出,出现了英国作家斯蒂文森的《一个孩子的诗园》、法国作家法朗士的《一个孩子的宴会》等名著。

4. 艺术日臻成熟

19世纪的儿童文学成功地塑造了众多的人物形象,其中不乏可与成人文学相媲美的典型形象,如马克·吐温1876年发表的《汤姆·索亚历险记》中主人公汤姆·索亚。而幻想、夸张的手法运用也日益丰富多样,如《爱丽丝漫游奇境记》。另外,儿童文学语言生动、精炼,富于情趣,如《木偶奇遇记》。这一时期的儿童文学运用的是真正的文学语言。

5. 理论有所开展

19世纪儿童文学创作盛况空前,使儿童文学理论研究也日益受到重视。尤其中叶以后俄国的别林斯基、车尔尼雪夫斯基、赫尔岑、谢德林等人对儿童文学理论的发展做出了巨大贡献。别林斯基是俄国现实主义文学批评的奠基人,也是进步儿童文学理论的奠基人。他们的论述涉及儿童文学的任务、创作方法及对作家的要求等方面,并重视对儿童阅读的指导,不少见解于今仍有意义。

(二) 19世纪儿童文学的著名作家作品

1. 格林兄弟(德国)——《格林童话》

格林兄弟是德国的语言学家、历史学家和民间文学家。他们将几十年勤奋劳作,收集的极为丰富的材料整理编写成200多篇童话故事,大部分源自民间的口头传说,其中《灰姑娘》《白雪公主》《小红帽》《青蛙王子》等童话故事较为闻名。格林童话有着与众不同的风格,它具有强烈的人民性,内容丰富充实,故事生动有趣,语言淳朴、粗犷、幽默且具有浓厚的民间色彩和韵味。从一定意义上说,格林童话与安徒生童话同为世界童话的两块基石。

2. 威廉·豪夫(德国)——《冷酷的心》

威廉·豪夫创作时间仅有1824—1827年间的三年多,但成果丰硕。最为著名的是《冷酷的心》,这部童话探讨幸福是什么。故事的主人公彼得厌恶劳动、崇尚虚荣,从而走上了邪路。作者通过巧妙的联想,把那些自私贪婪、残忍的家伙,想象成没有人心、长着石头心的人类渣滓,寓意十分深刻。

3. 霍夫曼的(德国)——《咬核桃小人和老鼠国王》

霍夫曼是德国著名的浪漫主义作家,《咬核桃小人和老鼠国王》是他为儿童创作的童话中最出色的一部。故事讲述了7岁的小姑娘玛丽发高烧时梦见归她保护的一个咬核桃小人和老鼠打架。此篇童话高扬了幻想。别林斯基充分肯定它的价值,认为:"是把幻想当作人的精神世界中必不可少的因素来加以赞颂的。因此这篇童话的主旨就在于发挥儿童身上的幻想因素。"

4. 路易斯·卡罗尔(英国)——《爱丽丝漫游奇境记》

路易斯·卡罗尔的《爱丽丝梦游仙境》讲述了一个名叫爱丽丝的英国小女孩为了追逐一只揣着怀表、会说话的兔子而不慎掉入了兔子洞,从而进入了一个神奇的国度并经历了一系列奇幻冒险的故事。作品一经问世即轰动英国文坛,并风靡欧美一个多世纪,成为最畅销的儿童文学作品之一。首先,作家从儿童的视角去观察事物,体验生活,进行艺术构思,以幽默风趣的语言、盎然的诗情,创造了一个奇妙的童话世界。其次,作家在真实生活的基础上创造了一个颇具个性、富有立体感的人物形象:即有着一双大眼睛,披着垂肩金发的可爱的7岁的小姑娘爱丽丝。爱丽丝天真活泼,充满好奇心和求知欲,又诚实、善良,富有同情心,乐于助人。这里所体现出来的坚忍、正直、善良、勇敢品质,压倒一切邪恶的浩然正气是儿童文学所要表达的。

5. 查理·金斯莱(英国)——《水孩子》

查理·金斯莱原在剑桥大学任教,后任牧师。他为了反对雇用童工来干清扫烟囱的沉重活计,也为了摒弃儿童文学中的说教传统,创作出版了代表作《水孩子》。作品写主人公汤姆受尽欺辱,后被仙女变成一个四寸长的小孩子,结识许多生物朋友,懂得了幸福要靠劳动获得,最后成长为一个正直、善良、勇敢的人。从头至尾故事充满着春天般轻快的情调,寄托了作者对所有孩子的希望。1906年《水孩子》被牛津大学选定为孩子的教科书。

6. 王尔德(英国)——《快乐王子》

王尔德是英国唯美主义诗人、戏剧家。《快乐王子》讲述了生前不知忧愁为何物的快乐王子死后目睹种种人世间的苦难,和燕子牺牲自我帮助他人的故事。童话熔幻想与现实于一炉,由快乐王子雕像和小燕子组成了一个富有感情的小世界。他们沉痛地看到社会的贫穷、不幸。作者一方面对不公平的社会现实做了有力的揭露,另一方面通过对快乐王子和小燕子形象的塑造颂扬了崇高的自我牺牲精神。

7. 卡洛·科洛迪(意大利)——《木偶奇遇记》

科洛迪的长篇童话《木偶奇遇记》讲述当木匠皮帕诺睡觉的时候,梦见一位蓝色的天使赋予他最心爱的木偶匹诺曹生命,于是小木偶开始了他的冒险。如果他要成为真正的男孩,他必须通过勇气、忠心以及诚实的考验。在历险中,他因贪玩而逃学,因贪心而受骗,还因此变成了驴子。最后,他掉进一只大鲸鱼的腹中,意外与皮帕诺相逢……经过这次历险,匹诺曹终于长大了,他变得诚实、勤劳、善良,成了一个真真正正的男孩。这部作品是19世纪后期世界著名的古典童话,它的影响极为深远。

8. 亚米契斯(意大利)——《爱的教育》

亚米契斯的《爱的教育》是19世纪第一部取材于儿童生活的现实主义作品。《爱的教育》根据自己儿子所写的小学生日记改写加工而成,写的是一个小学四年级学生恩里科一个学年的生活,其间穿插着老师每月给学生讲述的"故事",还有父母为他写的许多具有启发意义的文章。作品生动描写了学校的日常生活,深刻分析了儿童的心理,内容丰富、涉及面广。

9. 安徒生(丹麦)——童话

安徒生是19世纪丹麦著名的童话家,世界文学童话的创始人,一生共写下168篇童话。

他的童话满怀着生的愿望，以及强烈的战斗意志去追求光明的前途，如《海的女儿》《拇指姑娘》《野天鹅》等。安徒生的童话也有对摧残人、压迫人的黑暗现实以幽默的讽刺、尖锐的抨击和无情的揭露，如《卖火柴的小女孩》《皇帝的新装》《夜莺》等。此外，安徒生童话中还有许多以歌颂劳动人民的勤劳、智慧，赞扬他们纯朴高尚的品德为主题，如《园丁和主人》《老路灯》等。

10. 普希金（俄国）与童话诗

普希金是俄国伟大的诗人，在其创作的成熟期写了5首美丽的童话诗：《金鸡的故事》《死公主和七个勇士》《沙皇萨尔坦的故事》《鲁斯兰和柳德米拉》《金鱼和渔夫的故事》。这些童话诗充满对祖国和人民的挚爱，对正义、善良的赞美和对邪恶的愤慨。他的童话诗写得幽默、愉快，虽非专为儿童而作，却诗意地体现了儿童的情感，充溢着天真的童心。

11. 马克·吐温（美国）——《汤姆·索亚历险记》《哈克贝利·费恩历险记》

马克·吐温是美国19世纪最杰出的现实主义作家，标志其创作顶峰的却是两部长篇儿童历险小说。《汤姆·索亚历险记》描述19世纪上半世纪美国密西西比河畔的一个普通小镇上的故事。主人公汤姆·索亚天真活泼、敢于探险、追求自由，不堪忍受束缚个性、枯燥乏味的生活，幻想干一番英雄事业。小说通过主人公的冒险经历，对美国虚伪庸俗的社会习俗、伪善的宗教仪式和刻板陈腐的学校教育进行了讽刺和批判，以欢快的笔调描写了少年儿童自由活泼的心灵。《哈克贝利·费恩历险记》的中心情节是讲白人孩子哈克和黑奴吉姆如何结下深厚友谊的故事。小说赞美了吉姆善良无私的美好品质，也塑造了哈克这样一位富于正义感和叛逆精神的儿童形象。

此外，19世纪的儿童文学还有许多较有影响力的作品。如：英国的作家斯蒂文森的《宝岛》，法国作家马洛的《苦儿流浪记》、都德的《最后一课》，瑞士女作家斯比丽的《海蒂》，还有英国作家狄更斯的《雾都孤儿》，俄国作家契诃夫的《万卡》，美国作家斯托夫人的《汤姆叔叔的小屋》等都是儿童熟悉、喜爱的作品。

四、第二个繁荣期的儿童文学（20世纪）

进入20世纪，儿童文学引起了社会的普遍关注，从而促成了各种儿童文学机构的设立和有关工作、活动的开展。全国性、地区性甚至跨地区的组织也应运而生，这极为有力地促进了世界儿童文学的进一步繁荣。如1954年，IBBY（国际少年儿童书籍协会或国际少年儿童图书评议会）在苏黎世设立了以童话大师安徒生名字命名的国际性儿童文学奖，这是20世纪儿童文学发展的一座重要的里程碑。

（一）20世纪儿童文学的特点

1. 鲜明的美学特征

20世纪的儿童文学在内容、形式、审美趣味、审美评价、审美理想等方面都有了自己鲜明的特征和独立的个性。儿童文学创作强调人道主义精神，有丰富的想象、大胆的幻想，遵循快乐的原则。此外，还要求儿童文学作品的插图具有幽默意识和智巧之美，动作性强,简洁明朗等。

2. 幼儿文学的崛起和兴盛

20世纪,欧美一些国家已把幼儿文学置于整个儿童文学的重要位置上,各国大力出版发行幼儿读物,满足对幼儿进行早期教育的需要。它图文并茂,音色并重,游戏性强,寓教于乐,成为儿童文学中有特色的一部分。

3. 传统的文艺形式与现代化传播媒介并存

随着时代的发展,电视、电脑、互联网、手机等现代化传播媒介成了大众生活中必不可少的部分,既影响了儿童文学创作、传播以及接受,也构成了当代童年文化的重要内容。像以沃特·迪斯尼为代表的一批动画电影制作者一直走在儿童文学经典的改编道路上,制作了一系列儿童喜爱的动画电影,如《白雪公主》《睡美人》《灰姑娘》等。儿童文学作品与现代化传播媒介的结合,揭开了儿童文学发展史上新的一页。

4. 儿童文学题材、形式、风格呈扇形发展

20世纪,儿童文学题材广泛多样:首先,作家把目光投向学校,产生了"学校题材小说""学校剧"。其次,选材由社会扩展到广袤的大自然,动物题材文学生机勃勃。再次,题材由现实扩展至历史。此外,科学知识、科学幻想、探险活动、异国风情及战争中儿童的生活、战事给年幼一代带来的影响等等,大量出现于作家的笔下。

20世纪儿童文学的体裁、样式和表现形式也更多样化。一是儿童诗派生出"儿童散文诗"形式。二是儿童剧开始成为儿童文学的一种体裁。三是图画故事深受幼儿喜爱。四是影视文学剧本也开始列入儿童文学的样式之中。

20世纪儿童文学的风格异彩纷呈。就童话而言,东方民族劝喻色彩浓重的传统做法和以安徒生为代表的语言优美、富于抒情性的风格都各有其继承者,并有所发展和创新。小说创作方面,作家向成人文学借鉴,汲取各种各样的表现手法,使儿童小说园圃的色彩更加绚丽。

(二) 20世纪儿童文学的著名作家作品

1. 詹姆斯·马修·巴里(英国)——《彼得·潘》

《彼得·潘》是巴里创作的最著名的童话剧。作品讲述一个会飞的淘气小男孩彼得·潘和他在永无岛(也译为梦幻岛)的冒险故事。剧中虚构了一个拒绝长大、天真活泼、疾恶如仇、勇敢而富有牺牲精神的小男孩彼得·潘,这个形象也成了永无止境的游乐、永恒童年和永不衰老的精神象征。

2. 伊迪斯·内斯比特(英国)——《五个孩子和一个怪物》

《五个孩子和一个怪物》是内斯比特四部魔幻小说的第一部。故事讲述五个孩子从伦敦搬到了乡下,在这里他们遇到了一位沙仙。神奇的沙仙能施展魔法,实现孩子们的愿望,但给他们带来的是始料未及又尴尬的结果。这是一种崭新的幻想小说类型,即"日常魔法型",于是日常生活被打乱,一群普通孩子突然遭遇魔法,奇迹开始发生。第二个创新是她作品的主人公不再是一个孩子,而是一群孩子,即"集体主人公"。

3. 米尔恩(英国)——《小熊维尼·菩》

米尔恩是英国著名的幽默作家。《小熊维尼·菩》这篇童话改变了以往童话注重奇事珍闻和故事情节表现的传统模式,只描写了小男孩罗宾和他的玩具熊温尼及森林里的小猪、兔子、老驴、袋鼠等小动物们的日常生活和游戏。温尼是最富有儿童特点的童话形象。

4. 弗朗西丝·霍奇森·伯内特(英国)——《秘密花园》

《秘密花园》故事中两个孩子玛丽、柯林因从小缺乏父母之爱,从而个性扭曲乖戾。一次神奇的经历,玛丽闯入久已禁闭且荒芜的花园。玛丽仿佛置身于与世隔绝的仙境,柯林也兴奋地欢呼"我要目睹万物在这里生长,我自己也要在这里生长"。玛丽和她的小伙伴找到了开启快乐的钥匙,和花园经历了一次诗意的复活。高耸的围墙,禁止大人进入的秘密领地,都让它成为童年的象征。正是在这秘密花园里,孩子们找回了失去的童年,他们劳动,让荒废了十年的花园起死回生,同时也复活了自己。自然和爱拯救了两个身心不健康的孩子。

5. 埃里希·克斯特纳(德国)——《埃米尔和侦探们》

克斯特纳著有儿童小说《两个小洛特》、童话《5月35日》,其代表作是《埃米尔和侦探们》,它描述的是一起追捕盗贼的侦探案,小说成功塑造了埃米尔勇敢机智的形象,语言明白晓畅,生动有趣,故事情节扣人心弦,又发人深省。

6. 贾尼·罗大里(意大利)——《洋葱头历险记》

罗大里是意大利作家,安徒生奖获得者,被誉为20世纪儿童文学泰斗。在意大利,洋葱头几乎与匹诺曹齐名,《洋葱头历险记》是著名的寓言童话。该作品讲述主人公洋葱头,是一个有主张、有正义感的男孩。老洋葱不小心踩了柠檬王一脚而被关进了监狱。洋葱头探监时老洋葱告诉他,关押在这个监狱里的都是可怜人,他们都没有犯罪,可是做坏事的那些人却被养在皇宫里。洋葱头决定救出监狱里善良的人们,却不幸也被投入黑牢。在鼹鼠太太、小樱桃和小草莓的帮助下,洋葱头和朋友们最后终于逃出了监狱,然后又和村民们一起占领了城堡,最后柠檬兵们也纷纷放下武器投降了。大家团结起来,一起推翻了柠檬王的统治,获得了自由。

7. 塞尔玛·拉格洛芙(瑞典)——《尼尔斯骑鹅旅行记》

拉格洛芙是诺贝尔文学奖获得者。《尼尔斯骑鹅旅行记》这部童话作品不仅给读者讲述了一个顽童骑鹅旅行的故事,还描绘了绚丽多彩的瑞典景色,同时告诉读者相关地理概况、风土人情以及历史知识等。这部童话富有艺术性、知识性、科学性,是世界儿童文学宝库中的明珠。

8. 林格伦(瑞典)——《长袜子皮皮》

林格伦被誉为当代儿童文学作家代表。她成功地用自己的作品,为全世界的孩子留下了一个又一个的永远不会长大的童年伙伴:皮皮、卡尔松、埃米尔等等,也被称为"童话外婆"。

其中最鲜明动人的形象是皮皮,她是个九岁的女孩,乐观开朗,机灵聪明,力大无比,同时又富有正义感,慷慨善良,是个超越常规的特殊儿童。皮皮可以不受家庭和社会的束缚,随心所欲地行动,享受自由快乐的生活。在这一童话形象上体现了儿童对于自主、力量、自由、快乐的向往。

皮皮的故事同时颠覆了两种传统,一是成人对孩子施加的身体和精神的规训,另一个是文化传统,对女孩的身体和精神的规训,并通过反抗这种归宿肯定了童年价值。皮皮不顾一切腐朽守旧的禁律,做她想做的一切,这是作者理想中各种天性都正常发展的孩子的化身,是儿童自由精神的代表。

9. 弗兰克·鲍姆(美国)——《绿野仙踪》

弗兰克·鲍姆的《绿野仙踪》是美国儿童文学史上第一部真正意义上的幻想小说。住在堪萨斯"除了灰色,什么也看不见"的大草原女孩多萝西,是个穷人家的孩子,但她阳光向上、善良,对同伴总是热心相助,不怕危险和困难。小说讲述了多萝西如何认识世界和与人相处,教会个体如何在群体社会中认识自己,获得"身份感"。

10. E.B.怀特(美国)的三部童话——《小老鼠斯图亚特》《夏洛的网》《哑天鹅的故事》

怀特是美国著名的幽默讽刺作家。他创作的这三部童话《小老鼠斯图亚特》(1945)、《夏洛的网》(1952)、《哑天鹅的故事》(1970)带有典型的西方现代童话特色。他巧妙地融合了童话人物的幻想世界与真实的社会生活,在如真似幻的童话世界里塑造人物性格、映射现实。他的三部童话充盈着可贵的自然之美以及温馨的道德力量,文笔简洁平易、风格幽默动人。

11. 欧内斯特·西顿(加拿大)——《我所熟悉的野生动物》

西顿是加拿大作家,是动物文学的奠基人。在《我所熟悉的野生动物》这部作品里作者用生动的语言娓娓讲述了他与野生动物为邻的那段鲜为人知的生活经历,揭开了动物社会的神秘面纱。西顿说他的动物故事是全部以事实作为基础的,即得自他所积累的第一手原始材料,因而他笔下的动物格外生动真实,如《狼王洛波》。

12. 露西·莫德·蒙哥马利(加拿大)——《红发安妮》

蒙哥马利的《红发安妮》塑造了个性极其鲜明的少女安妮形象,她纯洁、正直、倔强、感情丰富,还非常喜欢说话,对于大自然的美有着敏锐的感受力。她的想象力极为丰富,她能够把眼前的事物想象得美好而富有诗意。但这些想象有时又会闹出一连串的笑话,使得绿山墙农舍的故事妙趣横生。作者以行云流水般流畅的语言和幽默的笔调,使读者快乐地欣赏着安妮的世界,和她同喜同忧,并与她一起去向往未来的梦。马克·吐温说:"安妮是继不朽的爱丽丝之后最令人感动和喜爱的儿童形象",儿童文学评论家诺德曼在《儿童文学的乐趣》中写道:"安妮拥有数百万喜欢她的女性读者,安妮,这个红头发的加拿大女孩的故事,一个多世纪以来,激励着世界成千上万的女孩,成为她们成长的榜样。"

13. 小川未明(日本)的童话创作

小川未明是日本著名的童话作家,1910年出版的童话集《赤色的船》,作为纯艺术的创作童话,在日本现代儿童文学史上具有划时代的意义。他一生写下了7800篇童话,代表作有:《牛女》《月夜和眼镜》《红蜡烛和人鱼》《野蔷薇》。小川未明被誉为日本的安徒生。其中名篇《红蜡烛和人鱼》写人鱼姑娘给一对制作蜡烛的老夫妇在蜡烛上绘画,航海的船只只要点上她画过的蜡烛,便可保证在暴风雨中平安无事,于是老夫妇生意兴隆。但他们贪财,把人鱼姑娘当珍奇动物卖掉了,以后他们的蜡烛就不灵了,从此再也没有生意。作者十分重视童话的教化作用,他认为"只有作为艺术的童话,才能经常把儿童的心灵吸引到善美、高尚、纯洁的事物上来,以便养成明朗的人性,把握住辨别道德的准绳,仔细检点自己的行为"。这篇童话正好为他的童话观做了艺术的注脚。

14. 黑柳彻子(日本)——《窗边的小豆豆》

黑柳彻子是日本作家、电视节目主持人、联合国儿童基金会亲善大使。《窗边的小豆豆》这本书讲述了作者上小学时的一段真实的故事。作者因淘气被原学校退学后,来到巴学园。在小林校长的爱护和指导下,让"怪怪"的小豆豆逐渐成了大家能接受的一个孩子,并奠定了她一生的基础,这本书不仅带给世界几千万读者无数的笑声和感动,而且为现代教育的发展注入新的活力。

第二节 中国儿童文学的探索发展

儿童文学作为一个历史概念,在中国不过一百年的历史。中国儿童文学的发生根植于深厚的民族文化渊源和优秀的文化传统。中国儿童文学萌芽于19世纪中后期,到20世纪初叶才第一次以一种明显和独立的文学形式出现于"五四"文坛,而在此前漫长的中华民族文明长河里,它还处于潜伏和萌芽状态。中国儿童文学的发展,大致可分为三个阶段:中国儿童文学的萌生、中国现代儿童文学、中国当代儿童文学。

一、中国儿童文学的萌生

民间文学是一切文学的源头,儿童文学与民间文学有着更为密切的关系。民间文学最重要的文学形式是歌谣与民间故事。歌谣包括民歌和童谣等韵文作品,民间故事包括神话、传说、童话、寓言、故事等散文作品。歌谣中的童谣与几乎所有的民间故事样式在长期口耳传承中一并逐渐演进为儿童文学最基本的文体形式。神话、传说、寓言、古代歌谣具有民间的印记,为孩子们喜闻乐道,对儿童文学的萌发有着较为直接的影响。

受民间文学的影响,许多古代小说都蕴藏着一定的儿童文学因素。如轶事小说《世说新语》中的"周处除三害"、志怪小说《搜神记》中的"李寄斩蛇"等都颇似儿童故事。吴承恩的《西游记》被国外学者尊为中国古典童话的典范之作。尤其是孙悟空这个充满民族特性的独创形象,在世界儿童文学形象里都已产生积极影响。蒲松龄的《聊斋志异》也接近儿童文学的美学要求。这部作品虽是谈狐说鬼的"孤愤之书",却也塑造了一群活泼、可爱、聪慧而又勇敢的儿童形象。但最吸引孩子的地方还因为它是"鬼故事",有一种神怪性和梦幻性。大部分故事是以幻想的仙鬼狐魅为主人公,他们又兼具人性与神通,变化万端,来去自由,上演了一个个曲折美丽的人狐故事。蒲松龄被誉为中国的格林。同样的情形也不同程度地发生在很多古典名著上,如《三国演义》《封神演义》《说岳全传》《济公传》《镜花缘》等。令人惊奇的是,这类作品都具有下述三个方面主要特征:一是在长期流传的民间文学的基础上再创作而成的,在成书前就有深厚的民众(包括儿童)基础;二是基本上都属于热闹型的通俗读物,可读性强,便于讲述;三是题材方面,都未出志怪、传奇一类,其源头都可以上溯到远古神话与传说,而这类文学自古以来就是孩子们天然的精神食粮。

在古代诗歌中,更多浅近、活泼的儿童诗。如:骆宾王的《咏鹅》、孟浩然的《春晓》、李白的《静夜思》、柳宗元的《江雪》、贾岛的《寻隐者不遇》、孟郊的《游子吟》、张志和的《渔歌子》等等。

在古代的一些启蒙读物中也存在一定的儿童文学因素。《三字经》中有些传说、故事,如:"孟母择邻""孔融让梨"等。《幼学琼林》中不仅有传说片段,还有完整的神话、童话和寓言。成书于宋代的《神童诗》《千家诗》等,儿童文学意味更为浓厚。

在现代意义上的儿童文学还没有产生以前,儿童只能通过两种途径接近文学:一是从民间文学中汲取营养;二是将成人文学中适合自己的部分占为己有。中国儿童文学萌发的种种初级形态,或明或隐地形成了有助于后来新儿童文学的产生与发展的艺术传统,它们与民间文学一道既为儿童文学提供了大量的材料、多种的艺术形式,也提供了方法的创作经验。

清代末年,萌发状态中的儿童文学逐渐出现了自成一宗的趋向。这时的儿童诗、小说、童话、寓言儿童戏剧等作品开始走向小读者,尤其是儿童诗和儿童小说最有影响力。儿童诗有梁启超的《爱国歌》、黄遵宪的《幼稚园上学歌》等,深受儿童喜爱。儿童小说方面大多是翻译或带创作成分的译述、改写域外或古代作品。

二、中国现代儿童文学

(一) 五四时期的儿童文学

五四新文化运动是中国历史上的一次真正伟大的变革。五四时代,首先是思想解放的时代,是"收纳新潮,脱离旧套"(鲁迅语)的时代。五四时代的启蒙主义者,高扬"民主"与"科学"两大旗帜,向封建主义发起猛烈进攻,鼓吹个性解放,要求人格独立,一时形成汹涌的时代思潮。五四文学革命是五四新文化运动的重要一翼,它不但是中国现代文学的伟大开端,同时也催生了其独立组成部分——现代儿童文学的萌发。儿童问题得到了极大的关注。《新青年》明确征集包括儿童文学在内的文章,鲁迅在《狂人日记》中发出"救救孩子"的呼声,于是文学界开始大量译介外国作品和对古代作品进行改写。翻译上贡献最大的是鲁迅,如《爱罗先珂童话集》《桃色的云》。郑振铎编辑了《高加索民间故事》《莱辛寓言》《印度寓言》等。在当时旧作品被摒弃、新作品一时又难以应求的情况下,这些翻译与改写的作品起到了很好的桥梁作用,同时也给作家的创作带来了一定的启发和借鉴。

五四时期也开启了研究童话、采集儿歌等一些很有实绩的工作。五四时期的童话研究有三种不同的目的与途径:一是从民俗学、人类学的角度出发,研究"民间的童话",主要是探讨民间童话所保存和反映的民俗风情、社会世态、道德习俗。这种研究以《妇女杂志》为主要阵地,在1920年至1921年间发表了《论民间文学》(胡愈之)、《论童话》(张梓生)、《童话与空想》(冯飞)等重要文章,还刊登了《马郎》《老虎外婆》等民间童话及儿歌、谜语等作品。二是从教育学、儿童学的角度研究儿童适用的"教育的童话"。这类童话既有从民间采风所得,也有作家的创作,但它们都是从儿童出发,"不带有成人的气息",《安徒生童话》《爱丽丝漫游奇境记》《木偶奇遇记》《金河王》等就是五四以来最为人称道的"教育的童话"。第三种研究途径是探讨"童话体的小说",五四时期称其为"文学的童话"。这类童话的最大特点是:作家创作的"目的是在社会,并不是想把这些东西给儿童看,或者更恰当地说,他们的目的只是表现他们自己",因此作品内容大都"带着成人的悲哀",是一种用创作童话的手法写成的小说,如王尔德、孟代、爱罗先珂的某些童话即是。五四时期开始的童话研究虽有三种不同的途径,但它们"殊途同归",其结果都直接或间接地促进了现代童话的发展与繁荣,为孩子们提供了更多的精神食粮。1924年,赵景深收录了五四期间散见于全国各地报刊的十八位作者的三十篇儿童文学文论,结集为《童话评论》一书出版,其中二十三篇都是探讨童话的。《童话评论》是我国第一部儿童文学论文集,集中反映了五四时期以童话研究为中心的儿童文学理论成果。

五四前后鲁迅、周作人、郑振铎等人提出了最有影响力的儿童文学观,即儿童文学必须以儿童为本位,"迎合儿童心理",服务于儿童。强调儿童文学应以儿童为本位,即以儿童为中心、主体;强调儿童文学应迎合儿童心理,即以儿童的心理特征及其认知水平、接受能力、精神需要为准绳,使之成为儿童所喜看、所能看的文学,这实在是中国儿童文学一个划时代的变革、一个重大的进步。现代儿童文学的拓荒者把"儿童本位"作为一个口号,用于"五四"反封建的战斗,着实产生了振聋发聩的作用,它对于提高儿童和儿童文学的地位,加速现代儿童文学的发展,在当时中国社会的特定历史时期,起到了积极的促进作用。

这一时期创作概况如下:童话创作成就最突出的是叶圣陶,1923年他的童话集《稻草人》出版,这是我国有史以来作家创作的第一部童话集。

在儿童小说方面,影响较大的是鲁迅、叶圣陶、冰心等。如《社戏》《故乡》;《阿南》《一课》;《寂寞》《离家的一年》。

在儿童散文方面,影响深远的有鲁迅、冰心、丰子恺等人,如鲁迅的《风筝》《朝花夕拾》;冰心的《寄小读者》,作品以歌颂母爱、童真、自然美为主旨,既具有反封建的多种意义,又充分体现了冰心的清丽、隽永、典雅、富于抒情色彩的艺术风格,奠定了冰心在儿童散文史上的开拓者的地位。

在儿童剧方面,影响深广的是黎锦晖、郭沫若等。黎锦晖的歌舞剧《葡萄仙子》《小小画家》被誉为是中国歌舞剧的开始。

在儿童诗方面,成就显著的是俞平伯、郭沫若等。俞平伯的《忆》含小诗36首,皆是"有趣的尝试,童心的探求"。

此外,这时期出现了不少的儿童刊物,功绩最突出的是商务印书馆的《儿童世界》和中华书局的《小朋友》(黎锦晖主编)。

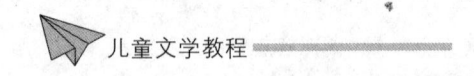

（二）"左联"时期（1927—1937）的儿童文学

1930年3月，中国左翼作家联盟成立宣告中国共产党领导的第一个革命文学组织诞生。左联以现实主义为创作主流，作为革命文学一翼的儿童文学在本时期受到了更多的重视。左翼作家把儿童当作自己"新时代的弟妹"。为了给他们新的思想、新的精神、新的文学，使他们能够担负起"人的战士"的重任，左翼作家热情的关心与扶植着儿童文学这株弱小、但有巨大生命力的幼苗，使它能在激烈的社会动荡中健康茁壮地成长。

左联领导者之一的鲁迅先生，提出"尊重儿童独立的人格，一切从儿童本味出发"的论点。鲁迅以他儿童文学的理论、儿童形象的创造和翻译的实绩，为我国现代儿童文学的发展作出了巨大的贡献。其他左联成员，如钱杏邨、洪灵菲、柔石等也以他们创作的实绩，浇灌了儿童文学这株幼苗。

其次，左联对儿童文学也给予了相当的重视。左联机关刊物《北斗》《文学导报》和《拓荒者》《萌芽》（月刊）、《大众文艺》等左翼刊物都刊登过不少儿童文学作品和理论文章。《大众文艺》开设《少年大众》一栏，《文学》（月刊）也专门出过一期"儿童文学特辑"，为新兴儿童文学呐喊、助威。

再次，左翼作家群中的儿童文学创作也是十分活跃的。不仅在主题和题材方面有新的开拓，而且在艺术上也日趋成熟。无产阶级革命文艺运动的前驱者冯宪章、应修人、柔石、冯铿、胡也频、叶刚等，不仅以自己一腔的热血和生命写下了壮丽的诗篇，而且为革命儿童文学开辟了新的天地。

如果说五四新文学运动为中国现代儿童文学打下了坚实的基础，那么，左翼文艺运动则对中国现代儿童文学的发展起了积极的推动作用。左联对中国现代儿童文学的贡献具有伟大的历史性意义。

首先，左翼儿童文学继承了新文学的传统，具有强烈的战斗精神，主题进一步深化了。作家们敢于干预生活、直面人生，向少年们揭示这个社会黑暗的现实，让他们从小就明白这个社会的阶级矛盾，帮助儿童认识现实，促进儿童在现实中成长，进而为国家的社会革命与解放服务。

其次，左翼儿童文学的题材面较广，不仅有揭露社会阴暗面的作品，而且还有反帝爱国方面的作品。随着日本帝国主义日益把战火烧近，人民反抗的呼声也日益高涨。左翼作家的笔自然也就深入到这一领域。此外，由于一些左翼作家参观了解放区，有感于解放区火热的斗争生活和少年英雄的事迹，写出了歌颂根据地人民伟大的革命英雄主义，特别是少年英雄大无畏的革命献身精神的作品，使根据地火热的新生活得以再现于国统区的少年儿童面前，鼓舞了国统区少年儿童参加革命斗争的勇气。

左翼儿童文学在艺术上尽管还不够成熟，有些作品比较粗糙，有的则存在一些公式化、概念化的倾向，但是它以革命儿童文学崭新的姿态出现在中国现代儿童文学的阵地上，不能不说是给中国现代儿童文学的发展注入了新鲜的血液，使中国现代儿童文学在前进的道路上大大地跨进了一步。

这一时期的儿童文学创作也取得了一定的成就，儿童小说方面，影响较大的是叶圣陶、冰心等。如：叶圣陶的《儿童节》《一桶水》；冰心的《冬儿姑娘》《分》。

童话创作方面,以张天翼的《大林和小林》最有意义。这部杰作代表了左翼儿童文学的创作实绩,也奠定了我国长篇童话的基础,是继《稻草人》之后的又一座里程碑。

总之,左翼文艺运动的兴起,加速了儿童文学在现实主义道路上前进的步伐,使现实主义成为这一时期儿童文学创作的主流。如果说叶圣陶前期的现实主义童话,在揭示现实生活中,还带有一层淡淡的悲哀色彩的话,那么这一时期的现实主义儿童文学创作的格调则已渐趋明朗。这一时期,反映现实的主题和题材,在儿童文学创作中占有突出的地位,并取得了相当高的艺术成就。这时期的儿童文学跳出了家庭、学校的圈子,笔触范围扩大,靠拢时代中心,作品的思想性、倾向性更为明确而具体。

(三) 全面抗战时期和解放战争时期(1937—1949)的儿童文学

从全面抗战开始到解放战争结束的十余年时间,儿童文学深受战争的影响。战争给人民带来苦难的同时也使青少年一代受到锻炼和教育。在这个时期也涌现了很多的战斗小英雄,像海娃、雨来,还有东北义勇军中的小英雄。中国儿童在战火中经受了锻炼,身心两方面都发生了巨大的变化。

社会生活的变化深刻地影响了儿童文学的面貌。中国儿童文学本来起步较晚,到抗战前夕,一支不大的儿童文学力量主要集中在上海。上海沦陷,作家们走出了大都市,离开上海奔向全国各地,投身到民族解放的浪潮中。他们在战火与硝烟中感受到民族之心的跳动,在斗争中找到新的人物、新的主题。儿童文学的优良传统得到发扬光大,爱国之情得到充分地展现。在血与火的洗礼中,中国儿童文学也在自己的发展中打开了一个新局面。

全面抗战时期和解放战争时期的儿童文学是中国现代儿童文学发展史上的一个新阶段。由于形势的制约,这时期的儿童文学创作队伍分成三支:国统区的儿童文学、解放区的儿童文学、沦陷区的儿童文学。民族解放和人民解放的战争题材成了这时期儿童文学的主流。

这一时期的代表作家和作品有苏苏的《小难童》《小奸细》,仇重的《春风这样说》《有尾巴的人》,中华山的《鸡毛信》,贺宜的《秋风的话》,管桦的《雨来没有死》,丁玲的《一颗未出膛的枪弹》和峻青的《小侦察员》。成就最高的是严文井,他的代表作品有《南南和胡子伯伯》《四季的风》,其中《四季的风》以优美的想象,虚构了一个充满人道主义的动人故事。此外还有包蕾的《巨人的花园》《求仙记》,金近的《红鬼脸壳》《小毛的生活》,陈伯吹的《亲爱的山姆大叔》,丰子恺的《伍圆的话》,何公超的《快乐鸟》,黄谷柳的《虾球传》,黄庆云的《七个哥哥和一个妹妹》,刘御的儿歌及儿童故事,鲁兵、圣野、郭风、田地、昌漠野、黄衣青的童话、小说、诗歌等。

三、中国当代儿童文学

(一) 建国后 17 年(1949—1965)——中国儿童文学的第一个黄金时代

1949年10月1日,中华人民共和国成立了。中国当代儿童文学也随着新中国的诞生翻开了新的一页。新中国诞生时的儿童文学作家队伍,主要是由解放区作家和国统区革命作家两部分人组成的。前者如严文井、苏苏、华山、左林、刘御等,后者如叶圣陶、冰心、张天翼、高士其、金近、陈伯吹、仇重、贺宜、包蕾等。1949年后,这两支文艺队伍胜利会合了。这一会合,不仅开辟了中国社会主义儿童文学的发展道路,也向上接通了五四运动以来中国现代儿童文学的传统。

　　作为整个新中国社会主义文学的一部分,解放后的中国儿童文学的首要任务便是学习、贯彻毛泽东文艺思想。毛泽东文艺思想主要形成于延安时期,其最主要的内容是文艺要自觉地和时代精神,特别是要和人民的革命斗争结合起来,反映人民群众尤其是工农兵的生活,塑造工农兵的英雄形象,使文艺真正为工农兵服务。

　　反映到儿童文学领域,许多作家都实际地参加到土地改革、"三反五反"、社会主义教育等运动中去,熟悉新中国的少年儿童,努力塑造新中国的小主人形象,很短时间内就使儿童文学显出和以往儿童文学完全不同的面貌。儿童文学理论研究队伍开始形成,出版了陈伯吹、蒋风、金近、贺宜等学者的论集,还广泛引进了苏联的理论著作。

　　20世纪50年代儿童文学的真正繁荣是在1954年全国第一次儿童文学评奖后才真正出现的。在这以前,新中国儿童文学为了实现自身的飞跃,已经有几年时间的准备和酝酿。20世纪50年代儿童文学的突出特点是以绚丽的笔触描写解放了的新社会,歌颂中国共产党、歌颂新中国、歌颂新的人和新的世界,几乎每篇作品都洋溢着一种幸福、感激的激情和一种乐观、自豪、奋发向上的时代精神。这当然主要是由那个时代的精神主潮所决定的。

　　像严文井的童话、柯岩的儿童诗,他们笔下的生活和作品中表达的感情是那么美好,充满对未来的憧憬,但读者又分明地感觉到这些作品中的人物似乎就生活在自己的身边。张天翼《宝葫芦的秘密》中的王葆和他20世纪30年代的作品《大林和小林》中的大林在思想起点上是颇为近似的,但大林最后成为一个废物死在金元堆中,王葆则改正自己的缺点成了一个好孩子,两相比较,不难看出作家对这个时代的由衷热爱。这种对新的人、新的世界的表现使20世纪50年代儿童文学在总体上显出热情、明朗的特色。

　　与作品的深层内容的变化相适应,20世纪50年代儿童文学在具体的表现形态上也显出和过去儿童文学有很大的不同。其中"儿童情趣"在20世纪50年代成为一个重要的美学概念。"儿童文学要有儿童情趣",这在当时不仅是评审作品内容的尺度,其实也引导着作品的表现形式,如作品的叙述方法。"儿童情趣"这个词在当时实际上是有其特定内涵的,那就是儿童在当时社会环境中形成的思想觉悟与他们作为孩子的天真、幼稚的不和谐,这种不和谐导致儿童在具体行动中的许多喜剧性表现,柯岩的儿童诗就是因为生动地表现了这种情趣而成为20世纪50年代儿童文学的一面旗帜。

　　20世纪50年代儿童文学的创作繁荣表现在各个方面,如童话、小说、诗歌、科学文艺以至传统的民间故事的搜集和改编,其中有些形式达到以往儿童文学从未达到过的水平。

　　童话创作方面,长篇童话获得了丰收。张天翼的长篇童话《宝葫芦的秘密》、贺宜的《小公鸡历险记》和《鸡毛小不点儿》、葛翠琳的《野葡萄》、金近的《小鲤鱼跳龙门》、包蕾的《猪八戒吃西瓜》、秦兆阳的《小燕子万里飞行记》、洪汛涛的《神笔马良》、方轶群的《萝卜回来啦》等作品,都是20世纪50年代较优秀的童话作品,其中张天翼的《宝葫芦的秘密》和严文井的《"下次开船"港》被誉为是20世纪50年代童话园里两朵绽开的鲜花。

儿童小说也取得了长足的进步，并在美学上显出自己的个性。20世纪50年代儿童小说在题材上主要集中在两个方面。一是革命历史题材；一是现实题材。在革命历史题材方面，如刘真的《好大娘》《我和小荣》，萧平的《三月雪》，徐光耀的《小兵张嘎》，袁静的《小黑马的故事》等，这些作品笔触细腻，基调乐观，具有较强的时代色彩。在现实题材方面，令人瞩目的作家有任大星、任大霖兄弟，他俩都是1949年后成长起来的作家，其作品如《蟋蟀》《吕小钢和他的妹妹》很有20世纪50年代的生活气息。他俩都还写了一些以1949年前浙东小镇为背景的所谓"童年小说"，写的虽是1949年前儿童的生活，表现的却是1949年后的作者对那一段儿童生活的认识。此外，呆向真的《小胖和小松》、秦牧的《回国》、张天翼的《罗文应的故事》、马烽的《韩梅梅》、王若望的《阿福寻宝记》、杨朔的《雪花飘飘》、王汶石的《蛮蛮》、揭祥麟的《桂花村的孩子》等都在一代儿童中留有广泛的影响。

20世纪50年代的儿童诗能与童话、小说并列成为当时儿童文学的一个极有成绩的样式，在很大程度上是与柯岩的成功分不开的。柯岩自1955年发表《"小兵"的故事》一鸣惊人，至1959年出版诗集《"小迷糊"阿姨》，不仅多产，艺术上也达到当时儿童诗的最高成就。袁鹰、任溶溶、刘饶民、乔羽、金近、鲁兵、圣野的儿童诗也有一定影响。

20世纪50年代成功的儿童剧主要是在民间故事基础上改编的童话剧和反映战争年代少年儿童生活的革命历史剧，这些作品更多地表现儿童的校外生活，赞扬他们以及教育他们健康成长的思想品德或先进事迹。前者如张天翼的《大灰狼》、任德耀的《马兰花》、乔羽的《果园姐妹》，后者如王镇的《枪》、邢野等人的《儿童团》等。

在科学文艺方面，各类体裁均有所发展。比如郑文光的《太阳历险记》，迟叔昌、于止的《割掉鼻子的大象》，叶至善的《失踪的哥哥》等，都是其中的佼佼者。还有高士其的《我们的土壤妈妈》至今仍是科学诗的典范。科学童话如方慧珍的《小蝌蚪找妈妈》。科幻作品如郑文光的《从地球到火星》。总之，这时期的儿童文学创作队伍已经形成，而且在主题的挖掘和题材的选择上见出深度和广度，艺术手法的多样超越了以往各个阶段。

（二）"文化大革命"时期（1966—1976）的儿童文学

这一时期儿童文学的代表作小说类有李心田的《闪闪的红星》、管桦的《上学》，还有《天安门诗抄》中的儿童诗篇是为数不多的儿童文学作品。

（三）新时期（1977—2000）的儿童文学

自从进入新时期以来，中国儿童文学百花园里呈现出一派欣欣向荣的景象。在理论建设方面，出版的儿童文学理论、评论著作和资料有150多种，而儿童小说创作成就最为突出，充分显示了新时期儿童文学创作的辉煌实绩。

这时期儿童小说创作，无论是反映生活的广度和深度，还是题材的开拓和风格的多样化，跟以往各个时期相比，都有了新的突破。一支多层次、多梯队的空前壮大的儿童小说队伍逐渐形成，一些鲜明的少年儿童形象得以成功塑造；同时这些作品的内容和形式显示着历史转折时期充满思考、探索和追求的特点。

二十多年来，儿童小说取得的成就是巨大的，其发展轨迹也是清晰可辨的。从创作方法看，经历了现实主义开放性的新发展的同时，一批先锋派作家从西方文学和中国当代成人文学中借鉴了现代主义的创作方式进行了一些有开拓意义的实验，出现了现实主义和现代主义互相融合、交相辉映的繁荣局面。与此相应的，从文艺思潮角度看，开头十年儿童小说又经历了儿童"伤痕小说"—"问题小说"—"新人小说"和"探索小说"等意味深长的演变；而创作方法和文艺思潮的发展有着内在的联系，呈现出与生活同步，随生活发展而发展的趋势。

此段时期的儿童小说是在恢复和发扬"五四"以来现实主义的传统中起步的。儿童"伤痕小说"就是整个新时期儿童文学的先导，率先否定了"文化大革命"，控诉林彪、江青集团给整个社会和人民精神世界的严重摧残，尤其是对青少年一代心灵所造成的创伤。《班主任》（刘心武）、《小微微》（瞿航）、《弯弯的小河》（程远）、《阿兔》（黄蓓佳）等是这类作品的代表。"伤痕小说"的出现，标志着儿童小说作者们对现实主义传统的追寻，对真实性的拥戴和批判精神的加强；体现了他们让孩子们了解历史和现实的真相，阻止历史悲剧重演的责任感和艺术良心。

1978年中国共产党十一届三中全会的召开，使思想空前开放，作家的生活视野和艺术视野也大有开阔。作为"伤痕文学"的延续和深化，伴随着"反思文学"思潮的兴起，儿童小说作者也以前所未有的勇气与陈旧的儿童文学观念决裂，以强烈的现实主义精神、忧患意识和思辨热情发掘问题、剖析人生，出现了"问题小说"。王安忆的《谁是未来的中队长》、罗辰生的《吃拖拉机的故事》便是其中的代表。一时间，社会生活中种种弊端、学校生活的诸多问题都涌入儿童小说领域，于是有了《三色圆珠笔》（邱勋）、《白脖儿》（罗辰生）、《黑箭》（刘厚明）等一大批"问题小说"。"问题小说"在题材开拓、主题深化、人物塑造和艺术表现手法诸方面都比"伤痕小说"成熟，有较强的现实感和历史纵深感，是对现实主义创作方法的进一步深化。

随着社会生活的进一步发展，尤其是中国共产党的十二大提出全面开创社会主义现代化建设的新局面以后，人们对新生活的追求逐渐取代了对过去历史的回顾，读者和评论者们都在呼唤能反映20世纪80年代风貌的新型少年形象。庄之明的《新星女队一号》是较早的颇受人推崇的"新人小说"，之后又有了《我要我的雕刻刀》（刘健屏）、《一个与众不同的学生》（范锡林）等一批刻画20世纪80年代性格各异、独立性强的少年儿童新形象的小说。随着生活的进一步发展，农村乡土题材作品有任大星的《三个铜板豆腐》、任大霖的《大仙的宅邸》。

探索小说有曹文轩的《第十一根红布条》、常新港的《独船》、陈丹燕的《上锁的抽屉》。

动物小说异军突起，其代表是沈石溪的《象群迁移的时候》《第七条猎狗》；乌热尔图的《老人和鹿》。

童话创作方面，出现了中国当代儿童文学史上前所未有的繁荣局面。作家们破除传统的儿童文学旧观念的束缚，树立新的童话观念，重视童话的美感熏陶作用，强调童话幻想的宣泄价值，着力培养儿童丰富的想象力。伴随着童话观念的更新和蜕变，童话文坛出现了多元格局，形成了不同的创作倾向与艺术风格。

1. "热闹型"童话

富于喜剧效果的童话较适合当代儿童的审美心理。"热闹"来自：一是作品表现的场面，有众多的人物，互相交叉的事件，鲜明对比的性格，色彩鲜艳的画面和刺激强烈的声音意象；二是表现手段上的大幅度夸张、变形，情节的迅速推进，场景的频繁变化等，使读者的心理一直处在一种兴奋、紧张的期待中。

"热闹型"童话的自由精神、快乐原则、游戏品位深受处于现实压力下的当代儿童的欢迎。代表作家郑渊洁，还有周锐、彭懿、金逸铭、朱奎。代表作品有郑渊洁的皮皮鲁和鲁西西系列、周锐的《PP事件》、彭懿的《女孩子城来了大盗贼》、朱奎的《吹吹历险记》。富于喜剧色彩的童话，带动了整个儿童文学界艺术探索的新潮。"童话大王"郑渊洁的作品影响了一代人。

2. "诗意型"童话

当文坛上的童话创作在寻求新的出路的时候，抒情风格的童话获得了迅速的发展，走到了"探索童话"的前列。这类童话文笔优美，注重描绘优美的童话世界，追求神奇的感觉和奇异的意象，强调童话对读者的美感熏陶作用。"诗意型"童话给躁动的孩子们一种崇高的、审美的愉悦。代表作家冰波，代表作品有《窗下的树皮小屋》《秋千，秋千》《夏夜的梦》等。作品以写情和富有诗意为主要特征。作者着力表现的是塑造一种抒情诗一般的意境，表现一种纯净、优美的情感和一种温馨、安谧的艺术氛围。此外，还有一位善于写抒情风格童话的作家金逸铭。同冰波相比，金逸铭的抒情童话更带理想色彩，受喜剧色彩的童话影响比较明显，主要作品有《冠军米米松》《月光下的荒野》《银河的水珠》和《长河一少年》等。作品中抒情倾向的出现和发展，使童话界的格局发生了变化，它使童话从追求"热闹"转向追求美，追求内涵的深刻性。

（四）21世纪以来的儿童文学

进入21世纪后儿童文学的创作吸纳了多种力量，如儿童文学作家的多文体尝试，儿童文学的创作内容教育学、心理学、社会学、哲学、历史、艺术等多个领域。作品的精品化程度越来越高，在题材、体裁、叙事及内容等多方面都有所突破。儿童文学创作所涉及的题材和领域，早已不局限于作家的童年经历、童年想象，而是更多地去反映当下真实的童年生活状貌，直面儿童可能面临的与成人一样的烦恼与困境，比如杰奎琳·伍德森的代表作《每一个善举》讲述老师怎么关爱遭遇校园欺凌的小女孩，如何引导她成长的故事，书中充满了人文关怀。一些现实话题不仅在青少年小说中有所观照，童年文学和图画书作品也对其有所思考，体现了儿童观的更新。作家的深度创作使文本具有了丰富的解读空间，"童年消逝"和"青春期延宕"的时代特点使儿童文学延展了读者群体。

21世纪以前，儿童文学创作与出版基本上以成人意志为主宰。进入21世纪，随着新媒介的崛起，儿童文学的传播途径更加广泛，文本的选择与推广因而更注重代表性。随着创作生态的变化，使通俗儿童文学与艺术儿童文学走向了"分流"。市场化的发展、消费能力的变化使大部分儿童成为购买童书的决定者。通俗儿童文学受到儿童读者的青睐。其次是文本形态的多媒介融合。文字、图像、声音等结合,如图画书的发展、听书软件的使用、作品的影视化改编,使得儿童接触的作品不仅停留在纸面上,还可能出现在电视、手机、平板、大屏幕、电话手表等中。当下的童年生活图景正受到电子媒介的深度影响,呈现出不同于以往的复杂、广阔、丰富的面貌。

二

21世纪中国本土原创儿童文学逐步被重视,如叶广芩、虹影、张炜等纯文学作家跨界创作。儿童小说和童话转化为儿童剧的实践,儿童诗歌借助新媒介影响力回到大众视野,幻想小说从童话中分化,图画书从幼儿文学中分化,并分化出语文教育的儿童文学都是中国儿童文学发展的鲜明特点。此外分级阅读的理念也逐步推广,儿童文学创作与阅读的关联日益紧密。国内经典儿童文学作品得以大量重印,国外经典儿童文学作品也随之被积极引进。如"百年百篇中国儿童文学经典文丛""国际大奖小说"等丛书持续推出,鲁迅、冰心、叶圣陶等作家的经典儿童文学作品再度热销。此外,少数民族原创儿童文学也呈现出多姿多彩的样貌,如瑶族作家陈茂智的《虎牙项圈》、纳西族作家蔡晓龄的《飞呀,古鹭坞》等,蒙古族作家黑鹤更是成为新一代动物小说的领军人物之一。

中国儿童文学创作题材除了对历史的童年成长书写还有对现实经验的关注,即儿童文学的现实主义创作潮流。习近平总书记在2016年提出了"四个自信",针对十八大提出的"三个自信"增加了"文化自信"。文化自信意味着弘扬中国特色文化传统,创造适合中国儿童阅读的经典作品。"中国式童年"这个词在2013年被正式提出,中国式童年关注的不仅仅是关于中国儿童和中国文化元素的题材,更强调表现在时代中成长的中国儿童的精神生命与文化价值,强调对时代中国的童年艺术追求。这是文学本土化表达的自然诉求,也是一种艺术审美价值的核心确认。近年来,书写"中国童年"、讲述"中国故事"的现实主义创作成为儿童文学的主旋律。于虹呈的《盘中餐》以二十四节气为线索展现农耕文明,各民族的传说故事、节令风俗等是其重要的取材来源。水墨、剪纸、国画等传统艺术表现手法也多次出现,故事内核和艺术特质都具有浓郁的中国味道。同时巨变中的中国图景构成了儿童文学独特而丰富的创作背景。比如时代技术、社会热点更迭下儿童成长的情感和人际关系需求,中国城镇化过程中的童年困境与童年体验。如迟慧《藏起来的男孩》中涉及儿童如何在"网红经济"中重新寻回童年"天真";黄蓓佳《奔跑的岱二牛》和李学斌《龙抬头,猪会飞》都将关注点放到中国城镇化进程中的儿童生活与经验的表达。还有表现城市新移民的《翼娃子》、关注人与自然关系的《喜鹊窝》,以及其他描绘家庭生活、讲述新时代特色社会主义建设成就、歌颂时代楷模等的作品,共同体现出儿童文学与时代同频共振的发展特点。

21世纪以来中国儿童文学创作在国际上获奖相对频繁且集中,"走出去"的影响力明显扩大。2016年,曹文轩成为中国首位获得国际安徒生奖的作家,被视为中国儿童文学的一个里程碑事件。本土原创图画书奖项和作品层出不穷,黑眯的《辫子》、朱成梁的《别让太阳掉下来》、乌猫的《雪英奶奶的故事》《一枚铜币》先后荣获布拉迪斯拉发国际插图双年奖(BIB)金苹果奖,展现了原创的魅力。文学奖项对儿童文学创作的带动力明显提升。国内的儿童文学奖项有力地吸引并推出了年轻的儿童文学作家,评选出优秀的儿童文学作品,促进了儿童文学分文体创作的繁荣。例如"大白鲸原创幻想儿童文学奖"和"周庄杯"全国儿童文学短篇小说大赛,分别助力幻想类文学作品和短篇小说的创作。前者推出了马传思、龙向梅等幻想类儿童文学新作家,后者评选出的不少短篇小说成为作家们的代表作,如小河丁丁的《爱喝糊粮酒的倔老头》等。

纵观中外儿童文学发展史,儿童文学史逐渐从"自在"的状态走向"自觉"的过程。西方儿童文学的自觉发展相比于中国更早。中外儿童文学作品体现的不同面貌不仅有时代环境的因素,也有民族文化、审美趣味的差别。在新时代中外儿童文学的创作交流更为频繁,联系也更为紧密。中外儿童文学的经典作品都受到国内外儿童的喜爱。无论在西方国家还是中国,儿童文学的自觉都离不开教育的功能。而随着儿童文学的进一步发展,它的娱乐幻想功能才逐渐得到更多的强调和重视。而儿童文学也是从民间文学形态一步步发展到作家创作的现代文学形态。当儿童文学作为一种艺术门类受到作家有意识的关注,它的审美形态也在不断地拓展,表现在体裁样式的分化,题材领域的开拓,艺术手法和艺术风格的多样化。

当今时代在新媒介的冲击下,儿童文学的创作和接受、传播载体和方式都发生了很大的变化。面对新的环境和现实,我们要进一步考虑、探索新媒介的积极文化功能,让新媒介与儿童文学的关系进入一个互利的良性互动局面。

第三节 中外儿童文学重要奖项

国际儿童读物联盟(IBBY)1967年起把每年的4月2日(安徒生诞辰日)定为"国际儿童图书日",以唤起人们对读书的热爱和对儿童图书的关注。而为奖励世界或本国儿童文学的创作者,激励他们创作出更多的优秀作品,很多国家和国际机构设立了儿童文学奖项。以下是一些主要儿童文学奖的简介:

一、国外儿童文学重要奖项

1. 安徒生国际儿童文学奖【丹麦】

该奖项由国际儿童读物联盟于1956年设立并颁发,以丹麦著名童话作家安徒生的名字命名。该奖每两年颁发一次,以奖励世界著名的儿童文学作家。该奖颁发对象分作家和插图画家,由丹麦女王亲自为获奖者颁发金质奖章。

2. 纽伯瑞儿童文学金奖【美国】

该奖项创立于1922年,是世界上第一个专门为儿童文学设立的奖项。它以英国儿童图书出版商约翰·纽伯瑞的名字命名,由美国图书馆协会下属的图书馆儿童服务协会评选,每年年初颁奖。每年的获奖者公布后,其作品往往在全美售罄。由于长期形成的知名度和权威性,纽伯瑞文学奖在世界儿童文学界的地位仅次于安徒生国际儿童文学奖。

3. 博洛尼亚国际儿童书展最佳童书奖【意大利】

该奖项是全球儿童出版界最受瞩目的奖项之一,在博洛尼亚儿童书展上颁发,以创意、教育价值、艺术设计为标准,折桂的图书都被冠以优质图书的标章。

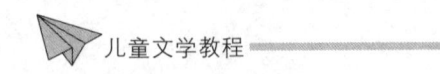

4. 林德格伦儿童文学奖【瑞典】

该奖项是瑞典政府2002年为纪念当年去世的瑞典儿童文学作家林德格伦女士而设立的,旨在奖励全世界为繁荣儿童文学而做出贡献的作家和机构。该奖每年颁发一次,奖金额为500万瑞典克朗(约合70万美元),因奖金丰厚而获称世界最大儿童文学奖。

5. 凯迪克图画书金奖【美国】

该奖项创立于1937年,用于奖励美国当年出版的最优秀儿童图画书的创作者。它也是由美国图书馆协会下属的图书馆儿童服务协会评选,每年年初颁奖。这一奖项以19世纪英国插图画家伦道夫·凯迪克的名字命名。

6. 凯特·格林威奖【英国】

由英国图书馆协会于1955年为儿童绘本创立的奖项,主要是为纪念19世纪伟大的儿童图书插图画家凯特·格林威。该奖下设"格林威大奖""最佳推荐奖"和"荣誉奖"三类。其中"格林威大奖"的遴选标准严苛,插图本身及图文结合都是评审的重要元素。

7. 卡内基儿童文学奖【英国】

1936年为纪念英国著名工业家、慈善家安德鲁·卡内基而设,用以奖励优秀儿童文学作品。该奖每年颁发一次。

8. 德国青少年文学奖【德国】

该奖项是德国最重要的儿童文学奖项,也是德国唯一由国家颁发的儿童和青少年文学奖项。该奖于1956年设立,每年颁发一次,旨在促进儿童和青少年接触、走进文学世界,帮助公众了解儿童和青少年文学领域的新作品。

9. 国家列夫·托尔斯泰儿童文学奖【俄罗斯】

该奖项于1998年根据俄罗斯总统的命令设立,授予每年评出的优秀儿童文学作品的作者。从2002年起,该奖将参评人的范围扩展到儿童文学宣传者、教师和图书管理员等。

10. 国家梦想儿童文学奖【俄罗斯】

该奖项由"梦想"慈善基金会和俄罗斯米安公司于2006年共同创立,评委会主席由知名儿童作家爱德华·乌斯宾斯基担任,他曾塑造了小猫马特罗斯金、邮递员佩奇金等在俄罗斯家喻户晓的文学形象。

二、国内儿童文学重要奖项

1. 全国优秀儿童文学奖

该奖项是中国作家协会为鼓励优秀儿童文学创作,推动中国儿童文学发展而设立的,是中国具有最高荣誉的文学大奖之一,每三年评选一次。

2. 冰心儿童文学奖

冰心儿童文学奖于1990年设立,分小说、散文、童话、幼儿文学等类别,与宋庆龄儿童文学奖、陈伯吹儿童文学奖、全国优秀儿童文学奖并称国内四大儿童文学奖。

3. 陈伯吹儿童文学奖

1981年，陈伯吹先生将自己积蓄的稿费五万五千元捐献出来，设立了"儿童文学园丁奖"，每年评奖一次，意在鼓励儿童文学创作。1988年，此奖改名为"陈伯吹儿童文学奖"。从2000年起，此奖改为每两年评选一次。

4. 宋庆龄儿童文学奖

宋庆龄儿童文学奖由宋庆龄基金会、团中央、中国作协等共同主办，是当今儿童文学评选中最高规模的奖项之一。每两年评选一次。2005年，该奖项被"全国优秀儿童文学奖"取代。

第四节　语文教师必备的儿童文学素养

一、树立正确的教师观

教育兴则国家兴，教育强则国家强。培养什么样的人、如何培养人以及为谁培养人一直是习近平总书记强调的重中之重。作为语文老师，应认真研读习近平总书记的教师观，承担起培养祖国花朵的重任。

1. 做好实现中华民族伟大复兴中国梦的铺路人

习近平总书记的教师观立意高远，从实现中华民族伟大复兴中国梦的战略全局出发，认为今天的学生是未来实现中华民族伟大复兴中国梦的主力军，教师则是打造这支中华民族"梦之队"的筑梦人，要求教师为实现中华民族伟大复兴的中国梦铺路搭桥。

中国梦是国家富强之梦，教师要为国家富强铺路。教师要承担起"传播知识、传播思想、传播真理"的历史使命，做好"塑造灵魂、塑造生命、塑造人"的工作，为国家富强铺路搭桥。中国梦是民族振兴之梦，教师要为民族振兴铺路。习近平总书记指出："中国这么多人，教育上去了，将来人才就会像井喷一样涌现出来，这是最有竞争力的"，教师要有"三寸粉笔，三尺讲台系国运；一颗丹心，一生秉烛铸民魂"的精神，把全部精力和满腔真情献给教育事业，铺好民族振兴之路。中国梦是人民幸福之梦，教师要为人民幸福铺路。教育作为一项基本人权，直接决定着人的生存和发展。

2. 做好学生全面发展、健康成长的引路人

习近平总书记的教师观，充分体现了以学生为本的理念，高度关注学生成长问题，立足于培养德智体美劳全面发展的社会主义建设者和接班人，强调教师要当好学生全面发展、健康成长的引路人。

要做学生锤炼品格的引路人。学生时代是锤炼品格的最佳时期，对人生的影响极为关键。学生品格的锤炼既需要课堂教学晓之以理，更需要教师在日常生活中以身作则导之以行。要做学生学习知识的引路人。在学习活动中，教师更多地应成为"学习情境的创设者、学习资源的提供者、学习过程的引导者和学习结果的评价者"，让学生掌握学习的方法和获取学习资源的能力。要做学生创新思维的引路人。教师要注重培养学

生的创新思维能力,教师要在教育活动中突出问题意识,以问题为导向,在引导学生解决问题的过程中培养他们的创造性思维能力;要鼓励学生大胆质疑,独立思考,拓宽思维;要善于创设学习情境,给学生提供想象和联想的空间。要做学生奉献祖国的引路人。习近平总书记倡导的教师奉献祖国的精神是"捧着一颗心来、不带半根草去"的忘我境界和"衣带渐宽终不悔,为伊消得人憔悴"的执着追求,以学生"在自己的教育下学到知识、学会做人、事业有成、生活幸福"为最大幸福,这样的教师就能让学生产生"不令而行"的效果,引导他们自觉自愿地把青春和汗水融进民族复兴伟业中去。

3. 做好躬身实践、攀登不止的行路人

习近平总书记认为,教师要当好铺路人和引路人,自己首先要做行路人,身体力行、躬身实践,用自身坚定的理想信念去引领学生的思想、用自身广博的学识去开启学生的智慧、用自身高尚的道德情操和仁爱之心去浇开学生美丽的心灵之花。

教师必须自觉做共产主义远大理想和中国特色社会主义共同理想的忠实实践者,行真理之路。教师要自觉加强理论学习、坚定理想信念,坚持真理、修正错误,用自己的实际行动带给学生追梦、圆梦的正能量,点燃学生理想的火花,帮助学生扣好人生的第一粒扣子,引领学生成长为党和人民需要的社会主义事业的合格建设者和可靠接班人。教师必须坚持终身学习,行智慧之路。成为智慧型的老师必然要行智慧之路,要终身学习、终身修炼,习近平总书记用陶行知"出世便是破蒙,进棺材才算毕业"的观点来强调教师终身学习问题,认为要给学生一碗水,教师必须有一潭水,这就需要教师刻苦钻研、严谨笃学,储备足够的知识、具备宽阔的胸襟视野。教师必须修炼教育情怀,行仁爱之路。教师要爱教育、爱学生、爱一切美好的事物,这就是教师的教育情怀。教师的爱还包含对学生的尊重、理解和宽容以及对教育事业的忠诚。这也需要教师不断反省自身的不足,明确努力方向,不断地提升自己、完善自己,用自己的仁爱之心去滋润学生,以学生的爱心构筑美好的世界。

二、认识语文教材中的儿童文学作品赏析规律

对于语文教师而言,教育学、心理学、语言学、文学等都是其知识结构中应具备的知识。而在文学这一板块中,儿童文学又是其中的重中之重。在语文教材中,儿童文学作品的选文比例很高,因此,语文教师势必要将儿童文学作为研究的重点。

以现行的部编版小学语文教材为例,我们来研究一下儿童文学作品的数量特点。

从整体上来看,儿童文学选文篇目共有200篇,数量巨大。说明儿童文学在小学语文教材中占据重要地位,是小学语文教材的重要资源。从不同年级分别来看,儿童文学选篇的数量呈现阶段性的特点,随着年级的增长,儿童文学选篇数量逐渐减少。以一年级和六年级为例,其中一年级儿童文学选篇有68篇,六年级儿童文学选篇只有7篇,呈现较大的篇目数量差异。考虑到随着年级的增长,学生学习的文学作品思想的深度、内容的广度和体裁的成熟度都应该不断加深,儿童文学篇目呈年级递减的趋势,符合儿童学习语文课程的规律,说明儿童文学在小学阶段存在着为儿童"量身打造"的现象,有利于不同学段儿童的学习,帮助儿童从小学升入初中接受更高层次的语文学习做好铺垫。

可以看出,部编版小学语文教材中的儿童文学选篇数量较为合理。从篇目整体上

来看,考虑了儿童文学被儿童所喜闻乐见的特点,选文数量丰富;从篇目分布来看,不同年级分布情况各异,既满足了儿童的学习需要,又照顾到儿童的身心发展特点,有助于儿童学习。

同样是以现行的部编版小学语文教材为例,我们再来研究一下儿童文学作品的体裁特点。

根据统计数据,一年级各类体裁均有涉及,但韵文体占优势,幻想体次之。其中韵文体以《小小的船》和《比尾巴》为例,这类体裁的儿童文学作品主要特点表现在语言形式上,读起来朗朗上口,押韵和谐,让人沉浸在语言艺术的世界里,带给人审美享受;其中幻想体以《猴子捞月亮》和《小蜗牛》为例,这类体裁的主要特点在于:与小动物有关,在故事中"万物皆有灵性""小猴子和老猴子看到水井里有月亮以为月亮掉进了井里,于是手拉手想要捞月亮""小蜗牛和蜗牛妈妈会说话,经历四季变换,蜗牛妈妈告诉小蜗牛不同季节的特点",动物像人类一样和家人朋友生活在一块儿,会说话会思考,读故事的过程中仿佛来到奇妙的动物王国,处处充满了奇幻色彩,极大地满足了 年级学生爱听故事的心理,是一年级学生最为喜爱的文学体裁类型。

二年级韵文体数量大幅度减少,加入了较多的写实体,其次是散文体和幻想体。写实体以《玲玲的画》和《一封信》为例,特点在于通过儿童的视角讲述平凡生活里一件件小事——诸如"画小花狗掩盖画布上的脏点""写信给爸爸",引导儿童观察生活的同时启迪儿童增加生活智慧;散文体以《我是什么》《找春天》为代表,特点在于通过自然景物的特点引导学生感受大自然的独特魅力;幻想体以《小蝌蚪找妈妈》《蜘蛛开店》为代表,在故事中"小蝌蚪"和"蜘蛛"都变得可爱起来,特点是充满了童真童趣。

三年级选篇体裁较为丰富,主要以幻想体和散文体为主。例如《在牛肚子里旅行》《胡萝卜先生的长胡子》便是典型的幻想体,特点在于通过故事告诉学生道理或是传递某种美好的精神品质。一篇通过"小蟋蟀误入牛肚子的故事"告诉孩子们"集体的智慧是强大的,朋友之间要相互帮助"的道理;另一篇则是讲述了"胡萝卜先生有一根长长的胡子,用这根胡子帮助他人"的故事,让学生在童趣的世界中感受到助人为乐的美好品质。而散文体,以《大青树下的小学》《花的学校》为代表,这类体裁选篇的特点在于:选取校园生活为题材,引导学生感受校园的美好,培养对校园生活的热爱之情。

四、五年级儿童文学各类体裁的选篇骤减,仍然以幻想体和散文体为主,但较之三年级作品篇幅有一定程度的加长,理解难度有进一步地加深。例如《女娲补天》《猎人海力布》便是典型的幻想体,这类体裁的作品特点在于"想象力丰富",故事内容充满神秘色彩,通过讲述一个个流传已久的神奇的故事——"女娲如何用彩石补天拯救人类""猎人海力布如何利用听懂飞禽走兽语言的宝石救了乡亲们",以想象的方式,让儿童从鲜活的人物形象和精彩绝伦的故事情节中感受人物的美好品质或是传递某种美好精神追求;散文体以《繁星》《鸟的天堂》为例,特点在于"写景状物",让学生在掌握"写景状物"方法的同时学会抒情,在情感上提出更高的要求。

六年级儿童文学体裁最少,只有写实体、幻想体、科学体三种体裁。写实体选入的篇目以《夏天里的成长》《表里的生物》为代表,体裁特点在于:大多内容与成长有关;幻想体选入的篇目是《骑鹅旅行记》,体裁特点是:选取世界性经典篇目;科学体入选篇目是《只有一个地球》，体裁特点在于：将想象与科技结合，让学生通过想象遨游科技世界。

可以看出，部编版小学语文教材中的儿童文学体裁在不同年级分布各不相同，呈现分布不均匀的状况，这与学生接受能力、心理发展特点息息相关，有利于阶段性地适应学生的身心发展需求，帮助他们在不同的年龄阶段都得到更好的学习成长。

作为语文教师，面对如此丰富的儿童文学选文数量及体裁，应该积极主动去学习了解儿童文学的发展史及优秀作品的赏析规律，在教学过程中才能选择适合的教学方式和组织形式，更好地让学生学好儿童文学，感受到儿童文学的魅力。

语文课本中的课文赏析推荐材料扫章首二维码获取

三、具有对儿童文学阅读活动的设计和组织能力

在新课改背景下，部编版语文教科书的推行使用，让丰富多彩、贴近儿童生活的儿童文学选文作品进入教科书，教师如果对于儿童文学作品的教学仅停留在字、词、句、意的理解上，只是简单地教会学生分段落层次、体会文章中心思想等等，就不能让学生感受到儿童文学真正的魅力所在。与其他文学作品教学相比，儿童文学作品教学有着自己的特殊性，这种特殊性是由儿童文学作品的读者对象决定的。儿童文学作品在教育对象、教育价值、教育目的、价值取向等方面都有着独特的考虑。

部编版语文教科书教学的研究培训、教学指导、编写理念、教学新理念和新要求方面都对拼音、识字、课文教学有着深层次的探讨，所以部编版语文教科书儿童文学选文的教学也是基于这些进行更进一步的细化和具体。

最新发布的《义务教育语文课程标准（2022年版）》对于核心素养的内涵进行了明确的界定。义务教育语文课程培养的核心素养，是学生在积极的语文实践活动中积累、建构并在真实的语言运用情境中表现出来的，是文化自信、语言运用、思维能力和审美创造的综合体现。

因此，语文教师应在文化自信、语言运用、思维能力、审美创造这四个维度中，去思考儿童文学阅读教学的活动设计和组织形式。

1. 抓住选文特点与学生心理的契合点

儿童文学作品教学要抓住儿童文学的美学特质，而儿童文学最显著的美学特质是儿童情趣，这是儿童文学的精髓和生命。儿童是最鲜活、独特的生命个体，他们乐于奇思妙想，勇于质疑探索，善于破坏却不乏创新。儿童情趣是情感和趣味的有机结合，情是内在核心，趣是外在形式，以趣表情。儿童文学教学过程中，应尊重儿童的关注点、态度、爱好、思想和情感，顺应儿童纯真、好奇的心理和活泼好动的天性，为儿童的心灵营造一个肆意飞扬的乐园。施茂枝教授在《语文教学：学科逻辑与心理逻辑》中提到儿童文学的文本解读要关注儿童的期待视野，教学活动要融合儿童的生活方式，主旨把握要顺应儿童的诗性思纠。因而，儿童情趣在儿童文学的教学过程是应该首要关注的重点。

部编版小学语文教科书中众多的儿童文学选文富有浓厚的儿童情趣，如《花的学校》《铺满金色巴掌的水泥道》《秋天的雨》《胡萝卜先生的长胡子》等。教师要用比儿童

更敏锐的眼光去发掘选文中的儿童情趣，但是由于教师是成人化的思维，难免有些匠性，所以应以儿童的角度去引导发现趣味，而不是去教授趣味。儿童文学选文的特殊性在于儿童情趣是蕴于字里行间的，所以在中低学段的朗读指导、朗读过程尤为重要。儿童情趣可以以多种形式、多种方法展现出来。

教师不仅要挖掘出文本中的儿童情趣，还要通过有效的教学让学生体验到文本中的儿童情趣，而不应该仅仅重视基础知识的传授、基本技能的训练、道德观念的灌输，而忽视了儿童的情感体验。教师要围绕儿童情趣，合理设计教学，激发学生内心的童真，引导学生品读文本中的儿童情趣，让学生体验到学习的乐趣。那么教师如何才能教出儿童情趣？儿童文学中的儿童情趣是可以通过朗读、诵读来感受、体验和理解的，同时教师应当恰当运用各种教学方法，传授阅读方法，如精读、略读、浏览等，引导学生通过多维方法来加深感悟和体验。

部编版小学语文教科书在朗读这一方面，用课后练习和课程标准进行呼应。如《雨点儿》中要求读好停顿，《端午粽》《彩虹》中要求读好长句子，《小公鸡和小鸭子》《棉花姑娘》要求读好对话，《要下雨了》《动物王国开大会》要求分角色读课文等等。这些朗读的安排具有阶梯螺旋上升的能力目标，以下排序要求逐步提升：① 读好长句子；② 读好对话；③ 读出疑问句和感叹句；④ 读出祈使句；⑤ 分角色读好课文。低学段儿童的朗读器官还在发育之中，所以纠正发音要考虑到他们的发音难度。朗读的主要任务是进行课文的情感体验和内容感知，所以，引导学生用恰当的语气读好课文是核心任务。

精读、略读和浏览对阅读材料的把握有不同的要求，但是儿童情趣在中学段应是突出和重点把握的内容。精读对文本的理解把握有着较高的要求，通过对文本的感知和思考，根据不同年龄学生的学习特点，较为精准地理解和把握文章内容。略读课文出现在三年级，所以应该在略读的起始阶段就关注孩子略读的兴趣、态度和习惯，而儿童情趣就是一个很好的契合点。略读的功能是扩大知识面，拓宽视野，把握阅读材料的大意。这是对阅读能力的又一层提高，教师的教学方式和手段也应适应这种变化而有所改进。

如三年级下册汪曾祺先生《昆虫备忘录》就是一篇经典的略读课文，课文用了四个小片段，分别描写了四种昆虫。作者用儿童视角把它们分别用了趣味十足的绰号点出了它们最突出的特点，蜻蜓的复眼，瓢虫的花衣裳，作者甚至都没提出"独角仙"的学名是什么，但是这个名字就已经形象地突出它的特点，蚂蚱这个"挂大扁儿"昵称也十分贴切学生的生活，所以这四种昆虫的特点让学生通过略读捕捉信息，短小精悍的语句，也十分适合学生快速阅读，契合他们灵活跳脱的思维方式，儿童趣味也自然而然地产生。

2. 把握体裁特点因体施教

儿童文学各类作品都具有各自的文体特征，儿童诗有着巧妙的诗意构思、优美的童稚意境、天真烂漫的语言、饱满的童真童趣等；寓言采用譬喻手法，寓意深刻；儿童小说注重故事情节的发展、人物形象的塑造和环境的渲染等。学生刚接触文学作品时，还没有形成文体意识，教师在教学过程中要抓住不同体裁作品的文学特征，优化儿童文学教学策略。

在此，以童话为例，探讨这种文体对应的教学策略。

童话的本质特征是幻想体风格,常常用假想的形象和虚构的环境共同构成一幅幅奇异却又令人快乐的图画。与儿童诗文体不同,童话常常有完整的故事情节,饱满的角色特点,特定的情境环节和生动的主旨趣味,所以童话的教学策略就会有更丰富多彩的教学情境和形象直观的教学方法。

(1) 多媒体创建童话氛围

童话情节之多变,场景之复杂,角色之反复都是需要借助一定的媒介进行梳理整合,教学过程中应积极合理地利用多媒体信息技术和网络信息平台,为儿童提供童话课文感知的交流平台和学习氛围。图画的线条、色彩抓人眼球,而图画中的故事更让儿童着迷。童话课文的插图往往是连续多幅,呈现主要人物或者将主要情节贯穿起来,直观地展现故事发展的脉络,契合儿童的认知特点,充分利用课文插图可以有效呈现故事情境。如《总也倒不了的老屋》,主要人物有小猫,老母鸡和小蜘蛛,那么这三个小故事是怎么发生的呢?看到老屋的照片,那么慈祥,可以推测老屋应该会答应他们的请求?蜘蛛边织网边讲故事时老屋什么感受呢?都可以用图片来进行故事的感知和预设。汉语言文字的魅力是无可比拟的,在通过品味语言,想象故事情境之后,可以用视频影像来再现情境,这不是扼杀儿童的想象,而是为他们提供故事呈现的其中一种可能。影像作品将声、色、形、情、意有机地融为一体,对儿童和成年人都有很大的吸引力。例如《在牛肚子里旅行》,老牛的肚子就可以用多媒体辅助来呈现,在红头身处的牛肚子里有各种器官,主要呈现出红头如何跟着草在牛的胃里移动,青头在牛肚子外面是如何帮助红头的。

在童话教学的课堂上,教师根据具体的教学内容,科学地选择教学媒介,灵活合理地运用信息技术,不仅可以丰富童话教学方法,还可以让学生在有声有色的欢乐里享受童话的润泽。

(2) 角色扮演活化文本理解

童话教学的关键是让学生融入童话,角色扮演也是一种有效的方式,可以帮助学生全身心投入童话,化身为故事中的角色。儿童是好动的群体,他们有蓬勃向上的活力,有着积极昂扬的精力,喜欢热闹,热爱表演,且童话故事形象生动,情节曲折有趣,不少童话都可以作为"剧本"在班级这个小舞台上演出。教师在进行童话教学的过程中,一方面做好整体规划,确保集体参与,结合学生情况做好分配,明确任务分工,布置场景、制作道具、参与伴奏、出任旁白、拍照录制等等。学生各尽其能,共同参与,协作互助。另一方面,表演不可流于形式,应立足于学生对文本的研读、理解、感受和内化,是对童话故事的还原再现,甚至是生成再创造。角色扮演的组织过程要根据学段要求有所微调,例如低学段,教师要有明确的计划,要组织安排好课堂秩序,这是一场成果展出,而不是单纯的一堂游戏课。升入中高学段,教师要多放手,在角色扮演的同时锻炼学生策划、组织、协调和实施的能力,考验他们的合作精神和思维能力。

角色扮演这个流程是在师生共同感知学习研读童话课文之后,对故事情节、故事人物有了深层理解,再代入情境去体验情节的跌宕和人物的心理。童话课文《一块奶酪》,蚂蚁队长跟其他蚂蚁们的对话和心理变化,搬奶酪过程的动作神态,蚂蚁队长对蚂蚁们的命令和指示等一系列难以用语言来分析的情节,都可以用淋漓尽致的表演来加以呈现。蚂蚁队长这个角色需要仔细揣摩他的内心变化,"低下头""嗅嗅那点儿奶酪渣子""犹豫了一会儿""一跺脚"等等一系列的表演都可以呈现得活灵活现。关于"奶酪多诱人啊"这段也可以让学生进行旁白诵读,因为对于食物,儿童有着更深更直观地感触,更能读出这块奶酪的美味,从而推进情节的发展。小蚂蚁群的分工搬运和分散休息,也要指导学生演出每只小蚂蚁各自的内心活动,而不是胡乱散开,横冲直撞,造成难以控制的课堂秩序。

角色表演深入感知童话文本不是一味放手,有时候更加挑战教师的安排、调节、控场能力,也为学生的阅读反馈提供多种展示和交流的平台,因而教师可以恰当运用角色扮演的教学活动来丰富课堂形式和内容。

（3）续写改编提高语用能力

儿童爱好童话故事,乐于学习童话课文,是语文教师开展优势童话教学的优势。童话教学包括阅读和写作两大块,前者是后者的重要资源,后者则是前者的应用和反馈,二者相辅相成,才能更好地发挥童话帮助学生成长的意义与使命。语文是一门实践性课程,要在具体的语文实践中学习语文,所以在初步感知和深入体验童话课文之后,可以指导孩子进行语言能力的训练。

阅读一篇童话故事,每个小读者获得的情感与审美体验都不尽相同,见仁见智。童话王国精彩纷呈,意犹未尽的结局往往令人流连忘返,充满幻想与期待。教师可以把握学生的阅读心理,引导学生结合自己的阅读体验,发挥想象,在原文的基础上将童话故事续写下去。如《不会叫的狗》这篇外国童话本身就给了三个不同的结局,虽然部编版教科书选入这篇的主要目的是锻炼孩子的预测能力,但是教学目标本身就是不可分割、整合一体的。所以将这篇童话进行续写,锻炼学生的语文运用能力是合适的选择。课文中呈现的第一种结局,在文章结构和内容上都与前文有承接,第二种结局是更加开放式的预测,教师在引导学生深读课文后,可以指导学生充分发挥想象,激发他们的潜能,锻炼他们的思维,在原文的基础上进行合理的预测和大胆的续编。

相较于续写故事的有章可循,改写童话则要打破已有的阅读认知和体验,创造新的故事。改写不同于仿写,教师应该鼓励学生保持创造性。文本内容不同,适合改编的部分各有差异,教师应选择合适的切入点（开头、中间或是结尾）,有针对性地指导学生发出与作者不一样的声音,带来不一样的故事。如《一块奶酪》这篇童话,如果蚂蚁队长说完"大家分散开,哪里凉快就到哪里休息"后,偷个嘴儿,舔掉那块小小的奶酪渣子,那么结局又会是什么样子的呢？这类童话改编,要求学生改变既定思维的束缚,发散思维,表达自己的所思所想。

语言运用能力的获得不是一蹴而就的,需要在语文课程的教学过程中循序渐进地培养,而童话教学过程就是一个很好的机会,教师应该充分抓住这个媒介,给予学生语文实践的平台。

探究与思考

1. 被誉为标志了中国儿童文学觉醒的代表作品是 1923 年出版的（　　）和 1926

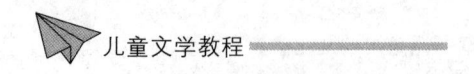

年出版的冰心的《寄小读者》。

  A. 叶圣陶的《稻草人》   B. 叶圣陶的《古代英雄的石像》

  C. 张天翼的《大林和小林》   D. 巴金的《长生塔》

2. 把安徒生这位世界童话大师的全部童话作品介绍给我国的是(　　)。

  A. 任溶溶   B. 叶君健   C. 柯岩   D. 任耀德

3. 2016年4月4日,首次获得"国际安徒生奖"的中国作家是(　　)。

  A. 金波   B. 柯岩   C. 周作人   D. 曹文轩

4. 推介你喜欢的儿童文学作品并谈谈你喜欢的理由。

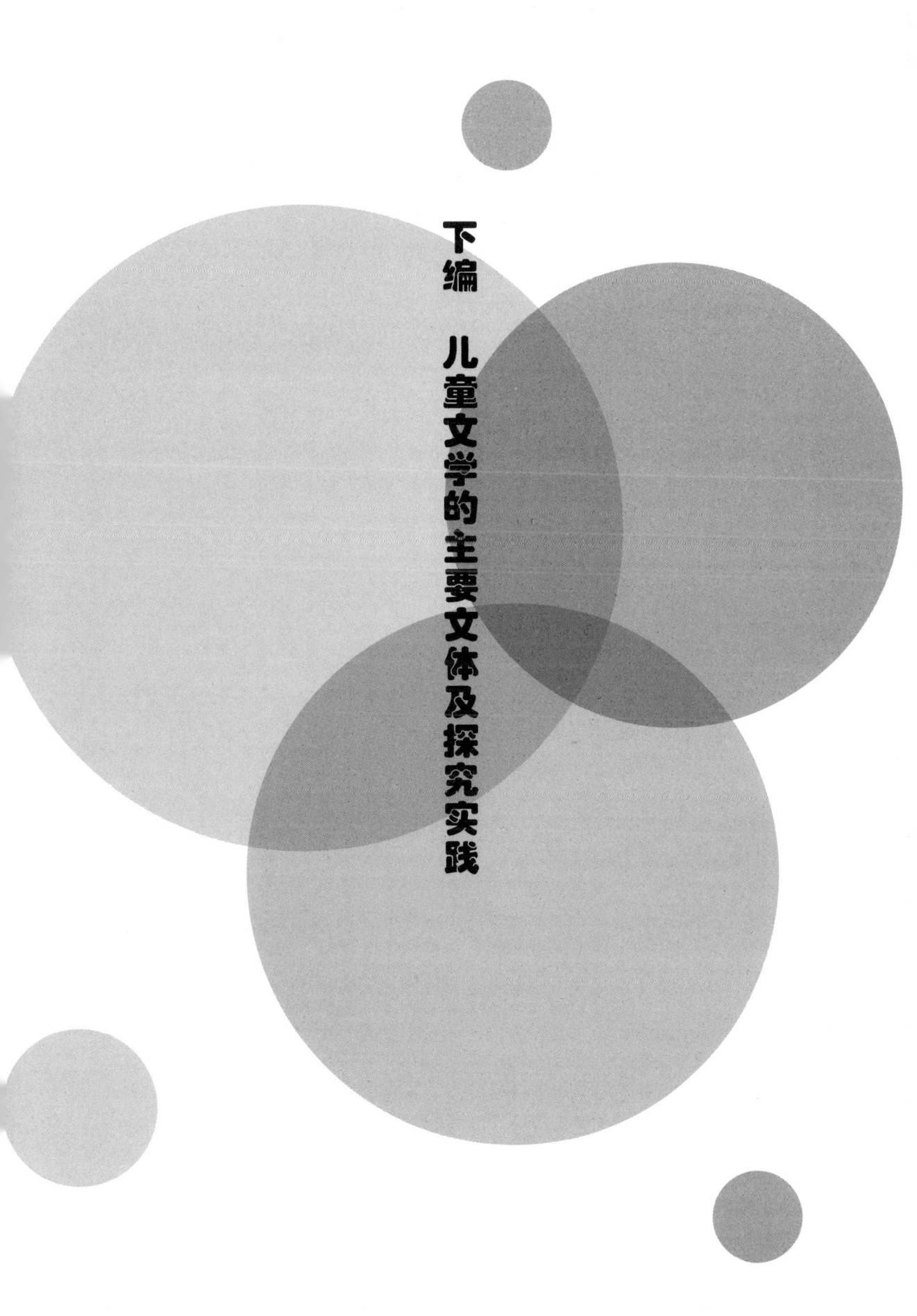

下编 儿童文学的主要文体及探究实践

第三章　儿歌与儿童诗

第一节　儿　歌

一、儿歌概述

儿歌一般采用韵语形式,是适合婴幼儿听赏念唱的简短的"歌谣体"诗歌。所谓"歌谣",是民歌、民谣、童谣的总称,是劳动人民口头诗歌创作的重要组成部分,常以乐为歌,徒歌为谣。在中国古代,儿歌一般被称为"童谣",又称为"童子歌""孺子歌""孺歌""婴儿谣""儿童谣""小儿语"等,是儿童最早接触、最易接受的一种文学样式,也是儿童文学中历史最悠久、最重要、最成熟的文体之一。

儿歌历史悠久,可以追溯到 3000 年前传唱于儿童之口的"童谣"。现据可查的文献资料来看,《列子·仲尼》中记载的《尧时康衢童谣》:"尧微服游于康衢,闻儿童谣。"是为儿歌的最早文献记录。之后,类似的儿歌散见于我国古代各种典籍中,如《春秋左传》《国语》《战国策》《孟子》《述异传》《汉书》《新唐书》等。在漫长的封建社会里,人们并未正视儿童的内在需求,古代儿童口耳相传的童谣作品,大多数并不是专门为儿童创作的。这些童谣作品绝大部分作为阴阳五行学说的附属品被收录在历代史书的《五行志》中,它们或被用于政治宣传,或被当作表现人间灾异祸福的征兆,常被收录者篡改,成为解释社会政治变动的说法。如罗贯中《三国演义》记载,董卓被司徒王允设计骗回长安的当天晚上,他就听到郊外数十小儿唱的童谣:"千里草,何青青!十日卜,不得生。"简短的 12 个字就把董卓的名字隐藏其中,同时也道出了其最终下场。可以说,此时没有儿童意识觉醒的儿歌作品还称不上真正意义上为儿童创作的儿歌。

直到明代,儿歌才从五行迷信的束缚中挣脱出来,人们开始重视儿歌对儿童的教育意义。正是在这种良好的氛围下,1593 年明代吕坤(1536—1618)根据其在豫、冀、陕、晋等地做地方官时所收集的民间儿歌改编、创作了我国古代第一部儿歌集《演小儿语》。此外,吕坤的《书小儿语后》作为中国最早的有关儿歌的论文,它对儿歌的特点、儿歌的教育功用做了简明扼要的论述,在一定程度上促进了社会对儿歌的认识和关注,人们逐渐意识到了儿歌这一文体的价值。

到了清代,儿歌的价值得到充分肯定,收集整理儿歌童谣的作品也陆续出炉。其中郑旭旦编、许之叙校的《天籁集》,悟痴生编的《广天籁集》最为著名。他们对儿歌的艺术境界有了审美评定,看到了儿歌的美学价值和思想价值。既有知识性,又有趣味性,比

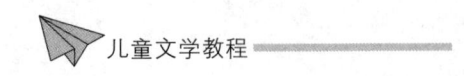

明代的儿歌内容更丰富了。此外，清朝末年，意大利传教士 Vitale 还将流传于北京的170首儿歌译成英文，于1896年在英国出版了《北京儿歌》，一定程度上促进了儿歌的继续发展。

新文化运动时期，"儿童"作为一个独立身份慢慢被普遍认识。20世纪初，在杜威"儿童本位论"的影响下，中国有了真正意义上的儿童文学，也就有了真正意义上的儿歌作品。1918年在北京大学校长蔡元培和学者沈尹默、刘半农等人的倡导下，儿歌作为儿童文学的一部分应运而生。这场运动以北京大学为基地，在北京大学成立了歌谣征集处，随后又成立了歌谣研究会，创办了《歌谣》周刊，发表了所收集的大量歌谣，推动了各地收集整理儿歌童谣的活动，并把各地征集来的儿歌童谣冠以"儿歌"的名称。从此以后，"儿歌"作为儿童文学的一个专业术语沿用至今。

新中国成立以后，儿歌创作也进入了新时代，呈现出欣欣向荣的景象。具体表现为涌现了一大批热心儿歌创作的作家，像鲁兵、圣野、张继楼、刘饶民、柯岩等佼佼者，在他们的作品中，我们看到了儿歌创作走向了自觉时代，儿歌成了具有独特审美价值和艺术价值的文学形式。

20世纪70年代末，我国儿童文学揭开了崭新的一页。改革开放的春风大大解放了人们的思想观念，也深化了人们对儿童文学的本质认识。这时候的儿歌，题材更加广泛、内容更加丰富、表现形式更加新颖多样，其艺术品位也大大提高，更多的作家投身儿歌的创作中，更多的儿歌专辑相继问世，儿歌的发展达到了又一个高潮。值得一提的是，1976年在比利时举行的国际诗歌会议作出决定，将每年的3月21日定为"世界儿歌日"，足见国际社会对儿歌意义的肯定。

进入21世纪以后，儿童是家庭的中心，全社会更加关心下一代的成才成长，儿歌作品的出版热和儿歌征集、评奖活动的遍地开花强有力地说明了这一点。儿童文学作家黄庆云说："很难设想，一个没有唱过儿歌的孩子能快乐地成长起来。"据目前来看，无论是城市还是乡村，人们普遍认可孩子的童年应该充满快乐，儿歌作家在创作过程中也更加关注儿歌作品是否能够愉悦儿童的身心。不难发现，儿歌作为一种古老的儿童文学体裁样式，经过几千年的孕育和发展，最终完成了蜕变的历程。

二、儿歌的艺术特征

金波曾说："儿歌是一种可以及早储存在记忆里的智慧。一个人在婴幼儿时期与学习说话的同时即可学习诵唱儿歌，那是一种快乐的、悦耳的、智慧的享受。"结合生活实际，儿歌能够训练儿童的语言、能够满足儿童的精神追求、增添儿童的生活乐趣、能够陶冶儿童性情、促进儿童身心发展等。儿歌的艺术特征主要表现在以下几个方面：

（一）音韵和谐，节奏鲜明

刘金花在《儿童发展心理学》中指出，健康的新生儿已经具备良好的听觉能力，不仅能够听到声音，而且能够区分声音的音高、音响和音长，连续不断的优美的声音对婴儿可以起到安抚和镇静的作用。这种与生俱来的听觉能力在12到13岁以前一直在增长。可见，婴幼儿对音乐性强的韵语会产生浓郁的喜爱，这就为婴幼儿欣赏儿歌提供了最基本的生理和物理基础。由此,儿歌要想成为婴幼儿喜欢的文学样式,就必然要突出语言的音乐性。儿歌语言的音乐性主要体现在音韵和谐和节奏鲜明上。其中,语句中语音的强弱、长短和轻重有规律的交替,以及诗句的押韵和停顿都是构成儿童音韵和节奏的重要因素。

儿歌的音韵和谐主要是通过句子押韵、词句的回环往复以及声音模拟等方式形成音乐感。其中,押韵是构成儿歌音韵和谐的最重要手段,一般要求儿歌中相关句子最后一个字的韵母相同或相近,有格律地落音一致,形成音韵上的和谐,从而达到特殊的听觉效果,让儿童在和谐的音韵诵唱中,享受韵律的美感和愉悦感。儿歌的押韵一般有四种情况:句句押韵(如经典儿歌《两只小象》)、隔句押韵(如谢武彰的《矮矮的鸭子》)、几行一转韵(如寒枫的《捏泥巴》)、一字韵(如圣野的《好孩子》)。词语、词句的回环往复以及声音的模拟也是形成儿歌音韵和谐的有效手段,如经典儿歌《小司机》,用"嘀嘀嘀!嘀嘀嘀!"来模拟小汽车的声响,非常直观,有效地增强了儿歌的音乐美。

儿歌的节奏鲜明主要是通过句式的整齐、句子的变化以及句子字数的变化来实现。其中,句式的整齐指儿歌中有规律地出现一定数量的音节,形成一定数量的节拍,如白琳《宝宝爱冰雪》的句式结构为六字一句四拍。同时,句子的变化以及句子字数的变化也是形成儿歌节奏鲜明的重要方式。现有的儿歌根据句子字数上的变化可以分为:二言句式(如经典儿歌《点斗磨斗》)、三言句式(如圣野《懒猪》)、四言句式(如经典儿歌《月亮圆圆》)、五言句式(如张继楼《锚了歌》)、六言句式(如喻德荣《丫丫》)、七言句式(如刘饶民《问大海》)、杂言句式(如张继楼《踹影子》)、三三七句式(如张继楼《小蚱蜢》)。

(二) 内容浅显,主题单一

林良把儿童文学称为"浅语的艺术",而用"浅语的艺术"来形容儿歌则更为贴切。儿歌的读者对象主要是婴幼儿,从他们呱呱坠地,儿歌就伴随着他们成长,或嬉戏,或入睡。婴幼儿对儿歌也由最开始的感知到模仿再到诵唱,尽情地享受儿歌中的美好。鉴于婴幼儿接受能力和欣赏理解水平有限,儿歌的内容往往浅显易懂、单纯活泼,通过集中描写一件事物或某一种现象,清晰地表述一个简单的意思或事例,或者描述某一种儿童情趣,让婴幼儿一听就懂,并且能够让其联系自己的生活,领悟其中的内涵,从而得到思想启迪和情感熏陶。因此,儿歌总是用浅显通俗的语言描绘婴幼儿熟悉的生活,单纯集中地表达出他们的纯真情感,如全舒的《小青蛙》:"小青蛙,叫呱呱,捉害虫,保庄稼,我们大家都爱它。"就很好地做到了这一点,19个字告诉了儿童青蛙的习性,表达了对青蛙的赞美之情。

(三) 篇幅短小,易记易唱

婴幼儿主要是靠听赏念唱的方式接受儿歌这一文学样式,此阶段婴幼儿的心理活动还处于"无意注意"时期,还不能有选择地指向一定事物;其保持注意力和意志努力的程度都还不足,对周围事物的认识也比较简单。儿歌作为民间口头流传的文学,其篇幅较之于其他文学体裁样式要短小精巧。儿歌短小、单纯,符合儿童特定的心理发展特征,自然就易学、易唱。常见的儿歌结构一般有:一节式,其内容单纯,篇幅较短,有一气

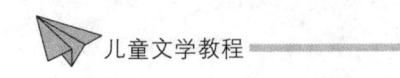

呵成之感,如董恒波的《雪娃娃》;两节式,其内容分两节表达,多采用对比或反复的修辞手法,如张铁苏的《没耳朵变有耳朵》;多节式,指三节以上称为多节式儿歌,结构比较自由,内容较丰富,如传统儿歌《谁会飞》。

(四)歌戏互补,娱乐性强

最早的儿歌产生并流传于"母与儿戏,歌以侑之"或"儿童自戏自歌"的游戏环境中。可见,儿歌与游戏是相辅相成的,游戏是婴幼儿的主导活动,儿歌就有很强的游戏性、娱乐性,甚至可以说儿歌就是游戏的歌。对于婴幼儿来说,唱儿歌不做游戏显得非常的单调乏味,而做游戏不唱儿歌又觉得呆板扫兴,唱诵嬉笑总是分不开的,婴幼儿一边诵唱儿歌,一边玩游戏,最终他们了解、认识和熟悉周围事物。但儿歌并非专门的游戏歌,而是在富有变化的节奏中、在和谐流利的韵律里、在自问自答的设想中、在童心可掬的表演动作中,洋溢着游戏的快乐。失去了趣味性和娱乐性的儿歌也就不再是幼儿的天然朋友,不再是儿童文学。娱乐性和趣味性紧密结合的儿歌作品如传统儿歌《拉大锯》:"拉大锯,扯大锯,姥姥家唱大戏,接姑娘,请女婿,小外孙也要去。"这是随着节奏,孩子双手不断摇晃的伴奏歌谣。

三、儿歌的类别

儿歌的形式多种多样,其分类没有统一的标准。从不同角度、按照不同的方式,儿歌可以有多种不同的分类。

从创作者的角度来看,可分为传统儿歌和创作儿歌。传统儿歌是流传于民间儿童口头上的儿歌,具有集体性、口头性、流变性、传承性等民间文学的特征。它没有特定的作者。如四川儿歌《金银花》:"金银花,十二朵。大姨妈,来接我。猪打柴,狗烧火。猫儿煮饭笑死我。"儿歌的创作主体主要是成人。在创作时,成人会注重婴幼儿心理特点和接受特点,以及是否适合婴幼儿听赏念唱。如胡木仁的《弹钢琴》:"黑屋子,白屋子,小手儿,敲敲门。屋子跑出七兄弟,1234567。"

从功能或者吟唱者的角度来看,可把儿歌分为母歌和儿戏两类。母歌就是摇篮曲;儿戏包括游戏歌(动作游戏歌、语言游戏歌:绕口令、字头歌、连锁调),计算游戏歌(数序歌、运算歌、比较歌),智力游戏歌(问答歌、颠倒歌、谜语歌)等。

从儿歌的内容来看,可把儿歌分为知识儿歌和生活儿歌两类。知识儿歌主要向幼儿介绍浅显易懂的知识,如程宏明的《雪地里的小画家》:"下雪啦,下雪啦!雪地里来了一群小画家。小鸡画竹叶,小狗画梅花,小鸭画枫叶,小马画月牙。不用颜料不用笔,几步就成一幅画。青蛙为什么没参加?他在洞里睡着啦。"告诉了小读者四种动物爪(蹄)的形状和青蛙冬眠的特点。生活儿歌取材于婴幼儿的日常现实生活,如《敲背》:"老公公,八十岁,请您坐下来,给您捶捶背。"

儿歌在长期的流传、发展过程中,经过漫长岁月的沉淀,逐渐形成了婴幼儿喜爱的特殊形式,主要有以下几种:

（一）摇篮曲

摇篮曲，又叫催眠曲、摇篮曲、抚儿歌、母歌，是指长辈哄孩子睡觉时所哼唱的一种儿歌。摇篮曲是文字和音乐的结合体，既有音韵和谐的词句，又有舒缓幽静的曲调，内容多表现对婴儿的亲昵、爱抚，浅显简单、通俗易懂。它对婴儿的作用不在"语"，而在"声"，摇篮曲不仅具有明显地催眠作用，还能给婴幼儿带来满足感、安全感，经常与音乐相结合，以乐曲的形式加以表现，如由蔡振田作词，林国雄谱曲的《世上只有妈妈好》：

世上只有妈妈好，有妈的孩子像个宝，投进妈妈的怀抱，幸福享不了。
世上只有妈妈好，没妈的孩子像根草，离开妈妈的怀抱，幸福哪里找？

有的摇篮曲为吟唱者的即兴作品，不太注重内容的明确含义，仅仅通过和谐的声调连缀几个词语，比如流传于四川的儿歌《觉觉喽》："啊哦，啊哦，乖乖哟，觉觉喽，狗不咬哟，猫不叫哟，乖乖睡觉觉喽……"再比如流传于欧洲部分地区的《吊床》："吊床，吊床，挂在树上。摇晃，摇晃，悠荡，悠荡，摇晃，悠荡，悠荡，摇晃。床上的小孩，进入梦乡。"当年，鲁迅先生为哄儿子入睡，也曾哼唱过一首即兴创编的摇篮曲"小红、小象，小红象，小象，小红，小象红；小象，小红，小红象，小红，小象，小象红"。这些摇篮曲近似于文字游戏，所表达的感情都十分朴素。

有的摇篮曲是文学工作者根据实际生活中的素材创作或加工的歌谣。作家创作的摇篮曲经过文学的典型化手段后，往往更具有民族特色和文化特点，优美而意味深长。比起那些即兴的作品，有了一定的内容，文学手段应用得也相对多一些，显得更细腻，更有文学色彩，如陈伯吹的《摇篮曲》[①]：

风不吹，浪不高；小小船儿轻轻摇，小宝宝啊要睡觉。
风不吹，树不摇，小鸟不飞也不叫，小宝宝啊快睡觉。
风不吹，云不飘，蓝色的天空静悄悄，小宝宝啊好好睡一觉。

摇篮曲在生活中所具有的实用性使它在艺术领域里具有广阔的空间，深受大家喜爱和欢迎。

（二）问答歌

问答歌又称对歌、盘歌、猜谜调，是指以设问作答的方式认知事物或一定道理的传统儿歌形式。有问有答是它的基本特点。问答歌能够在孩子诵读时，引起他们的思考和联想，从而培养儿童对事物的观察、判断、比较、反应等多种能力，让孩子得到知识的启迪、情感的满足和美的享受。

问答歌的形式有多种，可以是一问一答，如以有问必答的形式分别道出了不同事物

[①] 蒋风：《中国创作儿歌选》，广西人民出版社，1984年版，第83页。

特征的广西传统儿歌《谁会飞》①：

谁会飞？
　　鸟会飞。
鸟儿怎样飞？
　　扑扑翅膀去又回。
谁会游？
　　鱼会游。
鱼儿怎样游？
　　摇摇尾巴调调头。
谁会跑？
　　马会跑。
马儿怎样跑？
　　四脚离地身不摇。
谁会爬？
　　虫会爬。
虫儿怎样爬？
　　许多脚儿慢慢爬。

问答歌也可以是一问多答，例如李望安作词的《春天在哪里》：

春天在哪里呀？春天在哪里？
春天在那青翠的山林里，
这里有红花呀，这里有绿草，
还有那会唱歌的小黄鹂。
嘀哩嘀哩嘀哩哩嘀哩哩哩……
嘀哩嘀哩嘀哩哩嘀哩哩哩……
春天在青翠的山林里，还有那会唱歌的小黄鹂。

问答歌也可以是多问多答，形式较活泼，孩子们可以自编对答，趣味无穷。例如选入部编版小学语文教科书一年级上册第一单元程宏明的《比尾巴》②就采用了三问三答的形式：

谁的尾巴长？
谁的尾巴短？

---

① 方卫科选评：《树叶的香味　方卫平精选儿童文学读本》，明天出版社，2017年版，第215页。
② 刘希亮：《中国儿童歌谣500首》，未来出版社，1990年版，第181页。

谁的尾巴好像一把伞?

猴子的尾巴长,
兔子的尾巴短,
松鼠的尾巴好像一把伞。

谁的尾巴弯?
谁的尾巴扁?
谁的尾巴最好看?

公鸡的尾巴弯,
鸭子的尾巴扁,
孔雀的尾巴最好看。

还有的问答歌采用连环扣的手法,根据前一句的回答继续发问,使问与答不断延伸,巧妙地将一些不相干的问题合理联系起来,跳跃性大,活泼风趣,能扩展儿童思维并营造浓烈的游戏氛围,如《我唱歌儿骑着马》:

青青的草,红红的花,
我唱歌儿骑着马,
什么马?大马。
什么大?天大。
什么天?青天。
什么青?山青。
什么山?高山。
什么高?塔高。
什么塔?宝塔。
什么宝?国宝。
什么国?中华人民共和国!

(三) 连锁调

连锁调又称连锁体、连珠体、连句或衔尾式,是一种运用特殊的修辞手段、结构形式和用韵手法构建的传统儿歌类型。传统儿歌中的连锁调,歌词往往不完整,没有明确的意思,但句式简短,连用谐音,节奏鲜明,韵律感极强,生动有趣,顺口易记,深受孩子们喜爱。

"顶针续麻"是连锁调在修辞上的特点,即采用"顶真"手法,将前一诗句的尾词作为

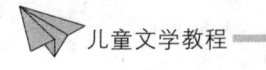

后一诗句的首词,例如金波的《野牵牛》①:

野牵牛,
爬高楼;
高楼高,
爬树梢;
树梢长,
爬东墙;
东墙滑,
爬篱笆;
篱笆细,
不敢爬,
躺在地上吹喇叭;
嘀嘀哒!
嘀嘀哒!

有的作品是上一节末句尾词作为下一节首句首词,传统儿歌《大雁落地飞不了》②:

白云升,
白云降,
白云上面有月亮。

月亮明,
月亮暗,
月亮照着雁下蛋。

蛋儿长,
蛋儿圆,
蛋儿下到尖石岩。

石岩陡,
石岩险,
石岩跟前马儿欢。

马儿停,

---

① 蒋风:《中国创作儿歌选》,广西人民出版社,1984年版,第100页。
② 汪毓馥:《摇篮曲绕口令》,教育科学出版社,1989年版,第75-76页。

马儿跑,
马儿身上坐少年。

少年强,
少年俊,
少年拉弓来射箭。

箭儿快,
箭儿利,
箭儿出弓身大雁。

大雁飞,
大雁叫,
大雁落地飞不了。

"随韵粘合"是连锁调的结构特征,即每两句为一层次,每层次上句起韵,下句以此韵落音,无论上下两句在内容上有无关联,都靠押韵把上下两句"粘"在一起。"中途换韵"是连锁调的韵律特征,即每个层次都换一个韵脚。"无意味之意味"是连锁调的主题表现特征,即连锁调一般不表现某一个突出的中心思想,而是在作品形式的特殊性或内容的诙谐幽默营造的趣味中透出意味。北京儿歌《打火镰儿》[1]最能体现连锁调的上述特征:

谁跟我玩儿,打火镰儿;
火镰儿花,卖甜瓜;
甜瓜苦,卖豆腐;
豆腐烂,摊鸡蛋;
鸡蛋鸡蛋磕磕儿,
里头住着哥哥儿;
哥哥儿出来买菜,
里头住着奶奶;
奶奶出来烧汤,
里头住着姑娘;
姑娘出来点灯,
烧了姑娘鼻子眼睛!

儿歌《打火镰儿》每一层次上句和下句之间在内容上都没有逻辑联系,通过首句"跟

---

[1] 王文宝搜集选编:《北京民间儿歌选》,浙江人民出版社,1982年版,第108页。

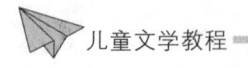

我玩儿"点出游戏场景,内容上却将生活中常见之物火镰、甜瓜、豆腐、鸡蛋和哥哥、奶奶、姑娘自然地串在一起,使作品充盈着游戏精神和喜剧色彩,可以反复吟诵,意味无穷。这种"顶针续麻""随韵粘合""中途换韵"的艺术处理手段和"无意味之意味"的文本特征,使这类儿歌在内容的表现上显示出跳跃性特点和极具幽默意味的质朴风格。

(四) 颠倒歌

颠倒歌也称稀奇歌、滑稽歌、古怪歌、反唱歌,指使用夸张手法,故意颠倒地描述大自然和社会生活中某些事物和现象的情状,达到以表面的荒诞揭示事物本相和实质的目的的传统儿歌形式,如传统颠倒歌《太阳从西往东落》[①]:

> 太阳从西往东落,
> 听我唱个颠倒歌。
> 天上打雷没有响,
> 地上石头滚上坡。
> 江里骆驼会下蛋,
> 山上鲤鱼搭成窝。
> 腊月炎热直流汗,
> 六月寒冷打哆嗦。
> 妹照镜子头梳手,
> 门外口袋把驴驮。

颠倒歌的特点是正话反说,内容诙谐幽默,机智有趣,联想丰富。幼儿的思维具有明显的自我中心特点,以具体形象思维为主,抽象思维处于萌芽之中,对世上万物充满了好奇和探索之心,容易被特征鲜明的事物吸引。因此,以整齐押韵的句式、强烈正反的对比、带有游戏性质的颠倒歌可以放松情绪,使儿童在快乐的笑声中获得丰富的认知力、想象力和幽默感,也可以增强儿童的语言能力,锻炼他们从反面来联系和思考问题的逆向思维能力,最终获得美的享受。例如,河南传统儿歌《小槐树,结樱桃》[②]:

> 小槐树,结樱桃,
> 杨柳树上结辣椒。
> 吹着鼓,打着号,
> 抬着大车拉着轿。
> 蝇子踏死驴,
> 蚂蚁踩塌桥。
> 木头沉了底,

[①] 张祖庆:《中国民间童谣》,浙江人民美术出版社,2018年版,第106页。
[②] 本社:《儿歌》,中国民间文艺出版社,1982年版,第99页。

石头水上漂。
小鸡叼个饿老雕，
小老鼠拉个大狸猫。
你说好笑不好笑？

作品想象丰富，夸张大胆，故意颠倒和混淆各种事物之间的正常关系和顺序，把自然界和社会生活中不可能发生的事情和现象渲染得活灵活现，而且带有一丝滑稽诙谐和荒诞不经的韵味。整首儿歌押韵，响亮有力，音乐性强，极易为儿童所传诵。

（五）数数歌

数数歌是将数学知识与儿歌形式巧妙结合在一起，以适合儿童审美心理的形象描写来巧妙地训练儿童数数能力的儿歌类型。它是适合儿童认识水平的、最早的算术教材。数数歌将数字教学与知识教育包含在有趣的形象描述中，能够有效地训练和培养幼儿对数的概念的掌握和抽象思维能力的形成，同时也能丰富儿童的知识，开阔他们的认知视野。

数数歌的特征是必须有数的排列——竖着排列、顺着排列、倒着排列、斜着排列都行，这是识别数数歌的主要标志。数数歌形式灵活多样、生动活泼。有的以简单的序列数字排列而成，如传统儿歌《一二三，三二一》[①]：

一二三，三二一，
一二三四五六七，
八九十，到十一，
十二、十三、十四、十五、
十六到十七，
十八和十九，
二十、二十一。

有的数数歌着重帮助幼儿掌握最基本的数的序列，如传统儿歌《五指歌》[②]：

一二三四五，
上山打老虎。
老虎没打着，
打到小松鼠。

[①] 蒋风：《中国传统儿歌选》，广西人民出版社，1983年版，第121页。
[②] 中国民间文学集成全国编辑委员会，中国歌谣集成山东卷编辑委员会，中国歌谣集成全国编辑委员会，中国歌谣集成各省编辑委员会：《中国歌谣集成·山东卷》，中国ISBN中心，2009年版，第869页。

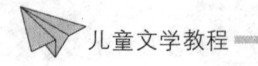

松鼠有几个？
让我数一数：
数来又数去，
一二三四五。

有对数字进行形象化介绍的，如郭明志的《数数歌》①：

"1"像铅笔细长条，
"2"像小鸭水上漂，
"3"像耳朵听声音，
"4"像小旗随风飘，
"5"像秤钩来称菜，
"6"像豆芽咧嘴笑，
"7"像镰刀割青草，
"8"像麻花拧一遭，
"9"像勺子能吃饭，
"0"像鸡蛋做蛋糕。

有的把数数和运算结合起来，训练孩子的运算能力和语言表达能力，如四川传统儿歌《数蛤蟆》②：

一只蛤蟆一张嘴，
两只眼睛四条腿，
扑通一声跳下水。

两个蛤蟆两张嘴，
四只眼睛八条腿。
扑通，扑通，跳下水。

有的把数字和量词结合起来，如夏晓红的《小猴子搭戏台子》③：

小猴子搭戏台子，
穿起一条小裙子，
引出两头小狮子，

---

① 王宜振：《陪孩子读童谣》，长江少年儿童出版社，2020年版，第89页。
② 蒋风：《中国传统儿歌选》，广西人民出版社，1983年版，第129页。
③ 刘希亮：《中国儿童歌谣500首》，未来出版社，1990年版，第210页。

舞起三个响铃子，
穿过四个小圈子，
抛起五顶小帽子，
叠起六把小椅子，
摆出七张小桌子，
转动八个小盘子，
挂起九面小旗子，
变出十个小果子，
人人都夸小猴子。

有的数数歌将数字和动植物的相关知识结合在一起，使幼儿既练习数数，又能了解一些自然知识，如赵术华的《十条腿》[①]：

小黑鸡，两条腿，
大黄牛，四条腿，
蜻蜓六条腿，
蜘蛛八条腿，
螃蟹十条腿，
蚯蚓、鳝鱼没有腿。

数字还可以与花卉、水果、农作物等时令知识结合，从而形成一种新的儿歌形式——时序歌，如传统儿歌《十二月花》[②]：

正月梅花香又香，
二月兰花盆里装，
三月桃花红千里，
四月蔷薇靠短墙，
五月石榴红似火，
六月荷花满池塘，
七月栀子头上戴，
八月桂花满枝香，
九月菊花初开放，
十月芙蓉正上妆，
十一月水仙案上供，
十二月腊梅雪里香。

---

① 黄云生：《人之初文学解析》，少年儿童出版社，1997年版，第282页。
② 方卫平：《我会长大起来》，浙江少年儿童出版社，2011年版，第112页。

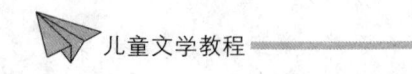

（六）绕口令

绕口令也称拗口令或急口令，指有意用双声、叠韵的词语，或者发音相近、相似和相同的字词来组成具有简单意义和浓郁韵味的传统儿歌形式。

绕口令要求快速无误地诵读，因为拗口，增加了朗读难度，容易出现吐字发音的错误，从而达到诙谐幽默的效果。幼儿经常练习绕口令，可以矫正发音部位，训练口齿，活跃思维，并获得游戏的愉悦。若在绕口令中加入教育内容，则能起到寓教于乐的作用。

传统的绕口令是多句式的，多数以训练发声为目的，使幼儿的唇、舌、齿、腭等发音部位得到锻炼，并无明确的意义。如《打醋买布》①：

> 一位爷爷他姓顾，
> 上街打醋又买布，
> 打了醋，买了布，
> 回头看见鹰抓兔，
> 放下布，搁下醋，
> 上前去追鹰和兔。
> 飞了鹰，跑了兔，
> 打翻醋，醋湿布。

新编的绕口令大都采用传统的形式，追求形式和内容的结合，在训练幼儿语言能力的同时，又能够陶冶情操。并在其中贯穿一定的教育内容，例如钱德兹创作的绕口令《夸骆驼》②：

> 骆驼驮着货，货用骆驼驮。
> 伯伯牵骆驼，一个跟一个。
> 穿过大沙漠，不怕渴和热。
> 伯伯夸骆驼，干活真不错。

《夸骆驼》在训练儿童每一句句尾发音的同时赞扬了骆驼吃苦耐劳的精神。

总之，绕口令拗口、容易读错，又要求读得快，具有一定的挑战性，儿童为了读得又快又准往往反复练习，一旦成功则获得极大的满足感，是儿童非常喜爱的一种儿歌形式。

（七）字头歌

字头歌又称头字谣或字尾歌。这类儿歌每句句末的字词几乎完全相同，一韵到底，活泼有趣，韵律感极强。由于儿歌每句的结尾都是同一个字，形成了独特的形式美，能

---

① 张祖庆：《中国民间童谣》，浙江人民美术出版社，2018年版，第27页。
② 陈赤：《儿童绕口令集锦》，中国妇女出版社，1992年版，第11页。

给人留下鲜明的听觉印象。读起来朴实亲切,易于记诵。

传统的字头歌常用"子""头""儿"等作为尾字,如《头字歌》①:

> 天上日头,
> 地下石头,
> 嘴里舌头,
> 手上指头,
> 桌上笔头,
> 床上枕头,
> 背上斧头,
> 爬上山头,
> 喜上眉头,
> 乐在心头。

在传统字头歌的基础上,许多作家大胆采用"来""了""人"等字作为尾字创作出了不少新颖有趣的字头歌,如张光昌的《游湖人》②:

> 东是人,西是人,
> 来来往往都是人。
> "阿拉阿拉"上海人,
> "俺们俺们"山东人。
> 戴花帽的新疆人,
> 穿长袍的西藏人……
> 外地人,本地人,
> 说说笑笑像亲人。
> 他们说我们是西湖的小主人,
> 我们说大家都是一家人。

这首儿歌写得饶有兴味,每句都以"人"字结束,节奏欢快鲜明,充满韵律感和童趣。

(八) 游戏歌

游戏歌是儿童游戏时伴随着一定的游戏动作而吟唱的儿歌。游戏是低龄儿童最主要的活动。高尔基说:"游戏是儿童认识世界的途径。"游戏歌把游戏和儿歌相结合,孩子们边玩边唱,且歌且舞,不仅可以提高游戏的兴趣,协调游戏的节奏、动作,而且能够

---

① 方卫平选评:《没有不好玩的时候·小学卷·一年级》,浙江少年儿童出版社,2011年版,第7页。
② 钟高渊:《西湖孩子的歌》,浙江少年儿童出版社,1984年版,第81页。

通过模仿和体验成人的劳动、生活,学习各种生存能力,陶冶乐观开朗的性情。

儿童的游戏形式多样,因此游戏歌的形式也多种多样。有成人逗耍孩子的儿歌,如流传于贵州不少地区的《斗虫虫》:"斗虫虫,虫虫咬手手!"有帮助儿童认识事物的儿歌,如《大拇指》:"大拇哥,二拇弟,中三娘,四小弟,小妞妞来看戏,手心手背,心肝宝贝。"还有相当数量的供两个以上儿童玩耍时吟唱的儿歌,像《找朋友》《拍手歌》《跳绳歌》等。这类游戏歌因为是群童参与完成,所以可以协调游戏者的行动,增进与伙伴的情谊,丰富游戏的内容,故而深受儿童的喜爱,如传统儿歌《丢手绢》①:

丢、丢、丢手绢,悄悄地放在小朋友的后边,大家不要告诉他,快点快点抓住他,快点快点抓住他。

由于儿童游戏是社会现实的一种独特的反映方式,游戏儿歌就必然具有明显的时代特征和民族、地域特色。它会随社会的发展而不断丰富。当代作家所创作的游戏儿歌,往往附有游戏规则的说明,更便于教师、家长指导孩子进行游戏活动,例如《黑猫警长》②:

黑猫警长,黑猫警长,喵喵喵;(做小猫叫的动作)
开着摩托,开着摩托,笛笛笛;(双手作开车状)
小小老鼠,小小老鼠,偷吃米;(学老鼠偷米状并放低念儿歌的声音)
一枪一个,一枪一个,(双手轮流做开枪动作)
消灭光。(双手同时做开枪动作两下)

作品句子简短,语言活泼,通过语句的反复和拟声的运用,形成响亮铿锵的韵律,并对游戏动作与规则做了明确具体的提示。这首游戏歌在很多幼儿园广为流传,孩子们一边大声诵读,一边饶有兴致地做出相应的提示动作,玩得兴致盎然。

（九）谜语歌

谜语歌又称儿歌谜、谜语儿歌,是一种采用寓意和押韵的手法,抓住谜底与谜面间的某种联系,以歌谣形式叙说现象或事物特征的儿歌。

无论是传统的谜语歌,还是新创编的谜语歌,在谜底与谜面之间大都有一层形象的联系,不甚复杂,符合幼儿的认识能力和理解水平,能开发智力、提高辨别能力和联想能力。谜语生动形象的描写、巧妙有趣的比喻以及拟人手法地运用一方面有助于幼儿认识事物,把握事物的本质特点及相互联系;另一方面有利于训练幼儿的语言表达能力,例如下面这首谜语歌:

---

① 王炳文、马成:《幼儿歌曲创编》,复旦大学出版社,第 3 版,2018 年版,第 18 页。
② 李俐:《2—3 岁宝宝机构教养活动资源库》,南京师范大学出版社,2009 年版,第 153 页。

一个小姑娘，
住在水中央，
身穿粉红衫，
坐在绿船上。（打一植物）

谜底是"荷花"。它那浓缩的、象征的形式中包含着强烈的悬念，这正符合儿童好奇心强的特点。猜谜的过程是逐渐破解悬念的过程，也是检测儿童的联想、推理和判断能力的过程，又是儿童自我检验和锻炼机敏与智慧的一种有效方式。经过一番紧张地思索，一旦豁然开朗，找到事物（或现象）关系的巧妙结合点，儿童会格外愉悦、欢欣，获得极大的精神满足。因此谜语歌深受儿童的喜爱，一代代流传下来，一般说来，供低龄儿童吟诵猜度的谜语歌应符合他们的理解水平，困难程度可略高于他们的理解力，但不能太复杂深奥，否则会使儿童丧失信心而失去兴趣，如下面两首谜语歌：

上边毛，下边毛，中间有个黑葡萄，猜不着，对我瞧。
（谜底：眼睛）
一棵树，五个杈，不长叶，不开花，做事情，全靠它。
（谜底：手）

除了以上介绍的各种类型外，儿歌中还有对数谣、物象歌、风俗谣、逗乐歌、拼音歌、故事歌、时政歌、地名歌、十字令等类型。

四、儿歌作品赏析

月亮光光
传统儿歌

月亮光光，
装满筐筐，
抬进屋去，
全部漏光。

【出处、作者】 选自叶显林编选《中国童谣精选》（人民文学出版社2012年版）。

【作品赏析】 十五的月亮十六圆，月光如牛乳一般静静地泻下来，大自然沐浴在悠悠的清辉中，仿佛披着一层银色的轻纱，朦胧而美丽。人们都喜欢美的事物，尤其是孩子。所以，日常生活中的月光常会引来孩子们无限的遐想：如果能把月光用大箩筐装起来，抬进屋去，屋里就会像白天一样明亮。这首儿歌以喜剧的场面开始，以无可奈何的失望收尾。但想象奇特，构思巧妙，洋溢着童稚和童趣，让人爱不释手。

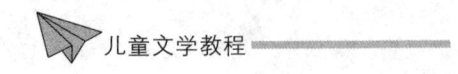

《我给小鸡起名字》
任溶溶

一、二、三、四、五、六、七，　　他们一下都走散，
妈妈买了七只鸡，　　　　　　一只东来一只西。
我给小鸡起名字：　　　　　　于是再也认不出，
小一，　　　　　　　　　　　谁是小七，
　小二，　　　　　　　　　　　小六，
　　小三，　　　　　　　　　　　小五，
　　　小四，　　　　　　　　　　　小四，
　　　　小五，　　　　　　　　　　　小三，
　　　　　小六，　　　　　　　　　　　小二，
　　　　　　小七。　　　　　　　　　　　小一。

【出处、作者】　选自王晓玉主编的《儿童文学作品选读》，由高等教育出版社于1997年出版。

任溶溶(1923—2022)，原名任根鎏，上海人，祖籍广东省高鹤县，中国著名儿童文学作家、翻译家，曾先后获得全国优秀儿童文学奖、宋庆龄儿童文学"特殊贡献奖"、陈伯吹儿童文学奖杰出贡献奖、中国出版政府奖提名、国际儿童读物联盟翻译奖等，并被中国翻译协会授予"翻译文化终身成就奖"。

他精通俄语、英语、意大利语和日语，译作有《安徒生童话集》《木偶奇遇记》《彼得·潘》《长袜子皮皮》等。除了翻译外，任溶溶也自行创作过一些童话，如《没头脑和不高兴》等。

【作品赏析】　这是一首形式新颖的数数歌，充满儿童生活的情趣。作品节有定行，行有定字，长短句有规律的组合以及外形结构上的阶梯形排列，构成了外在形式上的匀齐之美和参差之美，如同孩童般纯粹而美好的心。而这种结构与近乎口语的朴素语言的配合，又使作品在表现活泼欢愉、富有儿童情趣的生活场景时更显出鲜明的节奏感和韵律感，达到了外形与内质的互融互渗。

春　雨
刘饶民

滴嗒，滴嗒，下小雨啦。
种子说："下吧，下吧！我要发芽。"
梨树说："下吧，下吧！我要开花。"
麦苗说："下吧，下吧！我要长大。"
小朋友说："下吧，下吧！我要种瓜。"
滴嗒，滴嗒，下小雨啦。

【出处、作者】 选自刘饶民的《写给少先队员的诗》,由作家出版社于1964年出版。刘饶民(1922—1987),中国著名儿童文学作家,山东莱西人。1954年毕业于山东师范学院中文系,1945年参加革命工作,历任莱西县小学教员、校长,青岛台东六路小学教导主任等。1949年开始发表作品,著有儿童诗集《写给少先队员的诗》《海边儿歌》《儿歌一百首》《百子图》《农村散歌》《孩子们的歌》等。

【作品赏析】 这首儿歌节奏明快,音韵响亮和谐。两字一个节奏贯穿全诗,使儿歌的节奏整齐、明快;同时象声词"滴嗒"地运用既增强了儿歌的音乐美,又使儿童真切地感受到春雨滴落的情景。儿歌押"a"韵并通篇使用,朗朗上口,儿童乐于接受。从结构看,儿歌以"滴嗒,滴嗒,下小雨啦"(还有的改写版本为:滴嗒,滴嗒,下雨啦!下雨啦!)开始,又以此句结束,使儿歌前后呼应、结构完整。儿歌使用反复的修辞手法,不仅易记易诵,而且韵律具有循环往复的美。

第二节 儿童诗

一、儿童诗的概述

儿童诗是指以儿童为主体接受对象,符合儿童的心理和审美特点,使用最富于感情、最凝练、有韵律但又具有陈述性特点的文学语言来抒写儿童情感的文学形式,也包括儿童自己为抒怀而创作的诗。

儿童诗因其自身的特殊性,除了具有诗的特点外,还具有儿童属性。因此,儿童诗所反映的生活内容、所进行的艺术构思、所展开的联想和想象、所运用的文学语言等,都必须符合儿童的年龄特征,为儿童所喜闻乐见,适应儿童丰富的想象和充沛的感情表达这一心理特征。这样的儿童诗才能在培养儿童良好的道德品质、思想情操,激发他们丰富的想象力、思维能力等方面,尤其是在培养儿童健康的审美意识和艺术鉴赏力方面,发挥独特作用。

我国是一个诗的国度,有着悠久的诗歌创造历史。早在春秋时期,伟大的教育家孔子就深刻指出"不学诗,无以言"。他甚至把学诗上升到这样的高度:"小子何莫学乎诗?诗,可以兴,可以观,可以群,可以怨。迩之事父,远之事君,多识于草木虫鱼鸟兽之名。"从"诗三百"到屈原的"离骚",到汉魏的文人诗,到"全唐诗""全宋词",再到"元曲",可以说,一部中国古代文学史几乎就是一部中国诗歌史。吟诗填词被历代统治者、文人墨客视为雅事,有很多帝王将相在政务之余甚至戎马倥偬中参与此项活动。诗歌作为一种无法替代的精神营养,滋补了一代又一代的炎黄子孙。可是,打开诗歌的长卷,真正适合儿童读的诗却少得可怜。在历代文人骚客中,真正有意识自觉地为儿童写诗的人也少得可怜,诚如茅盾指出的那样:"在百花园中,儿童诗是个嫩芽。"儿童文学的发展是以儿童观为基点,有什么样的儿童观,就会有什么样的儿童文学。

在漫长的封建时代,子女历来被当作家庭的私有财产。父为子纲,决定了子女从属于父亲的地位,在科举制度下,绝大多数家庭也只注重让男孩金榜题名以光宗耀祖。"三从四德"是封建礼教对女子的基本要求。在这样的社会环境下,国家、社会、家庭对

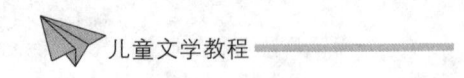

孩子的教育往往是专制的，根本谈不上人文关怀，更何况具有教育条件的家庭又是极少数。所以，在我国漫长的封建时代，儿童文学的发展尤其是儿童诗歌的发展一直处于蒙昧和不自觉的状态中。换句话说，我国一直没有真正意义上的儿童文学，这也是儿童诗的作者和儿童诗作品稀少的根本原因。现在看来，我国诗歌长卷中一些能够被孩童喜闻乐诵的诗并不是真正为儿童创作的作品，像贺知章的《咏柳》、孟浩然的《春晓》、李白的《静夜思》、李绅的《悯农》《锄禾》、杜牧的《清明》等。只骆宾王的《咏鹅》、白居易的《赋得古原草送别》等少数作品才算得上是真正意义的儿童诗。

晚清时候终于出现专门为儿童创作的诗歌，比如黄遵宪的《幼稚园上学歌》等，但这毕竟是少数，尚未形成气候，依旧没有形成儿童诗的创作体系。直到新文化运动时期的自由体诗运动，经过一些先进人物的大力提倡和不懈努力，我国才有了现代意义上为儿童创作的儿童诗。当时，一大批文化名人，如胡适、郭沫若、叶圣陶、郑振铎、俞平伯、刘半农、黎锦晖、刘大白、汪静之等，都积极为儿童写诗，其中胡适写的《湖上》[1]可谓早期儿童诗的精品。这首诗意象清新而富有动感，语言明了却韵味悠长，可谓是"清水出芙蓉，天然去雕饰"：

　　水上一个萤火，
　　水里一个萤火，
　　平排着，
　　轻轻地，打我们的船边飞过。
　　他们俩越飞越近，
　　渐渐地并作了一个。

汪静之1920年12月写了《我们想》：[2]

　　我们想，生两翼，
　　飞飞飞上天，
　　做个好游戏；
　　白白云，当作船儿飘；
　　圆圆月，当作球儿抛；
　　平坦的天空，大家来赛跑。

这首诗写得清新活泼，符合儿童的审美趣味，想象奇妙。另外，郭沫若的《天上的街市》也是一首充满儿童情趣、想象深远的儿童诗。郑振铎也在他主编的我国第一家纯文学儿童周刊《儿童世界》上，以诗配画的形式发表了他特别为儿童写的诗。还有胡怀琛发表在《儿童世界》第3卷第9、10期的《大人国》《小人国》，也是当时比较成熟且优秀的

---

[1]　任亚娜：《儿童文学》，西北工业大学出版社，2010年版，第64页。
[2]　李桂萍：《儿童诗歌鉴赏与教学》，复旦大学出版社，2016年版，第27页。

儿童诗。

20世纪30年代,叶圣陶先生积极为儿童创作,写了数量不少的儿童诗。教育家、儿童诗人陶行知先生始终坚持"为大众写!为小孩写!"的创作主张,在他的诸多诗作中,也有数量不少的儿童诗,有的作品堪称上乘之作。

新中国成立以后,人民政府把孩子看作祖国的"花朵"和"未来",非常重视下一代的教育工作,我国儿童文学的发展也进入了一个新的时代,20世纪五六十年代涌现出了一大批热心儿童诗创作的作家,其中颇有影响的有任溶溶、金近、圣野、鲁兵、袁鹰、田地、柯岩等,有些老作家也专门从事儿童诗的创作,儿童诗的发展进入了一个新的阶段。

进入新时期以来,儿童诗的创作、批评和理论等研究空前繁荣,取得了丰硕成果。金波、聪聪、张秋生、黎焕颐、程逸汝、高洪波、樊发稼、郑春华等作家写出一批高质量的儿童诗。海峡彼岸的儿童诗人林焕彰、谢武彰、林武宪等也为儿童写了不少的儿童诗。1993年,我国台湾地区还出版了《小白屋幼儿诗苑》季刊。

进入21世纪,儿童文学的发展前景更令人乐观,人们不断意识到,儿童之于社会和民族的意义是一种精神文化素质的传承。大批优秀的儿童诗作家继续涌现,如金逸铭、汤素兰、王宜振、谭旭东、邱易东等,儿童诗创作者不再以教育为儿童文学之本,而以"艺术"为儿童诗之本质,还儿童诗之艺术本身。随着人们对儿童教育规律认识的不断深入,我们有理由相信,儿童诗的创作和发展必将得到进一步的繁荣。

二、儿童诗的艺术特征

圣野曾说过:"让儿童在你的诗里,听到声音,看到色彩,感受得到孩子们的喜悦的跳动的节奏。"儿童诗因特定读者对象心理的特殊性,其所表现出来的内容、情感、性灵和体验等,是以儿童为本位的、体现儿童心理与意识的诗歌。有着区别于成人诗歌复杂、深沉、隐藏、朦胧的独特气质。也就是说,儿童诗有着自己独特的艺术特征。

(一)直观活泼的生活内容

儿童喜欢接受可感可知的具体事物,这样的事物能够激起他们的形象思维,使他们产生联想,进而对诗歌所表达的思想情感产生共鸣。所以,与成人诗歌重抒情不同,儿童诗歌中没有复杂的社会生活和世态人情,也没有朦胧晦涩的内心情感,只是单纯而富有的灵性的儿童生活,以及对世界的希望和想象,儿童诗歌更偏向于叙事。陈伯吹也说过:"一般来说,儿童不爱说理的诗,而爱叙事的诗,读抒情的诗也不热心,读故事诗就皆大欢喜。"可见,儿童诗要常常通过叙事儿童日常生活,呈现比较直观的生活画面和形象,来抒发他们的内心情感。如邱易东的《一个小男孩的陀螺》[①](节选)中就描写了小男孩在冬天里玩耍陀螺的情景:

> 脸蛋与鼻子冻得发紫有什么关系
> 袖口和裤腿挂满叮当作响的冰凌有什么关系

---

① 邱易东:《不久以前,不久以后》,四川少年儿童出版社,2014年版,第72页。

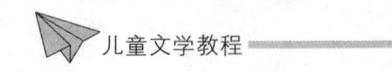

风雪抽打着旋转的小男孩
　　小男孩抽打着旋转的小陀螺
　　小陀螺像一朵红色的火苗
　　就这么旋转出
　　一圈儿一圈儿花朵般的欢畅
　　一圈儿一圈儿漩涡般的阳光

　　喜爱游戏是儿童的天性,游戏是儿童认知事物的最初启蒙,也是他们美好天性的自然展示。在这首儿童诗里,诗人以敏锐的目光、传神的笔法、多变的角度,为我们展现了儿童淋漓畅快的游戏生活。诗句直接描写儿童游戏的情状,将儿童天真可爱的动作和神情描摹得活灵活现,使读者有身临其境之感。

　　(二) 纯真浓烈的情感体验

　　英国诗人华兹华斯说:"所有的好诗都是从强烈的感情中自然而然地溢出的。"因而,抒情是诗歌的艺术生命。儿童诗虽然有很浓的叙事性,但总体上还是以抒情为主。因受到读者对象的制约,儿童处于智力发展阶段,很容易受到他人情感的感染,因此抒情言志的诗包含的情感必须饱满、浓烈,要发自其心灵深处,洋溢着盎然的童真童趣,给儿童以满意、兴奋、喜悦之类的情感熏陶。此外,儿童诗的情感基调还应与儿童的生活阅历相一致。在通常情况下,其心灵总是天真纯朴、明朗欢快的。正因为儿童的情感具有浓烈纯真的特征,儿童诗就要善于抒写出他们这种独特的思想感受,才能引起小读者心灵的共鸣。例如傅天琳创作的《我是男子汉》[①](节选):

　　　　如果今天夜里突然刮起风,
　　　　不要害怕,妈妈,
　　　　我已经六岁了,我是男子汉,

　　　　我会扬起长长的陀螺鞭子,
　　　　把不听话的风
　　　　赶到
　　　　没有灯光的角落,
　　　　让它罚站。

　　这首小诗是一个6岁小男孩发表的保护妈妈的宣言。全文虽然没有一个"爱"字,却把一个孩子纯真、幼稚的表白写得生动、体贴,寄托了许多小孩子对妈妈真挚的爱,表达了令成人欣慰和感动的美好感情。

---

① 周庆荣:《中外女诗人佳作选》,浙江文艺出版社,1989年版,第41页。

(三) 丰富奇特的艺术想象

著名诗人艾青说过:"诗人最重要的才能是运用想象。"儿童生性好奇,是最善于想象和联想的,他们总是用自己创造性的想象认识并诠释世界上的一切事物。所以,不同于成人诗歌中的想象,儿童诗中的想象表现为丰富奇特且生动的童趣,这份因想象而得来的童趣,是从儿童生活中挖掘出来的诗意,也是能够塑造可视可感的诗歌形象的创作手法。可以说,优秀的儿童诗,总是让儿童在奇妙多姿的世界里展开想象的翅膀,在想象的世界中用饱含情意的心灵与儿童对话,例如林焕彰的《拖地板》①:

> 帮妈妈洗地板,
> 是我们最高兴的时候;
> 姐姐洒水,
> 我在洒过水的地板上玩儿,
> 像在沙滩上走过来走过去,
> 留下很多脚印,
> 像留下很多鱼,
> 然后,我很起劲地拖地板,
> 从头到尾,像捕鱼一样,
> 一网打尽。

这首诗截取了儿童日常生活中一个很不起眼的片段,却通过充满童趣的想象使这一生活片段变得独一无二,趣味盎然。诗歌中这个游戏的孩子把洒过水的地板当成沙滩,把自己的脚印想象成鱼,最后那个拖地捕鱼动作充分地传达出一种属于儿童的天真童趣。可以说,对儿童生活中特殊童趣内容的想象和发掘是一首儿童诗在艺术上实现创新的一个重要因素。

(四) 童稚优美的诗歌意境

感情和形象的结合构成了诗的意境。它是物我、情景的统一和交融。诗歌尤其讲究意境的营造。儿童是最富有想象的,在其心中,世界上一切事物都能成为诗化的意象。因此,儿童诗必须要有优美的意境,童稚的韵调,经得起咀嚼回味,具有强大的生命力。要营造出童稚而优美的意境,就要把儿童的真实感受,通过鲜活的形象含蓄地表达出来,这样的儿童诗才能够让儿童获得美的享受和满足,比如刘饶民的《月亮》②:

> 天上月亮圆又圆,
> 照在海里像玉盘。

---

① 林焕彰:《妹妹的红雨鞋》,长江少年儿童出版社,2018年版,第105页。
② 王宜振:《陪孩子读童谣》,长江少年儿童出版社,2020年版,第79页。

一群鱼儿游过来，
　　玉盘碎成两三片。
　　鱼儿吓得赶快跑，
　　一直逃到岩石边。
　　回过头来看一看，
　　月亮还是圆又圆。

　　这首诗先从静态的描摹落笔，然后突然转为动态，晶莹的玉盘被活泼的鱼儿撞碎。粼粼水波、片片月影、一派轻灵欢快的景象。其中"吓"字传意境之神，显动态之趣，可谓是这首小诗的诗眼。调皮淘气的鱼儿在恶作剧之后，仓皇而逃，然而，"回过头来看一看，月亮还是圆又圆"，这首短诗的确是稚拙的幼儿心理行为的真实写照。它既有童话般的优美境界，又富有盎然的童真童趣。

　　（五）简洁明快的语言韵律

　　诗是语言的艺术。这就要求诗必须用凝练、形象、具有表现力的语言来体现思想和情感。儿童诗歌受主要阅读对象的文化层次和接受能力影响，需要充分考虑儿童的语言能力，鉴于儿童的语言思维能力尚处于变化发展中，尽量使用儿童所能理解的熟悉而简单的字词和句式，避免在儿童诗中使用含义过于抽象深奥的词语，诗行结构不要太长。在某种程度上可以说儿童诗是最不讲究形式技法的一类诗歌，如吴少山的《绿的西湖》[①]：

　　山绿了，
　　水绿了，
　　堤绿了，
　　塔绿了，
　　燕子一飞过，
　　西湖全绿了。

　　全诗寥寥数语，但"绿"字非常抢眼，最后一个"绿"很有韵味，仿佛神来之笔，前面的描写都是为这一句做的铺垫，让人回味无穷。诗中的燕子简直就是春姑娘的美妙化身，带来了西湖的春天。经常吟诵此类诗，儿童不仅可以丰富词汇、提高审美能力，还能从中体会赏心悦目的文学魅力。

　　优秀的儿童诗总是节奏分明，音韵流畅，具有很强的音律美。朱光潜在《诗论》一文中说："情感的最直接的表现是声音节奏，而文字意义反在其次。文字意义所不能表现的情调常可以用声音节奏表现出来。"因此，儿童诗优美的语言，除了词语的锤炼要准确恰当外，诗的声音节奏更应具有音乐性，即诗的音韵要有美感效应。儿童诗的语言美表

[①] 吴少山、圣野：《绿的西湖》，《幼儿教育》1988 年第 10 期。

现在声音节律上,主要包括节奏和韵脚这两个方面。通过韵脚的变化、句式的错落有致,既兼顾了不同年龄段的儿童,又使诗歌具有较强的音乐感和节奏感,形成全诗回环整齐的美感。

三、儿童诗的类别

任溶溶说:"儿童诗的天地是十分广阔的。总而言之一句话,儿童文学有什么体裁样式,几乎就有什么样的儿童诗。"儿童诗是一种灵活自由的文体,由于儿童诗的涵盖面比较广,常常以诗的外壳包容儿童文学其他样式和内容。因此,儿童诗可以从不同的角度进行分类。例如,按表现手段的不同,可分为抒情诗和叙事诗;按押韵、分行的不同,可分为韵律体诗和散文体诗两大类。此外,按内容分,又常把儿童诗分为生活诗、自然诗、寓言诗、科学诗、童话诗、故事诗、抒情诗、散文诗等。这里我们介绍儿童诗中的几种主要类型。

(一)生活诗

生活诗即通过对儿童现实生活的表现来抒发感情的儿童诗。其特点主要有三:一是高度凝练地摹写儿童的生活情景和浪漫情怀。儿童的生活是多彩的,其内容也是丰富的。二是表现出爱与美的主题。爱与美都是充溢于生活诗的一个基本母题,也是许多儿童诗的主旨所在。三是具有叙事的风格。它们或以诗的语言描写儿童日常的生活情景,或以富有节奏和韵律的话语表现儿童的心理和情绪,或凭借着诗的形式讲述儿童生活中的故事。生活诗通常有两种情况:

一是站在儿童立场上,抒发儿童情感,如诗人谢武彰的《梳子》[①]:

妈妈用梳子
梳着我的头发
我也用梳子
梳着妈妈的头发

风是树的梳子
梳着树的头发
船是海的梳子
梳着海的头发

这首诗看上去明白如话,内里所含的感情却十分丰富,诗人以一个普通的梳子为意象,传递出不普通的爱的深意。在诗人笔下,梳子如同一把梭子,把人与自然、母爱与自然之爱编织在一起,诗的意境由小及大、由近及远,像平静的水面荡起的涟漪,在孩子心中层层漾开,激起种种感慨与遐思。而风、树、船、海的拟人化表现,则充分传递了爱

---

① 小舟选编:《中外儿童诗精选导读版》,浙江文艺出版社,2004年版,第33页。

和美的情感。

二是以成人的口吻表达对儿童的情思意想,或对自己童年时代生活的追忆怀恋之情,如俞伯洪的《心愿》:

> 一路晚霞,
> 一路欢歌,
> 田野里走来几个小孩,
> 在夕阳西下的时候。
>
> 装在草篮里的是——
> 他们的秘密、希求,
> 让小白兔快快长大,
> 好换来迷人的童话;
> 再给老师买支钢笔,
> 不知老师肯不肯收。
>
> 田埂上走来几个小孩,
> 一路汗珠,一路露水。
> 露水孕育嫩绿的春天,
> 汗珠里绽开金黄的秋。

此诗写了几个农村孩子的心愿。第二节是实写,心愿是给老师买笔。尾节并非只是简单地呼应首节,更是推而广之的虚写,由"一路汗珠,一路露水"生发开去,而说成"露水孕育嫩绿的春天,汗珠里绽开金黄的秋"。这些不仅是孩子们所熟悉的具象,而且还是蕴涵着深意的象征:通过艰辛的劳动锻炼,孩子们不仅能成长为春天的花朵,还能成熟为秋天的果实、祖国的栋梁……表达了对未来的美好期待。

(二) 自然诗

自然诗即用诗的形式,从儿童的视角来观察自然、解读世界、展现自然之美的儿童诗。在西方,儿童诗中的此类作品被称为 nature poems。自然诗将自然现象进行形象地诠释,将儿童对自然的认识和疑惑化为诗意的表现,并借孩子的询问尽展自然的神奇,从而表现儿童的好奇心和探索自然时的激动与新奇。简而言之,自然诗的主要特点是将自然现象进行形象化地诠释,如黎焕颐的《蒲公英》[①]:

> 你有翅膀吗?
> 告诉我,蒲公英。

---

① 黎焕颐:《蒲公英》,《小朋友》1980年,第5期。

你飞得很高——
　　天上的道路,
　　是云彩铺成;
　　我要跟着你,
　　去看神秘的星星。
　　你飞得很远——
　　远方的风景,
　　一定很迷人;
　　我要跟着你,
　　去做快活的旅行。

　　诗人从儿童的视角观察自然,用孩子的提问引出对自然现象的诠释,可谓诗意由自然而生,诗情因自然而现。而其自然知识的诗意表现则如清风般传递着儿童心灵的随想,诗作巧借蒲公英这个能够飞得很高很远的鲜明形象,幻想出小主人公将插上翅膀,跟蒲公英一道,踩着云彩铺成的道路,去探望星星,去远方旅行。在不知不觉间让儿童进入自然的世界,感受到自然的清新。诗作抒写的是一种对探究未知世界的向往之情。整首诗构思精巧,想象新奇,意境幽远,跳跃着欢快的童心,洋溢着天真的童趣,具有咀嚼不尽的稚拙美和活泼感。

(三)童话诗

　　童话诗是以诗的形式叙说富于幻想夸张色彩的童话(或传说)故事的作品,它是童话和诗的结合物。通常认为童话诗是儿童诗特有的一种样式,同时它又是颇受学前期和学龄初期儿童欢迎的文学样式。其特点是通过丰富的想象、神奇的幻想和夸张的手法来塑造形象,故事情节完整连贯,叙事脉络清晰,语言浅显易懂,音乐性强,适合儿童的接受心理,深受儿童的喜爱,尤其是学龄前和学龄初期的小读者。如罗丹的《兔子和乌龟的第二次赛跑》、熊塞声的《马莲花》、阮章竞的《金色的海螺》等,以普希金的《渔夫和金鱼的故事》(节选)[①]为例:

　　老头儿一点不敢违抗,
　　不敢说一句不中听的话。
　　他又走向蓝色的海边,
　　看见大海掀起了风暴:
　　狂涛骇浪在海上逞凶,
　　汹涌翻腾着,喧嚣咆哮着。
　　他开口叫唤那条金鱼,
　　金鱼向他游过来问道:

---

① 诗刊社:《诗刊五十年诗选》,作家出版社,2007年版,第206页。

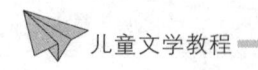

"老大爷,请问你需要什么?"
老头儿向它鞠个躬回答:
"你行行好吧,小金鱼娘娘!
我拿那可恶的婆娘怎么办?
她已经不愿做一个女皇,
她要做主宰大海的霸王;
她要生活在海洋上面,
让你亲自去把她侍候,
叫你随时听候她差遣。"
金鱼听完什么也没说,
只是用尾巴拍了一下水,
回头游入深深的海底。
老头儿久久地等着回答,
没等到,就回老太婆那里去——
只看到:眼前还是那土屋;
老太婆坐在土屋的门槛上,
面前还是那个破木盆。

这首童话诗取材于欧洲各民族广泛流行的民间故事,诗人采用反复、拟人和对比的修辞手法,叙述了渔夫妻子贪图享乐,过分追求财富和权势而竹篮打水一场空的结局,讽刺了现实生活中那些贪得无厌的人。

有些诗虽具有童话般的幻想色彩,但由于不是以叙事为主,而是重在抒情,则不宜视为童话诗,如《秋姑娘》。

(四)寓言诗

寓言诗又称诗体寓言,是借用孩子能理解和接受的诗的语言,叙述一个简短生动的故事,以寄寓一定的教训和讽喻意味的儿童诗。寓言诗还必须追求诗情力量与寓言理性的有机结合。寓言诗利用诗体叙事,往往篇幅短小,情节单一,故事内容具有象征性的意义。目的在于明理,明理即止,谈不上更多的意味思绪,而且所表现的情感往往是两极分明,或爱或憎,或褒或贬,毫不含糊。它常用拟人、比喻、夸张等手法,刻画漫画式的形象,让读者在笑声中回味无穷。儿童寓言诗是以儿童为视角的寓言诗,它符合儿童的心态、情趣,适合儿童阅读。17世纪法国著名诗人拉·封丹创作的12卷《寓言诗》,19世纪俄国克雷洛夫的寓言作品都是寓言诗的珍品。我国当代作家高洪波的《小虎问路》《列车上的苍蝇》、张秋生的《会拉关系的蜗牛》、孙华文的《小黑》、谭旭东的《大树的气量》《微笑的狐狸》、陈子典的《不敢提起这件事》以及顾城的《狐狸讲演》等,也都是代表性的佳作。以张秋生的《猫和狗的会餐》[①]为例:

---

① 张秋生:《两颗燃烧的小星星》,福建少年儿童出版社,2019年版,第90-91页。

猫和狗,
进行一次友谊会餐。
他们各自带来了佳肴,
准备大吃一番。

猫带来了两条鱼,
一条有臭味,一条挺新鲜。
新鲜的鱼自己享用,
臭鱼放在狗的眼前。

狗带来了一锅子汤,
几张菜叶浮在上面。
他把菜和清汤盛给小猫,
下面的肉——留给自己方便。

猫说:今天的鱼太鲜美,
至于汤,实在一般;
狗说:今天的汤油水足,
至于鱼,难以下咽……

两位朋友
争得几乎翻脸。
其实,他们只要想想自己的行为,
就能找到正确的答案。

全诗采用拟人的修辞,通过对猫和狗的行动和语言进行描写,讲述了在聚餐过程中,双方各自把好的食物留给自己吃,把不好的食物留给对方吃,最终聚餐不愉快而闹翻的故事。自然而然地让孩子们在故事性的情节中反观自己。即当你责怪别人的同时要自我反省,是否自己也有过错,如果有过错,那就不要去责怪对你使这种伎俩的人!宽恕别人的同时也等于是宽恕你自己,表达了"己所不欲,勿施于人"的思想。

(五)科学诗

科学诗是指用优美凝练的诗句来描写和表现科学精神、科学现象、科学规律等内容的儿童诗。它把浅近而切合实际的科学知识形象化和人格化,或将本来比较抽象的科学原理化为生动活泼的诗句,并以丰富炽烈的激情、大胆新颖的想象使科学知识化入诗的意境的一种科学性与诗意相结合的作品。这样可以使儿童既得到艺术的熏陶,又获得科学知识,把他们引入诗一样瑰丽的科学世界,对培养他们热爱科学、追求科学的品质有着重要作用。如高士其的《我们的土壤妈妈》《光的进行曲》、刘国良的《激光电话》

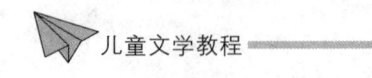

以及佚名作者的《要是你在野外迷了路》等,都是不错的佳作。以小学语文教材中戴巴棣的《植物妈妈有办法》①为例:

> 孩子如果已经长大,
> 就得告别妈妈,四海为家。
> 牛马有脚,鸟有翅膀,
> 植物旅行又用什么办法?
>
> 蒲公英妈妈准备了降落伞,
> 把它送给自己的娃娃。
> 只要有风轻轻吹过,
> 孩子们就乘着风纷纷出发。
>
> 苍耳妈妈有个好办法,
> 她给孩子穿上带刺的铠甲。
> 只要挂住动物的皮毛,
> 孩子们就能去田野、山洼。
>
> 豌豆妈妈更有办法,
> 她让豆荚晒在太阳底下,
> 啪的一声,豆荚炸开,
> 孩子们就蹦着跳着离开妈妈。
>
> 植物妈妈的办法很多很多,
> 不信你就仔细观察。
> 那里有许许多多的知识,
> 粗心的小朋友却得不到它。

全诗把植物知识融入孩子们熟悉、有趣的生活当中,运用亲切、形象的比喻和拟人手法,介绍了蒲公英、苍耳、豌豆这三种植物传播种子的方法,既培养了儿童对大自然的热爱,又激发了他们细心观察事物的兴趣。

儿童科学诗受自身题材的限制在创作上存在一定的局限性。需要指出的是,单纯借科学题材抒发情感,或是歌颂某一科学成就,歌颂科学工作者献身科学,鼓舞人们向科学进军的诗歌,并不是科学诗,更不是儿童科学诗。儿童科学诗不仅能使儿童得到艺术的享受,又能在科学知识上有所增益。

---

① 戴巴棣:《植物妈妈有办法》,长江文艺出版社,2020年版,第1-3页。

（六）讽刺诗

讽喻诗是针对儿童生活中某些不良现象或他们身上的不良习惯，用比喻和夸张等手法进行提示和批评、引导儿童对照自省的幽默诙谐的儿童诗，又叫讽刺诗。这种诗或直写儿童的错误行为及后果，或巧指他们的某种毛病缺点，或有意夸张叙写其不良习惯及可笑的结局，于巧讽暗喻中指明正确的方向。讽喻诗带有明显的诙谐调侃，却又常是温和善意的热讽，能使儿童在笑声中警觉、沉思，不由自主地自我审视，从中得到启示。

讽喻诗由于具有幽默的特点，因此被各阶段的儿童所喜爱。幽默不是讥笑，更不是辛辣的嘲讽，这是儿童讽喻诗有别于成人讽刺诗的一个显著特点。如任溶溶的《强强穿衣裳》、金近的《小队长的苦恼》、鲁兵的《下巴上的洞洞》、圣野的《我是木头人》等，均称得上是讽喻诗的范作。以鲁兵的《下巴上的洞洞》[①]为例：

  从前有个奇怪的娃娃，
  娃娃有个奇怪的下巴，
  下巴有个奇怪的洞洞，
  洞洞谁知道它有多大。
  瞧他一边饭往嘴里划，
  一边从那洞洞往下撒。
  如果饭桌是土地，而且饭粒会发芽。
  那么一天三餐饭，
  他呀餐餐种庄稼，
  可惜啥也没有种出来，
  只是粮食白白被糟蹋。

  你们听了这个笑话，
  都要摸一摸下巴。
  要是也有个洞洞，
  那就赶快塞住它。

全诗以幽默的语言对一个下巴"有个奇怪的洞洞"的孩子进行了特写式的描绘：他吃饭时，饭总是"从那洞洞往下撒"。作者以善意的讽喻口吻，形象地展示了不良习惯的可笑之处。孩子们既觉得亲切好笑，又乐于接受其劝谕。

（七）散文诗

儿童散文体诗是儿童诗与散文的有机结合，它具有诗的意境和散文的形式，是用散文形式写成的儿童诗歌。一方面它借鉴散文的形式，分段不分行，不押韵，甚至不受格

[①] 辽宁少年儿童出版社：《幼儿歌谣100首》，辽宁少年儿童出版社，1982年版，第20-21页。

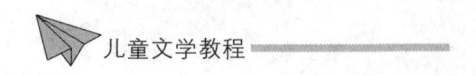

律的约束,注重节奏感和音乐美;另一方面,它又具有诗歌的意境和精练的语言,篇幅短小,富有哲理,表现出纯真的童心之美,因而受到儿童的喜爱。如郭风的组诗《林中》《红菇们的旅行》、斑马的《雨中,我望着一个渔翁》、鲁兵的《春娃》、佟希仁的《一颗冻僵的种子》等,都是精美的儿童散文体诗。另外,印度大诗人泰戈尔也写过不少优秀的儿童散文体诗,如《金色花》《纸船》《花的学校》等。以屠再华的《娃娃闹海》[①]为例:

  一群娃娃,嘻嘻哈哈！穿一身褂儿,披一身晚霞。

  他们一窝蜂冲下沙滩,甩掉凉鞋,脱掉袜子,上上下下,赤裸裸的,一丝不挂！

  娃娃闹海,嘻嘻哈哈！让呼呼的大风,梳理着疯疯癫癫的头发！让白白的浪花儿,锤炼着黑黑的脚丫。

  渔家的孩子不怕风,渔家的孩子不怕浪,玩够了！该回家了！捡一小捧小海螺,穿一串项链;再捡一捧小海贝,带回家去"办家家"。

  这首散文诗采用了自然分段的写法,虽然没有像诗那样分行,但每一个段落中都有对应的词语,形成了明快的节奏,再加上每一段的结尾都落在韵脚"a"上,形成了和谐上口的音韵效果。作品在充满诗情画意地描写中,表现了渔家娃娃不怕风浪的性格以及在海滩上嬉戏的那份欢乐和自由。

四、儿童诗作品赏析

雾

樊发稼

早晨,
打开屋门,
妈妈说:
"哟,好大的雾!"

我说:
"那是天上的白云,
昨儿晚上回来睡觉,
现在,
还没有醒呐。"

【出处、作者】 选自樊发稼主编的《樊发稼幼儿诗歌选》,由河北少年儿童出版社于2001年出版。

[①] 屠再华:《小魔伞屠再华幼儿文学作品选》,浙江少年儿童出版社,1996年版,第196页。

樊发稼(1937—2020),上海崇明人,中国当代著名儿童诗人,文学评论家。曾任中国作家协会全国委员会委员、儿童文学委员会副主任,中国文学研究会会长等职务。出版有《儿童文学的春天》等10本评论集,《春雨的情悄话》等41本作品集,诗集《小娃娃的歌》《春雨的悄悄话》等获中国作家协会全国优秀儿童文学奖、全国优秀少儿读物奖等。

【作品赏析】《雾》是一首自然诗,作品以雾这一场景为描述对象,展现了妈妈和"我"对雾的不同感受。对于妈妈而言,朦朦胧胧的雾只是清晨大自然的一种物理现象。而对于"我"来说,雾却是一个贪睡的"白云"形象。这样一下拉近了自然事物与儿童读者的距离,顿时就有了孩子的特性。诗歌虽然简短,但是却十分准确地抓住了儿童的想象力,让儿童读者也能够像诗中的"我"一样畅想。因雾和白云具有形态上的相似性,诗人采用拟人化的手法,加入了孩童天真烂漫的想法,将雾比喻成睡懒觉的白云,既包含了儿童的生活细节,又让诗歌充满了童趣。

字典公公家里的争吵

金逸铭

字典公公家里吵吵闹闹,
吵个不停的原来是标点符号。

看,它们的眼睛瞪得多大,
听,它们的嗓门提得多高。
感叹号拄着拐杖,小问号张大耳朵,
调皮的小逗号急得蹦蹦跳。

首先发言的是感叹号,
它的嗓门就像铜鼓敲:
"伙伴们,我的感情最强烈,
文章里谁也没有我重要!"

感叹号的话招来一阵嘲笑,
顶不服气的是小问号:
"哼,要是没有我来发问,
怎么能引起读者的思考?"

小逗号说话头头是道,
它和顿号一起反驳小问号:
"要是我们不把句子点开,
文章就会像一根长长的面条!"

水平高的要数句号,
它总爱留在后面作总结报告:
"只有我才是文章的主角,
没有我,话就说得没完没了。"

大家争得不可开交,
字典公公把意见发表:
"孩子们,你们都很重要,
少一个,我们的文章就没有这样美妙。

滴水汇成了大江,
泥沙堆成了海岛,
大家不要把个人作用片面强调,
任何时候都不要骄傲!"

小朋友,你听了字典公公家里的争吵,
心里想的啥,能否让我知道?

【出处、作者】 选自《小朋友》1978年第2期。金逸铭:(1955—),浙江绍兴人,儿童读物编辑,儿童文学作家,1978年开始发表作品,并多次获奖。

【作品赏析】《字典公公家里的争吵》是一首童话诗,以"争吵"为序幕,各个被赋予人格的标点符号闪亮登场。诗人综合运用停连、节奏、重音语调和语气等技巧,便把每个"人"的形体、神态栩栩如生地表现出来了,接着每个"人"极力地夸耀自己的重要性,仿佛我们的眼前上演了一场激烈的争论。在这场争论中,没有谁输谁赢。因为在实际生活中,每个人的作用是不容忽视的。就像字典公公所说的,一篇美妙的文章,靠的不仅仅是某个标点符号,而是集体的、组合的力量。

他有三双灵巧的手
李少白

小宝回家跑得急,
叫来爸爸、妈妈和小姨。
学校要搞"巧手比赛",
快给我做架小飞机!

小姨上街买材料,
爸爸绘图又设计,
妈妈的剪刀嚓嚓响,
花猫也叼来小橡皮……

小宝在一旁拍手笑,
看得心里甜蜜蜜,
明天交到学校去,
我的定会得第一!

他有三双灵巧的手,
可一双也不属于他自己。
这样的飞机再漂亮,
也不过是一只小公鸡。

【出处、作者】 选自张美妮、巢扬主编的《中国新时期幼儿文学大系诗歌卷》,由西安未来出版社于1998年出版。

李少白(1939—),笔名少白,宁乡人,中国作家协会会员、中国共产党党员。1960年毕业于湖南第一师范学校。历任长沙市浏正街小学教师,楚怡小学副校长,长沙市青少年宫主任,长沙市文联副主席、主席,湖南省音乐家协会副主席。被评为长沙市有突出贡献的专家。1978年开始发表作品,1984年加入中国作家协会。著有儿童诗集《长胡子的娃娃》《捎给爱美的孩子》《星光点点》《说给祖国妈妈的悄悄话》《诗露花雨》等13部,童话集《妈妈大侦探》《三个和尚外传》《幽默童话》等十部,社科及低幼读物十余本。作品获全国优秀少儿读物奖、陈伯吹儿童文学奖、冰心图书奖、世界儿童音乐节优秀作品奖、中宣部"五个一"工程奖、文化部群星奖金奖等。

【作品赏析】 这是一首讽刺诗,有很强的讽刺意义和现实教育意义。诗人用白描的手法勾画出了一幅3个家人动手帮助小宝做手工的画面,展示了中国式"家长包办、百依百顺"的教育模式,尤其一句"花猫也叼来小橡皮"极具讽刺意味,而小宝还想拿全家的劳动成果去给自己争第一,毫无羞愧之意,发人深省。这首诗不仅教育小读者自己的事情要自己做,而且也告诫家长要培养孩子的独立意识,遇事要让孩子独立思考、自己动手,不能让孩子养成依赖他人的习惯。

第三节 儿歌与儿童诗的创作

一、比较儿歌与儿童诗

儿歌与儿童诗都属于儿童文学中的韵文体裁,因而常被人们笼统地称作儿童诗歌。无论是儿歌还是儿童诗,都具有诗歌的共性,都能放飞孩子们活泼可爱的想象和天性,培养孩子们的创造力。通过对诗歌的阅读,儿童在无形中将自己的生活经验、情感思想融于作品,在两者的相互渗透中得到感悟与启发。同时,儿童在阅读、写作诗歌中会逐步形成独特、细腻的内心体验和对语言文字的浓厚兴趣,这有助于其日后语文的学习。从人类学、儿童心理学和文学等角度看,儿歌和儿童诗都能使儿童受益。两者虽然都属于诗歌艺术，但它们又各具特征，二者有着明显的区别，主要表现在以下几方面。

（一）读者群体不同

儿歌适合于婴幼儿歌唱嬉戏，有娱乐和游戏的实用价值，增添了玩乐的趣味。儿童诗更适合于小学、初中生欣赏，能够陶冶孩子的性情，使他们在情感、心灵和精神上得到享受和提升。

（二）发展历史不同

儿童诗的发展历史不如儿歌悠久。儿童诗是从"五四"自由体新诗的发展中演变而来的，其发展历史不过百年有余；而《左传》中就有"卜偃引童谣"的记载，儿歌的发展历史已超过三千年。

（三）篇幅长短不同

儿歌因为有口头创作、供幼儿吟唱的特征，一般都较为短小；而儿童诗有长有短，不受限制，其中叙事诗、童话诗的篇幅都比较长。

（四）体裁形式的自由度不同

儿童诗的形式比儿歌更为自由。儿童诗是从"五四"自由体新诗演变而来的，"诗无定句，句无定言"，不受句式、押韵、长短的限制，甚至短短两到三行都可以成诗。儿歌则不同，它是采用韵语形式、适合于低龄幼儿吟唱的简短歌谣，注重听觉感受，重视音韵节奏，且易记易唱。所以，儿歌一般具有基本的格式，句式应工整押韵。例如儿歌《蜗牛》和谢采筏的儿童诗《蘑菇》，虽然都十分短小，但都能体现各自的体裁特点。

蜗牛

蜗牛蜗牛，下雨不愁，
背着房子，东游西游。

蘑菇

妈妈，我打着小伞穿过森林，
会不会变成蘑菇呢？

（五）表现形式不同

儿歌和儿童诗在表现形式上的不同主要是两个方面：一是主题思想的表现方式不同。儿歌的主题思想往往是以比较单纯浅易的方式表现；儿童诗的主题思想则以间接方式表现出来，比较深刻、含蓄。二是语言的表现形式不同。儿童诗与儿歌的语言均要求凝练、简洁、有概括性。由于表现深度的不同，儿童诗的语言比儿歌的语言更含蓄、更集中、更细腻、更精练、更雅致，也更富有想象力。儿歌词语通俗自然，多用口语，讲究顺口自然，有"俗"味；儿童诗注重炼字，追求意象的选择和语言的清新，在晓畅明白中讲究"雅趣"。例如，传统儿歌《月儿弯弯》与杜荣琛的儿童诗《月光幻想曲》都是描写月亮，但表现方式却明显不同。

月儿弯弯

月儿弯弯挂树梢,
好像一把小镰刀,
我要借它用一用,
割把青草喂羊羔。

月光幻想曲

月光流进池塘里发亮,
我口渴了。
想舀一杯月光来喝,
让肚子里藏着嫦娥的微笑。
月光躺在院子里发亮,
我的口袋破了,
想剪一片月光来补衣裳,
让口袋里装着桂树的花香。

(六)追求的意境不同

儿歌主要追求朗朗上口的节奏、韵律,给儿童更多游戏的体验,让儿童在朗诵中增加对生活的认识和乐趣;儿童诗追求充满儿童情趣的意境,感情的内涵更加丰富,主要让儿童在听赏中得到审美愉悦和情感的陶冶。例如同样是写萤火虫,我国作家林清泉的《萤火虫》和民间儿歌《萤火虫》就不同。

萤火虫
林清泉

夜里,静静的原野
萤火虫在草丛
提着灯笼捉迷藏
天上的星星
低头一看,诧异地说:
"我们的同伴什么时候掉下去了?"

萤火虫
民间儿歌

小小萤火虫
飞到西,飞到东,
这边亮,那边亮,
好像许多小灯笼,
萤火虫呀歇一歇,
给你三个铜钱卖草鞋,
不要你的金不要你的银,
只要你的屁股亮晶晶。

很明显,林清泉的《萤火虫》是一首儿童诗,语言书面化特色明显,其意境神奇虚幻,雅而有趣;民间儿歌《萤火虫》则语言直白,内容简单、浅显,在阅读中,我们甚至能够想象小朋友边蹦跳嬉戏边大声吟诵的情景。

二、儿歌与儿童诗的诵读

诵读作为一种艺术,能满足人们的精神需求,提升人的精神品质。从古人口中的"目视其文,口发其声,心同其情,耳醉其音""熟读唐诗三百首,不会作诗也会吟"到如今各式各样的朗读会、朗读比赛等,可见它一直深受人们的重视与喜爱,是人们学习、娱乐的重要方式。儿歌与儿童诗作为儿童文学中的韵文体裁,其音韵节奏感强这一特质使

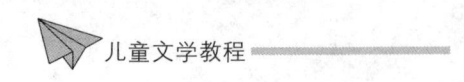

得诵读成了最主要的赏析方式。对儿童而言,诵读能够从小培养儿童读书的兴趣,可以丰富儿童的词汇量,可以提升儿童的阅读能力等。儿歌因其接受对象为婴幼儿,该年龄段的儿童识字不多,诵读主体并非儿童,而是其家长或者老师或者其他成人。儿童诗则是以学龄中后期的儿童为主要接受对象,诵读方法有一部分是针对成人面向儿童的诵读活动提出的。而对于那些已有了一定诵读与阅读能力的儿童来说,他们的诵读活动可大致分为课内诵读和课外活动。课内儿童诵读活动是教学的一部分,诵读方法渗透在教学活动中,也是语文教育理论的重要部分;另一部分,是直接指导儿童自己的诵读活动的诵读方法理论。考虑到本书的受众对象是从事小学语文教育的大学生,借此,本书以儿歌和儿童诗诵读中共有的成人诵读者这一角色为参照,就如何进行儿歌和儿童诗的诵读,给出以下几点建议:

(一)看:感受画面

皮亚杰的认知发展理论指出,儿童在 11 岁(包括 11 岁)前主要是以具象思维为主,而儿歌和儿童诗主要的接受主体年龄段在小学——12 岁之前。可见,儿歌和儿童诗的接受主体——儿童,其思维以具象思维为主导。因而儿童诗的创作还是要充分地运用形象思维、借助具体的事物形象,给儿童以直观形象性。借此,成人在给儿童诵读儿歌和儿童诗作品时,应该考虑到儿童这一特殊心理情况。可以通过图片、画面的视觉冲击帮助儿童快速掌握儿歌和儿童诗的内容。如林颂英的《石榴婆婆》[①]:

> 石榴婆婆,
> 宝宝最多,
> 一个一个,
> 满屋子坐,
> 哎哟,哎哟,
> 小屋挤破。

这首儿歌用拟人化手法将石榴想象为婆婆,石榴籽儿都成了石榴婆婆的宝宝,而且在小屋里挤得哎哟哎哟连声,真是童趣盎然,令人忍俊不禁,多么生动形象,富有情趣。成人诵读者在诵读这首儿歌时,可以让儿童联系生活实际,展开联想和想象,再展示石榴的图片或视频加深儿童的印象。

(二)听:感受语言

听是诵读的第一步。既包括成人诵读者自己听也包括成人诵读者读给儿童听。由于儿歌和儿童诗一般都具有音韵美的特征,读来朗朗上口。对于成人诵读者和儿童来说,听录音范读,可以起到把握节奏、读准字音、感知语言、了解内容的作用。另外,成人在诵读前后,还要多次听或反复听,这样可以让自己和儿童从直觉上亲近儿歌和儿童

[①] 张子涵:《雪地上的小画家》,吉林音像出版社;吉林文史出版社,2006 年版,第 167 页。

诗。例如选入沪教版语文课本第五册的课文《瀑布》，作者叶圣陶：

还没看见瀑布，
先听见瀑布的声音，
好像叠叠的浪涌上岸滩，
又像阵阵的风吹过松林。

山路忽然一转，
啊！望见了瀑布的全身！
这般景象没法比喻，
千丈青山衬着一道白银。

站在瀑布脚下仰望，
好伟大呀，一座珍珠的屏！
时时来一阵风，
把它吹得如烟，如雾，如尘。

这是一首写景的抒情诗，成人诵读者要着重引导儿童理解描绘诗中图景的形象语言，从而体会作者所抒发的情怀。首先要引导学生理解作者运用的形象语言："叠叠的浪涌上岸滩""阵阵的风吹过松林""千丈青山""一道白银""珍珠的屏""如烟，如雾，如尘"，从不同的侧面描绘了瀑布的美丽壮观。只有借对语言的感悟在心中立起瀑布的壮美，才能在此基础上体会到"啊"所表现的初见瀑布的惊喜，"望见了瀑布的全身"所表现的急切的心情和得到更大满足地赞叹；才能认识到"好伟大呀"是作者获得美的享受的心声，表现了作者对祖国河山的热爱和赞颂。

（三）演：感受情感

诗歌是表达感情的载体。儿歌和儿童诗在创作过程中，作者都能抓住一些细微而又具体的典型之处进行细致的描写，从而袒露心声、表达情感。因此，诵读儿歌和儿童诗时，成人要用儿童的眼睛观察世界、感知世界，以一颗童心与世间万物对话、交流，让笔下的诗句展现童心的纯真美丽，捕捉散发着感性神采的细节，品味出作品所表达的情怀。例如陈尚信的《鼻子吃蛋糕》：

这块蛋糕，
我舍不得吃它，
要等爸爸妈妈一起尝。
我让鼻子先尝一点儿，
反正小鼻子只会闻闻，
不会吃下。

在这首短小的儿童抒情诗中,我们看到孩子水晶般透明的心,他舍不得一人先吃蛋糕,一心要等着爸爸妈妈回来一起吃,这是他的可爱之处。更可爱的是,他还是有点儿忍不住,就"让鼻子先尝一点儿"。鼻子怎么"尝"呢?孩子的解释是:"反正小鼻子只会闻闻,不会吃下。"这样的举动、这样的解释完全符合儿童的年龄特点,在儿童看来这些都是合情合理的。如果成人诵读者能够采用表演的方式在生活场景中诵读,那么儿童会更快体会情趣,感受生活的快乐。

(四)诵:感受意境

诵读是需要氛围的,这不仅包括成人诵读主体,儿童的诵读兴趣、儿童的听的热情高涨等这些诵读活动的内部环境,还需要好的诵读场景;诵读活动进行中,应保持朗读场所的安静和清洁。成人诵读者从对儿歌和儿童诗语言的理解到形象的分析再到情感的体悟,最后走进儿歌和儿童诗的意境,真切感受到儿歌和儿童诗的美。如望安的《明亮的小窗》[①]:

> 中秋的月亮,
> 又圆又亮。
> 像敞开的一扇
> 明亮的小窗。
> 月亮里真有一棵桂树吗?
> 要不,哪儿来的桂花香?
> 夜晚的小窗。
> 又圆又亮。
> 像升起一轮
> 闪光的月亮。
> 窗外才真有一棵桂树呢,
> 你闻:
> 桂花多香多香!

这首小诗想象丰富,将天上的明月和夜晚的小窗作比,巧用关于月亮的神话传说,使夜晚小窗的景色与秋明月的遐想连成一片,联想丰富。诵读者在诵读过程中,要和作者一样展开想象,感知语言美,在脑海里建立桂树这一形象,就会架起一座通往诗歌美好意境的桥梁。

三、儿童诗的创作指导

圣人孔子说过"不学诗,无以言"。作为"诗的国度",我们一直保持着爱诗、诵诗、作诗的优良传统。关于写诗的益处,中国当代著名诗人、学者王家新曾说过:"一个人在年

---

① 宗介华:《中国儿童文学50年精品库诗歌卷》,农村读物出版社,1999年版,第121-122页。

轻的时候不去写诗,他便错过了人生最美好的时光。"那么,怎样创作儿童诗呢?

在儿童诗歌创作队伍中,有着这样一个特殊的创作团体——小学语文教师,他们从事儿童诗的教育教学,既有内在的创作冲动驱使,也有外在客观条件——学校,这个特殊环境的诱导。他们的加入给儿童诗的世界增添了一道亮丽的色彩,因为他们身处校园,对儿童的喜好有更鲜活、更深刻的体悟,能够以好朋友的身份去审视儿童的心灵世界。

需要注意的是,小学语文教师出于职业习惯,在创作儿童诗的过程中,主题可能会有比较功利的教育目的。所以,教师在创作时应该从更加开放的角度来理解和表现儿童的思想情感,深入认识和挖掘生活素材,努力突破教育者的固有角色,抓住儿童的天性特征和情感需求,尊重儿童天性,洞悉儿童心灵世界,并借助丰富多样的文学表达方式,生动形象地反映儿童的内心世界,表现儿童活泼强劲的生命力,这样才可能成为一名成功的儿童文学作者。下面就以小学语文教师为创作主体,来谈谈儿童诗的创作。

(一) 学习和研究儿童诗的基本理论

理论可以指导实践。通过学习和研究儿童诗的基本理论,对儿童诗具有理性认识,能够了解并熟悉儿童诗的创作。光有实践,没有理论,则是盲目的实践,而盲目的实践最终必然会走弯路或犯错误,所创作的儿童诗也不受儿童所理解和喜欢。要进行儿童诗的创作,学习儿童诗的基本理论、对儿童诗的有关知识进行系统的学习是非常有必要的。我们要深刻理解儿童诗的概念,准确把握儿童诗的基本特征,对每种儿童诗的特征都能深刻理解、明确区分,这样在进行具体创作的时候,就会胸有成竹、有章可循。就像儿童文学的发展,正是因为有了儿童文学的相关理论的基础,儿童文学才会越来越繁荣。

(二) 多读优秀的儿童诗

自古有云"读书百遍,其义自见""读书破万卷,下笔如有神""熟读唐诗三百首,不会写诗也会吟",读是写的基础。爱读书、会读书的人,一般欣赏和写作能力较好,对于爱读诗的人,他们一定对诗也感兴趣,兴趣是最好的老师,有了兴趣,就可以选择自己阅读过的、最喜欢的诗来仿写或改编,这是创作的起步。有一位评论家说过:"只读不写,眼高手低;只写不读,眼低手也低。"这正说明了读与写的关系。能写诗后会更爱读诗,这是写和读的良性循环。

(三) 学会换位思维,用儿童的眼睛观察世界

儿童诗的服务对象主要是儿童,创作主体是成人,二者在思想认识、文化心理、情感体验和审美情趣等方面存在很大距离。鲁迅早就指出:"孩子的世界,与成人截然不同;倘不先行理解,一味蛮做,便大碍于孩子的发达,所以一切设施,都应该以孩子为本位。"因此,要缩短这种距离,创作出儿童熟悉或感兴趣的内容,这就要求教师在创作儿童诗时,要从儿童的角度出发,用儿童的耳朵去聆听世界,用儿童的眼睛观察世界,用儿童的心灵感受世界,抒发儿童的情感。只有这样,创作出来的儿童诗才富有童心童趣。如郑

春华的诗歌《水珠儿》①:

> 这荷叶上滚着的,
> 是透明的小纽扣?
> 多圆,多亮。
> 我要!我要!
> 妈妈,快捡起来,
> 给我钉在新衣上。

这首儿童诗中的"我"热爱自然,对荷叶上的水珠饶有兴致,把它当成了小纽扣,这正是孩子的天真可爱之处!稚嫩的想法、口语化的语言,都符合儿童的心理。如果作者不能以儿童的视角观察、倾听、感受生活,怎能写出这样生动鲜活的作品来呢?

(四)深入儿童的生活,用儿童思维进行艺术构思

生活是创作的源泉和基础。要想写出优秀的儿童诗作品,必须深入儿童的生活中。只有介入生活,才能有特别的体验和感受,正如张天翼在其《一点希望》中所说:"根据我的写作体会,要创作出为孩子们喜爱的作品,重要的一环是要熟悉、了解孩子们,了解他们的需要,他们在成长中的各种问题,他们的思想感情、内心世界、生活情趣、爱好,以及语言、动作的特点等等。"很多诗作,诗人几乎是原封不动地把孩子们的所思、所想、所言、所做的内容或经过记录下来自然成诗的。如管用和的《夕阳》②:

> 太阳公公走了一天,
> 累得面红耳赤,
> 他跳到清净的湖水中,
> 把一天的疲劳浴洗。
>
> 哎呀,他不见了,
> 是不是沉进湖底?
> 不,他扎了一个猛子,
> 第二天又从湖东岸冒起。

诗人曾从事中小学教学工作,与儿童朝夕相处,这首儿童诗从儿童的生活经验出发,没有考虑是否科学合理,而是根据儿童富于幻想的特点,运用拟人化的手法,把太阳东升西落的自然现象赋予人性,解释为太阳跳到湖中洗澡、扎猛子,这是符合孩子天真的幻想、丰富的联想、大胆而奇特的想象特点的。也正是这样,才表达了孩童对自然的

---

① 胡玉华:《0—6岁:现代幼儿语言训练教程》,明天出版社,1987年版,第154页。
② 沁水、延玲玉、王宜振:《给宝宝的小诗》,陕西师范大学出版社,1993年版,第122页。

喜好和热爱之情。值得一提的是，小学语文教师因其职业的特殊性，比一般的儿童诗作家更能深入了解儿童。

（五）展开艺术想象和幻想，创造富有儿童情趣的优美意境

任何艺术创造都离不开想象，现代诗人艾青认为："诗人最重要的才能是运用想象。"想象犹如诗歌的翅膀，没有想象，诗歌就没有灵性，就不能展翅飞翔。可以说，想象是诗歌重要的艺术特征。据心理学家研究证明，儿童处于想象力发展的旺盛时期，是最富于想象和联想的时期，儿童想象的特点是再造想象占主要地位。他们想象的内容虽较简单，但却具有活泼、生动的特点，并带有幻想性和夸张性的成分。他们总是用自己创造性的想象来认识并诠释世界上的一切事物。因此，儿童诗的创作构思要精巧而新颖，就必须契合儿童心理的丰富的想象，抒发儿童的童真童趣。例如谢采筏的《海带》[①]：

> 我真想见见海的女儿，
> 但每次都没有找着。
> 今天总算不坏，
> 捞到了她的飘带。

在这首抒情诗，诗人并未直接写大海和海带的美，他以丰富大胆的想象，以满蕴感情的笔墨，通过孩子们所熟悉的童话形象，安徒生《海的女儿》中所刻画的美丽善良的美人鱼，去勾画了一个诗的世界。那长长、细细、柔柔、滑滑的海带不就是仙女们的飘带吗？由飘带进而使人联想起海的女儿的形象，从而产生对大海的向往。

（六）灵活运用各种表现手法，写出儿童情趣

儿童诗的创作，要依据诗的情意捕捉贴切的物象，注意镜头的组合；要用儿童的语言化抽象为直观，化静态为动态；同时要结合儿童的心理特征，注意儿童诗中声音色彩的渲染。此外，要充分考虑采用合适的表现手法，表现手法从广义上来讲也就是作者在行文措辞和表达思想感情时所使用的特殊的语句组织方式。首先是字词、语句上的修辞技巧，种类很多，包括比喻、拟人、摹声、夸张、设问、反复、象征、排比、对偶等。下面介绍儿童诗常常采用的三种表现手法：

1. 比喻

比喻是儿童诗创作最为常见的运用方式。比喻的基本运用方式有三种：明喻、暗喻、借喻。明喻通常是以"甲"好像"乙"的格式出现，能达到形象地表现事物特点的目的，比较适合描写实物和大自然景象，独特的想象能把常见的事物变得新鲜有趣，易引

---

① 尹世霖：《滋养童心的100首中国经典儿童诗》，新疆青少年出版社，2013年版，第109页。

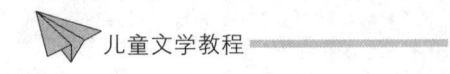

起小读者的兴趣。如吴小华的《月亮》:①

  天上的月亮,
  像母亲微笑的面容。
  月亮啊!
  请你天天陪伴我
  ——这个没有母亲的孩子。

  作品中的月亮被比喻成了母亲微笑的面容,别致而富有童趣。
  暗喻一般以"甲"是"乙"的格式出现,不说出喻词,符合儿童的接受心理,具有亲切感。江全章的《阴·雨·晴》:②

  爸爸的脸是阴天,
  妈妈的脸是雨天,
  我是快活的风,
  吹散了爸爸脸上的乌云,
  吹干了妈妈脸上的雨点,
  太阳出来了,
  家里出现大晴天!

  这首抒情诗把爸爸妈妈生气时的情态比喻为"阴天""雨天",把"我"比作"快活的风",吹走了阴雨,化解了不快,家里又变成了"大晴天"。这一串暗喻,显得生活气息浓厚。
  借喻一般以("甲")"乙"的格式出现,省去了喻体和喻词。如:

  晚上,天空出现一根金黄色的香蕉,
  身旁站满了发亮的侍卫,
  这香蕉一定很珍贵。

  作品中未出现的月亮是金黄色的香蕉,未出现的星星是发亮的侍卫。
  2. 拟人
  在儿童诗中,拟人手法也是最常用的运用方式,尤其是低学龄儿童,因为泛灵观念是他们审美意识的"自我中心"状态中最突出的表现形式。拟人法主要是把动物、植物、事物比拟成人,赋予人格化的性格特征。如黎焕颐的《雨是云的娃娃》③:

---

① 李莹、肖育林:《学前儿童文学》,复旦大学出版社,第3版,2014年版,第44页。
② 赵银琴、粟健、邓成梅:《幼儿文学》,河南人民出版社,2020年版,第74页。
③ 王丹丹、吕银才:《幼儿文学作品选》,南开大学出版社,2014年版,第23页。

雨,是云的娃娃,
蹦蹦跳跳自天而下。

走到大海,
大海笑起浪花。

走到沙漠,
沙漠张开嘴巴。

走到森林,
森林沙沙。

走到屋檐,
屋檐哗哗哗。

听,雨在讲话:
"我来啦!我来啦!"
于是大地牵上
小树、小草、小花,
还有小苗苗、小豆荚,
满山遍野出来迎接它。

诗人用拟人的手法描写了"雨"这个"云的娃娃"的形象,它是那么快乐地"蹦蹦跳跳"地自天而下,好像一个快乐调皮的孩子,万物在它的滋润下是那么快活、那么富有青春的活力!语言浅显明朗、节奏轻盈明快。把雨的形象生动鲜明地凸显出来,也正表达了孩童对自然的喜好和热爱之情。

3. 摹声

儿童诗的主要接受对象为学龄中后期的儿童,该阶段的儿童好动、注意力集中的时间不够长,所以在进行儿童诗的创作过程中要多动作描写,摹声就是其中一种,即模仿自然万物的声音,增加趣味。如张秋生的《青蛙写诗》[1]:

下雨了,
雨点儿淅沥沥,沙啦啦。

青蛙说:"我要写诗啦!"

---

[1] 延玲玉、王宜振:《给宝宝的小诗》,陕西师范大学出版社,1993年版,第72页。

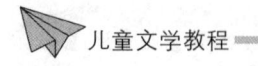

小蝌蚪游过来说：
"我要给你当个小逗号。"

池塘里的水泡泡说：
"我能当个小句号。"

荷叶上的一串水珠说：
"我们可以当省略号。"

青蛙的诗写成了：
"呱呱，呱呱，
呱呱呱，
呱呱，呱呱，
呱呱呱……"

这篇选入人教版小学语文一年级上册的课文是一首轻快、活泼的儿童诗。摹声词"淅沥沥""沙啦啦""呱呱"的使用，让小读者置身于青蛙在下雨天"呱呱"地如作诗一样鸣叫的情景中，作者形象地将小蝌蚪、水泡泡和一串水珠比作了诗歌中的逗号、句号、省略号，读来让人浮想联翩。

探究与实践

1. 小学语文教师资格考试相关考点复习题

儿童诗是小学语文教材中一种重要的文体，在各个版本的低中年级小学语文教材中儿童诗所占数量和比例颇大。《义务教育语文课程标准（2022年版）》明确提出不同学段要背诵一定量的诗歌，如第一学段（1—2年级）的阅读与鉴赏板块就要求诵读儿童诗，展开想象，获得初步的情感体验，感受语言的优美。且要求该学段背诵优秀诗文50篇。其他学段对诗文的学习也有要求。所以，对儿童诗和小学语文教学之间的关系进行研究很有必要。现整理出3篇小学语文教师资格面试中涉及的儿童诗教学复习题供练习。

（1）试讲题目：《四季》（薛卫民）
课文：

草芽尖尖，
他对小鸟说：
"我是春天。"
荷叶圆圆，
他对青蛙说：

"我是夏天。"
谷穗弯弯,
他鞠着躬说:
"我是秋天。"
雪人大肚子一挺,
他顽皮地说:
"我就是冬天。"

基本要求:
1) 结合文本教授本课的新字生词。
2) 正确朗读课文,背诵课文。
3) 引导学生了解四季的特征,感受四季的美丽。

答辩题目:
1) 请问你如何指导学生朗读本课?
2) 请你结合本课教学,谈谈如何开展小组合作。

(2) 试讲题目:《荷叶圆圆》(胡木仁)
课文:

荷叶圆圆的,绿绿的。
小水珠说:"荷叶是我的摇篮。"小水珠躺在荷叶上,眨着亮晶晶的眼睛。
小蜻蜓说:"荷叶是我的停机坪。"小蜻蜓立在荷叶上,展开透明的翅膀。
小青蛙说:"荷叶是我的歌台。"小青蛙蹲在荷叶上,呱呱地放声歌唱。
小鱼儿说:"荷叶是我的凉伞。"小鱼儿在荷叶下笑嘻嘻地游来游去,捧起一朵朵很美很美的水花。

基本要求:
1) 有感情地朗读课文,理清文意。
2) 体会作者对大自然的喜爱之情,感受夏天的美好。
3) 设计合理的板书。

答辩题目:
1) 说说本节课你是如何教学生字的?
2) 针对这堂课,你是如何激发学生的学习兴趣的?

(3) 试讲题目:《彩色的梦》(高洪波)
课文:

我有一大把彩色的梦,
有的长,有的圆,有的硬。
他们躺在铅笔盒里聊天,

一打开,就在白纸上跳蹦。
脚尖滑过的地方,
大块的草坪,绿了,
大朵的野花,红了,
大片的天空,蓝了,
蓝——得——透——明!
在葱郁的森林里,
雪松们拉着手,
请小鸟留下歌声。
小屋的烟囱上,
结一个苹果般的太阳,
又大——又红!
我的彩色铅笔,
是大森林的精灵。
我的彩色梦境,
有水果香,有季节风,
还有紫葡萄的叮咛,
在溪水里流动……

(选自部编版语文二年级下册第8课《彩色的梦》)

基本要求:

1)学生能正确、流利、有感情地朗读课文。

2)了解各种各样的梦,体会梦的多彩之处。

3)设计合理的板书。

答辩题目:

1)谈谈课文《彩色的梦》的艺术特色。

2)教学目标如何设置以及设置的理由。

2. 创作一首儿童诗

(1)创作要求

创作一首儿童诗,儿童诗的内容能反映当代儿童生活的时代特色,表现儿童特有的纯洁、天真和童趣。要体现儿童诗的音韵节奏的美感,语言精美流畅,易于传诵,借助一定的修辞手法,使儿童诗既有知识性又有趣味性。

(2)评价方式

1)构思新颖,观点鲜明,感情高洁。(20分)

2)文字具有可视感、动感和节奏感。(20分)

3)文字精练、准确、生动、有色彩。(20分)

4)合理运用拟人、夸张等表现手法。(20分)

5)内容富有童趣,有生活气息。(20分)

评价不但要注重甄别功能,还要发挥激励和导向功能。考核要围绕一个重点,即学生的儿童诗创编能力;三个结合,即老师与学生评价相结合,结果与过程评价相结合,单一评价与多元评价相结合。通过评价,引导学生学会学习,为将来小学教育工作打下良好的基础。

3. 分组进行儿童诗的诵读实训

以创编的儿童诗作品为蓝本,以强化学生对主题的表现能力为重点,以小组为单位进行现场展示。

(1) 情境性:创设是否适宜、有引导性。

(2) 儿童性:展现得是否合理、科学、创新、丰富。

(3) 趣味性:表现方式是否充满愉悦性。

(4) 情节性:表达是否完整。

(5) 教育性:内容是否注重知识性、主体性、发展性。

(6) 各类儿童诗的特点及其突出性。

语文课本中的儿歌与儿童诗赏析:《比尾巴》原文见章首二维码＊＊＊＊＊＊＊＊＊＊＊＊

《比尾巴》是部编版小学语文教科书一年级上册第一单元的一篇课文。这篇课文是一首读起来朗朗上口、简明易懂、富有儿童情趣的儿歌。在天真烂漫的孩子的眼中,小动物是他们最亲近的朋友,他们非常喜欢小动物,对于奇特的动物尾巴更是兴趣盎然。孩子们在幼儿园早已听过有关动物尾巴的故事,还学了不少有关动物尾巴的儿歌,生活中也积累了一定的常识。这些有利因素为本节课的教学奠定了坚实的感情基础。本课用三问三答的形式,介绍了六种动物尾巴的特点,同时配了六幅栩栩如生的插图,既贴近儿童的生活,又丰富了儿童的生活。儿歌能使学生获得初步的情感体验,感受语言的优美,并对自然界中可爱的小动物产生浓厚的兴趣。

根据孩子的年龄特点,他们还生活在自己的童话世界中,热衷于比赛、游戏,所以在这堂课的教学中应抛开成人的眼光,俯下身倾听孩子的心声,用他们喜闻乐见的形式去设计课堂,让这节课化难为易,达到更好的教学效果。

一年级的孩子活泼好动,很难一下把他们的注意力集中在一起,可以通过趣味导入的方式引领他们进入上课的状态。一开始,让小朋友们玩"摸身体"的游戏,把孩子们快乐地带入新课中。接着创设情境——动物森林里要举行一场特殊比赛,叫"比尾巴大赛",从而引入课题,让学生齐读。接着听录音绘声绘色地朗读课文,把学生带入课文的学习中。

在学生掌握生字词的基础上,创设情境,反复练习课文中的六个问句,告诉学生有"?"的句子读到句末往上扬。引导学生读好儿歌的语气,感受儿歌的节奏。新课标注重学生朗诵能力的训练,可以让男生女生一问一答对读,如山歌对唱般,避免读书形式的单一;接着表演读,极富儿童情趣,让学生乐于读文。之后利用课件播放《比尾巴》儿歌视频,美妙的音乐和生动的画面,给学生在听觉和视觉上造成一定的冲击,拉近了学生和文本间的距离,丰富了孩子们的课堂生活,既让孩子们传染了动物们的快乐,又让孩子们了解了课文内容,同时为接下来的活动——给动物颁奖并宣布比赛结果,做好了铺垫工作。低年级的孩子注意力很容易分散,整个教学活动应该以趣为主,孩子们就不容易走神,会积极地投入课文学习中。本课教学,以趣为主,采用由扶到放的教学形式。为了引起学生情感的共鸣,勾起学生对生活的回忆,还可以用课件出示一组动物图片,让孩子们仔细观察,然后自编儿歌,这样既丰富了孩子们的想象能力,又训练了说话能力。最后在课后作业中,还可以让学生给粗心的动物朋友画上尾巴,进行儿歌的复习与拓展。

三

第四章 童话与寓言

第一节 童 话

一、童话的概述

传统观念认为,童话是具有浓厚幻想色彩的虚构故事。它借助幻想表现现实生活和人民的理想、愿望。德国童话作家豪夫以童话的幻想与浪漫诠释了童话的概念:童话是一个美丽、可爱的仙女,她是"想象"女王的大公主。每年想象女王都带着她和她的几个姊妹来到世界上。自从她们在世界的原野上走过一番以后,人们在劳累中就有了愉快。因此,她们一来,人们马上伸出手欢迎她们,她们离开时,人们也总是笑嘻嘻地、心满意足地望着她们的背影。这段话既揭示了童话的基本特征是幻想,又形象地描绘出童话在人们心目中的地位及人们对她的喜爱。

中国当代儿童文学理论家吴其南指出:"所谓童话,其实就是非写实性的儿童文学。"童话的这种非写实就是借助想象和幻想表现人们努力超越客观现实的特殊的思维、心理与情感。它包含以下几层意思:

(一)童话是超越现实的

它对社会生活的反映是超现实的,是理想化的。童话中出现的所有的人、事及境界都是理想化了的。如现实中难以实现的愿望和难以企及的境地在童话中都能如约到来,现实中难以摆脱的困境和难以逾越的障碍在童话中都能如意地消失。人力战胜自然;小人物征服大人物;真、善、美永远是胜利者等。它是"以充满希望和美好的另一世界弥补了生活的苦难和缺憾,创造一个理想的甚至是美到极致的应然世界"。读者就是因为这种默契才走进童话世界,陶陶然沉浸其中。

(二)童话是超越束缚的

它对社会生活的反映是自由的、不受任何约束的。童话描写的是一个永恒的、自由的世界。任何一个童话故事的发生都可以超越时空、超越自然。在童话中,人的意愿能征服一切。人的愿望及行为在童话中获得了完全的解放。《睡美人》中的公主沉睡一百年依然青春靓丽;《灰姑娘》中鸽子会说话、南瓜能变成马车等。这些都表明童话是"借助想象以实现对外在束缚的挣脱和征服"的文体。童话使自己的形象和事物"与世隔绝",所以它们摆脱了社会和自然的一切束缚。

（三）童话是超越常态的

它对生活的表现在形态上是怪诞的,是对正常规则的反叛和突破。人们在童话中实现了对现实的反叛:美人鱼走进了人类世界;宝葫芦改变了王葆的生活;皇帝什么都没穿游行;雕像救助了穷苦的人。非写实性在童话这个文体中展现得淋漓尽致,散发着独特的魅力。

二、童话的起源与发展

从童话的特征与分类出发,我们可以从更宏观的角度俯瞰童话,探索这一文体自出现到现今的演变过程,全面了解童话文体。

童话源远流长,最早的童话是由神话、传说演变而来的,其源头则是民间的口头创作。

（一）神话与童话

神话是最古老的文学样式,是远古时期的人民所创造的反映人与自然的关系以及社会形态的具有高度幻想性的故事。神话起源于人类借助幻想把自然人格化。马克思说:"任何神话都是用想象和借助想象以征服自然力,支配自然力,把自然力加以形象化。"当原始人类由于生产力低下还无法解释自然给自己带来巨大危害或神秘莫测的现象的时候,他们就幻想在这强大的自然力的背后,有一个能掌握和驱使自然的存在,那就是神。人们凭借幻想去描述其行为和生活,就产生了神话。随着社会的发展,神话的表现内容不断扩大,发展到对宇宙的起源、生命的产生及各种社会现象的解释与说明。如希腊神话中,地母盖娅生天父乌拉诺斯,普罗米修斯用黄土造成了血肉之躯,智慧女神雅典娜给人以灵魂等;我国神话"盘古开天辟地""女娲攒黄土造人"等也都是典型的例子。在对神的故事的叙述中,人类逐渐发现了自己,萌发了描述自己的生活、表现自己的意志的愿望,同时又希望自己也能像神一样具有无所不能的力量去实现自己的意愿。这在现实生活中是无法实现的,于是人们就幻想在另一个世界里去实现这一切,以此来排遣自己的渴望。由幻想造成的这种变异故事就是童话。后来,随着社会的发展,童话慢慢地演变成一种曲折地反映现实生活、寄托美好理想的方式。

童话与神话都是幻想的产物,其根本的不同是两者表现内容的不同。神话描写神的故事,童话表现人的生活。童话有时也写神,但童话中的神仙鬼怪不再是世界的主宰,而是人的化身,是某种理想、希望、意志的化身。

（二）传说与童话

传说是由神话故事演进而成的。它借助想象和虚构,将生活中某一真实存在或可能存在的人物或事件夸张、变形、传奇化、神化。传说包含了更多的童话因素,对童话的影响也更为直接。首先,传说显示出神话少有的人性和社会性。如关于尧、舜、禹的传说,关于牛郎织女的传说。传说虽然也和神话一样,多表现人与自然的斗争,但是这些斗争中已渗进较多的社会内容,常常是将社会内容和与自然作斗争的内容结合在一起表现。如尧、舜、禹禅让的传说。传说常常以个人为中心,以某个人物的遭遇作为故事的线索,突出传说人物的某种超群才能和品质或他们的神奇经历,形象更加生动。其次,传说比神话具有更多的情感性。由于它表现的对象由神转向人,神奇的叙述中常常有一种情感力量的渗入。如《后羿的传说》,描写细致、情感浓郁。后羿在摇篮中就能弯弓搭箭射死苍蝇;五岁随父母进山走散遇一老者,教其15年。后羿思念父母,走上高崖,说:"我要去打天下了。如上苍保佑,让此箭落到我家的柴门上。"随后寻神箭与父母团圆,其中浓烈的亲情感人至深。再次,传说比神话更具故事性。传说因更多的是叙述人或超人的命运故事,所以比神话更多了一份发展过程的展示,更多了一些起承转合的交代。故事性是传说与童话更为直接的联系。

神话和传说都是远古时代特定历史阶段的产物,都已成为历史的一部分,而脱胎于神话传说的童话从它产生的那天起,就永远与时代同步发展,只要人类存在,只要人类的幻想存在,童话就必然存在。换句话说,神话传说是历史的,而童话是现实的。

汤素兰在《童话的诞生》一文中形象地描述了"童话诞生"的轨迹:原始思维所造就的神话与巫术,是童话最初的源泉,童话元素最初天然地存在于原始人的这些幻想故事和巫术活动中,表达对神的崇拜。"随着自然力被征服,一些神话和巫术故事失去了信仰和实践功用",演变为娱乐、培育下一代需要的"娱乐故事",并在口耳相传的过程中,逐步完成了"宗教性向审美性、神圣化向世俗化、历史性向文学性"的转化,于是"众多的民间童话自发产生了"。17世纪以后,随着近、现代文明的发展与儿童观的改变,"儿童对童话的选择与偏爱得到尊重,作家开始自觉地为儿童创作童话"。

(三)童话的发展

1. 格林兄弟、夏尔·贝洛、豪夫与民间童话

民间童话在各地区、各民族之中世代相传,随着社会现实的变化发展,人们依据自己的理想和需要不断加以补充和改造。后来某些人因某种目的对民间童话进行搜集、整理或加工,使大量优秀的民间童话得以保存及更为广泛地流传。古印度的《五卷书》、阿拉伯民族的《天方夜谭》中,都收入了经过搜集整理的民间童话。

雅各·卡尔·格林和威廉·卡尔·格林的《儿童与家庭故事集》,收入民间童话两百多篇,是具有世界影响的第一部巨型民间童话集。格林童话的特点主要表现在以下三方面。一是对民间童话记叙上采用了忠实的笔调,保留了这些民间童话最原始的内容和风格。二是思想内容上体现了民间童话丰富的人民性,表现了劳动人民纯正、健康、优美的思想品质,包含着劳动人民长期生活经验的总结。三是艺术上有着卓越的成就与建树。在题材上有所拓展。从现实生活出发,创造了许多普通人的故事,特别是儿童故事,开辟了民间童话新的表现领域。在表现形式上,差不多囊括了民间童话所有的类型。如魔法宝物型(魔法宝物改变了人的命运的故事),兄弟姊妹型(同胞命运遭际不同的故事),"灰姑娘"型(遭继母虐待的女儿的奇遇故事),特殊小人型(怪异的普通人的奇遇故事),奇人奇事型(懒得出奇、傻得出奇、聪明得出奇、勇敢得出奇、巧得出奇等奇事珍闻故事),"小红帽"型(表现儿童生活、儿童心灵的故事)等。其中奇人奇事型的故

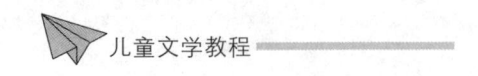

事主要以夸张手法构成幻想意境,标志着童话表现艺术的新发展。这种夸张的手法到了文学童话发展阶段,被越来越多地使用。再如"小红帽"型等表现儿童生活、儿童心灵的故事,准确反映了儿童思维的逻辑,完全写出了儿童的幻想,这是对世界童话的一个重大贡献。在结构上,初步形成了三反复的形式,为以后的童话创作提供了借鉴。格林童话,多数都写得生动有趣、富有儿童趣味、浅显易懂,适合儿童的接受能力,这种儿童化的特点为以后的童话搜集与创作指明了方向。

　　法国的夏尔·贝洛是第一个用自己的创作思想表现民间童话的作家。1697年出版的《鹅妈妈的故事》挖掘和改进了这些民间童话所包蕴的寄托之意,并融入了作家自己在生活中观察所得,引进了民间口头创作所欠缺的新的形象和对现实生活图景的描写。夏尔·贝洛对童话艺术的贡献可归纳为如下三点。一是情节结构复杂曲折。夏尔·贝洛的童话,多数故事的情节都繁复多变、极尽曲折。如《菲耐特遇险记》一波三折,险情迭起,绝处逢生。二是重视人物塑造,并注意心理描写和细节描写。夏尔·贝洛在童话中采用大量细腻、生动的描写,超越了以客观叙述为主的民间童话。如《穿靴子的猫》中对小弟弟的心理和猎捕兔子的过程描写非常精彩。三是语言准确、优美。夏尔·贝洛的童话语言简洁、准确、幽默、风趣,既富有时代特色,又带有作家精心雕琢、润色的痕迹。夏尔·贝洛开辟了创编民间童话的道路,又以他作家的创作使这些民间童话融进了纯文学色彩,实现了民间童话向文学童话的过渡。尽管夏尔·贝洛撰写童话的目的并非专为儿童,但由于其故事生动有趣,"令孩子开心""使孩子迷恋""让孩子大开眼界"(屠格涅夫语),而大受欢迎。

　　德国作家豪夫在1825年出版了《童话年鉴》,共15篇童话。他的创作使童话在本质上发生了一系列的变化。其一,思想内容上的突破。豪夫把童话作为作家表现个人意志的工具,以德国人的现实生活为背景去叙述取材于民间的故事,具有划时代的意义。其二,表现技巧上的拓展。一是基于现实生活创造童话人物。豪夫童话中的人物塑造兼具传统童话形象与现代人的双重特征。如《冷酷的心》中的米谢尔,既是一个传统童话中常见的巨人,又是只有现代资本社会才会出现的做投机生意发了财的暴发户、木材商。这种做法使童话人物走近现实生活。二是注重人物的外貌、语言、动作的描写,绘声绘色,惟妙惟肖,比夏尔·贝洛又前进了一步。其三,发现并强化了童话的社会功用。豪夫是第一个有意识地将童话运用于儿童教育的人。做过家庭教师的豪夫是以明确的为儿童的目的进行童话创作的。他尽量按儿童特点去写儿童喜爱的童话。为了满足儿童的好奇心,他多写富于传奇色彩的故事,注重情节的引人入胜,并注意教育性和趣味性的有机结合。豪夫是民间童话走向文学童话的又一座桥梁。

　　2. 安徒生与文学童话

　　童话作为一种文学样式在19世纪丹麦作家安徒生的创作中走向成熟。安徒生对童话的最大贡献是把诗情与童心融入了童话,使童话更贴近儿童生活、带给孩子们最美的享受。

　　安徒生说过"我是在用一切感情和思想来写童话的"。"生活本身就是一个最美丽的童话"(《全家人讲的话》)。安徒生以诗人的情怀拥抱生活,于是就产生了他的童话最突出的特点——诗情熔铸的非凡美。首先,安徒生的童话,尤其是他的早期作品,塑造了一系列体现了作家理想美的人物形象。如小人鱼、艾丽莎、丑小鸭、拇指姑娘等,他们都有着纯洁高尚的心灵和美丽动人的形象。这种形质兼美的形象本身就蕴涵着作家以诗人的心胸感怀生活的激情。其次,安徒生童话的幻想与构思充满了浓郁的诗情画意。老婆婆种下一个大麦粒,开出了鲜艳的郁金香花,老婆婆轻轻地一吻,花蕊里出现一个娇小白嫩的小姑娘,热爱光明的小姑娘最后嫁给了花中的安琪儿。《拇指姑娘》与《海的女儿》一样是安徒生诗意构思的代表。安徒生童话中还有许多意美情长的特写:为火刑准备的柴火变成了一道香气扑鼻的篱笆,又高又大,生满了红色的玫瑰。在篱笆上面,一朵又白又亮的鲜花,射出光辉,像一颗星星。国王摘下这朵花,把它插在艾丽莎的胸前。她苏醒过来,心中有一片和平与幸福的感觉。又如,小女孩赶紧擦着了一大把火柴,要把奶奶留住。一大把火柴发出强烈的光,照得跟白天一样明亮。奶奶从来没有像现在这样高大、美丽。奶奶把小女孩抱起来,搂在怀里。她们俩在光明和快乐中飞走了,越来越高,飞到那没有寒冷,没有饥饿,也没有痛苦的地方去了。再次,安徒生的许多童话都具有强烈的抒情性,如《小意达的花》《柳树下的梦》《野天鹅》《丑小鸭》等。他还创作了一些抒情童话,如《海的女儿》《一本不说话的书》。

安徒生对童话的贡献还有:其一,把对生活的深邃思考融入了童话。如《海的女儿》《树精》《冰姑娘》《全家人讲的话》等,涉及了人的地位、人生命运、生活态度等严肃的人生命题。其二,把现实生活引进了童话。如《她是一个废物》《卖火柴的小女孩》等描绘了现实的人生。其三,创造了抒情童话、诗体童话、长篇童话和系列童话,扩大了童话的表现领域和表现形式。其四,安徒生是以往童话所创造的幻想意境与幻想手法的集大成者,如魔物魔法造成幻境(《打火匣》),幻想与梦境连接(《小意达的花》),奇人奇事制造幻境(《拇指姑娘》)等。更重要的是安徒生以现实生活为基础,创造了崭新的幻想意境与幻想方法。如对神秘的人生、地狱、天堂及未来科学发展前景的幻想等,是安徒生开辟的新的幻想领域。幻觉描述法(《卖火柴的小女孩》《演木偶戏的人》)、人生写实法(《她是一个废物》)、生活理想化《幸运的贝儿》、集中概括法(《沙丘的故事》)等是安徒生创造的新的幻想手法。影子、冰姑娘、树精等大异于以往的童话形象,季节、时间、诗歌等抽象事物的形象化都是安徒生的创举,他极大地丰富了世界童话宝库。

3. 俄罗斯的普希金、托尔斯泰的诗文

谈论19世纪的童话创作,俄国是绕不开的话题。尤其是当普希金、托尔斯泰两位巨匠的出现,使后世的人们徜徉于创作童话的花园时,总是一再地与文豪们相遇。

19世纪俄国的创作童话,上半叶有普希金,下半叶有托尔斯泰,两人一诗一文,如日月闪耀在俄罗斯广袤的天空。

普希金(1799—1837),对俄罗斯语言发展产生了深刻影响。童话诗是普希金文学创作的重要且有机的组成部分。他的童话诗《沙皇萨尔坦的故事》(1831)、《神父和长工巴尔达的故事》(1832)、《渔夫和金鱼的故事》(1833)、《死公主和七勇士的故事》(1833)、《金鸡的故事》(1834)等,虽然不是专为儿童所写,但是这些诗作中的富于幻想性的故事、明白晓畅的寓意以及朴实生动的语言使其成为世界儿童文学无比珍贵的遗产。

普希金的童话诗的题材大多来自民间文学。他能够掌握民间童话的特色,但是又不原样照搬,而是加以创造性地改造。在他的心性深处,有着与儿童文学灵犀相通的才华。

列夫·托尔斯泰(1828—1910)作为俄罗斯大文豪的世界性盛名当然是与《战争与和平》《安娜·卡列尼娜》《复活》联系在一起的。但是,托尔斯泰又是属于儿童甚至是低幼儿童的作家。托尔斯泰是一位求道者,为了改善农民的生活,他在家乡领地创办了农民子弟学校,并亲自为农民的孩子编写《初级读本》《读本》等教科书,创作了包括《高加索的俘虏》(1872)、《三只熊》(1875)、《小菲利普》(1875)、《李子核》《跳水》等名篇在内的大量生活故事、童话、寓言、小说,其中有的篇章至今仍被收入语文教科书中。在托尔斯泰创作的童话中,《傻瓜伊万》(1885)是最重要的一篇。

4. 19世纪到20世纪的探索与发展

从19世纪到20世纪的两百年间,无数作家(包括最优秀的成人文学作家,如王尔德、托尔斯泰、高尔基、普希金等)以极大的热情创作童话,出现了许多不朽之作,如《爱丽丝漫游奇境记》《快乐王子》《渔夫和金鱼的故事》《绿野仙踪》《多立德医生》《豆蔻镇的居民和强盗》《长袜子皮皮》和《小飞人》等,使童话创作日益繁荣。作家们的创作还开创了童话领域的新天地,出现了教育童话,如意大利作家科洛迪的《木偶奇遇记》;知识童话,如瑞典女作家拉格洛芙的《尼尔斯奇游记》;象征童话,如比利时女作家乔治特·莱勃伦克的《青鸟》;寓言童话,如意大利作家罗大里的《洋葱头历险记》;荒诞童话,如英国女作家帕梅拉·林登·特拉弗斯的《随风而来的玛丽·波平阿姨》等。进入20世纪,儿童文学从短篇时代走向了长篇时代,幻想儿童文学中的幻想小说创作蔚然成为大观(儿童文学后发国家存在着时间上的滞后性错位),主要以短篇形式存在的创作童话逐渐离开了儿童文学舞台的中央。尽管如此,创作童话仍然有其发展的空间。特别是在儿童文学的后发国家,创作童话依然十分活跃。在亚洲,日本的小川未明、新美南吉,中国的叶圣陶仍然是本国儿童文学史上的重要作家。

童话作为源远流长的一种文学体裁,经过了数千年的变化,在今天依然焕发着勃勃生机。在国内,20世纪后期,以郑渊洁为代表的经典童话作家为童话的繁荣发展注入了新鲜血液,21世纪的今天,童话依然在不断地演变,呈现出越来越多的精彩篇章。

三、童话的特征及表现手法

(一)童话的特征

1. 幻想是童话的基本特征

豪夫在他的《童话年鉴》中形象地指出:童话是一个美丽可爱的仙女,她是"想象"女王的大公主。安徒生也曾把他自己的童话作品解释为"富于幻想色彩的故事"。童话就是将现实生活逻辑中绝对不可能有的事情,依照"幻想逻辑"写成的故事。如最古老的童话《五卷书》中有老鼠变女、美女嫁蛇等奇异有趣的故事;最现实的童话《稻草人》中一个插在田野里的稻草人因目睹了人间的惨剧而难过得"昏了过去";最荒诞的童话《随风而来的玛丽·波平丝阿姨》中的玛丽·波平丝手中的指南针能把孩子们带到他们想去的任何一个地方；最受孩子们欢迎的童话《哈利·波特》记叙的是现代魔法世界的生活。这一切故事都是现实生活里不可能发生的，它们只存在于幻想世界中。当然，任何一种文学样式都存在着幻想成分，然而，在童话中，幻想是主体、是核心。童话故事中的人物不论是常人式的（如王葆、皮皮鲁、哈利·波特），还是拟人式的（如人鱼公主、快乐王子、小老鼠斯图亚特），都是在幻想世界里生成的假想形象；童话的故事情节是完全以幻想的方式虚构的。没有幻想就没有童话。

所谓幻想就是作家根据他对生活的观察和认识，根据他的感情的、审美的、理想的需要，自由自在地虚构一个在实际生活中不可能存在的"活在艺术作品中的"世界。本来，艺术创作所离不开的想象包含着既要如实反映生活，又要依从人的情感、审美、理想的需要进行想象，其中就有幻想的成分，童话是把这种成分扩大了或加强了，使之在形象思维中，不惜超越自然力的限制，依据作家的理想选择、拼合、剪裁、组织，创造出符合主观愿望的寄托着无限希望的形象。如格林童话《勇敢的小裁缝》、安徒生童话《灰姑娘》等。幻想能更充分地满足人们感情的、审美的、理想的需要，将希望有的哪怕不可能有的也要如愿以偿，将反对的尽管难以胜之的也要竭力战胜它。

童话的幻想是自由的、无拘无束的。其一，在童话中，作者可以在创造了一定的假定条件之后，自由展开奇异的故事。如张天翼的《宝葫芦的秘密》，作者假定了整个故事是王葆的梦，所以王葆就得到了一个谁也不可能拥有的宝葫芦，幻想出的宝葫芦就可以在现实生活中神出鬼没。在童话中，作者也可以不做任何说明而自由地展开幻想，描摹出现实与超现实共存的虚幻境界。如陈丹燕的《我的妈妈是精灵》、阿万纪美子的《车的颜色是天空的颜色》、J. K. 罗琳的《哈利·波特》。其二，只要反映本质的真实，允许忽略、变更事物的表面形态和某些自然属性。《小红帽》中被狼吞掉的小姑娘又从狼的肚子里爬出来是违反生活逻辑的，但这个故事反映了在善与恶的斗争中，终究会善胜恶败的最大真实。黄一辉的《小儿郎小儿狼》讲述了一只小狼和猎人成为好朋友这一悖于情理的故事，但这个童话真实地体现了作家的社会理想，真实地反映了生活中真、善、美的力量。所以，只要把握了本质的真实，童话可以超越现实逻辑，以童话的逻辑去反映生活真谛。

2. 幻想与现实是紧密相连的

尽管童话幻想的游弋不是依据合乎常理的想象，而是建筑在不合逻辑的逻辑之上的，但是任何艺术形象都产生于现实的基础上，幻想形象亦然。鲁迅曾说"描神画鬼，毫无对证，本可以专靠了神思，所谓'天马行空'似的挥写了，然而他们写出来的，也不过是三只眼，长颈子，就是在常见的人体上，增加了眼睛一只，增长了颈子二三尺而已。"幻想，就其本质而言，也是客观事物在人们意识中的反映，不过是一种特殊的反映罢了。童话中的幻想情节、幻想形象，无论看起来多么荒诞怪异、不可思议，但仔细琢磨考察，仍可寻出一些现实世界的痕迹。安徒生说："最奇异的童话是从真实生活中产生出来的。"夸张的、假定式的童话形象和情节，也是作家对整个生活进行观照和审美判断的结果。优秀的童话作家都善于将幻想和现实巧妙地联系起来，反映他们对客观现实的认识。叶圣陶的《稻草人》《古代英雄的石像》，张天翼的《大林和小林》《秃秃大王》等，都反映了当时人民被压制在心底的强烈呼声，触及时弊，抨击专制统治者的凶残和腐败，鼓

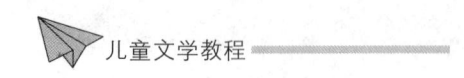

励受难者觉醒、进行反抗和斗争。幻想世界产生于现实世界之上，现实世界映照在幻想世界之中。

3. 童话幻想与现实结合的方式

幻想的水平决定了童话的水平，而幻想的水平又主要被幻想与现实结合的巧妙程度所决定。幻想与现实的结合方式可以归纳为三种。一是幻想与现实的寻常结合。其特点是幻想有机地融合于现实之中，幻想故事（是现实生活的一种折射式的反映）如同真实发生的事情一样。如《卖火柴的小女孩》中那个小女孩除夕夜晚冻死街头的悲惨遭遇，正是当时丹麦社会中贫富悬殊、下层人民饥寒交迫的现实写照；小女孩四次擦燃火柴，既表现了小女孩纯洁美好的心灵和对生活的渴求，又与丑恶现实形成了鲜明的对照。二是幻想与现实的异常结合。其主要特点是幻想以离奇夸张的形式使现实生活变形，其结合效果是幻想十分大胆、新颖，总是出人意料。如科洛迪的《木偶奇遇记》，其中把说谎这一儿童生活中屡见不鲜的现象与鼻子长长的奇异的幻想结合起来，使幻想新颖有趣、形象深刻。三是幻想与现实的反常结合。其主要特点是幻想超乎自然，从而在一种看似荒诞不经的境界中表现人们对理想的追求与意愿。如洪汛涛的《神笔马良》，在那支法力无边的"神笔"下，幻想超越时空、驾驭自然、随心所欲、近乎神话。三种结合方式的任何一种，只要驾驭巧妙，都可以写出成功的童话作品。综合运用也很多见。

（二）童话的表现手法

童话的幻想情境是通过某些特殊的艺术手法来表现的，这些艺术手法主要是夸张、象征、拟人，还有神化、变形、怪诞等。

1. 夸张

夸张即夸大，言过其词。作为修辞手法，夸张就是用夸大的词句来形容事物的特点。作为艺术手段，夸张要借助丰富的想象，扩大和强调描写对象的某些特点，突出其本质特征，达到增强艺术效果的目的。任何艺术包括任何一种文学样式，都会有一定程度的夸张来集中、概括地反映生活，童话的夸张有其独具的特点。

（1）童话的夸张是强烈的、极度的、全面的夸张

第一，童话夸张之大胆神奇、无拘无束，是任何其他文学样式所无法比拟的。如对于人物的刻画和环境的描绘，小说即使运用最夸张的笔调，也还有一定的分寸和限度。小说《三国演义》中的关云长"身长九尺，髯长二尺；面如重枣，唇若涂脂"突出强调了英雄的与众不同，但仍离生活很近。而童话《木偶奇遇记》中的戏院经理则是："长胡须像墨水瓶那么黑，从下巴一直拖到地板上，走起路来老要给自己踏着。嘴大的跟炉灶差不多，两只眼睛好像里边点着两盏玻璃灯。"生活中再怪异奇特的人也不会如此模样。普希金小说《暴风雪》中对暴风雪的描绘是："刹那间路就被塞住；四周的一切完全消失在混沌和微黄的云雾中，云雾中穿来穿去飞舞着白色的雪片，天地溶成了一体。"而在德国童话《敏豪森奇游记》中，敏豪森到俄国去，到了一个地方，天晚了，想找个地方过夜，但一路找不到村庄，也没有一棵大树可以拴马，后来找到一个突出在雪地里的小木桩把马

拴上，自己躺在雪地上睡觉。他醒来时，发觉自己却睡在一个小镇里，四周是房屋，只见他的马拴在钟楼屋顶的十字架上。作者把这夜间融化的雪夸张到生活中无法寻觅其踪影的程度。《水浒传》中武松这个打虎英雄是三拳两脚打死了一只猛虎，但当他又看到老虎时，也感到害怕和力不从心。而敏豪森却可以一口气打死一百只白熊。如果说，小说的夸张是极言以显其真，目的是让读者信服其所言；那么童话的夸张是极言以造其"假"，着意去表现让读者叹服的奇异大胆的幻想所造就的子虚乌有。

第二，其他艺术形式常常只是在某一方面或某个环节上采用夸张手法，而童话的夸张则是从内容到形式的全面夸张，无论是人物形象的刻画、环境气氛的描绘与烘托，还是情节细节的叙述描写，都可以用夸张的语言表述。如葛翠琳的《野葡萄》，对可爱的白鹅女的外貌的夸张，"皮肤像鹅毛一样白"；对奇异的野葡萄的夸张，"深红的，像红色的珍珠，长在深山里"野葡萄能使盲人的眼睛复明。整个故事的情节构思也是极度夸张的，年仅11岁的双目失明的白鹅女毅然到深山中去寻找传说中的野葡萄，她穿过湍急的小河，翻过满是怪石、刺蒺藜的荒山，历尽艰辛终于找到了野葡萄，治好了自己的眼睛，还治好了田边老农、机上老妇、山坡上小牧童等许多失明的善良人的眼睛。在这种全方位的夸张中，充分展示了白鹅女的美丽、善良、坚毅、勇敢。

(2) 极度无限的夸张，是为了更好地揭示生活中的真实，具有反映生活本质的意义

安徒生的《豌豆上的公主》里面娇贵的公主，因为在20床垫子、20床鸭绒被下有一粒小小的豌豆竟觉得不舒服极了，咯得全身青紫。强烈的夸张反映了贵族生活奢靡的本质，突出表现了作者对统治阶级的讽刺。郑渊洁在《皮皮鲁全传》中夸张地描述学生作业之多，每天晚上写的作业，第二天都要用麻袋装了背到学校去，"他的铅笔一支就有一米长。要不然，老换铅笔，多麻烦呀！""妈妈给儿子拉了一卡车作业本"，作者就是以这样荒诞的夸张反映了对生活中小学生负担过重的忧虑。形容一位教师为学生费心操劳，"脸一天天瘦下去，眼镜都戴不住了，只好在眼镜腿和脸之间塞了好几层纸"，夸张的语言却真实地反映了教师呕心沥血的精神。童话是折射式地反映生活的艺术，童话作家采用夸张式的放大，把生活的本质清晰地展现在读者面前。

(3) 强烈的夸张迎合了儿童心理，造就了浓烈的童话氛围

儿童的思维方式中原本就带有夸张的特点，一方面，有限的知识使他们难以准确地反映出面前世界的新奇，他们对事物的把握与想象跟客观现实间存在着很大的距离，而超越自己本领驾驭一切的愿望又使他们的表达中经常出现过甚其词的现象；另一方面，孩子们向往神奇的不平凡的事物，夸张很好地满足了他们的这种心理需求。强烈的夸张使故事变得更生动有趣，易于引起儿童的兴趣。童话作家都擅用夸张，如格林童话《六人走遍天下万事如意》中大力士、飞毛腿、神枪手的奇才异能；安徒生的《皇帝的新装》中皇帝对新衣服的痴迷；张天翼的《大林和小林》中唧唧的懒惰愚笨；郑渊洁的《皮皮鲁外传》中皮皮鲁制成的"二踢脚"的神功。夸张能使幻化的意境和形象显现出神奇、怪异的趣味。英国作家琼·艾肯的《面包房里的猫》也成功地运用了夸张，从面粉的发酵推及动物的生长而演绎出一个奇特而有趣的童话故事。一只叫莫格的猫由于喝了开面包房的主人给的掺了一点酵母的牛奶，就无限度地"发"了起来，以致撑坍了房屋，还没完没了地"发"。镇上的人不得不将它赶出了城市。莫格走进了山谷，无意中却

挡住了爆发的山洪,拯救了城市。是夸张启发了作者的创作灵感,也是夸张成就了这篇童话。

2. 象征

象征就是用具体的事物表现某种特殊意义。作为一种艺术手段,象征就是借助某一具体事物的形象来表现某种抽象的概念、思想或情感。其特点是利用象征物与被象征物之间的某种类似或联系,使被象征的内容得到强烈、集中而又含蓄、形象的表现。童话常常采用象征手法,通过象征性的形象,准确地概括人的特征和人与人之间的社会关系。

(1)象征是童话创作把幻想与现实融合起来的一种重要方式,也是童话创造典型的独特手法

童话的形象与情节常常带有象征性。安徒生笔下的"丑小鸭"象征了现实生活中备受歧视而又善良、忍耐、追求光明的美好小人物;张天翼笔下的"宝葫芦"象征"不劳而获"的思想;比利时作家莱勃伦克的童话《青鸟》中棣棣和咪棣对青鸟的艰难寻觅的情节,象征了生活中幸福既存在于每个人的身边但又很难把握的人生哲理。贴切的象征会使童话创作获得更高的审美价值。象征以它鲜明的寓意、独特的形象和格调表现着一种更为深远的意蕴,使童话的内涵更丰富,与现实的关系更密切。

(2)童话借幻想折射现实,把象征意义潜隐于作品之中

象征是连接幻想与现实的桥梁,准确地说,它应该是搭建于水中的浮桥,始终存在,但若隐若现。要把握童话中的象征意义必须把幻想引向生活,探求故事与现实的关系。如周锐的《森林手记》写三名兽语大学的学生在森林里实习时被老虎扣留做了"人质",用以交换被人类关在动物园里的动物。尽管这几名学生也自愿当人质帮助老虎,但最终还是只有当市长和总统也被老虎背来做了人质以后,交换才得以实现。把这篇童话的荒诞故事引向现实,就可以发现它的背后隐含着一个发人深思的现实问题:人的价值究竟应以什么来衡量?

(3)童话的象征是通过形象的全部内容来体现的

童话的象征意义,建构在幻想世界与现实生活某一特征的相似之上,但两者并不是任何意义上都贴切相符的。童话中的象征形象,只能概括某一特征,并不包括被象征者的全部。林格伦的《小飞人三部曲》中卡尔松这个精神奕奕、活泼勇敢的童话形象,以他好吃贪玩、爱吹牛、喜欢恶作剧等性格特点,象征了在现实生活中被压抑的儿童内心世界对自由发展的渴望;怀特的《小老鼠斯图亚特》叙述了小老鼠的生活趣闻和冒险经历,以小老鼠蓬勃的生命力,象征了勇于做生活的主人、充满信心地迎接生活中的挑战的勇敢少年;周锐的《扣子老三》通过扣子老三的历险故事的全部,象征了人生的沧桑。所以应该正确理解象征的运用,着眼于童话作品内容的整体去审视其象征意义。

3. 拟人

拟人是指赋予人类以外有形无形的事物以人的思想、感情、行为和语言能力的修辞手法。拟人亦称"人格化"。

(1) 拟人是表现童话幻想的主要手段

童话借助拟人手法,使山川草木、飞禽走兽,甚至一些无形体、无生命的抽象概念,都可以成为童话的主人公,使其有人类的语言行为、思想感情。严文井的《四季的风》,借助拟人手法,展开奇妙的幻想,于是我们看到了真诚善良的风对一个失去双亲病卧茅屋的苦孩子体贴入微的关怀,是何等的凄婉感人啊!为了让苦孩子享受到春天的愉快,他带来了各种花的香味,青草的气味,以及各种小鸟歌唱的声音;为了给苦孩子弄到渴盼中的水果,他"一连跑了好几个果园",弄来了野杏子;为了让病情严重的苦孩子得到一点快乐,他吃力地跳着"回旋舞";苦孩子被冻死了,风狂暴地、愤怒地吹啊吹啊,"要把这个世界上所有的罪恶都扫荡得干干净净"。这篇童话的巨大的艺术感染力正是源于作者通过拟人手法塑造出的这个鲜明生动、充满人情味的风的形象。

拟人之所以广泛用于童话创作中,是因为这种手法十分适合儿童的心理,也符合儿童的思维要求。因为在儿童的心目中,一切鸟兽鱼虫、山川草木、日月星辰,无一不是有生命的。富于想象和幻想的孩子们喜欢拟人、也善于拟人。

(2) 童话的拟人应注意人性与物性的自然结合

拟人童话形象具有独特的风格,既具备人的某些特点,又保留某些物的属性。其一,人性的塑造是第一位的,否则拟人化形象的存在便没有意义。任何拟人手法塑造形象的目的不为写物,而为写人,一切拟人化形象都起着反映在幻想境界中现实生活里人们的思想行为、品格特色的作用。《快乐王子》中直面人生、舍己为人的快乐王子,代表着生活中对劳苦大众寄予同情并勇于为之献身的人。正是因为具有了这样动人的思想品格,快乐王子的形象才如此光彩照人。其二,忽视了物性和无缘无故地违反物性,都会破坏童话应有的情调。《木偶奇遇记》中的小木偶是一个真实可爱的儿童的典型形象,由于他贪玩、任性、逃学、说谎,结果使自己吃了不少的苦头。经过许多波折和磨难,他终于吸取了教训,最后成为一个真正的孩子。在形象塑造中,作者始终注意保留匹诺曹的物性特点,在人性物性的自然结合中凸显童话色彩。如他从家中逃跑后,在寒冷的夜晚烤火时,疏忽大意,竟将自己的脚烧掉了。这一物性因素决定的情节安排,把匹诺曹第一次因调皮而吃苦头的懊悔表现得真切自然。试想如果忽视了匹诺曹木偶的物性,或违背了它的物性,那么势必要影响到形象的生动有趣,而造成童话的逻辑混乱,减弱了真幻虚实相辅相成的童话情调。其三,物性的选择可以根据形象塑造的需要,有一定取舍的自由。这是因为任何的选择都是为塑造童话形象服务的,而物体又往往具有多方面的特点,在选用某物做童话角色时,不必囊括其物性,完全可以取其中的一方面或几方面而略去其他。例如,叶圣陶笔下的"稻草人"是被插在泥土里,"身子跟树木一样","连半步也不能动",所以他不能替农妇捉虫、帮渔妇煮茶、去搭救寻死的女子……作者自愿地受到物性的约束限制,是因为这符合他要塑造的那个善良而又软弱的人物形象。而美国作家鲍姆笔下的"稻草人",当多萝西"把他举起来离开了竹竿",他就"靠着自己的力量在旁边走动",他同人一样,能说话走路,只保留了没有知觉不怕痛、没有脑子不会想办法、很怕火烧等物性。因为作者要塑造的"稻草人"是童话故事中互相爱护、互相帮助、共同战胜困难的四个好伙伴中的一个,所以作者必须超越或放弃他的某些物性。

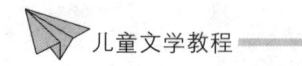

4. 神化

在童话中运用神话中赋予形象超自然力量的艺术手法进行创作,谓之神化。神化的运用可以创造超自然的人物,如传统童话中的飞毛腿、千里眼,现代童话中的怪老头等;可以创造超自然的环境,如《下次开船》港里的"下次开船"港。神化原来是借助某些魔法宝物,赋予童话形象以超自然的力量。如苏联童话《七色花》中的小珍妮,获得了有七片不同颜色透明花瓣的花朵,就能随心所欲地实现自己的愿望;《神笔马良》中的神笔就是赋予马良超人力量的宝物。现代魔法往往融入了更多的科学技术,如《皮皮鲁外传》中的皮皮鲁乘坐"二踢脚",像火箭那样离开地球直奔太阳;《舒克和贝塔》中的舒克开着玩具飞机、贝塔开着玩具坦克闯世界。

5. 变形

变形即形象的变异。作为一种艺术手段,是指有意识地变更(夸大、缩小或其他方式的改变)所描写的现实中事物的性质、形式、色彩,以达到使它们具有最大的表现力,进而具有审美感染力的目的。童话创作中,常常运用幻想、夸张等手段把人形变成其他事物,或者使人体的某部分变形。前者称为全部变形,后者称为部分变形。如《格林童话》中"青蛙王子"因为中了魔法而由王子变成了青蛙,而"六只天鹅"是六个中了魔法的王子的变形,二者都属于全部变形;《木偶奇遇记》中的匹诺曹说了谎话鼻子就变长,用的是部分变形。运用变形可以使故事情节发生奇异的转变,又可形成浓郁的幻想气氛。

6. 怪诞

怪诞就是运用尖锐的形象夸张,使现实中的实际现象具有离奇古怪、玄妙幻想的形式。童话创作中有人物形象的怪诞、环境的怪诞和情节的怪诞。张天翼笔下的秃秃大王身高仅三尺,红眼睛,满脸绿毛,秃头放光可当灯,牙齿能随着喜怒哀乐自由伸缩,这是人物形象的怪诞。孙幼军《怪老头》中的怪老头给赵新新治肚子疼,把小鸟放进赵新新的肚子里,让照片上童年的爸爸走出来接受赵新新的报复,这就是情节的怪诞。郑渊洁的《特别法庭》中A城的童话节和孩子起诉父母的特别法庭,这是环境的怪诞。而特拉弗斯的《随风而来的玛丽·波平丝阿姨》中的玛丽阿姨,当"东风在樱桃树光秃的树梢间呼呼吹过",她就随风飘进了院子;西风骤起,她就飞过树梢,飞过屋顶,最后飘过山头不见了;贾透法叔叔因为过生日非常高兴,肚子里充满了笑气,就像气球一样飞起来,悬在半空中看报纸,最后想到不愉快的事才回到了地面。这些从人物、情节到环境的怪诞,使童话意境更神秘而富有诗意。

四、童话的分类

童话的样式很多,为了方便区分,可根据不同标准,将其划分为若干类。

(一)根据作品来源不同,分为民间童话和文学童话

1. 民间童话

民间童话是带有浓厚幻想色彩的民间故事,属于民间文学的一部分,由人民群众集

体创作,世代口耳相传,带有明显的民族、地方色彩。现在我们看到的民间童话多是由后人搜集整理而成的,比较有代表性的民间童话集有《贝洛童话集》《格林童话》《意大利童话》《俄罗斯童话》等。

民间童话有着特殊的美学风貌。第一,民间童话的幻想是一种朴素的想象,较为幼稚单纯,具有一种原始朴素的美。人、神、物浑然一体,人可以变物,如《青蛙王子》,王子被魔法变成了青蛙;物可以人格化,如《穿靴子的猫》,拟人化的猫用计谋帮穷人得到了公主的爱;人可以神化,如《玫瑰公主》,沉睡了一百年的公主醒来并得到了幸福;人、物、神可以活动在同一环境中,如"小红帽"上了大灰狼的当被吃掉,灰姑娘得到天神的帮助获得幸福。第二,人物形象基本是类型化的,或美或丑,或好或坏,两极鲜明。"小红帽"的幼稚单纯,大灰狼的凶狠狡诈;白雪公主的美丽善良,继母王后的嫉妒毒辣;巨人、侏儒;国王、士兵;仙女、巫婆;大女儿、小女儿等,都是一定道德规范的化身,或某种事件的象征。第三,主题表现单一明了。民间童话一般都比较简单直接地表现人们的一些道德标准、爱憎情感、生活经验,一看就知,一想就懂,尤其易于儿童接受。如《小红帽》告诫幼稚单纯的孩子要警惕伪装成好人的坏人;《白雪公主》是对美丽善良的赞美,对邪恶狠毒的批判;《忠诚的尧哈内斯》是对忠诚的赞颂,等等。第四,叙述方式单一简洁。民间童话一般都是把事件发展的时间顺序与因果逻辑顺序重合在一起,构成单向的简洁的叙事线索,所以脉络清楚,易于接受。如"小红帽"上当受骗,被大灰狼吃掉,又遇人得救;白雪公主因美丽为王后所不容几次遭到陷害,先后被猎人、七个小矮人、王子所救,最后得到幸福,并惩罚了继母。其因果逻辑、叙事行动时序、事件发展时序重合,构成一个单向发展、有头有尾的故事。第五,叙述的口语化。民间童话因其产生于口头创作,必然在语言上保持着对讲故事行动的模拟和许多口头创作的特点。如叙述语言的朴实简洁、对话的浅显通俗、语气的讲述性等。

2. 文学童话

文学童话是在民间童话基础上发展起来的作家创作,是作家文学的一部分,具有作家文学的基本特征:书面创作、有独特的艺术风格、创作方法灵活多样等。文学童话根据素材来源不同,也可分为两种:一种是利用民间童话素材,加入作家现实性的、个性化的创作,如安徒生的《野天鹅》、洪汛涛的《神笔马良》、葛翠琳的《野葡萄》等,这类文学童话虽取材于民间,但完全具备作家文学的基本特征;另一种是以现实生活为基础创作的崭新的童话,如完全虚构的《皮皮鲁总动员》等,现当代童话作品多数如此。

文学童话具有如下六方面特点。一是通过幻想把现实生活引进童话世界,造成真幻虚实高度的和谐统一,达到真幻难辨的艺术效果。二是人物形象的塑造突破类型化、概念化,血肉丰满,性格鲜明,富有立体感。如贪玩淘气的小木偶,聪明顽皮的小飞人。三是题材广阔,思想深刻,意蕴丰富。文学童话越来越多地取材于现实生活,取材于儿童生活,使其包容复杂的现实生活的各个方面,使其深入探究儿童的内心世界。四是注重心理刻画和细节描写。五是叙述方式因塑造人物形象和表现主题思想的需要呈多线多向式。文学童话为表现人物的丰富性、生活的复杂性和思想的深刻性,打破事件发展的时间顺序,把各种材料按因果关系重新排列组织,构成情节。叙述的着眼点和重点放在因果关系上,所讲述的不再仅仅是有始有终、单线单向的故事,而出现了轴心式、平行式、倒叙、插叙等多线多向、有始无终式的故事,承担更多的理智和认知功能。六是语言风格上虽保留了某些口语特点,但作家的锤炼、润色使其具有浓厚的文学色彩。叙述语言准确凝练,经常有一些富有诗情画意的描绘;人物对话形象生动,极富个性化。文学童话语言的形象生动更易于读者展开想象,再造出清晰优美的童话意境。

（二）根据人物形象不同,可将童话分为常人体童话、拟人体童话、超人体童话三类

1. 常人体童话

此类童话人物多以普通的"人"的形象出现在童话故事中,但他们的性格、行为、遭遇往往都特别离奇夸张或神奇怪异,和现实生活中大相径庭,通过二者之间的强烈对比加深读者印象,激发阅读兴趣,以造成一种玄妙奇异的趣味。如《皇帝的新装》,主角是现实中真实存在过的皇帝、骗子,但他们的行为逻辑却天马行空——如每天换新衣服的皇帝,胆大包天的骗子,过于害怕愚蠢以至于不敢讲真话的臣子等。人物来自现实,却又高于现实,展现出令人难以置信的荒诞场景。此外,《宝葫芦的秘密》《夏洛的网》等童话也是如此,前者以现实生活中常见的小学生王葆为主角,后者则围绕农户家里的猪和蜘蛛展开,都是为普通形象赋予神奇怪异行为的写作特色。

2. 拟人体童话

此类童话人物多是人类以外各种人格化的有生命和无生命的事物,通过拟人化的手法让他们具有人的思想、感情,以及人的性格行为,具有一种"真""幻"结合的自然美。如《丑小鸭》《稻草人》《木偶奇遇记》《舒克和贝塔》等。在观赏此类童话时,由于叙事主体的改变,能为读者提供全新的视角,获得全新的阅读体验。如《丑小鸭》中以丑小鸭的视角描述了人类庄园中饲养的家禽家畜的生活,负责孵化的母鸡和傲慢无礼的鹅等,如果叙事主体是人类,就很难自然地过渡到家禽生活群像的描写中。

3. 超人体童话

此类童话描写超自然的人物以及他们的活动,多见于民间童话和古典童话之中,借助超越常人与自然力的神仙、妖魔或宝物来展开神奇怪诞的情节,造成一种神秘莫测的震撼美。如《魔鬼的三根金发》《蛇的三片叶子》《神笔马良》《渔夫和金鱼的故事》等。也有多种类别集中在同一篇故事中的,如《打火匣》。

（三）根据童话体裁不同,可分为散文体童话、童话诗、童话剧和科学童话

其一,散文体童话。广义的与韵文相对的散文写成的童话,一般都为此类。其二,童话诗。也称诗体童话,是以诗的形式写就的童话。如郭风的《红菇的旅行》、郑世芳的《珍珠的故事》等。其三,童话剧。以剧本的形式表现童话故事。如方圆的《"妙手"回春》、钱锄湘的《猫先生》、熊塞声的《骄傲的小燕子》等。其四,科学童话。科学童话是科学文艺的一种,是以科学知识为主要题材内容的童话作品,其特征是幻想在科学的基础上展开。如叶永烈的《圆圆和方方》、比安基的《尾巴》等。

五、童话赏析

以上,我们初步了解了童话的分类,接下来,我们可以通过赏析不同类型的童话作品,来加深对其的理解。

关于童话原文的内容可扫章首二维码获取

《皇帝的新装》

赏析:

《皇帝的新装》是安徒生创作的经典名篇,从这篇童话中可以看出,安徒生对社会的观察是多么深刻。

他在这里揭露了以皇帝为首的统治阶级是何等虚荣、铺张浪费,而且最重要的是何等愚蠢。骗子们看出了他们的特点,就提出凡是不称职的人或者愚蠢的人都看不见这衣服。他们当然看不见,因为根本就没有什么衣服。但是他们心虚,都怕人们发现他们既不称职又愚蠢,就异口同声地称赞那不存在的衣服是如何美丽,穿在身上是如何漂亮,还要举行一个游行大典,赤身露体,招摇过市,让百姓都来欣赏和颂赞。不幸的是,这个可笑的骗局,一到老百姓面前就被揭穿了。皇帝下不了台,仍然要装腔作势,必须把这游行大典举行完毕,而且因此他还要摆出一副更骄傲的神气。这种弄虚作假但极愚蠢的统治者,大概在任何时代都会存在。因此这篇童话在任何时候也都具有现实意义。

这是真的吗?"这个可笑的骗局,一到老百姓面前就被揭穿了"?

请注意童话中提到谁也不愿意让人知道自己什么也看不见,因为这样就会显出自己不称职,或是太愚蠢。所以,大家争先恐后说衣服好看,甚至皇帝所有的衣服从没获得过这样的称赞。上至国王大臣,下至黎民百姓,所有人都被这两个骗子的并不存在的衣服给骗了。这两个骗子的骗术之所以能成功,并不在于他们自身的行骗术如何高明,而在于他们懂得如何利用人性的弱点。

因此,这篇童话不只在讽刺国王大臣,根本上就是在反省人性本身。阅读童话的你我,是否有些时候就是那个可笑又可怜的国王呢?

《天上有一朵云》

赏析:

《天上有一朵云》是郑渊洁先生创作的佳作之一,作为拟人体童话,可以发现本篇的主人公有两位:牧羊人和小羊羔。郑渊洁先生正是通过为羊羔这一非人的生命赋予人的思维、情感、处事方式,展现了这篇童话故事的独特魅力。牧羊人在与羊羔的对话中领略凡尘俗世迥然相异的价值观,实现了自身的升华。这正是拟人体童话的特点——即通过叙事主体的改变,为读者带来全新的阅读体验与心灵感悟。

文章最后小羊羔化为白云归来的情节充满了瑰丽的想象,极具浪漫主义气息。在亦真亦幻中构建了一个唯美的二元交流场景。以蓝天之上远离凡尘的白云为媒介,牧羊人终于也脱离了地面上嫉妒的羊群的束缚,向高天之上寻求到了内心的宁静与精神的寄托。全文言辞优美、如梦似幻,读来爱不释手,是郑渊洁先生童话创作中一篇佳作。

《圆圆和方方》

赏析:

童话作为儿童文学的一种体裁,通过丰富的想象、幻想和夸张来编写适合于儿童欣赏的故事。因此童话故事深受少年儿童喜爱。叶永烈的《圆圆和方方》就是其中一篇优秀的拟人体童话作品。

将贯穿生活中的"圆"与"方"具现化成两个小人,拥有和人类一样的喜怒哀乐各种情感,以及一模一样的生活方式,叶永烈这样巧妙地安排,为年纪尚幼的读者们理解"圆"与"方"的概念打开了方便之门。圆、方本是抽象的概念,经由拟人化手法写作之后,就成了跃然纸上的可观可理解的小精灵。

童话别出心裁地以"圆"与"方"为主体视角,通过二者的自述与争吵,生动形象地向读者们科普了何为"圆"与"方",以及二者之间的区别。日常生活中为什么这些东西是"圆",那些东西是"方"？如果把他们的形状互换了会如何？童话进行了大胆假设,以有趣的手法,轻描淡写地介绍了各个形状的用途以及缺陷,最后结尾处传达了：不是全都"圆"最好,也不是全都"方"最好,而是应该兼容并济、取长补短,在科普了科学常识的同时,也教育了小读者们应当团结合作,不能自高自大的人生哲理。将趣味性与科学性合二为一,寓教于乐。

六、童话的阅读教学

童话的阅读教学中首先要承认童话的幻想性或假定性,而不是用现实的逻辑去否定童话的幻想或假定逻辑。

《黑猫警长》动画片里有一个情节是黑猫警长去追捕一只偷东西的老鼠,对老鼠开了一枪。子弹一直追着老鼠,老鼠一边惊恐地回头看子弹,一边往前跑。在子弹就要打到老鼠的时候,老鼠撞到柱子倒在了地上。子弹继续往前飞,可没过一会儿,子弹就调头往回飞,然后"啪"地把老鼠的耳朵打掉了一只,黑猫警长就把老鼠抓住了。从此,这只老鼠就叫"一只耳"。这就是童话里典型的幻想性情节。

当时有人写文章提出批评,认为子弹会拐弯的情节是在向儿童传达一种不正确的知识。《黑猫警长》动画片的一位编导谈到这个问题时,说在现实中可能没有会拐弯的子弹,但是我们现在已经发明了可以追踪的导弹了,所以今后我们完全可能创造出能够拐弯的子弹。因此这个情节是一个科学幻想,对小孩子是无害的。实际上批评文章的观点和编导的解释都没有抓住问题的关键,因为在年幼孩子的心灵世界中,黑猫警长射出的子弹会拐弯是正常的事。童话故事反映出的是孩子们想象中的世界。黑猫警长射出的子弹会拐弯,和《格林童话》里桌子会开饭、驴子会拉金子一样,都是对孩子们愿望世界的呈现,是一种幻想性情节。

阅读课通常有一个课程导入的过程。在教学实践中,有些导入语是很精彩的,但也有一些导入设计不够自然,或者说导入的内容与阅读文本的内容没有内在联系。一些老师在执教童话时,没有深入理解童话文本,设计的导入内容与童话的内涵相距甚远。

比如我国著名儿童文学作家汤素兰的童话作品《红鞋子》。故事内容:一只红鞋子在孤单地想念着另一只红鞋子的时候,遇到了独自生活的小老鼠。红鞋子在小老鼠的帮助下找到了另一只红鞋子,也让孤单的小老鼠感受到了爱,产生了有另一只小老鼠在等待自己的渴望。

曾有一篇文章,其中谈到了汤素兰的《红鞋子》。这篇文章中有两个导入问题,分别是"你最喜欢哪一种鞋子?为什么?""鞋的主要作用是什么?"这是很现实的问题,但这样的问题和理解汤素兰的《红鞋子》有什么关系呢?作者是用拟人的方式来写这个故事,故事中红鞋子的行为方式、心理特点表明它已经不是现实中的鞋子了,而是有着和人一样的精神世界。如果教师导入语设计如此现实的问题,就会和童话文体发生冲突和矛盾。所以上述两个导入问题是不合理的。

在《红鞋子》的结尾有这样一个情节:在回家的路上小老鼠想,要是有一只小老鼠在等他回家该多好。从这里能明显看到小老鼠的精神世界产生了变化,这种表现已经不是一只小老鼠的表现了,而是人类心灵世界的表现。面对这样的文字和表现,我们要用读童话的方式去阅读、解读。可是上述文章针对这部分内容介绍的竟是自然界老鼠的繁殖能力:老鼠一年可以怀多少胎,每胎可以生几只。最后还说了这样一句话:"对老鼠而言,最重要的需求就是延续基因。"可是在童话《红鞋子》里,小老鼠有了精神上的期待和愿望,它盼望着有一只小老鼠在等待他回家。强调老鼠的繁殖能力,这样的教学设计十分不妥,和童话故事的内涵毫无关联。

因此,这篇文章中,不论是课程导入中关于鞋的作用等的问题,还是结尾处对自然界老鼠繁殖能力的强调,都与理解童话的内涵无关,反倒会阻碍学生的理解。

总之,即使是在小学中高年级教童话,教师也应遵守英国诗人塞缪尔·泰勒·柯尔律治的"延迟怀疑"理论。"延迟怀疑"是指一种文学效果——读者在开卷之前或掩卷之后,都能够意识到故事是作者虚构出来的,但是在阅读作品的过程中,却相信作者讲述的故事是真实的。越是好的作品,越容易让读者相信作者讲述的故事是真实的。所以,在讲授和讨论童话故事时,教师没有必要捅破"假定"或者"幻想"这层窗户纸。学生即使放下书后不相信童话中的故事真的发生过,但是在阅读时也会保持"延迟怀疑"这个状态。

我们在阅读童话的时候,应当自然而然地进入幻想的世界。在这里,小动物是会说话的,猫和老鼠也是可以做好朋友的。因为这里遵循的是童话的逻辑而不是现实的逻辑。但需要说明的是,虽然情节可以是假定的,但童话依然需要具有一种情感或逻辑上的"似真性"。下面以童话《等信》为例,简要谈谈童话的阅读教学。

等 信

一只蟾蜍坐在家门口。青蛙走过来说:"蟾蜍出了什么事啦?你好像在发愁嘛。"蟾蜍说:"是呀,每次我站在信箱旁边等我的信,总是很难过。"青蛙问:"那为什么呢?"蟾蜍说:"我从来没有等到过一封信,我的信箱总是空空的。"青蛙和蟾蜍一起坐在门口,他们都很难过。

青蛙说:"我要回家了,蟾蜍,我有点事儿要做。"青蛙一到家,马上写了一封信装进信封。信封上写着:"蟾蜍收。"青蛙跑出屋子,刚好碰见一只蜗牛,就对他说:"蜗牛,请你把这封信送到蟾蜍家,放到他的信箱里去,好吗?""行。"蜗牛说,"我这就去。"

于是青蛙马上跑到蟾蜍家。蟾蜍正躺在床上睡午觉。青蛙说:"蟾蜍该起床了,快去等信吧。""不!"蟾蜍伸个懒腰说,"不会有我的信,我不去等了。"青蛙往窗外看了看蟾蜍的信箱,对蟾蜍说:"会有的,会有人给你写信的。""不,不,不会有的。"蟾蜍说。青蛙又看看窗外,蜗牛还没有到。他回头又对蟾蜍说:"蟾蜍,今天一定会有人来这儿,来给你送信!""别骗我了,"蟾蜍还是不相信,"从来没人给我送过信,今天也不会有人来给我送信!"

青蛙又朝窗外看看,蜗牛还是没到。蟾蜍问:"青蛙,你为什么老往窗外看?"青蛙说:"我在等信呐!"蟾蜍说:"别看了,不会有信的。"青蛙说:"会有的,一定会有的。告诉你吧,是我给你寄了一封信。""你写了些什么?"蟾蜍听了很高兴。

青蛙说:"我写的是,亲爱的蟾蜍,我有你做我的好朋友,真是很幸福! 你的好朋友——青蛙。"蟾蜍跳起来,拍着手说:"噢! 那是一封多么好的信啊。"于是青蛙和蟾蜍一起,坐在门口等信。他们都非常快乐,等啊等啊,等了整整四天,蜗牛才到了蟾蜍家,带来了青蛙给蟾蜍的信。蟾蜍读着信,笑得合不拢嘴。

在教学环节教师可以设计以下问题:
1. 在这个故事里,谁在等信?
("不是蟾蜍在等信吗,怎么变成青蛙等信了呢?")
2. 这个故事里没有出现"慢"这个词,可是,你有没有发现,这个故事写到了"慢"? 在故事里找一找,什么地方写了"慢"。
3. 同样,这个故事里也没有出现"着急"这个词,可是,却也写到了"着急",请你找一找,什么地方写到了"着急"。
4. 想一想,如果把蜗牛换成兔子,让兔子去送信,会是什么情形? 你觉得是让蜗牛送信的故事有趣,还是兔子送信的故事有趣?

以上设计的每一个问题都是有用意的,紧扣文本,它们或者为的是呈现作品的主题,或者为的是揭示作品的幽默风格和对比写法。

作品的题目是《等信》,这个题目对解读整个作品非常重要。设计的第一个问题:"谁在等信?",既具有一定的解题意味,也是想引导学生们对这个故事所表现的友情这一主题进行感悟。

对"谁在等信"这个提问,学生们马上就会回答:"蟾蜍在等信。"稍过一会儿,就会有同学说出:"青蛙在等信,因为青蛙说了'我在等信呐'。"这时,教师可以进一步追问:"不是蟾蜍在等信吗? 怎么变成青蛙等信了呢?"就有同学举手说:"因为蟾蜍收不到信,很伤心,他的好朋友青蛙就给他写了封信。"到这里,友情这个主题就凸显出来了。

第二、第三、第四个问题都遵循着提问能够把学生的思考带回到课文之中这一原则。

对第二个提问,学生马上都能回答,写到了"慢",并且纷纷说出蜗牛走得很慢,四天以后它才把信送到蟾蜍家,这有多慢!

对第三个提问,学生同样马上就回答出来了,写到了"着急",是青蛙着急。有的同学说,青蛙往窗外望了三次,看蜗牛到没到,这说明青蛙很着急。还有同学说,青蛙见到蜗牛就把信交给他,也不想想蜗牛走得有多慢,太心急了。

教师提第二、第三个问题,把"慢"和"着急"这些作品的重要信息引出来,一方面是想让学生更清晰地了解、体会这个故事都写了什么,另一方面是为第四个问题做铺垫。

诗有"诗眼",文有"文眼"。《等信》这个故事的"文眼"就在于青蛙的"急"和蜗牛的"慢",青蛙越急,越显得蜗牛慢;蜗牛越慢,越显出青蛙着急。这一"急"一"慢"的对比手法,就把青蛙对蟾蜍的友情(主题)显现出来了,就把故事的幽默味道(艺术风格)营造出来了。但是如何让学生体会到这种"对比"的手法呢?教师直接说运用了"对比"显然太生硬,应当引导学生去感知。采用什么样的引导策略呢?可以运用"改写法",把送信的蜗牛换成兔子,这样一来,青蛙"急",兔子也"急",就把原作一"急"一"慢"的对比写法消解掉了。

对第四个提问,学生们会回答:"还是蜗牛送信有趣!"这时教师可以追问:"为什么?"有同学回答:"让兔子送信,兔子跑得那么快,还没等青蛙跑到蟾蜍家,兔子就已经把信送到了,这样就看不出青蛙对蟾蜍的友情了(指青蛙朝窗外望三次的等信动作没法写了)。"一个同学的回答另辟蹊径:"兔子送信,就不用'等信'了,故事的题目就不对了。"这时候,教师可以小结:"这一个'急',一个'慢',体现了故事的幽默感、趣味性,运用了对比的手法。"

第二节 寓 言

一、寓言的概述

说文解字中关于"寓"的解释,有这么一条:"有所寄托的话。用来说明某个道理。语言文字中所寄托或暗含的意思。"因此,对"寓言"一词的理解,也十分简单,寓言是寄托着深刻含义的简短故事。它通过一个生动有趣的小故事,告诉人们一个深刻的道理或某种教训,所以带有明显的劝喻或讽刺意义。寓言是一种有讽喻或寄托的故事,是一种形象性(言)与理论性(寓)相结合的边缘文体。

"寓言"这一名称,在我国最早见于《庄子》。庄子的解释是:"寓,寄也。以人不信己,故托之他人,十言而九见信。"说明了寓言的寄托之意。所以他在《逍遥游》中用"斥鷃笑鹏"的故事表达自己的志趣。俄国寓言家陀罗雪维支称寓言为"穿着外套的真理"。法国寓言家拉·封丹认为,"一个寓言可分为身体与灵魂两部分:所述的故事好比是身体,所给予人的教训好比是灵魂"。他们都形象地说明了寓言故事与所含道理的关系。德国寓言家莱辛说:"要是我们把一句普遍的道德格言引回到一件特殊的事件上(把真实性赋予这个特殊事件,用这个事件写一个故事),在这个故事里大家可以形象地认识出这个普遍的道德格言,那么,这个虚构的故事便是一则寓言。"他不仅阐述了寓言的本质,而且也说明了寓言的创作过程。我们在每一个寓言故事里都可以找到一种思想、一个灵魂,那就是人类在自然和社会斗争中逐渐积累的知识与经验的智慧结晶。从寓言家所述及他们的创作实践中不难看到,寓言的产生及运用就是为了讽喻、劝诫,即把作者从生活实践中获得的启迪、领悟的事理或哲理加以艺术化,从而达到印证其合理性、增强其说服力的目的。这是一种把思想穿上衣裳、赋以血肉,而使之形象化的创作,也就是将理性认识感性化、抽象概念形象化的过程。

因此,在学习寓言时,我们应充分认识到这一文体与童话文体的不同,寓言更偏重的是说理性,即"寓"的特征。一则寓言必然是要向听众传输一些东西的,或是价值思想,或是生活经验,没有寓意的寓言是不存在的,正如无根之木、无源之水。正因为这样的特征,寓言往往具有高度的学习意义,能帮助学习者获取新的知识与素养。

二、寓言的艺术特征

(一) 明显的寓意

正如之前所讲,寓意是寓言的灵魂,寓言故事是寓意的载体,为表现寓意服务。寓意是一则寓言的精髓所在,体现着作者对于生活的真知灼见和审美评价。

莱辛在对寓言定义的界定中,同时也说明了寓言产生的原因,是使读者形象地认识所要说明的道理。英国作家约翰逊也指出,寓言的目的是"要使人们得到一个道德上的教训"。的确,从古至今,不论来自民间百姓还是出自作家创作,寓言的目的只有一个,那就是借助假托或虚构的故事阐明一个深刻的道理或教训,让读者从故事中受到启发或教育。拉·封丹通过《庄稼人和他的孩子们》的故事向人们说明真正的财富在于不停地劳动;金江在《鸵鸟和鹰》的故事中告诉人们用发展的眼光看待他人,才能看到他人的进步;伊索借《农夫和蛇》的故事告诫人们绝不能怜惜恶人。作者创作寓言的用意就是借寓言故事传达思想、说服他人,所以寓言的寓意必须是明确而又显而易见的。读者读懂了这些故事,也就自然而清晰地接受了作者的劝诫。

寓言的产生源于人类对生活的理性思考,从产生那天起就肩负着把在生活中积累的经验教训昭示于众、流传于世的重任。千百年来,寓言始终以其特有的方式反映生活、参与生活。它因此拥有以下几种永恒的主题:第一,对经验教训的总结。如《南辕北辙》(《战国策》),说明做事必须要有正确的方向;《狮子和鹿》(《伊索寓言》),说明"真实的内在比虚幻的外表更重要";《守株待兔》(《韩非子》),说明侥幸心理的危害,不能把偶然出现的事情当成必然性的东西。第二,对生活哲理的阐释。《塞翁失马》(《淮南子》),说明事物的好与坏是可以互相转化的;《狮子和狐狸》(《伊索寓言》),说明质与量的关系,并阐明质的重要性;《夜莺和孔雀》(《莱辛寓言》),说明了彼此互补的双方最容易成为好朋友;《公鸡和猫头鹰的争论》(湛庐),说明片面产生的主观印象会导致谬误。第三,对人性弱点的暴露。《画蛇添足》(《战国策》)中的自作聪明、弄巧成拙;《下金蛋的鸡》（拉·封丹）中贪心人的愚蠢；《乌鸦兄弟》（金江）中的自私懒惰。第四，对丑恶势力的揭示。《猫与公鸡》（《伊索寓言》），描绘了强者的蛮横无理；《黄蜂》（莱辛），讽刺了自以为是的丑恶心态；《鱼的跳舞》（克雷洛夫），揭穿了沙皇鱼肉百姓的本质。第五，对美好品德的赞颂。《鹰和蜜蜂》（克雷洛夫），歌颂了为大众埋头苦干的蜜蜂；《狐狸上当》（拉·封丹），赞扬弱者的聪明机智。在一系列简短的故事中包含了博大精深的思想，所以这些浅显的故事得以世代流传。

因为本质特征的存在，寓言比其他任何体裁的文学作品都更明确地表现出作者的观点和看法。因此在寓言中如何恰当地表达观点成为寓言的重中之重。寓言的寓意表现有如下两种形式。其一，在文中直接道出。即在故事的开端或收束处由作者或文中角色用警策性的语言直接道出寓意。如克雷洛夫的《狼和小羊》开头即写明寓言的主题是"弱者在强者面前总是有罪的"；冯雪峰的《兔儿们》在最后点明讲这则故事是为了说明"暴君和侵略者所赐给的光荣，对于人民无论如何都是灾害"这条很古老又很浅显的道理。其二，含而不露。即在故事的发展和结局中自然显现所要表达的观点，如《百喻经》中的《愚人食盐》："愚人做客，主人在菜中加了一点盐，愚人吃了，觉得味道美极了，就盛了一大碗盐吃下去，结果咸得他直叫苦，嘴里起了泡，还生了疮。"在对愚人的行为及结果的叙述中完成了对他的愚蠢的讽刺。

（二）比喻的手法

寓言是一种比喻的艺术，是借助设譬立喻的艺术手法来表达寓意的。黑格尔在《美学》中把它归为"自觉的象征"。莱辛所谓的"引回"之说，形象地表现了寓言的创作过程，也说明了寓言故事是为形象地认识格言而虚构的，而使之形象的方法就是比喻。

比喻是表情达意的重要手段，也是人们说明事物时经常使用的一种方法。它用人们熟悉的、具体的、浅显的事物来说明较为陌生的、抽象的、深奥的事理。这是人类抽象的理性思维与具体的形象思维结合的产物。寓言的创作，就是作者选用某种现实生活的具体形象，通过联想、连类比附，并运用夸张、象征、拟人等手法，表达理性的思考，即所谓"立象以尽意"。如战国时期，七国争雄，燕王的说客苏代（苏秦的弟弟）劝阻赵惠文王攻打燕国时就讲了一个寓言故事——"鹬蚌相争"，借以说明不要让秦国坐收渔翁之利的道理。当然，寓言的作用并没有这么大，赵王放弃攻打燕国的主张还在于苏代对当时形势的具体分析，但"鹬蚌相争"的形象作用应该是功不可没的。再如"领导与民众的利益关系"本是个非常复杂的社会学问题，但伊索用《狼与羊群》的故事化复杂为单纯，使之易于理解。人们在他讲述的故事中（狼想谋取羊群，因有狗的守护而不能得到。于是设计说服羊群交出狗，然后很容易地把无人守护的羊都杀了），自然而然地接受了他所要说明的道理："在国家中，那些轻易把民众领导者交出去的人们，不知不觉地他们自己也很快地落在敌人的手里。"这则寓言正是通过比喻的手法——用狗与羊群的关系类比领袖与民众的关系，实现了形象地解说深奥的道理的目的。《揠苗助长》用迫不及待地拔高禾苗以促其生长来比喻那些主观急躁的人；《下金蛋的鸡》用杀鸡取蛋来比喻贪心不足的人；《亡羊补牢》用丢了羊马上补羊圈还不算晚的故事比喻"只要及时吸取教训就于事有补"的事理。

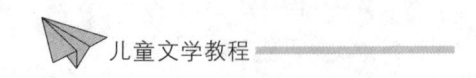

寓言采用比喻的手法,才能更好地实现它的社会功能。在"不敢斥言"的年代,人们只能用巧妙的譬喻委婉曲折地表达自己的思想观点。古罗马寓言作家菲德鲁斯曾明确指出:"受压迫的奴隶想要说出,但又不敢说出自己的感情,就通过寓言来表达,借虚构的笑话避免责难。"在统治阶级采取高压政策的形势下,寓言作者把思想观点藏匿于假托的故事之中,含沙射影、指桑骂槐。奴隶出身的伊索只能用《猫和公鸡》《狼和小羊》等寓言故事揭露统治者的蛮横无理;拉·封丹的《两牛相斗》《一件惨事》等形象地揭露统治者的霸权与阴谋带给百姓的灾难;克雷洛夫的《鱼的跳舞》《杂色羊》形象地讽刺了沙皇的统治,揭穿了统治者的假仁假义。作为劝诫、教育的手段,寓言故事借此喻彼、形象有趣,易于人们自觉对照、欣然接受。

寓言的作者在创作中总是把整个寓言所包含的事件(故事)当作一个比喻来借此喻彼,以凸显寓意。所以应注意到由于拟人化,一些动物故事在长期流传过程中所形成的典型形象的一般特性,如兔子的胆怯、狼的贪婪、狐狸的狡猾等,这些特性被用来讽喻人类的行为。也有的作者,创作习惯使他们笔下的形象具有特定的意义。例如拉·封丹经常用狮子比喻国王,用熊或老虎比喻贵族,用狐狸比喻朝廷里的官员,用猫比喻教士,用猴子比喻法官,用狼比喻坏蛋、恶棍,用兔子比喻老实人等。然而,同一种动物有时在同一作家笔下也被赋予不同的思想品质,以不同的甚至是完全相反的面貌出现在不同的寓言里。以《伊索寓言》为例,《大鸦和狐狸》中的狐狸是一个狡诈、贪婪的谄媚者的形象,而《狐狸和豹》中的狐狸则是心灵美的体现者;《农夫和蛇》里的蛇被用来比喻本性不变的恶人,而《黄蜂和蛇》中的蛇却象征宁死也不容忍压迫的受害者;《狼和小羊》中的狼专横残暴,而《狼和狗》中的狼则表达了对自由的渴望和向往。所以欣赏寓言,必须具体问题具体分析,也必须把寓言所述的故事整体作为一个比喻来理解寓意。

(三)简洁的故事

寓言的故事一般都写得简洁短小。作者往往是从生活与自然之中截取一个最精彩的片段并加以概括、提炼,因此寓言篇幅都较短小,有的只用三言两语即把要阐明的道理或讽刺的对象的本质揭示出来。寓言是叙事性文学中最简短的一种。如伊索寓言中的《母狮子与狐狸》仅一句话:"母狮子为狐狸所非难,说她只生产一崽,她答道:'可是狮子呀!'"就阐明了"价值不能以数目计算,须看那德行"的深刻寓意。在《伊索寓言》中,如此简短的寓言有很多。如《骆驼》中主人强迫骆驼跳舞,骆驼说:"不用说跳舞,我连走路的样子也不雅观。"这故事适用于一切不恰当的行为。还有最著名的《狐狸和葡萄》,都非常简洁短小。

寓言的简短在于它的故事单一,且紧紧围绕寓意进行。首先,故事中虽有人或拟人化的形象,但都概括简单,只抓住其性格特征中最本质的一点,粗线条勾勒,不做细致的刻画。《母狮子和狐狸》中有两个拟人化形象,但作者惜墨如金,对狐狸没有任何描写,它的无理取闹的性格特点只在一句话的叙述中就体现出来了,它非难母狮子只生产一崽;对狮子只有一句语言描写,勾勒出狮子的从容不迫的性格。其次,故事中有情节,但不着急安排悬念和细节,也忌讳冗长的叙述和烦琐的议论。《母狮子和狐狸》中狐狸为什么非难母狮子,甚至怎样非难的,都不用交代,简洁到只用两个字就把矛盾写清了。最后,叙述语言都是简洁朴素的。别林斯基称寓言是"理智的诗"。经过锤炼的寓言的语言如诗一样精粹、凝重。《母狮子和狐狸》中一句叙述,一句回答,简洁朴素,没有更多的感情色彩,但母狮子和狐狸的形象都跃然纸上。

　　寓言故事简短的根本原因在于作者希望读者尽快地把寓言中的故事联系到它所提出的那个教训或讽刺意义本身上去,所以必须使寓言的结构尽可能紧凑,不能有太多的枝节,以免分散读者的注意力,削弱了教训或讽刺的力量。著名的最短小说也只有一句话:"世界上剩下最后一个人了,他忽然听见了敲门声。"尽管它比任何一篇寓言都要简短,可它达到的效果却和寓言大不相同:它所表现的内容引导着读者展开丰富的想象,弥补小说本身留下的空白,如世界上为什么会只剩下一个人,发生了怎样的故事,敲门的会是谁,打开门后又会有怎样的故事演绎,等等。寓言的简短所要达到的效果,是使读者集中思考,去理解故事内容所限定的含义。如伊索寓言中的《猫和鸡》:"猫假意过生日,请来了很多鸡赴宴。猫看见鸡都进了屋,就关上门,把她们一只只地抓来吃掉了。这个故事适用于那些抱着美好的希望而来,结果却适得其反的人。"故事简单地说明了猫是假意过生日,请来的鸡都被猫吃掉了。没有描写猫是怎样假意把鸡请来的,也没有渲染猫吃掉鸡的满足和得意,因为这一切与寓意的表达毫无关系。简洁的叙述交代就是要把读者对猫和鸡之间发生的故事的想象限定在对"抱着美好的希望而来,结果却适得其反"的结论的理解上。

　　当寓言发展到作家创作阶段,由于生活的变化、文化的发展、作家个性化的展示,有的作家的寓言创作力求形象的生动和意蕴的丰富,故事内容较为丰满,但仍保留结构单纯、语言简洁的特点。如克雷洛夫、达·芬奇等人的创作。

　　当寓言走进儿童文学领域,因照顾到儿童的心理特点,注意故事叙述的生动有趣和人物形象塑造得鲜活丰满,但仍保持了寓言简洁短小的特点。

三、寓言的发展

　　在充分了解寓言的特征与分类后,我们可以从更宏观的角度俯瞰寓言,探索这一文体自出现到现今的演变过程,全面了解寓言文体。

　　同童话一样,寓言也起源于民间,受到神话传说的直接影响。它继承了神话传说的幻想形式,却从幼稚蒙昧走向了成熟。它标志着人类理性思维的逐渐觉醒,人们开始有意识地运用联想和想象去表现从生活中感悟出的哲理。

　　寓言的三大发源地是古希腊、古印度、中国,并自然形成世界寓言史上最重要的三大分支。古希腊寓言起源于公元前8世纪至公元前7世纪,公元10世纪前后古希腊文明被重新发现,以伊索寓言为代表的古希腊寓言重放异彩,并影响整个西方寓言及世界寓言。著名的法国的拉·封丹寓言、德国的莱辛寓言、俄国的克雷洛夫寓言都是对伊索寓言的继承、发扬和创造。古印度寓言产生于公元前6世纪佛教诞生时,分为两个方向向外传播,一是通过佛教典籍传向东方,在东南亚、中国等地产生广泛的影响;一是以《五卷书》为代表的印度古代文学典籍进入欧洲,对欧洲构成仅次于伊索寓言的第二个重要的影响。

（一）伊索寓言

伊索寓言是古希腊寓言全盛时期的产物，其精神、思想、题材及表现手法、表现形式对后代寓言创作产生了巨大、深远的影响。伊索寓言的出现，奠定了寓言作为一种文学体裁的基石。

伊索是公元前6世纪古希腊的奴隶，因其智慧和博学，被赐予自由，与智者为伍。伊索用他自己的方式（寓言）对人生、社会发表见解，生动、幽默，又使人警醒。

（二）古印度寓言

古印度寓言包括书籍寓言、佛经寓言和民间寓言。

《五卷书》是古印度寓言的一个重要组成部分，也是古印度对世界影响最大的一部寓言童话集。它是为宫廷孩子阅读而采编的，作为对王室后裔进行知识教育，尤其是"统治术"教育的工具。成书时间约为公元前6世纪。《五卷书》由大小不同的故事连缀而成，编者从自己要说明的道理出发，把这些故事分成五卷，所以称作"五卷书"。

（三）拉·封丹寓言

拉·封丹是法国古典主义时期的代表作家之一。他在1668—1694年间创作了12卷《寓言诗》（共244篇）。拉·封丹年轻时久居乡间，深入了解民众的疾苦。后来，他又曾一度出入于贵族沙龙，对上流社会也有过细致的观察。他深切感受到这个表面兴盛的封建国家的一切罪恶：压迫、奴役、虚伪、残暴、自私、欺诈等。于是他用寓言诗来揭露这个社会的创伤、讽刺人性的弱点，具有一定的批判精神和人民性。

（四）莱辛寓言

莱辛是18世纪德国寓言文学全盛时期的代表作家，也是世界上著名的寓言作家。他创作了15篇诗体寓言和90篇散文体寓言。

（五）克雷洛夫寓言

克雷洛夫是俄国著名寓言作家。别林斯基曾这样评价他："寓言之所以在神圣的俄罗斯取得胜利，应该归功于克雷洛夫。"从1804年开始，克雷洛夫一生创作了203篇寓言。克雷洛夫坚持进步的民主主义思想，在文学上倾向于现实主义，对当时的社会政治制度持批判态度，所以他的寓言不仅描写生活，而且解剖生活、批判社会。他以现实主义手法塑造寓言形象，借以鞭笞俄国的农奴制度、沙皇暴政和统治阶级的蛮横腐败，描绘人民没有生存的权利与自由的苦难；同时肯定、赞美劳动者的勤劳、勇敢、善良的优秀品质；也有经验教训的总结和对人性弱点的批判。

（六）我国寓言的发展

我国寓言的历史更为悠久，三千多年前已初具雏形，比伊索寓言产生的时代早五百多年。我国古代寓言是在一般譬喻的基础上开始发展，经过了一个由文辞简约趋于丰富、由哲理浅显趋于深刻、由缺乏人物情节而趋于故事完整的演变过程。在《尚书》中已明显出现了一些形象的譬喻。如盘庚迁殷时教训臣民的话:"若火之燎于原,不可向迩,其犹可扑灭乎?"用火势来比喻大势所趋、不可违抗。后来春秋战国时代的诸子百家,为精确表达思想内容和哲理而将譬喻升华提高,进而发展成为一种特殊的文学样式。

我国的寓言,按其发展阶段,可分为先秦寓言、两汉寓言、魏晋南北朝寓言、唐宋寓言、元明清寓言和现当代寓言。

1. 先秦寓言

先秦是我国古代寓言产生和蓬勃发展时期,其中战国时代是寓言创作的黄金时代。当时的寓言作品集中在诸子散文里,为阐述不同流派的哲理和政治主张服务,并以其哲理性而著称。

诸子散文中寓言数量较多的有:《庄子》约两百则,如《庖丁解牛》《望洋兴叹》《鲁侯养鸟》《井蛙与海鳖》《东施效颦》《涸泽之鱼》;《韩非子》约二百则,如《三人成虎》《买椟还珠》《狗猛酒酸》《自相矛盾》《守株待兔》《扁鹊治病》《画鬼最易》《南郭吹竽》;《列子》近百则,如《朝三暮四》《纪昌学射》《齐人攫金》《关尹子教射》《两小儿辩日》《杨布打狗》《歧路亡羊》《疑人偷斧》《愚公移山》《杞人忧天》;《孟子》中大约有十多则,如《五十步笑百步》《揠苗助长》《学弈》《攘鸡》《逢蒙杀羿》。另外,《吕氏春秋》中有两百多则寓言故事,如《掩耳盗铃》《荆人涉江》《刻舟求剑》《一鸣惊人》《割肉自啖》《唇亡齿寒》等。《战国策》有寓言五十余则,如《画蛇添足》《南辕北辙》《亡羊补牢》《狐假虎威》《鹬蚌相争》。

先秦寓言有百多则是被人们广泛确认的,其中多数是对自然、社会哲理性的认识。如事物的对立统一:《五十步笑百步》《自相矛盾》;事物的相互联系:《唇亡齿寒》《狗猛酒酸》;事物的自然规律:《揠苗助长》《庖丁解牛》;事物的发展变化:《荆人涉江》《刻舟求剑》等。也有经验教训的总结、对人性弱点和统治阶级的揭露和批判,其哲理思想也很浓厚,如《学弈》《愚公移山》《邯郸学步》《鹬蚌相争》等。

先秦寓言的主要艺术成就可归纳为如下三点。其一,创造了世界上最早的一批完美的人物寓言。先秦寓言中存在着一大批以人物做故事主人公的寓言。有来自历史传说和历史故事的,如《鲁侯养鸟》中的鲁侯;有来自民间传说的,如《南郭吹竽》中的南郭先生;也有作者虚拟的人物,如《自相矛盾》中的"楚人"。这些寓言的出现,丰富了世界寓言宝库,也为后来的人物寓言创作在题材、形象、哲理表现、手法运用等方面提供了宝贵的经验。其二,创造了与古希腊伊索式寓言相对的先秦式寓言表现形式。先秦寓言只有故事的叙述,而无道理、教训的阐释。寓言的寓意是通过故事的结局或对结局的解释来表现的。如《守株待兔》用"宋人"再也没有等来第二只碰树的兔子的结局说明了不能把偶然当成必然的道理;《狗猛酒酸》通过故事中"有见识的人"的解释点明了寓意,说明事物是互相联系的。先秦寓言代表着东方寓言的基本风貌——含蓄、生动、形象。其三,拟人、夸张、对比等表现手法的成熟地运用。先秦寓言的拟人运用能注意利用物的特性来构建寓言情节,如《井蛙与海鳖》在塑造井蛙和东海之鳖的形象时,寓言的情节就自然而然产生了;《狐假虎威》中虎和狐的形象一确立,寓言的情节也就注定了。先秦寓言的这种表现,在某种意义上超过了伊索寓言,成为后代动物寓言的典范。先秦寓言对比手法的运用也很成功,不仅注意对比的贴切、可比、有趣、强烈,还能挖掘对比运用与寓言情节的构建的关联,对后世创作影响也很大。

2. 两汉寓言

两汉是中国封建社会繁荣向上的时期。刘向编辑的《说苑》《新序》两本故事集,有近六百个故事,其中一部分是寓言。《说苑》《新序》是宣传封建政治道德主张的,有不少可贵的政治见解,也由此而收集整理、改编、保存了一些优秀的寓言。如《叶公好龙》《螳螂捕蝉》《失火人家》等。理论著作《新语》(陆贾)、《新书》(贾谊)、《淮南子》等也有一些流传后世的寓言佳作。如《指鹿为马》《一岁之麦》《塞翁失马》《螳臂当车》等。历史著作《史记》《汉书》《风俗通义》中也有一些寓言,因其简洁明快,成为中国古代成语的源头。如"东食西宿""一孔之见"等。

两汉寓言所依托的著作的共同点是总结前人的经验,劝诫统治者吸取前人的教训,所以这些寓言也呈劝诫性,被称为"劝诫寓言"。

3. 魏晋南北朝寓言

魏晋南北朝时期是政治动荡时期。当时的《笑林》《世说新语》等著作中都有优秀寓言,如《截竿入城》《与虎谋皮》等。其他著作中也有一些较有影响的寓言,如《对牛弹琴》《杯弓蛇影》等。笑话专集《笑林》的出现,开了中国讽刺、诙谐寓言的先河。

4. 唐宋寓言

唐宋时期是中国古代寓言创作的第二个繁荣时期,最有代表性的作家是韩愈、柳宗元、苏轼、欧阳修。唐宋寓言的特点是讽刺性加强而哲理性减弱。

唐宋寓言的成就有三点。一是独立成篇,独立拟定篇目。如韩愈的《毛颖传》,柳宗元的《三戒》(《临江之麋》《黔之驴》《永某氏之鼠》),欧阳修的《钟甚说》《卖油翁》,苏轼的《日喻》《小儿不畏虎》等。二是独立编集。《艾子杂说》是中国第一个寓言专集。三是出现诗体寓言。和尚诗人寒山子开创我国寓言诗创作先河。他创作的《狗争骨》情节完整、语言明朗、寓意深刻,是一首成功的寓言诗。刘禹锡也创作了很多优秀的寓言诗,如《养鹜词》。

5. 元明清寓言

元末明初及明中叶以后,曾掀起两次寓言创作高潮。代表作家有刘基、宋濂、刘元卿、江盈科等。刘基的寓言专著《郁离子》有18章159篇寓言故事,题材多托于古人、古事,艺术上呈现出寓言与笑话进一步合流的趋势。

元明清寓言大多受笑话影响,带有更多的冷嘲热讽。但元明清的讽刺又不同于唐宋寓言的讽刺。陈蒲清认为,唐宋寓言对社会的讽刺是希望能改革社会弊病,元明清寓言对社会的嘲弄则是对社会绝望的表现。为了区别于唐宋讽刺寓言,我们把元明清寓言称为诙谐寓言。"诙谐"既是一种风格,也是一种方式。

上文我们简要介绍了我国古代寓言。概括来说,我国古代寓言有如下特色。首先,在题材选择上,我国古代寓言以人物故事为主,明显区别于以动物故事为主的古希腊寓言和古印度寓言。究其原因,中华民族自古重史,重视人事,而使中国寓言趋于成熟的士大夫更善于在历史与人事的印记中获得发现,并借此传达思想。中华民族更习惯师法于生活和历史,而非师法于自然。其次,在思想表现上,古希腊寓言寄托在奴隶伊索名下,面向现实,具有世俗性,为民众服务。古印度寓言多寄存于佛教经典,为宗教服务。我国古代寓言产生于文人的书斋,体现了文道统一的思想,为政治服务。最后,在寓意表现上,我国古代寓言充分体现了中华民族的含蓄和文人的儒雅,多劝诫、讽喻而少揭露、嘲弄。

6. 现当代寓言

在五四新文化运动中,我国寓言完成了从古文寓言到白话文寓言的转变。茅盾是第一个用白话文创作寓言的作家,于1918年前后创作了13篇寓言,多取材于民间故事和外国寓言。鲁迅不仅捐资刊刻佛经寓言集《百喻经》,而且也创作了一些较有影响的寓言,如《螃蟹》《狗的驳诘》《桃花》《立论》等,简练旷达、讽刺辛辣。现代寓言创作的自觉从张天翼始,他的寓言《一条好蛇》《画眉和猪》等,充分发挥了寓言的揭露性和讽刺性。使现代寓言走向成熟的是冯雪峰,"雪峰寓言"代表了中国现代寓言的基本风貌。从1946年开始,到1975年最后一篇《锦鸡与麻雀》,冯雪峰创作了二百多篇寓言,有《今寓言》《冯雪峰寓言三百篇》上卷、《雪峰寓言》《寓言》等。他还改写了《百喻经》,题为《百喻经故事》。在这些作品中,最有影响的是《寓言》。冯雪峰寓言内容含量很大,主要是世俗经验教训的总结,也有对哲学理性的形象反映,还有对反动政权的揭露和抨击。鲜明的时代性和深刻的思想性是冯雪峰寓言的主要特色。活跃于儿童文学园地的作家也积极创作了许多寓言。陈伯吹的《小朋友寓言》、贺宜的《随你便先生》、聂绀弩的《天亮了》、何公超的《丑小鸭》等,都是比较优秀的寓言集。

新中国成立以后,新一代的寓言家以他们各具特色的作品繁荣了我国的寓言创作。代表作家有仇春霖(寓言集《帆和蛇》《无花果》等)、湛庐(寓言集《猴子磨刀》《狐狸审案》《审判伊索寓言》等)、申均之(寓言集《高山和洼地》等)、金江(寓言集《小鹰试飞》《乌鸦兄弟》《好好先生》《狐狸的"真理"》等)。

四、寓言与童话的区别

寓言和童话都起源于民间,都受到神话传说的直接影响,所以从内容表现到形式运用都有许多相似之处:故事具有较强的幻想虚构性,广泛采用拟人、夸张等艺术表现手法,对生活的表现具有象征性和比喻性等。因此,通常有许多人将这两种文体弄混,这种混淆是不正确的,因为寓言与童话的差异也客观存在。

1. 内容表现的不同

首先应该认识到,童话是专为儿童创作的,所以描绘的生活、表现的内容接近儿童生活,以表现儿童生活为主;而寓言不专属于儿童,它所表现的社会生活要广阔得多。即使专为儿童创作改编的寓言也如此,因为它要把全人类智慧的结晶呈现给儿童。其次,寓言的思想表现单纯鲜明,只阐述一个道理且寓意明确;童话思想表现较丰富含蓄,以近似于生活的表现观照生活,意蕴深刻。此外,寓言必须具有思想内涵的表达,而童话则不受硬性要求,可以蕴含深意,也可以没有深意,单纯取乐孩童。

2. 体裁特征的差异

寓言篇幅短小,结构简单,情节单纯,形象塑造不求细致完整;童话篇幅较长,结构复杂多变,情节较曲折丰富,形象塑造要求细腻生动。

3. 幻想表现的差异

童话创作要求幻想植根于生活,遵循特定的童话逻辑,力求真幻虚实的结合自然和谐,以增强作品的感染力。人物和事件虽然都是幻想的,但人物的思想行为和事件的发展变化,必须在作者赋予人物的性格的特定条件下,在为人物安排的环境中,严格按照假定的生活规律来解决,不然会出现逻辑上的混乱和故事发展上的矛盾。童话作家根据自己的需要进行物性的选择、取舍时,必须遵循童话逻辑,表现贴切自然。而寓言则以表述教训、哲理为目的,是一种比喻、影射的文字,它只要求在幻想事物与现实之间找到一种联系,故事仅仅是为表达寓意而存在的,不关注故事本身的合理性。

寓言的幻想则有较多的变通。首先,角色的选择是主观的。如食肉的狐狸几乎从不吃葡萄,但伊索说它因为吃不到而说葡萄是酸的。只因为狐狸的狡猾善辩的特点有利于寓意的表现,所以故事中的狐狸是否符合生活中狐狸的习性,就没有必要追究了。其次,故事的发展也是主观的。如《船夫和他的孩子》为了表现主观主义的危害,故事只讲因用力划船而觉得热的船夫一次又一次地脱去孩子身上的衣服直至孩子冻僵,根本不用交代这是一个粗心的父亲,或者挨冻的孩子为什么不哭和不会反抗等,没有人去想故事是否合理,这也是读者读寓言时的共同心态。正因为寓言和童话对幻想的要求不同,所以寓言的创作要比童话自由而广泛得多。

五、寓言赏析

狼和小羊[①]

狼来到小溪边,看见小羊正在那儿喝水。

狼很想吃掉小羊,但是狼转念一想:我要是就这么把小羊吃了,万一让别的动物看见说闲话。于是狼就故意找碴儿,说:"小东西,你把我喝的水弄脏了!害我喝不到干净的水了,你安的什么心?"小羊以前从来没见过狼,不知道狼要吃它。就对狼说:"狼先生,这条河是大家的,不是你一个人的。况且我怎么可能会把您喝的水弄脏呢?您站在上游,我站在下游。水是从您那儿流到我这儿来的,不是从我这儿流到您那儿去的。"

狼见这个借口行不通,又换一个借口,说:"就算是这样吧,你总是个坏家伙!我听别的动物说,你去年在背地里说我的坏话,凭这点我就可以吃掉你!"

小羊听了更着急了,它喊起来:"啊!狼先生!那怎么可能呢?去年我还没有出生呢!而且我和你无冤无仇,我为什么要说你呢?"

狼知道自己难不倒小羊,就对小羊说:"即使你很能辩解,但难道今天我就不吃掉你?"

[①] 伊索著,王焕生译:《伊索寓言》,人民文学出版社,2015年版。

赏析：

自古以来，在阶级社会中，强者的意志和贪欲就是法律，而弱者总是处于任人宰割的可悲地位。这则寓言故事是借恶狼和小羊之间的辩论来展示这一社会现实的。生动逼真的故事和深刻的寓意结合得十分巧妙，可谓天衣无缝。恶狼在觅食中好不容易碰到一头小羊，它无论如何是不会放过小羊的。但在撕吃小羊之前，又要无中生有地捏造一些理由，以便堂而皇之地把它吃掉。小羊对恶狼肆意栽诬的种种"罪名"一一加以辩解，证实了这些理由的荒谬性。恶狼尽管埋屈词穷，却仍厚颜无耻，一味地胡搅蛮缠、强词夺理、步步紧逼；小羊虽然清白无辜，但却有口难辩、有理难伸，终究免不了丧生于狼口的灾难。

园主与官员[①]

一个有文化教养的园艺师，在村子里有一座修剪打理得挺不错的园子，花园有一块地，四周种的一圈灌木成了篱笆。园子里蘑菇和莴苣长得很好，虽然西班牙茉莉种得不多，但百里香却是不计其数，姑娘们的生日有足够的鲜花可供赠送。哪知道一只野兔竟搅乱了平静幸福的生活。于是园艺师找镇上的官员报告："这该死的东西不分昼夜地糟蹋植物，连陷阱、石块、棍子都奈它不何，我觉得它一定有魔法在身。"

"有妖法？那我倒要去领教领教。"镇官接着又说："假如它真有魔法，不管什么手段，我的猎狗米洛都能一把抓住的。放心吧，朋友，我敢保证。"

"您几时过来？"

"别延误了，就从明儿开始吧。"事情就此说妥了。镇官带着一彪人马来了。"这么着吧，我们先吃饭。"他说，"你家里有仔鸡吗？嗨！屋里的姑娘快过来让老爷瞧瞧，你们什么时候为她置办嫁妆？找姑爷了吗？"边说边让姑娘挨着他坐下套近乎。"朋友，这可是要大操大办一番啊。"说着拿起姑娘的手，托着胳膊，撩起姑娘的头巾直打量。姑娘客气地抽回手，站了起来，园艺师的父亲也看出了镇官的轻浮嘴脸。这个时候，全家人都在忙着给客人下厨烧菜。

"你的火腿已熟了，看样子味道一定不错。"

"老爷，这是为您特地做的。"

"真的吗？"镇官说，"我倒是很想尝尝。"于是这一伙人马放开肚皮大嚼了一顿。

老爷在园艺师家里俨然像主人般发号施令，肆行无忌，酒壮色胆竟对姑娘动起手脚来。

饱餐之余，这些人摩拳擦掌，号角震天，闹得园艺师头皮发麻。可怜的菜园被他们踩得不像样子，莴苣和韭葱没剩一根，连今后做汤也成问题。野兔藏在大白菜下的地洞里，这些人追捕驱赶，使它从一个缺口，就是镇官为了骑兵方便强行在篱笆上开的一个很大的缺口跑了出去。园艺师叹息道："老爷的本事真是让人服了！"这伙人恐怕短短一小时内所造成的损失，要远远超过当地所有野兔在近百年造成的损失。

[①] 拉·封丹著，远方译：《拉·封丹寓言诗选》，人民文学出版社，1985年版。

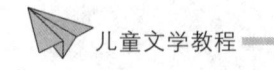

赏析：

　　这则故事具有强烈的针对性，作者借官员与园主、园主与兔子之间的弱肉强食的情景，来影射和抨击当时法国社会中统治阶级欺压小民百姓的专横的霸道主义行为。在17世纪，法国的大贵族和高级教士享有一切特权。他们横行霸道，为所欲为，不但对劳动人民进行敲骨吸髓的压榨，而且还可以任意罗织罪名，逮捕和处死他们不满意的人。这则寓言在反映社会生活的深度和广度方面达到了很高的程度，具有极强的艺术概括力和鲜明的思想倾向。正因为这样，它的生命力至今仍然没有丝毫减退，仍可用来对现今人类社会中强权即公理的现象进行无情的揭露和批判。

猴子和眼镜①

　　猴子小姐觉得，随着年年老去，自己的视力也逐渐衰退了。可是，它的人类朋友曾经告诉过它："那是立刻就可以解决的问题，只要配一副眼镜就成了。"于是，它到城里去买了好几副眼镜。

　　猴子小姐把眼镜这样那样地摆弄着：它一会儿把眼镜顶在头上，一会儿把眼镜套在尾巴上；一会儿把眼镜舔舔，一会儿把眼镜闻闻。可是全不中用：无论它怎样摆弄，眼镜总是不管用。

　　"该死！"它嚷道，"我可上了当了！下一回人类还会对我说什么谎呢？关于眼镜的事，全部都是谎言。我觉得眼镜根本没有用处。"

　　猴子小姐又急又气，抓起眼镜就向墙上摔去。顿时，碎玻璃片四处飞溅。

赏析：

　　克雷洛夫寓言的这个故事告诉我们对于不懂的事物要虚心接受他人的教导，不能眼比天高，不懂装懂，反而会耽误很多事情，也会损失掉自己最宝贵的东西。该故事中猴子明明不懂眼镜怎么使用，却不向别人请教，反而砸了眼镜。不幸的是人也往往如此：东西再好，不懂得它的价值，无知的蠢材总爱吹毛求疵。如果这蠢人一旦有了权势，就连宝贝他也敢抛弃。

　　这则寓言从内容来讲就是讽刺蠢人爱吹毛求疵，就连价值连城的宝贝他也敢抛弃。比喻一个人不懂得怎样用那件物品，不懂得物品的价值，这件物品也白费了。但是万事万物都不止一个方面，虽然极具讽刺意味，但这个寓言故事也能从另一个角度解读，它也反映了社会上的一些现实问题，那些德不配位、能力不足的人往往占据重要的位置无所作为，反而一些有才能抱负的人不得施展，令人唏嘘。

苛政猛于虎②

　　孔子泰山之侧，有妇人哭于墓者而哀。夫子式而听之。使子路问之，曰："子之哭也，壹似重有忧者。"而曰："然！昔者吾舅死于虎，吾夫又死焉，今吾子又死焉。"夫子曰：

---

① 克雷洛夫著，吴岩译：《克雷洛夫寓言》，百花洲文艺出版社，1996年版。
② 青岛出版集团少儿出版中心：《孔子10：苛政猛于虎》，青岛出版社，2010年版。

"何为不去也?"曰:"无苛政。"夫子曰:"小子识之:苛政猛于虎也。"

译文

孔子路过泰山脚下,有一个妇人在墓前哭得很悲伤。孔子扶着车前的横木听妇人的哭声,让子路前去问那个妇人。子路问道:"您这样哭,实在像连着有了几件伤心事似的。"(妇人)就说:"没错,之前我的公公被老虎咬死了,后来我的丈夫又被老虎咬死了,现在我的儿子又死在了老虎口中!"孔子问:"那为什么不离开这里呢?"(妇人)回答说:"(这里)没有残暴的政令。"孔子说:"年轻人要记住这件事,苛刻残暴的政令,比老虎还要凶猛可怕啊!"

赏析:

这是《礼记·檀弓》里的一则小故事。这则故事语浅意深、文短情长、款款道来、顺畅自然。全文以孔子的情感发展为主线,一句一个层次,步步深入,渐入神境。"苛政猛于虎"这一自然结论,形象而又深刻地揭示了暴政的吃人本质,两千年来脍炙人口,传诵不衰。

整个故事没有一句从正面用"直言""显言"来写当时各国暴君如何推行苛政,涂炭人民,也不用正面说教来鼓吹仁政、礼制的好处,而是把笔墨投向当时反动统治者的势力还达不到的荒山野林,以曲笔写这里的虎患猖獗,从而反衬出人祸比虎患更加残酷的黑暗现实。"无苛政"三字,便是这"句中之眼",是统摄全文的"点睛"之笔,也是作者精心结撰、巧妙安排的神来之笔。全文设事寓理,浑化自然,人们可以从中得到深刻的启示。

叶公好龙①

叶公子高好龙,钩以写龙,凿以写龙,屋室雕文以写龙。于是天龙闻而下之,窥头于牖,施尾于堂。叶公见之,弃而还走,失其魂魄,五色无主。是叶公非好龙也,好夫似龙而非龙者也。

译文

传说,楚国人沈诸梁是叶地县尹,人们都称他"叶公"。叶公常常对人说,他最喜欢呼风唤雨、能大能小、变化万端的龙。他在自家大门前的石柱子上雕刻了一对大龙,龙身盘绕着柱子,龙头高高抬起,瞪着眼、张着嘴、舞着爪,样子非常威风。屋顶上也有一对大龙,面对面,正在抢一颗龙珠。花园里面也到处都是龙,石头上、墙壁上、台阶上都用"龙"的图形来装饰。此外,屋子里面的家具、吃饭的餐具、睡觉的寝具都和龙有关。

叶公喜欢龙,不但住的地方随时随地可以看到龙,他的生活起居也离不开龙。他每天一有空闲就画画、写字,画的是龙,写的也是龙。他连给孩子取名都不离龙,老大叫"大龙",老二叫"二龙",老三叫"三龙",女儿取名"龙女"。天界的真龙得知人间有这样一个好龙成癖的人,十分感动,决定下凡来人间走一趟,向叶公表示谢意,给他些

---

① 福欣:《成语故事》,内蒙古人民出版社,1999年版。

恩惠。

一天,叶公正在午睡,屋外突然风雨大作,电闪雷鸣。叶公惊醒了,急忙起来关窗户,没想到这时真龙从窗户外探进头来,叶公顿时被吓得魂飞魄散。当他转身逃进堂屋,又看见一条硕大无比的龙尾横在面前。叶公见无处可逃,吓得面如土色,瘫倒在地,不省人事。

真龙瞧着被吓昏在地的叶公,感到莫名其妙,只好扫兴地飞回天界去了。其实,这个叶公并不是真的爱龙,他只不过是喜欢那种似龙非龙的东西,借以在众人面前表现自己而已。

赏析:

这则寓言讽刺了那些名实矛盾、言行不一的人的虚伪性。寓言在写作上采取了对比手法,先写叶公爱龙之深,次写叶公畏龙之甚,二者形成了极其鲜明的对比,从而深刻地表现了寓言的主题思想。

寓言揭露叶公好龙的虚伪性,是有深意的。龙是一种传说中的动物,《说文》说:"龙,鳞虫之长,能幽能明,能细能巨,能短能长。春分而登天,秋分而潜渊。"古人认为它是一种祥瑞的象征,许多地方绘刻有它的形象。叶公如此好龙,反映了他附雅趋时之甚。天龙一旦降临,吓得唯恐躲之不及,无非是怕那真龙伤害了他。爱龙与怕龙,形式上是矛盾的,实际上是统一的:均依其本身的利害为转移。有时的喜爱常常同其个人和阶级的利害相联系。

探究与实践

一、阅读并进行教学设计

狮子和鹿

丛林中,住着一只漂亮的鹿。

有一天,鹿口渴了,找到一个池塘,痛痛快快地喝起水来。池水清清的,像一面镜子。

忽然发现了自己倒映在水中的影子:"咦,这是我吗?"

鹿摆摆身子,水中的倒影也跟着摆动起来。他从来没有注意到自己是这么漂亮!他不着急离开了,对着池水欣赏自己的美丽:"啊!我的身段多么匀称(chèn),我的角多么精美别致,好像两束美丽的珊(shān)瑚(hú)!"

一阵清风吹过,池水泛起了层层波纹。鹿忽然看到了自己的腿,不禁(jīn)噘(juē)起了嘴,皱(zhòu)起了眉头:"唉,这四条腿太细了,怎么配(pèi)得上这两只美丽的角呢!"

鹿开始抱怨(yuàn)起自己的腿来。就在他没精打采地准备离开的时候,忽然听到远处传来一阵脚步声。他机灵地支起耳朵,不错,正是脚步声!鹿猛一回头,哎呀,一头狮(shī)子正悄悄地向自己逼(bī)近。

鹿不敢犹豫,撒(sā)开长腿就跑。有力的长腿在灌木丛中蹦来跳去,不一会儿,就把凶猛的狮子远远地甩在了后面。就在狮子灰心丧气不想再追的时候,鹿的角却被树枝挂住了。狮子赶紧抓住这个机会,猛扑过来。眼看就要追上了,鹿用尽全身力气,使劲一扯,才把两只角从树枝中挣(zhèng)脱出来,然后又拼命向前奔去。这次,狮子再也没有追上。

鹿跑到一条小溪边,停下脚步,一边喘气,一边休息。他叹了口气,说:"两只美丽的角差点儿送了我的命,可四条难看的腿却让我狮口逃生!"

1. 阅读要求:
(1) 朗读课文,注意读出鹿的心情变化。
(2) 根据下面的提示,用自己的话讲述这个故事。
角:美丽、欣赏、差点儿送命
腿:难看、抱怨、狮口逃生
(3) 下面的说法,你赞成哪一种?说说你的理由。
美丽的鹿角不重要,实用的鹿腿才是最重要的。
鹿角和鹿腿都很重要,它们各有各的长处。
2. 设计任务:
(1) 从文体的角度分析上述文本。
(2) 如指导三年级学生学习本文,请设定教学难点,并阐述突破教学难点的思路。
(3) 设计一个引导学生品味语言、感受鹿的心情变化的教学片段。

二、小学语文课本中的童话和寓言赏析

全文《蜘蛛开店》《亡羊补牢》见章首二维码*************************

童话《蜘蛛开店》

《蜘蛛开店》是部编版小学语文教科书二年级下册第七单元的一篇课文。这一单元的四篇课文都是引人入胜、有思维价值的童话故事。《蜘蛛开店》一课故事情节简单,一波三折,内容丰富。蜘蛛从"卖口罩"改成"卖围巾",再改成"卖袜子",想的都是"织起来很简单";他卖东西的价格,总是"每位顾客只需付一元钱"。蜘蛛思维方式简单,处事方式简单,偏偏迎来了三位特殊的顾客,让他吃尽了苦头。本课在结构上有反复的特点,"卖口罩""卖围巾""卖袜子"三个部分,故事情节类似,写法相似。

童话故事本身有很强的趣味性,学生愿意去读。但是,由于低学段学生年龄小,认知能力有限,在教学中,要引领学生梳理课文内容,理清故事发展的顺序,搭建讲故事的支架。蜘蛛的三次改变是课文的重点,在教学过程中,应注重对这三次改变的引读,这样不仅可以帮助学生解决重点,更有利于学生突破难点,培养学生的感悟,还有助于学生对课文的理解,从而培养他们科学的价值观。

教师可以先引导学生带着问题自读课文,边读边勾画:"蜘蛛为什么要开店?""蜘蛛都卖了哪些商品?又遇到了哪些顾客?"接下来引导学生进行汇报交流,结合重点词句的理解进行随文识字:

首先由"蜘蛛为什么要开店?"引出第1自然段的学习,再次随文巩固认识生字"蹲、寂、寞",然后让学生结合生活实际理解"寂寞、无聊",学生说说自己什么时候有过寂寞、

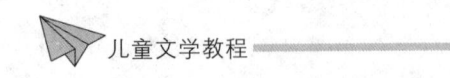

无聊的感觉？孩子们很容易想到自己孤单没人陪的时候特别寂寞、无聊，顺势指导学生有感情朗读。

结合"蜘蛛都卖了哪些商品？又遇到了哪些顾客？"组织学生汇报交流，教师随着学生的汇报顺势贴出字条。

然后由"蜘蛛开了一家口罩店，遇到了什么困难？"引出第4自然段的学习，让学生体会河马的嘴那么大，口罩好难织啊，所以蜘蛛用了一整天的工夫，终于织完了。"工夫"一词让学生用换词的方法来理解，一整天的工夫就是一整天的时间，学生体会蜘蛛给河马织口罩的不容易，在此基础上顺势指导有感情朗读。

因为课文是反复型结构，可以指导学生依照学习1—4自然段的方法学习5—11自然段，引导学生抓住重点词句理解课文，如"他的脖子和大树一样高""足足织了一个星期，才织完""累得趴倒在地上"，让学生在读中感悟，了解蜘蛛的心理变化，体会蜘蛛遇到的困难，并顺势指导朗读。

最后引导学生思考：这是一只怎样的蜘蛛？学生很容易想到这只蜘蛛遇到困难就退缩，害怕困难。教师顺势点拨总结：这篇课文告诉我们一个什么道理？做什么事都应该坚持不懈，不能害怕困难。

寓言《亡羊补牢》

《亡羊补牢》是部编版小学语文教科书二年级下册第五单元的一篇课文。这个寓言故事内容浅显易懂，故事情节简明有趣，但寓意深刻。选这篇课文的主要意图是让学生了解寓言表达上的特点，把握故事内容，结合生活实际体会故事蕴含的道理；同时，增加学生对传统文化的积累，引导他们喜欢寓言，学习读懂寓言的方法。

大部分孩子在上学之前听过这个成语故事，对《亡羊补牢》的故事情节并不陌生，但对其中的道理不够明确，深入理解欠缺。在孩子现实生活中，大多数情况是听众的角色，在课堂中，初步完成角色的转换，把故事完整、清楚地讲给别人听，成为一位讲述者。

《亡羊补牢》故事内容比较简单，学生很容易理解故事内容，所以教学的着重点要放在引导学生感悟体会养羊人错在哪里？认识不"补牢"的后果，其次是要引导学生体会为什么要补牢，补牢带来什么好处？

学生初读课文，理解亡羊补牢的字面意思后让学生找自认为与这个故事关系最密切的一个词语，并说明其中的理由。这一步的安排可以让学生初步理解故事的内容，然后抓住"劝告"一词让学生认识养羊人犯下的错误以及由此而带来的后果，抓住"后悔"一词让学生体会为什么要补牢，补牢带来什么好处。在这中间，又可以设计相应的语言训练：一是让学生想象养羊人后悔时的心理活动，即是怎么想的，引导学生体会两种完全不同的结果，如果上次听街坊的劝告就不会丢第二只羊了；反之，如果养羊人再不补牢的话，将会有更多的羊被狼吃掉。二是让学生体会"赶快"一词在文中的作用，进一步引导学生认识补牢的重要性。三是让同桌合作对话，养羊人修补羊圈时那个街坊又刚巧路过，想象两人又会怎样对话。学生在上述感悟活动中充分认识了补牢的重要性。经历了这样一个过程后学生对寓意的理解也就凸显出来了。此时教师顺水推舟，揭示寓意。

寓言的基本思想是某种道德教训。因此，在引导学生分析了寓言的艺术形象之后，就要引导学生把寓言中的艺术形象与现实生活中的人的不同性格加以比较，从现实的日常生活中找出类似的事情。只有这样，学生才能真正领悟到寓言的深刻寓意。教学中，可以引导学生联系自己的生活与学习实际，说说类似课文中的例子。这一环节的设计，主要是引导学生认识自己身上存在的缺点，以及知错就改带来的好处，或引导还处于糊涂之中的学生发现不改错误带来的不良后果。因而在引导中，既要引导学生联系生活中发生的事，又要联系学习中发生的事；既要说亡羊补牢的事，又要说亡羊还未补牢的事，让学生在现实中认识其重要性。

第五章　儿童故事与儿童小说

儿童故事备受孩子们喜欢的原因不仅仅是它跌宕起伏的故事情节,更因为它的趣味性和挑战性能引起孩子们的共鸣,丰富童趣的语言在孩子们心中生根发芽,因此受到孩子们的热捧。儿童故事不只是记录了人类童年的挣扎,更记录了人类成长的历程、精神世界的丰富和深化。

第一节　儿童故事

一、儿童故事概述

儿童文学是"故事"文学,"故事"是儿童文学中的极为重要的元素。我们现在要讨论的是故事是一种文学体裁,这种题材对故事性这一儿童阅读的文学的要素,进行了最单纯最直接的吸纳和表现,需要说明的是幻想儿童文学中的民间童话,动物文学中的动物故事也都属于故事文体。

在汉语中"故事"一词本来含义是"过去的事",无独有偶,在英语中"故事"(story)一词的古义是"历史"或"史话"也是"过去的事"。实际上任何一个故事讲述的都是过去发生的事,但是这里有两点需要说明,第一并非所有的过去发生的事都能成为故事,第二故事里的过去所发生的事不一定是历史上确有的事情,可以虚构。所以我们可以这样认为,以讲述能够引起读者或者听者兴趣的具体事件为目的的作品,就可以认为是故事。

儿童故事的发生离不开社会对于"儿童"的认识与理解,儿童故事无论采用何种形式(童话、童谣、剧曲)皆为依儿童心理的创造性的想象与感情之艺术。儿童故事以叙述事件的过程为中心,适合儿童听或看。儿童故事是篇幅短小的文学作品,题材广泛,主题单纯,以叙事为主,语言浅显、简洁。种类也较多,有民间故事和创作故事。从题材分,有生活故事、动物故事、历史故事等。从表现形式分,有文字故事和图画故事。此外,还有一些续写古代儿童聪明智慧的故事如《曹冲的故事》《凿壁偷光》《王冕读书》等,深受孩子们的喜爱。

作为"人之初"的启蒙手段,儿童故事的重要性体现在对儿童教育、童年关怀、母语意识等方面的影响上,进而在很大程度上决定了一代代人的品格、修养与观念,在培育下一代的伟大工程中儿童故事扮演着举足轻重的角色。

二、儿童故事的艺术特征

儿童故事是备受儿童喜爱的一种艺术形式。它故事性强，情节连贯，以叙述为主要表现手法，这与成人所阅读的故事差别不大。但作为以少年儿童为对象的儿童故事，又有其区别于成人故事的艺术特征。

（一）故事完整，情节生动

儿童故事历来深受儿童欢迎，其中一个很重要的因素就是儿童故事有完整、生动的情节。孩子们总是喜欢听那些有头有尾的完整故事，他们总是期待着事件的结局。"后来呢？""后来怎么样？"这是孩子听、读故事时不断发出的追问。与儿童审美思维的直观性相一致，每则故事都围绕一个中心来展开，注意事件的轮廓和完整，不求细节的详尽描写，更忌讳成段的议论和心理刻画，即使是必要的环境描写，也十分简洁，这些都使故事的高潮与结局得以尽快到来。叙述也多用顺叙的手法，一层一层地展开情节，完整而有序地将故事完全打开，结局一般总是真善美战胜假恶丑的"大团圆"式。故事的完整性带给儿童一种完美无缺的心理满足与美感享受。

由于儿童的注意力易于分散和转移，平淡无奇的故事很难把他们吸引到作品的情境中去，必须有处于不断运动发展中的起伏跌宕的情节贯穿始终，才能引导儿童高高兴兴地去读（听）结尾。好的情节总是允许孩子们参与行动，感受冲突的发展，意识到高潮的出现，接受令人满意的结局。冲突是情节的源泉，也是故事中最扣人心弦与激动人心的地方。儿童故事中的冲突表现在多方面，包括人与人的冲突、人与自然的冲突、人与社会的冲突、人与自身的冲突等。

为了增强故事的可读性，作品会设置悬念来激起儿童的好奇心，因为儿童都有"打破砂锅问到底"的心理，悬念的设置就是利用了这一心理来激起儿童的阅读兴趣。悬念的设置，还使儿童变被动的接受者为主动的参与者，使儿童的思维能力和解决问题的能力得到锻炼与提高。

（二）富于儿童情趣

儿童故事追求儿童趣味，即指儿童故事情节必须有使儿童读者（或听众）感到愉快、有意思、有吸引力和感染力等的审美特征。因为儿童阅读或聆听故事，并非为接受教育，而是为了从中寻求愉悦。儿童的注意力容易分散和转移，平淡无奇的故事很难把他们带进作品的境界中去，童趣盎然的故事才会激发他们的兴趣和热情。因此，儿童故事必须富有儿童情趣。

儿童故事追求趣味性，是由阅读对象的审美情趣所决定的。儿童喜欢想象、神奇、惊险与充满游戏性的快乐生活，因此，他们渴望所读（听）到的儿童故事中也具有这些快乐的情趣。儿童故事中对充满儿童情趣的社会生活描写使儿童感到亲切，他们就容易投入作品中去，再次体验他们曾经经历或想象过的生活，从而产生愉悦，获得美感。儿童故事中的儿童情趣，并不局限于对儿童生活的描写，它是生活情趣中那部分能够为儿童心领神会的、饶有风趣的、足以引起儿童的幽默感和会心微笑的东西。以成人和其他事物描写对象的儿童故事,如果是用儿童的眼光审视、从儿童的角度描写,也是富有儿童情趣的。

因此,儿童故事中的趣味性来自作家对拟人、夸张、对比、反复、讽刺、幽默、诙谐、闪回等艺术手法的灵活运用。尤其是拟人和夸张,但其中有这样的描绘:感叹号"拄着拐杖",认为自己的感情最强烈,文章里谁也没有他重要;小问号"张大耳朵",提出抗议:"哼,要是没有我来发问,怎么能引起读者的思考?"句号总爱留在最后做总结报告:"只有我才是文章的主角,没有我,话就说得没完没了。"这些拟人化手法的作用,极富趣味性,尤为普遍,兼之其他手法的综合运用,使儿童故事趣味盎然。

儿童故事以叙事为主,常常是用绘声绘色的讲述形式传达给儿童听众的。所以它在语言上最突出的特点就是口语化,即明快、质朴、通俗,句式较短,没有生僻的词语,表现力强,儿童生活气息浓郁,下面我们看一个比较典型的故事。

去年的树
(日本)新美南吉

一棵树和一只小鸟是好朋友,小鸟天天在枝头上唱歌,树天天听小鸟歌唱。寒冷的冬天快要到了,小鸟必须跟树分手了。树说:"再见了,明年请你再来给我唱歌!""好吧,你要等着我啊!"说完,小鸟就朝南方飞去了。春天来了,原野上和森林里的雪都消失了。小鸟又飞回到了好朋友——去年的树那里。哎,怎么回事?树不见了。只剩下树根还留在那里。小鸟问树根:"立在这里的那棵树,到什么地方去了?"树根说:"被伐木人用斧头砍倒,运到山谷那边去了。"小鸟朝山谷那边飞去。山谷里有一座很大的工厂,传来"沙沙"锯木头的声音。小鸟落在工厂的大门上,问:"大门,你知道我的好朋友树在哪里吗?"大门回答说:"你是问树吗?树已经在工厂里被锯成细条条,做成火柴,卖到远处的村子里去了。"小鸟朝村子里飞去。煤油灯旁边,有一个小姑娘。于是,小鸟问:"小姑娘,你知道火柴在哪里吗?"小姑娘回答说:"火柴已经烧完了。不过火柴点燃的火苗,还在这盏煤油灯里亮着呢。"小鸟目不转睛地盯着煤油灯的火苗。然后,小鸟为火苗唱起了去年的歌。火苗轻轻地摇摆着,好像很开心的样子。唱完了歌,小鸟又目不转睛地看了火苗好一会儿,才飞走了。

这篇只有数百字的儿童故事,对"事"的描述十分的具体而完整,给读者或者听者以完全的满足感。从这个事件具体而完整的故事里,我们还能感受到一种非常明快的节奏,因为文本清晰地展示出了事件发生、发展、高潮、结局。与事件的发生、发展高潮结局相对应,这个故事呈现出的是起、承、转、合的结构——起:小鸟为树唱歌;承:冬天小鸟要飞去暖和的地方;转:来年春天,小鸟又来到了这棵树下却发现树不见了,只留下了树根;合:小鸟历尽千辛,终于找到了那棵树,却发现它已变成火苗。这样看来一篇好的故事还要有波澜。一般来说故事文体在本质上大多具有《去年的树》这样的结构,当然具体作品中的事件并不一定要呈现上述四个过程不可,发展与高潮,高潮与结局之间有时并不那么泾渭分明。曾有研究者认为,这是一种并不高级的构思方式,将导致作品千篇一律,其实故事的发生、发展高潮结局也好,作品结构的起、承、转、合也罢,都既反映着人生与生活的本质,也符合儿童的心理特征。事情的发展要经过发生发展高潮结局这一过程,太阳有日出东方西斜落山,草木有春忙夏茂,秋霜冬枯,人类有出生,壮年衰老死亡,故事的结构,暗合了这种自然和人生的规律,是有着经久长新的生生不息的生命力。从儿童读者的心理来看,他们的成长是始终伴随着心理不安的,故事的有头有尾将会给儿童读者以安心感,这对儿童的健全成长是必要而有益的。

(三) 事件能引起并满足好奇心

《中国民间故事》有这样一个开头:晋安帝的时候,侯官有一位叫谢端的人,他小时候父母就去世了,又没有亲戚,只有邻居收养它,转眼间谢端长到了十七八岁,他为人老实守规矩,从不做非法的事情。当谢端开始独立生活的时候,却没有妻子,邻居们都非常同情他,打算帮他娶一个媳妇,但是一直没有找到合适的。谢端起早贪黑,不分白天黑夜努力地工作。有一天,谢端在城墙下捡到一个大田螺,他觉得这东西不平常就拿回家来养。那天早晨他就到田里工作,回来时看见屋里的饭菜都摆好了,像是有人刚刚做好的样子,他以为这是邻居的关心,可是一连几天都是这样,他就去问邻居道谢,邻居说我并没有替你做什么,为什么来感谢呢?这边以为邻居不了解他的心意,但是很长时间总是这样,他又诚心诚意地去问,邻居笑着说,你已经自己娶了媳妇,怎么还说是我替你做的呢?谢端默不作声,心里非常的疑惑,却不知道是什么原因,后来他故意在鸡叫的时候就出去天亮,又暗地里回来,谢端在墙外偷偷往家里看,见一位美丽的少女从田螺里走出来,到厨房去烧火。谢端推开门,赶紧问少女你是从哪里来?为什么替我做饭?少女很不安,只好回答说,我是天河里的白衣素女,天帝同情你,年少孤独老实规矩,所以才派我暂时替你看家做饭,可是你趁我不备看见我,我既然已经暴露了,就不能再留下,只好离开你回去,虽然这样,从今以后,我留下我的螺壳,你用它储存粮食,可以经常不缺吃的。谢端为自己的鲁莽而后悔,恳请她留下,她始终不肯。

这个故事显然抓住了谢端的好奇心理,在这个故事里人类的好奇心显示出强大的力量,为了弄清楚做饭人到底是谁?所以我们再探究竟。

在听故事时,我们会情不自禁地向讲故事的人发问,后来呢?在读故事时我们也会在心里默默地发问,后来呢?欲知后事如何,这一心理期待表明,听故事与读故事的行为后面的一个最大动力是人类的好奇心。能唤起并满足读者的好奇心的未必一定是个好故事,但是不能唤起和满足读者好奇心的则必是一个不好的故事。儿童故事一般是面向小学低年级以下的读者,要引起并能满足年幼儿童的好奇心,作者往往要将构思放在故事里的人物做什么事,怎么做事上面。

(四) 类型化的性格

儿童故事的主人公大多数都是儿童。儿童故事中出现的人物所具有的类型化性格,这是弗斯特在《小说面面观》中所说的"扁平人物"。扁平人物性格与典型人物性格不同,不是立体的多侧面的,而是平面的单一的或者也可以说扁平人物的性格是漫画式的,他十分单纯,被突出的只是一点。

《苏武牧羊》的苏武和《娃娃县官》的四喜,在众多儿童形象中也具有成人形象,每个

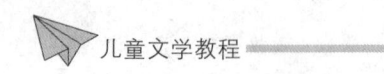

人物被突出，的确是某一点，而且这一性格特点一旦被揭示，也就固定在那里，不再变化。儿童故事的人物性格的类型化与这种文体的讲述性有很大关系，因为如果人物性格过于复杂的话，年幼的读者、听者的理解力和记忆力，就会跟不上讲述中的故事的速度，与许多小说塑造的典型人物相比，故事中的人物因其类型化的性格更容易被读者理解和记忆，在这个意义上，故事文体更适合年幼的儿童。

三、儿童故事的类别

儿童故事的分类方法有很多，根据不同的方法，可以分出不同的类型。根据故事来源可分为民间故事、改编故事、创作故事；从表现形式看可以分为文字故事和图画故事；从内容上区分又可分为生活故事、历史故事、人物故事、动植物故事、科学故事和寓言故事。

以下主要介绍儿童故事中最常见的也是最受孩子们欢迎的几种故事类型。

（一）民间故事

民间故事指除幻想故事（民间童话）和民间动物故事以外的、在民间口头流传的、适合对儿童讲述并为儿童所喜爱的故事。它是包含时间、地点、人物、情节等要素，具有一定传奇性和幻想成分，篇幅较短的口头文学。

民间故事的特征大概有三点：其一，时间地点的交代具有模糊性，常以"古时候""从前""很久很久以前"等时间词来交代时间，以"在一个美丽的地方""在一座古老的城堡"等来展开情节；其二，人物类型化，常以人物的身份来代替物的名姓；其三，情节单纯而完整，常常围绕一个中心事件来展开情节，讲述有头有尾的故事。反复、对比是民间故事中惯用的艺术手法。

适合儿童聆听和欣赏的民间故事，主要有民间生活故事、民间机智人物故事、民间笑话故事等。民间生活故事有《八仙过海》《牛郎织女》《唐伯虎画雀》等。

（二）改编故事

改编故事指以中外的文学名著作为依据而改编的适合儿童阅读欣赏的故事，也称文学名著故事。儿童应该同成人一样，应该在世界优秀的文学遗产中得到美的享受。但由于儿童掌握的知识有限，生活阅历较浅，理解能力较弱，他们对具有相当思想深度的文学名著还难以全面地接受和深入地理解。因此，将文学名著改编为便于孩子接受的故事越来越受到人们的关注。改编故事也随之成为儿童故事中的一大类型如《杨家将》《西游记》《封神榜》《聊斋志异》都被改编成适合儿童、少年阅读的故事，这些故事也就成了孩子们的精神食粮。

改编故事的特点是：保持原著的故事元、主题思想、主要人物；保留原作主干情节并强化；将原著体裁变为以叙述为主的故事体裁，突出故事性；将书面语变为文学口语，同时兼顾原著的语言风格。

(三)历史故事

历史故事,包括历史事件,故事和历史人物故事。历史事件,故事往往以一定的史料为基础,通过讲述历史事件的起因经过和结果,满足儿童的好奇心,求知欲,帮助儿童增加历史知识,理解分析历史现象,如《中国通史故事》《趣味中国历史故事》等。历史人物故事以历史上的真实人物为主体,以历史人物的活动为主要线索,通过对历史人物在一定时期内的思想言行及历史功过的描绘和评价,帮助儿童了解体会历史人物的精神风貌和才干智慧。选择历史上有重大影响的事件,编写成适合儿童阅读的故事,就是历史故事。这类故事,按照历史年代的次序,生动有趣地讲述历史上各种重大事件的情节及其特点,使儿童比较明确、具体地认识一些历史情况。历史故事也总是要写到历史人物的,它和写历史人物的人物故事有着相通之处而又有区别。历史故事以写历史事件为主,人物故事以介绍人物为主。如《岳飞传》《花木兰》。历史故事具有形象直观、生动感人的艺术魅力,对于让儿童了解中华民族光辉灿烂的历史、弘扬爱国主义精神、继承传统美德等方面都具有不可替代的作用,这些故事史实准确、叙述生动,其中很多都是脍炙人口、家喻户晓的故事,如"老马识途""卧薪尝胆""商鞅变法"。这些故事以某个历史时期为主线,大故事套小故事,有详有略,妙趣横生,引人入胜,十分适合儿童听赏。

(四)动物、植物故事

以动物或主要以动物为主人公的儿童故事就是动物故事。从它们反映的内容看,大致可分为两类。一类是通过描写动物的生活和行为以及它们之间的相互关系,生动有趣地介绍各种动物的形象特征、习性等的故事。另一类是借助动物形象,间接地反映人类社会生活、人与人之间的关系,体现人们对真与假、善与恶、美与丑的爱憎分明的观点。由于喜欢小动物是儿童的天性,在世界各国民间文学中及作家创作的儿童文学中,动物故事都占有很大比重。动物故事同以动物为主人公的童话、寓言及小说较难区别。如要加以区别的话,那就是它的幻想程度不如童话那样强烈,它的讽喻性不如寓言那样明显深刻,它的形象塑造不如小说那样细致。

关于儿童故事的作品赏析扫章首二维码获取

第二节 儿童小说

阅读是一件美妙的事情,我们应该放下戒备心,放下功利心,让自己的心经历一次次的洗礼。儿童通过大量阅读小说去发现儿童文学的意义,在这个过程当中最大的受益者是自己,在成长、生命、死亡等哲学命题上都会有所思考,从而发现人生更多的意义。这也就是儿童小说深受小学高学段和初中阶段的少年儿童喜爱的重要原因。

一、儿童小说的概述

儿童小说作为一种叙事文体,它的范畴包括两个方面:一是小说的;二是儿童的。

要判断一部文学作品是否兼属这两个范畴,在过程上要先确定它是不是小说,再确定它是否适合儿童读者。童年小说是一种为七八岁至十一二岁的孩子服务的小说样式,它具有两方面的含义,一是以七八岁至十一二岁的孩子为主人公,讲述他们在学校或家庭所发生的故事,这是童年小说的主体部分,也称狭义的"童年小说"。二是适合于七八岁至十一二岁孩子阅读的所有小说文本,属于广义的童年小说范畴。处于童年时期的儿童对世界充满了幻想和好奇,求知和探索的欲望旺盛,因此童年小说应注重想象和认知,拓宽认识世界的视野,强调正面教育。童年小说的创作方法以浪漫主义和现实主义互补为特色,其人物形象既有类型也有性格丰满的典型。在西方文学中少年小说是成长小说以外书写成长主题的重要文学形式,一般认为这一文学概念起源于20世纪30年代的美国,其标志性作品是罗斯-威尔-德雷恩的《让风暴怒吼吧》,在此之前尽管文坛已出现以少年为主人公,专为少年人写作的小说文本,却未形成少年小说这一概念、专为少年人创造的小说大量出现是在19世纪,具有代表性的作品是史蒂文森的探险小说《宝岛》、马克·吐温的《汤姆·索亚历险记》等。

二、儿童小说的艺术特征

儿童小说除具有小说的基本特征,同时十分注重如下几个方面:创作基调阳光健康向上,作品风格浏亮、幽默,在引人入胜的故事情节中恰到好处,融入易于被孩子们理解和接受的立人做事为学的人生道理。启人思悟、引人向上、导人向善。具体说有以下几个方面独特的艺术特征。

其一,主人公多为七八岁至十一二岁的女孩或男孩,大致有4种类型,主人公形象即"好孩子型""顽童型""问题型""常态型"。"好孩子型"主人公形象是指学习好思想好、品德好的三好学生,听话懂事,有小大人模样,不用家长老师操心就能茁壮成长,这类型主人公形象是中国童年小说写作的主旋律。"顽童型"主人公形象大多属于不守规矩的孩子,但不是品行被污染的坏孩子,他们往往聪慧过人,富于奇思妙想,具有非凡的创造力,这类作品都以孩子为本位,把握住了孩子童年时期顽皮淘气活泼好动的天性,呵护他们的率直纯真,展现他们快乐的童年生活。"问题型"主人公形象大多是处于弱势地位或者遭遇了各种磨难而被异化的孩子,他们或者逆水行舟,自强不息,或者偏离了正常孩子的成长轨迹,总之他们是存在着各种问题的孩子,急需扶助。"常态型"主人公形象大多数是学习等各方面非常普通的孩子,属于童年小说中新型主人公形象,是对传统好孩子形象的补充,毕竟品学兼优的好孩子是少数,不带有普遍性,在现实生活中大多数孩子并无过人之处,因此常态型主人公形象具有普遍意义。

其二,从题材上看,多讲述发生在学校和家庭中的诸多生动曲折、妙趣横生的故事,此时期的儿童大多已进入小学,除了玩耍,他们的主要任务是学习,由于已掌握了一些文化知识,在学习中体验到了生活的丰富多彩和五花八门。他们的求知欲和想象力空前旺盛活跃,天性好玩,喜欢娱乐和游戏,所以童年小说应注重描写发生在他们身边的好玩有趣的故事,以提高他们的阅读兴趣。

其三,爱和快乐的主题,展现童年时代的灿烂阳光,以寓教于乐的方式彰显真善美,以小说的诗性品格,潜移默化地陶冶孩子们的情操,童年时期的孩子们在一定程度上开始感受到了现实生活的丰富,无忧无虑、朝气蓬勃和乐观向上是他们主要的性格特征。儿童小说并非完全隔离生活的阴暗面,但他所写的灰色的人物和事件一定不会是灾难性的,一定不会让孩子们在阅读后产生颓废绝望的情绪,因此童年小说描写生活的阴暗面,一定要把握好分寸,适当地向他们敞开生活中的其他面,委婉地让他们认识到生活是一面多棱镜,快乐和忧伤都是生活的重要组成部分。

其四,语言简约明朗,笔调幽默风趣,儿童小说是以运用明白晓畅生动活泼的叙述语言来展现童年的生活和心理状态。

三、儿童小说的主要类型

儿童小说具有很大的包容性,它除了拥有下面要讲到的属于写实儿童文学的几种类型,还包括幻想小说以及后面将要论述的动物小说、科幻小说。下面重点介绍儿童小说的几种主要类型,主要根据题材角度的不同进行分类。

1. 现代小说

由于儿童文学面向儿童读者的阅读兴趣和品位,还没有出现明显的分化,因此儿童小说整体上具有通俗性、大众性倾向。在儿童小说内部相比较而言,依然存在着较为通俗和较为艺术的两种作品类型,不管人们对通俗文学是褒是贬,都得承认它最基本的特征是流行和畅销,这是一部通俗文学成功的必要条件。从这个意义上讲,儿童小说在这个文体中,如果说冒险小说、历史小说、侦探小说可以划分到通俗文学中去,那么现代小说则属于纯文学的范畴。儿童文学的现代小说兴起于20世纪50年代以后,它与儿童观的变化有关,以改变机械的以偏概全的儿童观为前提,而这种儿童观的转变又与整体的社会生活变化密切相关。

一方面第二次世界大战中一部分人类的行径改变了人类对自身存在状况的乐观主义状态,这种人性观的变化也反映在儿童观上。另一方面,在现代人愈演愈烈的异化过程中,儿童变成大人越发艰难,成长的烦恼越发深重。因此儿童小说不是只描写表现现代生活的小说,现代生活题材对它不具有规定性,现代儿童小说与20世纪50年代以前的儿童小说的区别在于现代生活题材,通过小说的内容让儿童与真实的社会生活发生深刻的联系,儿童多面体的有机的心灵世界和艰难的成长轨迹成为艺术表现的重心,自我和社会问题成为作家关注的主题。

2. 冒险小说

日本学者三宅星子等人指出了冒险小说产生的心理原因,人类具有一些基本的欲求,如何充分满足追求生命生活的安全性和追求新的惊艳冒险,创造这一矛盾的欲求是人生的重大课题。文学的开始是讲述英雄故事的这种情形,就与想满足上述需求的心理活动有关。其实与成人相比,儿童更加向往不平常的事情,而儿童文学本来就蕴含着冒险元素,比如儿童文学中的历史小说、侦探小说、幻想小说、科幻小说,也都常常出现冒险情节,所以冒险小说的范围很广泛,风格也是多种多样,这里所论述的冒险小说是一种比较狭义的概念。冒险小说的源流最早可以上溯到英国笛福的《鲁滨逊漂流记》(1719),这部对写实主义小说贡献颇大的小说也是海洋冒险小说的鼻祖。真正为少年

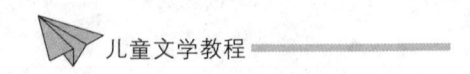

儿童创造海洋冒险小说出现于19世纪,其中乔纳森-斯威夫特的《格列佛游记》、斯蒂文森的《金银岛》、法国作家儒勒·凡尔纳的《两年的假日》,多为冒险小说的经典。冒险小说的成立需要一些特别条件,比如主人公失去传统的家庭或失去父母,再比如主人公离开日常生活。描写日常生活中最具有冒险色彩的小说,当首推美国作家马克·吐温的《汤姆·索亚历险记》和《哈克贝利·费恩历险记》,这两部冒险小说不论艺术性还是思想性,作为儿童文学都是经典之作。毫无疑问,冒险小说给儿童的阅读带来了极大的乐趣,不过这种阅读乐趣并不是单纯的感官乐趣,而是丰富的心灵愉悦,其中有冒险本身的激动人心的乐趣,也有冒险激发的心灵成长的乐趣,在冒险小说中主人公面对并且要超越陌生环境和巨大困难,要处理在特殊环境下的人与人之间的关系,这些描写都会让儿童读者在阅读中获得心智发展。

3. 侦探小说

侦探小说又称为推理小说,是对罪案过程进行叙述和解剖的问题,情节在作品中具有决定性意义。侦探小说的创作手法是设置犯罪事件,布置悬疑,然后就此展开调查寻找证据推理活动,但随着小说情节的发展,主人公多为案件的侦破者,阅读侦探小说给读者留下最深刻的印象往往不是作者名、书名,而是侦探的名字,比如福尔摩斯、波罗、邦德。与历史小说一样的侦探小说也是儿童的阅读对象,儿童阅读侦探小说的历史应该与成人侦探小说的历史同步。美国作家爱伦坡被称为"希望侦探小说之父"。在爱伦坡的大量短篇小说中,真正的侦探小说只有《玛丽罗瑞神秘案》《失窃的信》。他凭借这些作品开创了侦探小说这种文学形式,创造出抽象分析的推理方法,确立了侦探小说的文学价值,对其后的创作产生了重要的影响。而作为文学作家又是专为儿童创作的侦探小说应该是德国作家凯斯特纳的《埃米尔和侦探们》《德国小豪杰》、瑞典作家林格伦的《大侦探小卡莱》,刘易斯的《奥特波力的少年侦探》。写给儿童读者的侦探小说在题材案件、人物情节等方面都有与一般侦探小说不尽相同的价值取向,作为一种特殊的文体,侦探小说是以案件为题材,但是儿童侦探小说并非像一般侦探小说那样表现一切犯罪案件,而且往往会回避极端暴力的案件,也没有血腥场面的细致描写,更没有暴力呈现这点我们可以感受到为儿童写作侦探小说的作家在儿童心理健康教育方面的衡量。侦探小说的人物大致有三类:破案的侦探、罪犯、受害者,而知情人在这三类人中破案的侦探往往处于中心地位,让儿童活跃于探案的过程中,如在《艾米尔和侦探们》《大侦探小卡莱》等儿童侦探小说中,侦探大多数是少年儿童。让儿童活跃于探案的过程,让儿童发挥重要的作用,能让儿童读者产生浓厚的阅读兴趣,获得更大的心理满足。侦探小说是一种智者操纵的艺术,如果读者读了前几章就铁定猜出了结果,就不会再有继续阅读的兴趣,作品也就只能以失败告终了,创作侦探小说也好,阅读侦探小说也罢,大都是作家与读者的一场智力拼斗。从阅读体验来讲,还是作家成为赢家时,读者获得的阅读乐趣最大。

4. 历史题材小说

对儿童历史小说,杰克布斯有一段定义式的解释:给儿童的历史小说是对和现代不同的某一时代、某一时期的生活进行重新建构的作品,它选取了时代的精神氛围,借助情感进行写实再现,以使读者象征地如亲身经历一样,它是运用想象力再造逼真的生活。历史小说会利用历史背景发生的事件人物,但是写这些并不是目的,利用这些是为了打造一个框架,作品真正目的是在唤醒生动的过去生活,让儿童主人公去了解人生的过程。历史小说是难写的一种文体,它不仅仅是题材问题,历史小说是一种必须从历史和文学两个角度进行评价的文学形式。但如果过于强调历史事实则会迫使在文学虚构上后退,从而可能丧失故事性的魅力,相反过于强调虚构就有可能对历史事实造成歪曲,因此在历史小说的写作方面,经常存在着如何将事实与虚构相结合这个难点。

5. 动物题材小说

早在两三万年前,动物作为艺术形象,就已进入人类的创作视野,原始人遗留下来的史前岩画与所崇拜的图腾绝大多数为动物,在文学创作中,动物作为艺术创作对象,走过了渔猎时代的动物神话,农业时代的动物寓言、童话和传说,直至现代的动物小说。由于儿童的精神生命对动物具有天然的亲和力,因而动物形象就很自然地成为儿童文学重点表现的艺术形象。中国儿童文学对动物形象的塑造起步较晚,直到20世纪80年代动物小说创作才在儿童小说中崛起,并涌现出了一大批卓有成就的现代的动物小说作家如沈石溪、刘先平、李传锋、黑鹤等。小说是以动物为主角,通过一定的故事情节和环境描写来塑造形象、传递思想的叙述性文学作品。动物小说严格遵循动物的生态习性和行为准则,把动物看成是有感情、有思想的生命个体。描写动物的生活,动物的世界、动物的命运并由此反映丰富深刻的丛林法则,其思想内涵,艺术地折射人类生活,引发读者对人生、生命、社会甚至宇宙的思考。动物小说主要采用第二或第三人称的手法,动物能否开口说话已成为理论界和创作界关注点。有人担心,如果动物能开口说话,那么动物小说就成了童话,其实动物小说中的动物开口说话和童话中的动物开口说话是截然不同的。童话中的动物不是独立的生命个体,是拟人形象,具有隐喻功能,其言说也就具有了象征的意义。动物小说中的动物不是拟人体,它是独立的,动物小说中虽有一类动物形象确实具有象征意义,但它的象征也是通过描写动物的生活、动物的性格来传达的,而童话中的动物形象,则没有自己作为动物的生活和性格,这两者是截然不同的。

> 关于儿童小说的作品及赏析扫章首二维码获取

第三节 儿童故事与儿童小说的创作

一、儿童故事与儿童小说

在人们日常的习惯用语,甚至在一些专业的语言当中,我们常常能遇到故事情节这一说法,通常认为情节与故事是一个东西,但福斯特在他的小说研究中提出了一个重要观点:小说中的故事与情节是两个不同要素,儿童小说与儿童故事的区别:故事是按照时间顺序来叙述事件的,小说同样要叙述事件,只不过强调的是因果关系罢了。所以我

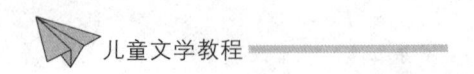

们说"以后呢,以后怎样?"我们便说它是故事;要是问缘由,这便是情节也就是我们所说的小说中的情节,这就是小说与故事的基本区别。

一篇作品,作者只是在意事件按照现实生活中的本来面貌给读者讲述,这基本上就属于故事文体,如果作者面对事件首先和主要考虑的是如何讲述事件,为安排事件设计内容、添枝加叶、设置玄机、倒叙等,而成为小说的情节,那它就基本上会成为一篇小说。

二、儿童故事的讲述与创编

(一) 讲述故事的方法

1. 巧妙开头

精彩的开头一般都很抓人,巧妙地吸引对方的注意力,把对方带入你营造的氛围中,那就是讲故事成功的一半。观察孩子听故事的反应,察觉孩子注意力不集中的原因,如果因为讲述时间过长就赶紧结束,一时无法结束可用疑问句暂停,吸引孩子下次再听的兴趣,从而引起他的新的注意。

2. 分清主次

挖掘故事对孩子的教育性。听故事,能够打开那些直接教育无法触及的领域,无论是成人还是儿童,都可以从故事中找到解决问题的稳妥办法,家长要从不同的角度向孩子展示奇异美妙的现实生活,告诉孩子真善美与假恶丑,给孩子们讲故事时捕捉孩子的兴奋点,以增强双边同步效应。通过故事形象来启发诱导,达到自我鼓励和克服自身的不足的目的。

3. 注重逻辑

采用单线程的叙事方式,并加入清晰的时间线和在故事中想要表达的行为,要紧密地围绕着你想讲的重点方法,砍掉所有的枝节,直接表达你所要的主题。多给孩子设置故事的悬念,悬念的设置和应用需要讲故事的人认真钻研、精心设计。讲故事设置的悬念是为了使故事跌宕起伏、曲直交错,增强艺术的感染力。一般情况下讲故事过程中设置的悬念随着故事的推进,都会被一一击破,而孩子们更愿意在故事当中获取自己想要的内涵。

4. 善用修辞

善用修辞对讲好故事有很大的用处,能够将表达的内容说得生动具体形象,给人以鲜明深刻的印象,再运用修辞手法给故事增加幽默,这样就会更加吸引儿童。

(二) 创编故事的方法

1. 创编故事制造误会,谋划诱人的曲折之美

故事名称要出其不意,任何一个在听故事的儿童都可能成为故事的名称。故事内容要有声有色,任何一种声音或动物都可能变为故事的内容。儿童学习的特点是形象性和直观性,只有出其不意的创作才能够把他们的注意力吸引过来。

2. 故置巧合,追求生动的意趣之美

故事选材要结合生活中最近发生的时事或儿童感兴趣的话题。在创编故事时,既要注重塑造典型的形象又要力求推陈出新,注重故事的教育性,而教学的目的在于让儿童接受教育并受到启发。因此在创编故事时,我们不能不去考虑故事本身的教育性与启发性,而盲目地追求一种所谓的课堂效果,这样创编故事就失去了它的意义。

3. 一波三折,营造摇曳的参差之美

创编故事时作者无不刻意构思、精心安排,力图使内容峰回路转、波澜迭起,因此往往会有几百字甚至百千字的故事篇幅用来达到峰回路转、柳暗花明的神奇效果。

三、儿童小说的分角色朗读

每当我们听到主持人或播音员声情并茂地朗诵,我们不禁会羡慕他们的音色与腔调,其实打动人心的朗诵需要通过一定的锻炼达到。朗诵不是简单地读出来,而是对一部文学作品的再创作,我们在朗诵时一定要注意语句的停顿与词语的轻重音,不能没有停顿且毫无起伏地把一段话直接读出来。通过语句的停顿与轻重音的结合,营造出一种良好的语言氛围以及气场,才能实现最好的朗诵效果。好的朗诵一定与情感色彩密不可分。真正能够打动人心的也绝不仅仅是好的声音,而是声音当中赋予的感情。朗读可以培养学生的语感,提高学生运用语言的能力,规范普通话的使用,从而更好地帮助儿童去理解小说中的角色;朗读可以培养提高学生的理解能力,不同的内容、题材可以帮助培养孩子的审美能力;语速适中、感情真挚、节奏分明的朗读,可以培养学生对朗读的兴趣,学会鉴赏。

探究与实践

1. 造成学生多元价值取向的主要原因是什么?是人本身的开放性,还是现代学生在生活体验上存在的差异?请谈谈你的看法。

2. 如何把握学生的独特体验和求异思维的度?教师"出场"指导和引导的最佳时机又是什么时候?

3. 一直以来语文教学都十分强调"双基"的落实,十分强调"语言文字的训练",十分强调"字词句段篇、听说读写书",新课程强调的语文实践跟这些提法和做法有什么联系与区别?请结合实例谈谈你的看法。

4. 创编一篇儿童故事。

5. 每个人都不能掌握自己的生死,但是可以把握自己的命运,用生命温暖生命是我们读《夏洛的网》这本书中懂得的最深的含义,用信念和行动改变命运,是我们从这本书中读到的现实的意义,一个最弱小的生命,如果不放弃,努力也会创造最伟大的奇迹,请分角色朗读《夏洛的网》。

第六章　儿童散文与儿童报告文学

第一节　儿童散文

一、儿童散文概述

　　散文是一种自由写景、抒情、议论、叙事的文体,它写法多样、题材广泛,是中国古代文学最早形成的文体之一,具有悠久的历史。但散文概念的界定历来不甚明确,在古代文学中,散文与韵文、骈文相对,指的是不追求押韵和工整句式的文体。在现代文学中,广义上的散文是指除诗歌、小说、戏剧等文学体裁之外的所有散行文章,议论抒情式散文、随笔杂文、传记、游记等都可以归入其中。可以说,以自由笔墨书写作者见闻感受、形式活泼、情韵精美的文学作品都可以称之为散文。总之散文是一个庞杂的文体,常见的散文有叙事散文,如叶圣陶的《景泰蓝的制作》;有抒情散文,如朱自清的《荷塘月色》;也有议论散文,如鲁迅杂文。

　　散文内容包罗万象,作者所见、所闻、所想、所感都是散文写作的对象。散文之"散"可以理解为轻灵舒卷的艺术形式、散淡自由的情感思想、不拘一格的结构。我们通常用"形散神不散"来概括散文的表现方式,即外在形式看起来是散漫无序,但主旨意蕴却是集中统一的。诚然,"形散神不散"是散文最常见、最具有代表性的特点,但这并不是说"形""神"俱散或不散便不算散文,文章只要写得情韵隽永,也能成为优秀作品。真正好的散文都需要精心谋篇的,故而散文其实是一种看起来门槛很低却很难写好的文体。

　　儿童散文是现代散文的一个分支,尽管它的创作者多是成人,但它与成人散文的区别在于儿童散文在表现内容和接受对象上是属于儿童的。因其特殊性,不管是写景状物,还是记人叙事,儿童散文都必须在语言风格、情感意蕴、审美属性等方面适合儿童阅读。因此儿童散文指的是用生动凝练的语言为儿童创作,供儿童欣赏,抒写儿童情感,适合儿童审美的散文。

　　概而言之,以下三类创作内容都可以属于儿童散文范畴。

(一) 主题与儿童有关的散文

　　虽然儿童散文大多是成人写的,但表现的是作者对儿童的认识、理解,与儿童成长生活密切相关。如严文井的《小溪流的歌》,用诗意的语言讲述小溪流抵制旅途中的诱惑,奔流不息,从小溪、小河、大江最终汇聚成了无边的海洋。

他的无穷无尽的波浪就这样一起一伏,没有头,也没有尾。月亮出来了,月亮向着他微笑。太阳出来了,太阳也向着他微笑。海洋感觉到整个世界,所有的东西都好像近在他的身边。海洋更加激起了自己的热情。他不断涌起来,向上,向前,向着四面八方。无数圆溜溜的小水珠就跳跃起来,离开了他,一边舞蹈,一边飞向纯洁的蓝空。

巨大的海洋唱着小小的溪流的歌:

"永远不休息,永远不休息!"

小溪流的歌就是这样无尽无止,他的歌是永远唱不完的。①

《小溪流的歌》语言生动形象,富有哲理,歌颂了乐观向上、克服困难的精神,是作者对儿童精神的诗意阐述。

又或者虽是成人创作,但写的却是记忆中的儿童成长,回忆童年生活,如鲁迅《从百草园到三味书屋》,作者用如诗的语言描绘了一个妙趣横生的童心世界,百草园表现的是"无限的趣味",是一个无拘无束、没有烦恼和忧愁的儿童乐园。

(二) 以儿童视角叙述的散文

儿童散文还可以设置一个儿童叙述者,以儿童视角叙事抒情。如严文井《南风的话》,采用拟人化的手法,将"孩子"比拟为"南风","南风的话"其实就是孩子的话。

(三) 适合儿童审美接受的散文

有些散文作品虽没有围绕儿童主题,也没有以儿童视角叙述,但只要适合儿童审美、有益儿童成长,也可以当作儿童散文来阅读,如桂亚的游记。

在儿童文学各类文体中,儿童散文不如童话故事神奇,也不如童谣、儿童诗韵味悠远,散文的美来自美的语言。因此儿童散文虽不是儿童文学中的典型文体,却对于培养儿童审美能力有着十分重要的作用。

二、儿童散文的文体特征

儿童散文因其接受对象是儿童,所以除了具有现代散文的共同特点外,还有着鲜明的独特性,要求其在审美属性、情感心理、生命体验等方面呈现出很强的艺术表现力和感染力,以贴近儿童心理的内容、亲切晓畅的方式展现着童趣、理趣和诗意美。

(一) 童趣

表现儿童生活之趣是儿童文学应有之义。儿童散文取材于儿童生活,展现儿童独特的心灵世界和情感世界,因此儿童散文应该具有符合儿童接受能力的童趣。儿童的心灵是单纯美好的,他们更喜爱新奇有趣的故事,儿童散文要让儿童更好地接受,就需要调动儿童的阅读兴趣,将儿童稚气朴实、幽默风趣、纯真活泼的语言、行为与散文的事

---

① 严文井:《严文井童话精选》,浙江少年儿童出版社,2012年版,第5—6页。

件、情感结合起来,表达作者对儿童世界的观察和思考,抒发跃动的童心和纯洁的童趣。

如韦苇的《太阳,你好!》:

> 太阳在天上行走。他看见的东西最多了,他听过的故事最多了,他知道的事情最多了。
>
> 他知道小朋友们喜欢到河边游玩,就发出光来,放出温暖来,把山巅的积雪融化,让清亮的水在河里哗哗流淌。
>
> 他知道小朋友们最喜欢到树林里去游玩,就发出光来,放出温暖来,叫树木返青、发芽,让大地铺满绿,活跃起新的生命。
>
> 他知道小朋友们爱吃水果,就发出光来,放出温暖来,叫瓜田长出了蜜,果林挂满了甜。
>
> 他知道小朋友们喜欢花儿,就发出光来,放出温暖来,叫花儿开放,让大地到处飘散着清香。
>
> 他知道小朋友们喜欢鸟儿,就发出光来,放出温暖来,当阳光和温暖舒展开鸟儿的歌喉,鸟儿就把自己满心的爱,都注入赞美大自然的歌唱中。
>
> 太阳,全世界每个角落他都到了,全世界美的东西他都看见了,全世界丑的东西他也看见了。
>
> 太阳爱善良的人们。
>
> 太阳爱勤劳的人们。
>
> 太阳爱聪慧的人们。
>
> 太阳爱勇敢的人们。
>
> 太阳最爱的,是孩子们。生长在太阳下的所有孩子,他全都爱。他爱白皮肤的孩子,也爱黄皮肤的孩子,爱黑皮肤的孩子,也爱棕色皮肤的孩子。因为,他在孩子们身上,可以寄托人类的希望。
>
> "孩子们,你们好——"你听见了太阳的声音吗?你听见了太阳在向你问候吗?
>
> 太阳微笑着,行走在天上。[①]

这是一篇优美而又富有童趣的散文,文章运用排比、拟人的手法,通过孩子与太阳的对话,描绘了太阳融化积雪、活跃生命、丰收瓜果、用温暖与光明照亮全世界的美妙情景。无私奉献的太阳又将人类的希望寄托在孩子们身上,因为孩子是最纯真、最善良的。文章语言生动活泼,将天真烂漫的情趣融入字里行间,用饶有趣味的方式表达作者对生活的热爱和对儿童的喜爱。

(二)理趣

儿童散文不仅要描绘儿童眼中的世界,传递纯真童趣,还需要将知识、哲理融入其

---

① 选自《课文·四年级上册》,语文出版社,2006年版,第3-4页。

中,带给儿童浅易明朗、形象生动的理趣。所谓理趣,即散文作者用富有情感的笔墨、饶有趣味的故事讲述人生哲理,让儿童在阅读作品的同时,还可以获得为人处世的道理及自然、社会、科学等方面的知识,有助于儿童心智成熟与人生成长。

如许地山的《落花生》中说道:

> 爹爹说:"花生的用处固然很多;但有一样是很可贵的。这小小的豆不像那好看的苹果、桃子、石榴,把他们的果实悬在枝上,鲜红嫩绿的颜色,令人一望而发生美慕的心。他只把果子埋在地底,等到成熟,才容人把他挖出来。你们偶然看见一颗花生瑟缩地长在地上,不能立刻辨出他有没有果实,非得等到你接触他才能知道。"
> 我们都说:"是的。"母亲也点点头。爹爹接下去说:"所以你们要像花生,因为他是有用的,不是伟大、好看的东西。"
> 我说:"那么,人要做有用的人,不要做伟大、体面的人了。"
> 爹爹说:"这是我对于你们的希望。"[①]

作者从种花生到品尝花生,通过父亲对花生果实的叙述映照出做人的道理。文中的花生代表着不求华丽外表,不慕显赫荣华,只求于世有用的可贵品质。孩子们可以从作者平易简洁的娓娓叙述中体味朴实无华又真挚崇高的情感,在潜移默化中学会做人哲理。

(三)诗意美

与其他文学体裁相比,散文对美的要求更为显著。儿童散文需要用诗意之美来描绘趣味丛生的童年生活和表达稚气直率的童年情感,这也正是儿童散文的魅力所在。这种诗意美可以从以下三方面来认识。

一是语言美。文学是语言的艺术,儿童散文既要用优美的语言给儿童以美的体验,又需要用准确简洁的语言表情达意,因此语言美之于儿童散文是必不可少的。优秀的作品需要充分运用儿童所能欣赏的语言营造美的意境、抒发美的情感、表现美的内涵,让孩子们在美的语言氛围中获得愉悦和启发。

在儿童散文里,常用形象有趣的比喻与拟人来描摹物体,以期达到美的享受。如在儿童散文作家的笔下,龙胆花是"仿佛是溅溢出来的阳光"(《龙胆花》),太阳鸟羽毛是"七彩的阳光做成的"(《太阳花》),小揩琴声音是"从山谷里流到溪中来"……这些语句都是用恰如其分的修辞手法和准确细致的描写,给读者带来隽永清新的回味。

二是情感美。儿童的情感是率真纯净的,儿童文学对儿童内心的描绘和品质的刻画折射出儿童对外部世界的认知和感悟。好的文学作品能够在书写认知与感悟时传递真挚纯净的真情,拒绝矫揉造作的虚情,让孩子们沉浸在美的情感中。

如印度作家泰戈尔的《花的学校》:

[①] 许地山:《文学精读·许地山》,浙江人民出版社,2018年版,第83页。

> 当雷云在天上轰响,六月的阵雨降落的时候,湿润的东风走过原野,在竹林中吹着口笛。
>
> 于是一群一群的花从无人知道的地方突然跑出来,在绿草地上跳着狂欢的舞。
>
> 妈妈,我真的觉得那群花朵是在地下的学校里上学。它们关了门在做功课。
>
> 如果它们想在散学以前出来游戏,它们的老师是要罚它们站壁角的。
>
> 雨一来,它们便放假了。
>
> 树枝在林中互相碰触着,绿叶在狂风里飒飒地响,雷云拍着大手。
>
> 这时花孩子们便穿了紫色的、黄色的、白色的衣裳,冲了出来。
>
> 你可知道,妈妈,它们的家是在天上,在星星所住的地方。
>
> 你没看见它们是怎样地急着要到那儿去么?你不知道它们为什么那样急急忙忙吗?
>
> 我自然能够猜得出它们是对谁扬起双臂来:它们也有它们的妈妈,就像我有自己的妈妈一样。(郑振铎,译)①

泰戈尔笔下花的世界不仅色彩缤纷、朝气蓬勃,更是充满了甜美纯净的童真。五颜六色的花儿在雷雨交加之后竞相开放,这种自然场景在孩子们的眼里却成了童年读书生活的映射。花儿的形象如同孩童般顽皮活泼,它们会从草地里冒出来,会关门做功课,放学玩游戏,也会被老师罚站在壁角,更会在放假时欢呼雀跃地庆祝。这完全是孩子的认知和感受,是孩子无拘无束、渴望自由这一真挚情感的体现。此篇散文清新灵动,情致盎然,流淌着儿童世界中纯净浪漫的情感美。

三是意境美。意境是文学作品中景与情融为一体的艺术境界,是我国古代文论中的一个重要概念,更是抒情作品审美意蕴的典型表现,其特点是景中有情,情中有景,情景交融。无论是抒情,还是写景,儿童散文都十分重视将儿童内心世界和儿童美好情感诗意地表现出来,营造情景互融的意境美,让儿童获得超越表层文本的审美体验。

如吴然的《走月亮》中对秋天月夜诗意的描写:

> 细细的溪水,流着山草和野花的香味,流着月光。灰白色的溪卵石布满河床。哟,卵石间有多少可爱的小水塘啊,每个小水塘都抱着一个月亮!哦,阿妈,白天你在溪里洗衣裳,而我,用树叶做小船,运载许多新鲜的花瓣……哦,阿妈,我们到溪边去吧,去看看小水塘,看看水塘里的月亮,看看我采过野花的地方。②

---

① 刘文刚:《20世纪世界儿童文学名著精粹·儿童诗卷》,湖南少年儿童出版社,1992年版,第104—105页。

② 吴然:《走月亮》,民主与建设出版社,2020年版,第1页。

明亮柔和的月光下,"我"和阿妈走啊走,走过小溪和水塘,看到了溪水、山草、野花、鹅卵石……跟着作者的步伐,仿佛走进了一幅如诗如梦般的画卷中。在这里儿童不仅能欣赏美丽的月景,更能感受到"我"和阿妈温馨真切的亲情。

三、儿童散文的类别

儿童散文从不同角度有不同的分类方法。从内容角度划分,可以分为儿童叙事散文、儿童写景状物散文、儿童抒情散文等类型。从表现形式角度划分,可以分为小品、随笔、札记、杂文等。在这里,我们主要从内容角度探讨儿童散文的分类。

(一)儿童叙事散文

儿童叙事散文以叙述事件为主要目的,侧重于描写儿童生活中的人或事,以事抒情,融情于事。这类散文或者叙述一件事情,一个生活场景,又或者描写一个儿童眼中的人。

如高洪波《陀螺》回忆了一段儿时玩陀螺的事情,作者的叔叔送了自己一个光滑如鸭蛋般的陀螺,尽管这个陀螺长得不伦不类,但它却出奇顽强,最终在小伙伴面前立于不败之地。这篇散文虽然叙述的事情细微,但文章语言轻快,故事先抑后扬,充满儿时玩耍的乐趣。

(二)儿童写景状物散文

儿童写景状物散文,顾名思义指描绘优美风景及描摹物体的文章。此类散文可以写山水风光、虫鱼鸟兽,赞美祖国的大好河山,让儿童受到自然风光的熏陶,体会儿童散文的知识性、趣味性和内在情感。

如状物散文泰戈尔的《大象》形象细致地描摹了大象吃草的画面。大象的身躯是笨大的,力气是无穷的,但是安安静静地吃草却带着些稚气。于泰戈尔而言,大象就是和平的化身,正是因为这个特点才能吸引作者观察并赞美。儿童从这类状物散文中既可以学到自然知识,又能领略异国风物及内在情感。

写景散文则以描绘自然风光、抒发对大自然的赞美之情为主要内容,作者通常将美景与真情完美融合,将童真、理趣融入人情风物之中。

如林清玄的《宝蓝的花》描写宝蓝色的萝卜花有如蝴蝶随风飞舞,为儿童读者勾勒了一幅如诗如画的美景。在这蓝得像天空或是大海的萝卜田里,纯真的童心与清澈的世界彼此相映,美景中又蕴含着幸福美好的童真。

(三)儿童抒情散文

抒情散文也需要写人记事、写景状物,但人事景物的描写是以作者的情感为旨归的。抒情散文通常没有贯穿全文的情节,但字里行间却能体现出强烈的抒情性。儿童抒情散文便是以抒发儿童成长所需要的情感为主要目的的一类散文,它侧重表现儿童浓郁的情感,最能体现作者独特的个人艺术风格。

如冰心的《寄小读者》感情深厚,笔触细腻,用和小朋友聊天的亲切口吻,热情赞美了祖国、故乡和母亲。

我走了——要离开父母兄弟,一切亲爱的人。虽然是时期很短,我也已觉得很难过。倘若你们在风晨雨夕,在父亲母亲的膝下怀前,姊妹弟兄的行间队里,快乐甜柔的时光之中,能联想到海外万里有一个热情忠实的朋友,独在恼人凄清的天气中,不能享得这般浓福,则你们一瞥时的天真的怜念,从宇宙之灵中,已遥遥的付与我以极大无量的快乐与慰安!(通讯一)①

上海苦热,回忆船上海风中看明月的情景,真是往事都成陈迹!念六夜海波如吼,水影深黑,只在明月与我之间,在水上铺成一条闪烁碎光的道路。看着船旁哗然飞溅的浪花,这一星星都迸碎了我远游之梦!母亲,你是大海,我只是刹那间溅跃的浪花。虽暂时在最低的空间上,幻出种种的闪光,而在最短的时间中,即又飞进母亲的怀里。母亲!我美游之梦,已在欠伸将觉之中。祖国的海波,一声声的洗淡了我心中个个的梦中人影。母亲!梦中人只是梦中人,除了你,谁是我永久灵魂之归宿?(通讯二十八)②

文中的抒情特质十分鲜明,无论是思念父母、兄弟的亲情,还是远在异乡、眷恋故土的爱国情,抑或是善待生命、爱护儿童的关怀之情都得到了淋漓尽致的抒写,同时作者含蓄隽永、清丽婉约的文风也得以尽情体现。

四、儿童散文作品赏析

我母亲的梦

[俄]米哈伊尔·米哈伊洛维奇·普里什文

饱经风雪的冰冷大地淋了一场透雨,升起了暖暖的水汽,即使在莫斯科,这也想得明白。

吃罢午饭,我们开车出去,走到半路,就把车停在路边,自己则到林边坐下。夏天所有的鸟都在啼唱,处处清香。我仿佛觉得,整个大自然都在梦中,就像深爱我的母亲;而我已经醒来,轻轻地走动,免得惊扰她。

大自然在睡,做着爱我的母亲一样的梦,即便是入眠,在梦中,她也自有办法,把我的一切了然于心。我啪地锁上汽车,跳过壕沟,现在又默默地坐着,她却不安起来——他到哪儿去了,出什么事了?

我轻咳一声——她这才放下心来:原来他坐下了,没准儿,是吃东西,说不定,又浮想联翩了。

"睡吧,睡吧,"我悄声应答,"别担心!"

布谷鸟在远方应了一声。这只布谷鸟,还有苍头雀、草莓花、剪秋罗和所

---

① 卓如:《冰心全集(第二卷)》,海峡文艺出版社,1994年版,第62页。
② 卓如:《冰心全集(第二卷)》,海峡文艺出版社,1994年版,第323页。

有我童年就熟知的草木,一切,世间的一切——都是我母亲的梦。①

米哈伊尔·米哈伊洛维奇·普里什文(1873—1954),是俄国文学中杰出的散文大师,其散文内容以描写俄罗斯自然风光及人与自然的关系为主,被文学评论家称为"大自然的歌者""俄国北方自然的发现者""鸟儿、大地和星星的歌手"。普里什文自20世纪20年代开始进行儿童文学创作,其散文风格十分独特,他通常用舒缓从容的节奏、亲切温和的语言描摹自然风光,在普里什文的笔下,大自然是富有哲理、充满诗意的。

《我母亲的梦》这篇散文笔触细腻柔软,普里什文笔下的大自然,是和人一样有生命的,他带着对大自然的深情去追寻童年,追寻母亲,将对母亲的思念投射到自然之中。自然就像母亲一样关爱着"我",而"我"也像依恋母亲一样依恋着自然,"我"沉浸在美丽又熟悉的自然中,自然中的一切都是"我"母亲的梦。可以说,普里什文清新隽永的儿童散文风格,能够很好地将儿童所需要的审美教育、自然科学知识融合在一起。

醉马草

乔传藻

我骑着马儿过草原。

——不是唱歌,此刻,我真的是骑在一匹大白马上。

这匹配有鞍架的高头大马,是从村里租来的。主人交代说:"马会认路,天晚了,自己晓得回家。草料也喂足了,路过大花甸子时,请先生勒紧缰绳,不用放它吃草——小心转不回来啊。"

我以为他在说笑话,骑在马上,甩着缰绳梢头,用刚刚学会的一句藏语回应说:"拉索!"

意思是"好。"

——拍马朝草甸深处跑去。

这匹习惯于和各色旅游者打交道的大白马,神情是很聪明的。我和它的主人讨价还价时,它站在一旁,温润的大眼睛,决不旁视地打量着我,似乎很想弄清楚我的去向。终于,大白马产生了共鸣,特别是在我对它的主人说完这句话的时候:"我想赶到冰河岸边,看看山里的杜鹃花。"

大白马顿时仰起头来,对着紫云浓淡的远山,发出了一声欢快的长啸,仿佛在夸奖我说:"你真有眼力,那地方,我也想去玩玩。"

闲闲的碎步没有走出多远,耳朵边顿时又添了呼呼的风声。村庄和树林,也在缓缓后退。冰盖闪烁的远山雪峰,骤然间也有了俯仰的态势。我知道,大白马加快了速度,它的马尾,就像它的银鬃一样,此刻,也在雪风中炸开了花。这家伙跑得多么欢实啊,穿过丛林,趟过冰河,眼瞅着挨近了雪山。回头瞟了一眼,村头的白墙和木屋,尽都退得很远,让河水淘洗得泛出白光的砾石上,现

---

① (俄)普里什文著,潘安荣等译:《普里什文散文》,人民文学出版社,2008年版,第199页。

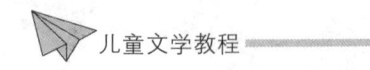

出了野驴的红泥巴蹄印;骑在马上,我一点儿也用不着带缰绳,大白马自己知道该怎么走。啊,我的身子快立起来了,大白马在上坡呢。山冈后边就是花甸子么?兀自正这么猜想,一抬眼,却见高高的坡头上,飞着两只蝴蝶,扇着亮亮的彩翼,绕着奶雀花上下翻飞呢。迪庆高原的空气能见度极好,整个儿就像一块透明的水晶;不要说还是蝴蝶,远方就是飞过一只野蜂,也不难辨认出野蜂划下的线条。

　　炝着偏西的阳光,大白马跃上了一道高坡,这家伙就像听到了一声银笛的召唤,昂起脑袋,发出了咴咴的嘶鸣:"好啊,好啊!"

　　叫得那么欢悦,引得花树上的鸟儿也突突飞起,跳落了一地缤纷的花瓣。

　　强烈的花光冲击着我,差点把我从马背上掀了下来。天啊,我来到什么地方了?从坡头连到河边,是谁跑到这里,晾起了天宽地阔的大花布?山野河谷,站满了那么多杜鹃花,红的、粉的、紫的、蓝的,比附着七彩的太阳光,应有尽有。特别是那些蓝杜鹃,这可是迪庆高原独有的品种啊,它蓝得那么帅气,那么富丽,集中在一起,蓝出了天空才可具备的辉煌;细细看去,花的蓝气似乎也氤氲到花的影子里去了,就连一些簇拥在花树下的白花小草,也给点染上了几抹淡淡的蓝胭脂。这时,尽管我还没有走进花林,却也感觉到了花的热香气息,薰薰的,青稞酒一样醉人。

　　我牵着马,站在坡头上,一动不动。

　　后颈窝里,喷来一股暖乎乎的气流。扭头一看,大白马不耐烦了,响着鼻息,倒换着四蹄,咴咴地挫着身子,它想挣脱缰绳窜到坡地上啃草。碰巧逮到一口,几茎嫩草,竟美得它满嘴的大板牙都在跟着运动。怎会这么馋呀。

　　逡巡在杜鹃花的王国里,记得,我是拽紧了缰绳的。走走,停停,看看,直到额头上滴下的汗珠里也掺进了杜鹃花的颜色时,这才发现,我在花林里耽搁的时间,够久了。仰头看天,擦过雪峰的日光,薄了,凉了;低头看花,风在紫蓝的花蕊里,竟也弹奏出了晚归的旋律。环顾左右,我骑来的大白马呢?拽在手里的,哪是什么缰绳啊,紧紧实实攥着的,竟是一大把蓝杜鹃,缰绳和懂事的马,就像那些被我肆意撞落的花瓣,早就置身脑后了。

　　嗨,那匹租来的大白马到底不见外,抖擞着雪鬃上散落的花瓣,颠颠地朝我跑来。奇怪的是这家伙眼神迷离,到了跟前,又像认不出我来了,刨着蹄子,似乎在问:"你是谁呀?"

　　我可不会这么健忘,伸手抓住马笼头,踩紧马镫,翻身跨上了马背。

　　大白马不像来时那么听话,它一路走,一路冲着高的矮的杜鹃花直点头,碰到颜色特别鲜艳的花树,还会绕着打转转,不管我怎么拽缰绳也没有用。情绪激昂时,竟然立起前脚,翘趄在蓝雾一般迷蒙的山林里,咴咴嘶叫,似有一肚子醉话想说——啊,这家伙的神态,活脱脱就像一个正牌酒鬼,摇头甩脑,打着酒嗝,尽走一些很经典的"S"形步子。

　　"哎,客人——"

　　有人拖长了声音,站在坡头上招呼。他的叫声,有如一根抛向花海的缆绳,把我从颠簸的竹筏上喊回。租马的藏族汉子见我久久没有回村,不放心,找来了。他飞步赶到我的面前,说:"大白马喝了太多的酒,不会回家了。"

"酒?"不单是我的眼里,就是我的喘气声里,也包含着疑问。藏族汉子帮着我跳下马来,他弯下腰去,随便就拔起一棵草来,递在我的面前。这不就是大白马最爱吃的白花小草吗?杜鹃林里,到处都有啊。马的主人见我还在懵懂,他耐心地解释说:"这就是醉马草。牲口不小心吃下去,够醉大半夜呢。"

迪庆高原啊,你的一棵小草也是这么有意思。望着波动在晚霞里的花林,此刻,我的心也醉了。①

乔传藻(1939—),云南宣威人,中国当代儿童文学作家,1955年开始发表作品,1979年加入中国作家协会,主要代表作品有《星星寨》《守林人的小屋》《太阳鸟》《野猴》《一朵云》等散文集。乔传藻的散文对自然生命尤为关注,善于捕捉山野乡村和边地森林的自然景色,同时能够将边地少年儿童独特的生活情趣用细腻又不失趣味笔墨展现出来,在云南这片神奇的土地上发掘平凡生活的诗意美。

这篇《醉马草》描写了"我"骑着一匹大白马徜徉在迪庆高原的故事。醉了酒的大白马嗦嗦嘶鸣,带着"我"尽情奔驰在开满紫色杜鹃花的山林里,在作者的笔下,迪庆高原民风淳朴、景色如画,就连马儿和小草都带着富有诗意和野趣的乡土气息,因而在文章结尾感慨道:"迪庆高原啊,你的一棵小草也是这么有意思。望着波动在晚霞里的花林,此刻,我的心也醉了。"

《醉马草》描写细致生动,语言优美精致,抒情意味浓郁,将山野趣味与自然风光完美结合,既向小读者传递了丰富的云南乡土知识,又展现出独特的森林情味。

《影响我最深的一本书》全文内容扫章首二维码获取

影响我最深的一本书
——我的床头书《唐诗三百首》(节选)

桂文亚

书海浩瀚,要说我"最喜欢"的一本书,不如说"影响我最深"的一本书。有一本书,打开了我的历史视野,启动了我无穷的想象以及对美感、情感和思想的启蒙,甚至使我立下心愿,提笔写作,走向文学之途,成为终身不悔的追求,可以说这本书对我的影响,实在是太大了。

我珍藏的这本书,是1973年台湾高雄大众书局出版的《唐诗三百首》,至今已有四十年历史。翻开书页,色彩斑斓,红、绿、蓝、紫,各种批注,有父亲留下的圈圈点点,也有我留下的圈圈点点。这是我与父亲经常翻读的一本书,也是我们曾经共读过的一本书。这本书的价值,除了知识和精神层次上的收获,更显现了一个父亲对子女的人文培育和爱心。

---

① 乔传藻:《七彩云南儿童文学精品书系:醉马草》,晨光出版社,2013年版,第6—9页。

我常有一些机会到中小学和老师、同学分享阅读和写作经验。往往，不时脱口而出的诗词朗读，为我们增添了很多有趣的互动。"长安一片月，万户捣衣声。秋风吹不尽，总是玉关情。何日平胡虏，良人罢远征。"这首乐府，是李白的《子夜秋歌》，也是我刚进小学，六七岁那年，父亲教我的第一首古诗。我们坐在书桌前，父亲手里拿着一支铅笔，指着诗句，他读一句我跟一句，父亲一句句解释，我似懂非懂地听着。窗外繁星满天，蛙鸣震天，一种无以名之的感动，如一缕清烟，袅袅自心头飘起……《子夜》，是晋曲名，晋国有个女子，名叫"子夜"，所作的歌，让人听了感到哀伤。这首诗说的是千年前唐代无数"悲情妇女"的心声，她们的先生——那时称为"良人"，出玉门关与北方少数民族打仗去了，生死未卜；千门万户里的妇女，在秋天月夜的河边洗衣服，用木棒槌洗衣服的声音此起彼落，成了长安城里最美的"无伴奏打击乐"，那又是怎样一种集体的强大企盼和思念呢？

　　认识的字多了以后，也略为开窍，父亲又开始教我背诵《古文观止》里的篇章。读了短小精练的五言、七言古诗、绝句，我就开始"无师自通"起来了。我把读唐诗当作生活中的一种娱乐，既没有人逼，也用不着考试，有了批注的诗句固然加深了解，有些浅白的文句，"意会"也不难，譬如"妾发初覆额，折花门前剧。郎骑竹马来，绕床弄青梅。同居长干里，两小无嫌猜"；"抽刀断水水更流，举杯销愁愁更愁"；"美人如花隔云端"；"三山半落青天外，二水中分白鹭洲"……纯凭直觉，多读两遍就记牢了。久而久之，也就能"学以致用"，写作文的时候适时引用一番，好比加了调味料的菜肴，更有滋味。所以当有人问我如何让小学生写出"优美的文句"，我的回答就是：读《唐诗三百首》，是一个很好的开始。……①

　　桂文亚（1949—），女，出生于中国台北，祖籍安徽省贵池区，是20世纪80年代中国台湾儿童文学领域最具影响力的作家。桂文亚著有《思想猫》《长着翅膀游英国》《美丽眼睛看世界》《哈玛！哈玛！伊斯坦堡》等30多部儿童文学作品，同时她还担任过海峡两岸儿童文学研究会理事长，致力于两岸儿童文学交流及儿童文学媒体推广。

　　桂文亚的散文多采用的是成人视角，却有着鲜明的儿童思维特点，其作品往往具有很强的真实感和幽默感，在自由平实的描述中流露出纯真的童趣和温馨的情意。这篇《影响我最深的一本书》收录于"思想猫·心灵旅行家书系"散文集《放胆做个散文人》，文章介绍了经典唐诗选集《唐诗三百首》对"我"产生的影响，这本诗集不仅打开了"我"的历史视野，开启了想象，培养了审美情感，还促使"我"走上了写作的道路。

　　在作者娓娓叙述中，儿童不仅能领略到作者对唐诗、对文学之美的由衷热爱，接受审美的熏陶，还能品味出作者父亲对子女用心良苦的培育，感受细微平淡又真挚温馨的父女之情。

---

① 桂文亚：《放胆做个散文人》，浙江少年儿童出版社，2016年版，第4-9页。

《大青树下的小学》全文内容扫章首二维码获取

大青树下的小学

《大青树下的小学》是部编版小学语文教科书三年级上册第一单元的一篇课文。《大青树下的小学》是一篇精读课文，课文通过描写西南边疆的一所民族小学的孩子们幸福的学习生活，体现了祖国各民族之间的友爱和团结。课文层次清晰、段落分明：先写上学的路上和来学校的情景，再写上课时和下课后的情景，最后以自豪赞美的文字点题。本课应引导学生通过对课文的整体把握和重点词句的理解，了解我国各民族儿童的友爱团结及他们幸福的学习生活，体会贯穿全文的自豪和赞美之情。

三年级的学生正处于从低年级升入中年级的过渡时期，本文的篇幅与低年级相比要长一些，学起来有一定的难度，理解一些语句的深层含义的能力还有所欠缺。因此，在这篇课文的教学中，应重视以下几点。

（1）品味重点词语，加深对课文的理解。主要让学生品味"安静""热闹"这两个词，并注意教学方法的变化。组织学生从"树枝不摇了，鸟儿不叫了，蝴蝶停在花朵上，好像都在听同学们读课文"，这些句子中体会当时的安静；并进一步引导学生想象"校园里为什么这么安静"，从而懂得这些表现安静的句子的含义。在让学生体会热闹中，通过想象大家除了可以在大树下跳孔雀舞、摔跤、做游戏外，还有可能做什么？借助学生大胆而丰富的想象，使下课后的热闹与上课时的安静形成强烈的对比。

（2）加强读的具体指导，注意读的层次变化，从自由读到指名读，加强读的评价，再齐读，再指导。在反复朗读中，引导感悟、激发情感。

（3）加强学法指导。教学的目的，不仅要使学生学会，而且要引导学生会学。通过圈划，让学生理清文章思路；通过读，体会文章的思想内容，体会文章的思想感情；通过比较句子，促进学生的语感提升。

第二节 儿童报告文学

一、儿童报告文学概述

报告文学是现代散文的一种，指的是运用文学艺术的手法，真实及时地反映社会生活事件和人物，即文艺性的通讯报告。报告文学是新闻事业发展到一定阶段的产物，以叙事为主，介于新闻报道和小说之间，其基本特征主要有新闻性、文学性及议论性。

儿童报告文学是报告文学的一个分支，其进入儿童文学领域的时间并不长。儿童报告文学诞生于20世纪50年代新中国成立不久后的第一个儿童文学繁荣期。那时人们对重新认识世界、重新认识自身有着强烈的渴望，急需用科学和理性的知识来武装头脑。为顺应这种时代发展，满足少年儿童、家长及教师的认知需要，儿童报告文学在成人报告文学的带领下便逐渐兴盛起来，并受到了广大儿童读者的欢迎，呈现出独特的文学魅力。

此时较为突出的是诞生了一大批儿童文学刊物,如《少年文艺》《东方少年》《儿童文学》等杂志大量发表儿童文学作品,其中反响比较大的是李楚诚的《生活的斗士》(1981)、备应的《他们都是小英雄》(1982)、孙云晓的《美的追求》(1982)、韩静霆的《摔倒了自己的冠军》(1982)、陈祖芬的《只不过是一刹那》(1983)等。

从数量来说,新时期儿童文学报刊发表的报告文学作品超过了儿童散文。此类文体一出现便发展十分迅速,并在教育儿童和提高认知等方面展现了独特的作用。

二、儿童报告文学的艺术特征

儿童报告文学必须符合报告文学的基本特征,同时又因其阅读对象是儿童,是专门写给儿童看的,这就要求儿童报告文学必须从其特定的读者对象出发,满足儿童阅读的接受水平和鉴赏要求。这一对象的特殊性,决定了儿童报告文学既有报告文学自身的艺术特征,又有其不同于成人报告文学的独特之处。

前文提到报告文学具有新闻性、文学性和评论性三大特征,这也是儿童报告文学的基本特征。

(一) 新闻性

著名作家茅盾在《关于报告文学》一文中说:"'报告'是我们这匆忙多变的时代所产生的特殊的文学样式。读者大众急不可耐地要求知道生活在昨天所起的变化,作家迫切地要将社会上最新发生的现象(而这差不多天天有的)解剖给读者大众看,刊物要有敏锐的时代感。这是'报告'所由产生而且风靡的根由。"报告文学需要及时迅速地反映现实生活中的新事件、新人物和新问题,在不断发展变化的社会时代,作家必须及时迅速地给予反映,这就是报告文学的新闻性。具体来说,报告文学的新闻性可以分为时效性、真实性和冲击性三个方面。

虽然报告文学未必要像新闻中的消息报道那样即时,但也极具时效性。任何报告文学都有鲜明的时代色彩,例如 20 世纪 70 年代末少年儿童急需拓展科学知识,这一时期儿童群体中兴起了一股科学热。报告文学作家敏锐地把握了这一愿望和需求,创作了许多科学家为祖国奉献时间和精力,勇攀科学高峰的感人事迹,为小读者进入科学世界,锻炼科学思维打开了一扇门。如介绍著名数学家陈景润的《数论研究的一项"世界冠军"》、讲述数学家杨乐的事迹《杨乐中学时代的故事》。80 年代我国体育赛事取得了可喜的成绩,报告文学作家又热情洋溢地赞美运动健儿挥洒汗水、为国争光的奋斗拼搏精神,用热烈的情感、细腻的笔触和真实的事迹描述运动员成长轨迹,如黄祖培写著名排球运动员郎平的《高个子姑娘》,傅溪鹏写体操世界冠军马燕红的《冠军的童年》等。这些作品正因为准确捕捉了时代的脉搏,及时报道了小读者们所关心的人和事,从而获得了儿童读者的喜爱。

真实性是报告文学,包括儿童报告文学的核心特征,这要求文章所描写的事实要真实准确,同时还要能进一步揭示事件的本质。因报告文学乃是真实再现现实生活,因此和其他文学体裁相比更具有可信性。如果没有了真实,报告文学就不足以用真来打动人心、感染小读者。

同时,报告文学还应当具有冲击力,即对社会或读者产生较明显、较持久的社会影响,这也是反映现实生活和典型人物的新闻所具备的要素。归根结底,这是和报告文学诞生时的社会局势分不开的。我国严格意义上的报告文学典型作品产生于20世纪30年代,彼时国内和国际局势动荡不安,国家处于危急存亡之际,报告文学肩负着揭露百姓艰苦遭遇、批判黑暗社会现象的重任。

最具代表性的就是报告文学开篇之作——夏衍的《包身工》。《包身工》以铁一般的事实描述了包身工的苦难生活,揭露了帝国主义和封建势力相互勾结、对中国人民尤其是少女和童工的血腥压榨,不仅在当时有着深刻的批判精神,时至今日读来仍触目惊心,以强大的冲击力影响着当代读者。

儿童报告文学同样具备这一特点,由于儿童对社会生活始终保持密切的关注和强烈的好奇,因而这类文学在不同的时代都产生过强烈的反响。如孙云晓《十六岁的思索》一经出版,便收到一万多封读者的来信,其中99%都是中学生。究其缘由,就是因为中学生是一个十分特殊的群体,青春期的中学生正处于人生关键阶段,他们朝气蓬勃充满活力,又敏感脆弱忧愁多思,需要社会和成人给予关爱、理解和宽容。

(二)文学性

报告文学虽然是真实地反映社会生活事件,但毕竟是一种文学体裁,需要作者运用文学艺术的手段去进行创作,这就是报告文学的文学性。儿童报告文学同样具有一般报告文学所共有的文学性特征,对真人真事进行艺术加工,具体而言儿童报告文学的文学性体现在题材选择多样性、表现手法艺术性、人物刻画典型性等方面。

首先是题材选择的多样性。儿童生活多姿多彩,方方面面的儿童生活都可以成为儿童报告文学创作的素材。以1997—2000年《儿童文学》杂志上刊登的作品为例,有描写师生关系的《校园档案》,有表现母女关系的《宇飞和她的妈妈》,有歌颂残疾儿童向命运抗争的励志故事《路》,也有反映学生兴趣爱好与学业冲突的《"写作狂"悲歌》,这些题材多样的作品丰富了报告文学的创作,也增加了报告文学的文学性。

其次,报告文学可以运用各式各样的表现手法进行艺术加工,使新闻的真实性变得更形象更立体,让儿童读者能够沉浸其中,为其人其事所感染。报告文学有着很强的吸收能力,在真实的基础上可以吸纳其他各类文体的表现手法,如可以运用散文及诗歌中的比喻、象征、联想等手法及节奏上的韵律感,将文章写得情真意切、动人心弦。谢华、罗姗的《永远的女孩》便是散文化的报告文学,作者用细腻的语言和浓烈的抒情色彩描绘身患绝症却对生活充满希望的女孩。

报告文学也可以用小说戏剧中的矛盾冲突来组织文章,如《手执金钥匙的人们——记北京景山学校的几位小学老师》。开篇用童话故事里可以打开宝库的金钥匙为引子,用悬念吸引读者,引出平凡而崇高的老师们是打开儿童心灵大门的金钥匙。

最后,报告文学的文学性还体现在人物刻画典型性方面。儿童报告文学在刻画人物时,会选择现实生活中具有典型意义的人物来描写,将客观事实用生动形象的画面表现出来。典型化是一切文学创作都必须遵守的创作规律,将生活真实上升到艺术真实,这一点对于人物的刻画尤为重要。当作家动用提炼、概括、集中等手法塑造出一个典型人物时,其作品就成功了一半。如孙云晓在《"邪门大队长"的冤屈》中塑造了一个独立意识极强、个性色彩突出的小学生赵幼新的人物形象。赵幼新个性独立却被当成"邪门大队长",让读者看到了当代社会还有着禁锢儿童个性发展的现象,而赵幼新在磨难中仍憧憬光明又能够激励着小读者。

(三)评论性

与小说相比,报告文学中一般有比较多的议论,作者往往会对现实生活中的各种现象发表看法、分析情况,以增强作品的说服力和思想性。儿童报告文学同样如此,但不同的是由于儿童"自我意识"逐步增强,对探索生活、思考问题产生了浓厚的兴趣,这就需要儿童报告文学给予儿童读者哲理性的思考。同时,儿童报告文学的评论性也应该紧密围绕儿童这一阅读主体,尝试在想象描述的基础上以更加形象的方式展开评论。具体来说,儿童报告文学的评论性表现在蕴含哲理、形象说理、富有启迪等方面。

首先,儿童报告文学应当具有哲理性,这是报告文学的亮点和闪光之处,具有人生哲理的作品可以升华文章主题、加强思想意义,让儿童从中受到教育。如《生命的斗士》中,马隽身患皮肤松懈症,却与病魔做着顽强的斗争。作者在结尾就告诉读者,像马隽这样的人,忍受着痛苦活着,是为了让别人活得更加美好。儿童读者在阅读这样的作品时,往往会备受感动,并从中开始思考生命的意义和价值。

其次,为了让儿童更好地受到教益,儿童报告文学作者多采用更加形象的方式阐释哲理,如夹叙夹议、抒情与说理相结合等。悬浮、枯燥的说教是儿童所不接受的,作家需要从字里行间中自然总结深刻的哲理,将精辟的议论与抒情的语言毫无阻碍地融合,从而引起儿童情感上的共鸣。如孙云晓《微笑的挑战者》:

> 听着董志宇掷地有声的话语,我不禁仔细地端详起这位热血少年。他虽然年仅十三岁,身高已经一点七米,双眉浓黑,上唇显出微微青色,似乎隐隐可见毛茸茸的胡须在萌动。
>
> 我忽然产生一个联想:一只年轻的却被缚住双翅的鹰,正焦灼地望着蓝天。它还没有寻到解开或磨断绳索的办法,尽管那办法并不很难寻找。不过只要肯去寻找,就有希望![1]

最后,儿童报告文学为了贴合儿童成长的需要,往往要让小读者受到启迪,让儿童充分感受到多姿多彩的生活,用富有启迪的议论滋润儿童的心灵。如《弱者唱出了强音》就用一连串精彩的语言启迪着儿童正确看待逆境和痛苦,培养儿童坚韧不屈、迎难而上的精神,引导儿童正确看待生活中的痛苦和不顺,树立积极乐观的心态。

三、儿童报告文学的基本形式

儿童报告文学的基本形式主要有两种,一是以人物为报告对象;一是以事件为报告

---

[1] 孙云晓:《夏令营中的较量》,新世纪出版社,2008年版,第199页。

对象。因作者在创作时采用的具体报告对象的不同,其表现形式呈现出一定的差异,形成不同的类型。在儿童报告文学日益走向成熟的创作道路上,其分类标准并没有完全统一,而以人物为报告对象和以事件为报告对象的划分也只是大致分类。

(一) 以人物为报告对象

顾名思义,这是儿童报告文学中以现实生活里具有典型意义的真实人物为报告对象的作品,报告的人物可以是少年儿童,也可以是成人。这类形式的作品通常是选取一个或多个人物,描绘人物的生平经历、性格特点、行为思想、典型事迹等,塑造出具有教育价值及审美价值的典型人物形象,进而为儿童树立良好的学习榜样。

如孙云晓的《"邪门大队长"的冤屈》便是典型的以人物为报告对象的代表,文章塑造的主人公赵幼新好奇心强、爱观察生活中的各种现象,又爱提问,这本是非常好的优良品质;但在老师看来,却成了"他太爱讲话""太爱接嘴""太爱提意见",因此不能当三好学生。赵幼新的人物形象及学习经历非常真实,也非常具有代表性,他所遭受的不公平待遇值得社会、学校及教育工作者深思。

又如戎林的《小川向大海》报告了一位残疾儿童与病魔作斗争的事实,在文中作者写了一个残疾少年在治疗过程中的心路历程,用充满关爱和同情的语言描写少年的意志、希望及他在死亡面前表现出的坚强、从容,谱写了一曲生命的赞歌。

(二) 以事件为报告对象

与报告人物不同,这类作品侧重于展现少年儿童生活中具有典型意义的特殊事件或现象,旨在反映社会上存在的现实问题,并对其进行理性分析和深刻反思。以事件为报告对象的儿童报告文学,通常以采访调查的特殊视角进行叙写,或以采访对象的口述内容为主线记叙一件事情,或将采访相关的资料进行整合形成一个完整的事件,从而将儿童生活出现的一些新现象、新问题从点到面、由表及里进行报告。正如周晓在《开拓、发展中的少年报告文学》中所说,"从社会广阔的地平线上或正或负的大量现象"中"对少年儿童群体或个体的命运、遭遇做充满社会学、心理学的思考"。

以赵丽宏的《胜者和败者——发生在上海市实验小学五(2)班的故事》为例。本篇儿童报告文学写的就是一件发生在上海实验小学的真实又平常的故事,五(2)班举办了一个"看谁办报有创造"的班级中队活动,比赛结果却是班级中学习倒数、独来独往的7个同学获胜,原因是成绩好的"优生"们虽然有才能,但却不够团结,而许良骅等"差生"则可以整合资源,化劣势为优势。这一件普通的事件本身带有强烈的戏剧效果,情节设置也曲折有致,许良骅等"差生"的获胜看似出乎意料,细思却又在情理之中。

当然,人物和事件在报告文学中是互相依存的两个因素,人物需要在具体事件中不断充实和丰富,事件也要依靠人物的行为进行推动,因此在儿童报告文学中有时难以区分是以人物为主还是以事件为主。但不论侧重点是哪种,儿童报告文学都承担着帮助儿童认识社会、树立榜样、丰富审美的社会功能。

四、儿童报告文学作品赏析

《永远的女孩》全文内容扫章首二维码获取

永远的女孩(节选)
谢华 罗姗

这是一个真实的故事,这是一个平常的女孩。记下她,只是因为她对生活的那一份挚爱,对生命的那份潇洒。生也女孩,死也女孩,生活不老,女孩也永在我们心间。

一 潇洒女孩

女孩叫王颖,浙江衢州第二中学高二年级学生。"三八"妇女节,刚好是她的生日,只是她似乎并不乐意,她说,她只想做个女孩,一个快快乐乐的好女孩。

做个女孩真好,可以大模大样地把一颗泡泡糖从校门口一直吹到教室。有时,因为笑得太疯把糖落了,半道里,拉了女伴再往回跑。正午的阳光里,卖糖的老爷爷对着女孩眯眯地笑。

女孩喜欢唱歌,只是嗓子不大争气,沙沙的像空转的录音带。于是女孩只拣流行歌曲唱,特别钟爱粤语唱法,一首刘德华的《一起走过的日子》会唱得如醉如痴。尽管长得有些像王祖贤,却更欣赏张曼玉;先是被小虎队点化得又青又涩,后又跟周润发玩起了深沉……群星灿烂,女孩尽情地喜欢,尽情地选择,在那些似懂非懂的歌词里,把一颗少女的心揉搓得韵味无穷。

女孩也喜欢看书。从琼瑶到李清照到金庸再到海明威;从唐诗到侦探科幻到生活小百科再到世界博览、世界航空。她会在银杏叶黄了的时候拣回一堆来,然后在一枚枚扇形的叶子上抄上一首首小诗,寻找几分"人比黄花瘦"的典雅;也可以让一连串的足球明星的名字像英语单词一样轻快地从口中吐出。有时,她会在星期六下午偷偷跑出去看一场录像,再乘兴和男同胞打一场台球。女孩似有一份独特的天赋,别人花许多力气啃背的东西,她却可以过目不忘,所以女孩学习极好,她就把大块的课余时间一块一块地分给了她的各种爱好。

女孩还喜欢跳舞,她有一双修长的腿,小时候,就曾在外国朋友面前跳"孔雀舞"。但女孩害怕体育,尤其害怕跨栏、跳箱,有时牙齿一咬,拖泥带水地过了,下地时跟跄了好几步,但仍没忘记把双臂像体育明星那样高高举起。

女孩有时会冲着父母撒娇、发脾气,女孩从不当面道歉、认错,可女孩会悄悄去做爸爸妈妈高兴的事情。也许,在妈妈生日时,偷偷在妈妈床头放上一只可爱的小白兔;有时,不惜牺牲周末的录像和台球,乖乖跑回家去为父母烧一顿像模像样的饭菜……

女孩当然会有男孩喜欢,尤其是这么一个漂亮、活泼、聪颖的好女孩。于是,女孩收到了好多男孩朦朦胧胧的信,接到了好多缥缥纱纱的期待。女孩把它们全放在一个小铁盒子里,然后潇潇洒洒地寄回一个劝告,捎去一句戏谑,或者,干干脆脆说一声"NO"。女孩又是无牵无挂,蹦蹦跳跳一派乐天模样。当然也有自作多情,没完没了的,那只能自讨没趣了,女孩喜欢班里所有的同学,快快乐乐挥洒着她的那一份真纯。

女孩的心好高,她说她不会在泥潭里栽跟斗。女孩的未来在明丽的蓝天上,女孩喜欢对着飞翔的小鸟哼"我的未来不是梦……"当然不是梦,女孩想,只要自己实实在在做起来。女孩喜欢缤纷的颜色,在一次你最喜欢的色彩的民意测试中,她用彩笔写上了两个字——"七彩"。女友们说,女孩的心好大;女孩调皮地一笑,说,那是因为世界太大,生活太美!

谢华、罗姗的《永远的女孩》用饱含深切情感的笔触塑造了一位身患绝症却始终乐观坚强、充满人生希望的少女形象。女孩是浙江衢州的一位高二学生,在文章的前半部分,作者花了大量笔墨描写女孩的潇洒爽朗,她有着广泛的兴趣,喜欢唱歌、看书、跳舞,也会有小女孩的小脾气,会冲着父母撒娇,又会悄悄做爸爸妈妈喜欢的事情,会收到男孩朦朦胧胧的信,也会对喜欢她的男孩子干脆拒绝,女孩就是这样快乐地挥洒着属于她这个年龄的纯真。

但这样美丽潇洒的女孩却病了,因为生病,女孩不得不离开她最爱的学校,与她的好朋友们分离,不得不一次又一次化疗,忍受疾病带来的巨大痛苦。但尽管这样,女孩仍是对未来充满了希望、对校园生活和同学充满了期盼和思念,她倔强坚强地与病魔抗争,但最终还是永远离开了这个世界。

这虽是一篇纪实性作品,却因其细腻的语言和真切的情感给人悠远而悲怆的悲剧震撼,女孩的潇洒快乐、患病后的坚强、对回归到正常学校生活的强烈期盼都足够真实、足够动人,正是这种真实和动人,才让作品充溢着强大的艺术感染力,让读者为这位年轻生命的逝去而无限叹息。

《"邪门大队长"的冤屈》全文内容扫章首二维码获取

"邪门大队长"的冤屈(节选)
孙云晓

四 "邪门大队长"

我的心,被这个"调皮大王"勾得痒痒了。但为了"放长线钓大鱼",我还是克制了马上采访赵幼新的欲望,继续"打外围"。

在老师的帮助下,几个尖子学生被请来了。自然有王欢欢、马波。还有长得像双胞胎的唐双双和石宏,他俩穿着一样的褐色翻毛大衣,小脸蛋儿透着红润和光泽,一看就知道是生活在富足幸福的家庭的孩子。

"请你们谈一下对赵幼新的印象,好吗?"

我开门见山地说道。

四个同学听了一愣,不由得面面相觑。也许,怪我事先没讲清楚,他们以为我是采访他们个人事迹的,不明白我为什么提到赵幼新。就好比在舞台上,显鼻子显眼的灯光一直照着他们这些主角,去让人们称赞,而赵幼新在黑影里,有啥可看的呢?

我问马波:

"你是三好生吗?"

"是。"

"当几年了?"

"从二年级开始年年是。我的目标是保持'三好'的称号,长大为祖国四化建设贡献力量。"

"赵幼新评不上三好生,是什么原因?"

我转向王欢欢,问道。她眨眨一双秀气的眼睛,说:

"赵幼新,脑子倒挺灵活的,但太爱接嘴。"

"老师和同学都不同意他当'三好'。是嘛,都像他学接嘴,班里还不乱套了!"

马波补充说。

"接嘴?"

我不解地问道。这一来,几个学生活跃起来,争先恐后地向我解释、举例:

"老师的话刚说完,还没提问呢,他就接上嘴发言了。譬如,语文老师把有的字读错了,他马上喊:'老师读错了。'"

"有时老师讲得正带劲儿,他插一句话,惹得老师很不高兴。一次,数学老师拿着一个打开的印油盒,问同学们怎样求它的体积?大家刚听到题,他就叫:'求五个面嘛!'他这么一说,别人没法再想了。老师也哭笑不得。"

"他还特别犟!那一次,老师把闰字的拼音,写在了闰字的前面。他又站起来说:'老师错啦,书上是把拼音放在字的后面。'老师烦他,罚他课间不准出教室。"

说着,石宏噗哧一下笑了:

"赵幼新有个外号,叫'邪门大队长'!"

四个人会意地嘻嘻笑着,神态轻松极了。

然而,"邪门大队长"自有它的魔力。赵幼新在另外一些同学眼里,是个值得崇拜的人物。

小个子李正,曾提出一个富有诱惑力的计划:组成探险队,踩着冰过河。在赵幼新的支持下,六人的探险队秘密成立了。明知危险潜伏在前面,偏要亲自闯过去试试。当代孩子这种逆反心理,让许多人无法理解。

下午放学,探险队出发了。

银色的冰,封住了河面。冰冰冰花,千姿百态地盛开着,令人神往。

穿着大棉靴的李正,头一个走上冰面。他哼着歌儿,雄赳赳地走着。突然,"嘎吱吱"一声响,冰面裂开一条长缝。不等他叫,一只脚已踏入冰窟之中。

后面的探险队员吓坏了:有的惊叫,有的乱跑,好几个同学想冲过去救李正。只听赵幼新狂吼道:

"谁也别去救!"

那几个冲到河边的同学,诧异地转过身,那一双双睁圆了的眼睛在问:你?怎么见死不救?

赵幼新还是吼:

"傻瓜!他一个人,冰都经不住,你们全上去,想一块儿送死吗?"

他不再理那几个正在醒悟的伙伴,朝李正喊:

"别怕!快,把书包扔出来,减轻重量!你轻轻往外爬,爬!"

李正拖着一身又湿又脏的衣服,终于爬上岸来。

不用说,通过这次真正的探险,赵幼新的临危不乱和机智灵活,给了伙伴们难忘的印象。至今一提起来,那敬佩劲儿,还大得很哩。

这故事并没完。

伙伴们发现,赵幼新常抱着个玻璃瓶捣捣鼓鼓的。一问,才知他又"邪"出一个点子:要做炸药,去炸冰。看看河上的冰,到底有多厚,好告诉大家注意安全。于是,"探险队"变成了"炸冰队",人人凑钱买火柴,刮下火柴头儿,充当炸药。

几天后,河面上响起了爆炸声。一块冰飞上了天。躲在安全地带的伙伴们一见,像发射成功一颗原子弹一样高兴。

这些事,老师一直不晓得。①

孙云晓(1955—),山东青岛人,1981年开始儿童报告文学的创作。这篇《"邪门大队长"的冤屈》反映的是一个非常重要的教育观念问题,即什么样的学生才是好学生?换言之,教育工作者应该用什么标准来评价学生。

在《"邪门大队长"的冤屈》中,主人公赵幼新不算是主流意义上的好学生,我们总是把"听话""顺从""守规矩"作为好学生的标准。在老师和同学的心目中,赵幼新"太爱讲话""太爱接嘴""太爱提意见",因此没能评上三好学生。

可是在文章的描述中我们可以看到,赵幼新却有着很多优点。他成绩名列前茅,"各科总分全年级第一"。对外在事物充满了好奇心,"每天放学,他都要在外面消磨一阵子,把街上奇奇怪怪的东西看个够才回家"。胆子又大,对不明白的知识有着强烈的探索欲,"我就是想弄明白一些,不然,明明不懂也不问,像个木头一样坐在那儿,有啥用!"这些都是多么优秀的学习品质!

更不用说,赵幼新还聪明机智,有着处变不惊的镇定和勇敢,当学生自发组织冰河探险,一个同学脚陷冰窟时,是赵幼新临危不乱,对同学说:"别怕!快,把书包扔出来,

---

① 孙云晓:《夏令营中的较量》,新世纪出版社,2008年版,第52-54页。

减轻重量！你轻轻往外爬，爬！"同时，他还想长大后做刑警，想保卫祖国，有着除暴安良、惩治坏人的责任感。

就是这样一个有主见、有智慧、爱学习、好钻研的孩子，却不能当三好学生，他无疑是受到了"冤屈"的，这也说明了评价学生的标准并不能培养出真正优秀独立的人。因此这篇儿童报告文学充分体现了此种文体反映现实生活的特点，同时其采访方式又条理清晰，时间、地点、不同的人物诉说、富有亲和力的娓娓叙述，都让这篇文章更具真实性和震撼力。

《星期日的苦恼》全文内容扫章首二维码获取

星期日的苦恼
——一个中学生的日记（节选）
刘保法

一

星期日怎么会是苦恼的呢？

是嘛，对一个中学生来说，星期日应该是美好的，欢乐的，愉快的。可是……唉，怎么说呢？就说说眼前这个星期日吧——

昨天下午，我上完最后一节课后，只觉得心里一阵轻松，嘴里不由得哼起歌来。

"什么事呀，乐成这样？"同桌看了看我问。

"你忘啦，今天是周末，明天就是星期日啦！明天呀，妈妈要带我到嘉定去玩呢！"我乐不可支地大声嚷着。

我这一嚷，使教室里顿时就热闹起来。同学们又像以往的周末一样，一边整理书包，准备回家，一边欢快地谈笑：

"今天老师倒是大发慈悲呀！这些作业估计到7点钟能做完，今晚，我要好好地睡它一觉！"

"我呀，明天实实足足地睡它一天。要知道，这五天来我都是10点多钟才睡觉的呀！"

"你们这些懒虫，光知道睡睡睡。我就不，我争取今天做完作业，明天就让爸爸带到佘山去玩，去爬山，痛痛快快地爬山！咳，这才叫积极的休息呢！哎，'小发明家'，你想做什么呢？"

"我？我明天什么地方也不去。我有个小发明的设想，我想动手做做看……"

"你呀，还是先发明一个遥控机器人吧！这样你就可以悄悄地控制老师的脑子，好让老师少布置一些作业呀！……"

"哈哈……"大家哄然大笑，然后一个个背起书包走出了教室。

真是天有不测风云，正在大家欢蹦乐跳地准备跨出教室门口的时候，形势发生了180度的大转折——班主任李老师急匆匆地跑来了：

"大家慢点走！告诉你们，星期一要数学测验，我现在给你们复习一下。大家把纸拿出来，做几道计算题。"

"糟糕！"我心里一沉，无可奈何地回到座位上。教室里一下子变得沉闷起来，刚才那股欢乐劲儿跑得无影无踪……大家都在为星期日美好的活动计划而担忧！

果然如此：

半小时后，班主任刚宣布放学，政治老师就大踏步地走进来说："我布置十道复习题，你们根据提纲抄下来。"

政治老师还没走，英语老师早就等在门口了。她看见政治老师布置完了，便"噔噔噔"走上讲台说："两次百字竞赛，你们班的成绩都不理想，最差的错了一百多个，最好的也错了二三十个。错五六十个是不稀奇的。这还像话吗？把考卷带回去，把错的单词每个订正十遍。反正明天是星期日。"

英语老师总算布置完了，语文老师又接了上来，"同学们，明天是星期日，你们有时间，我再加点作业。请大家把第十课的两个问题做一下。另外，把这单元的词语解释背出来，把生字默出来，星期一小测验！"……

你看，各种各样的作业就像倾盆大雨，从天而降，本来应该是愉快的星期日，一下子就变成苦恼的了！那些老师简直就像"债主"，口口声声说"反正明天是星期日"，难道一个中学生的星期日就应该是这样的？

我彷徨，我忧虑，我苦恼，我厌倦……我呆瞪瞪地看着那一大堆作业，不明白中学里的老师为什么跟小学里的老师有那么大的差别！真的，我留恋小学生活，每当我被作业、测验、分数压得喘不过气来的时候，就会想起培育我成长的小学。因为，那里有我金黄色的童年的梦——充满快乐的美丽的梦……①

刘保法（1945—），上海人，中国作家协会会员，上海作家协会儿童文学委员会副主任，代表作有报告文学集《美属于她》《特殊儿童的特殊故事》《中国神童》等。这篇《星期日的苦恼》以日记体的形式，采用第一人称的叙述方式真实地再现了中学生的学习生活。对于中学生而言，当星期日来临之时，他们幻想着可以暂时摆脱繁重的作业，可以在假期睡一整天懒觉，或者去爬山，去做一个感兴趣的小发明。然而这一切美好的计划都被各科老师布置的各式各样作业所打乱。愉快的星期日瞬间变成苦恼的星期日了。

第一人称的叙述增添了许多生动形象的细节，让读者可以毫无阻碍地代入文中的学生角色，感受到中学生过重的学习负担与青少年渴望愉悦快乐童年之间的矛盾，使作品更有可读性、更具震撼力。本篇作品曾获上海市陈伯吹儿童文学园丁奖。

---

① 刘保法：《百年百部中国儿童文学经典书系·中学生圆舞曲》，长江少年儿童出版社，2016年版，第173-176页。

第三节　儿童散文与儿童报告文学的创作

一、儿童散文的诵读指导

儿童散文因其贴近儿童心理的特征,有着孩童般的意趣、浅易生动的理趣和优美的诗意,十分适合诵读。在诵读的过程中,要能够感受儿童散文优美的语言,把握散文的意趣和作者的情感。

(一)熟悉作品内容,理解儿童散文的意趣

诵读需要综合运用语气、节奏、停顿、重音等各种技巧。在诵读儿童散文时,首先应该先熟悉作品,对作品的主要内容有一个全面准确的了解,并弄清楚文中的字、词、句等含义,理解儿童散文的意趣。只有这样,才能把握每一篇作品所具有的独特性,进而准确到位地朗读出来。

如金波《月亮姐姐》描写了一个孩子对月亮的倾诉与热爱,朗诵时适合娓娓道来,有声有色,使听众身临其境。任大霖的《童年时代的朋友》故事性较强,朗读时应当抑扬顿挫,注意语调轻重的变化。

(二)把握感情基调,品味儿童散文的诗意美

感受儿童散文的语言,把握作品的情感基调,是鉴赏儿童散文美感的基本前提。因此在诵读时应该理解作品情感,反复揣摩语言特点,弄清楚语言对表情达意的具体作用,这样才能准确朗诵出儿童散文的诗意美。

如《小溪流的歌》情感上积极乐观,语言轻快有趣,在朗读时声音应当生动明快、语气较强、节奏偏快,如歌唱一般抒发昂扬向上的精神。又如《泉城》描写的是古城济南的美丽景色,语言是舒缓自然的,朗读时声音宜轻柔、节奏宜平缓,这样才能引导学生领略"白浪翻滚"的泉城之美。

二、儿童报告文学的写作技巧

之前我们提到儿童报告文学内容紧贴儿童生活,反映儿童相关的社会现实问题,具有新闻性、文学性、评论性的特征。因此在创作儿童报告文学时,应该认真观察儿童生活,深入采访,把握其新闻性;同时精心刻画人物形象,妥善安排文章结构,体现其文学性;最后深化文章主题,议论之词、抒情之笔要与儿童的接受能力和审美趣味相适应,体现其评论性。

(一)深入采访儿童生活

儿童报告文学要想真实再现儿童现实生活,展现儿童思想状况、精神风貌和个性品质,就必须认真细致地观察儿童生活,通过多方面的采访获得真实详尽的生活资料。在采访时,不仅要向当事者进行采访,还应扩大范围,对当事者周围有关的人进行采访,这

样才能全面客观。

（二）精心刻画人物形象

儿童报告文学要引发现实社会中儿童的共鸣，就应当精心刻画文章中的少年儿童的形象，尤其是以人物为主的报告。要能够运用外貌、语言、动作、神态、细节等描写塑造出具有鲜明个性和典型意义的人物。如《永远的女孩》中潇洒活力、乐观坚强的少女形象就十分突出，作者对少女心理的变化也展示得非常细腻，这些都赋予作品极巨大的感染力。

（三）妥善安排文章结构

一篇完整的儿童报告文学要求文章结构有头有尾，同时为适应儿童阅读的需要，文章结构还应该短小新奇。短小指的是结构不宜过于庞杂和冗长，线索尽量不要过多，主题突出。新奇则是指在结构上生动真实，可以多角度多层次报告，带有一定的创新，避免程式化的弊端。如孙云晓《"邪门大队长"的冤屈》便从课堂上赵幼新的表现、爷爷的叙述、同学的评价及赵幼新自述等多角度全方位刻画了主人公的形象。而《星期日的苦恼》则是用日记体的形式反映中学生真实的学习生活，更易引起少年共鸣。

（四）合理设置议论抒情

儿童报告文学中的议论及抒情语言并不是作品可有可无的一部分，而是深化文章主题的关键因素，因为创作儿童报告文学要注意适当地开展评论，要能够与少年儿童的接受能力、审美情趣相结合。

探究与实践

1. 小学语文教师资格考试复习题
(1) 冰心是我国现代最有影响的儿童文学作家之一，下列作品不是她的一项是（　　）。
　　A.《繁星》　　　　　　　　B.《一百个中国孩子的梦》
　　C.《寄小读者》　　　　　　D.《往事》
(2) 下列文学常识内容搭配有误的是（　　）。
　　A.《寄小读者》——冰心　　B.《推开窗子看见你》——高洪波
　　C.《稻草人》——叶圣陶　　D.《狼王梦》——沈石溪
(3) 下列选项中，不属于儿童散文的文体特征的是（　　）。
　　A. 理趣　　　B. 童趣　　　C. 诗意美　　　D. 装饰美
2. 创作一篇儿童散文，并制作PPT，配乐进行诵读。

第七章　儿童科学文艺

扫码获取
本章资源

第一节　儿童科学文艺概述

　　科学文艺是以文学艺术特有的方式向儿童介绍、解释和传递科学知识，或者利用科学知识编织和讲述故事的一类儿童文学文体。科学文艺包括科学诗、科学童话、科学小品、科学散文、科学寓言、科幻小说等多种体式。科学文艺作品不但为读者贡献了科学文艺阅读的乐趣，也为人类科学知识的传播和探索提供了独特的方式和渠道。

　　儿童科学文艺的文体主要是依其内容来进行界定的，其形式则与其他文体有所交叉，每一种文体都有自己的特点，但是无论何种文体，作为儿童科学文艺均具有一些共同的特征：

一、儿童科学文艺是科学知识与文学形式的融合

　　在艺术形态方面，科学文艺是科学知识与文学形式的融合。科学文艺是以文学的方式来呈现科学知识，也是以科学知识来编织文学的文本。当特定的科学知识与具体的儿童文学文体相结合形成科学文艺作品时，此时的科学知识便呈现出一种独有的审美面貌。

二、儿童科学文艺是科学启蒙与文学欣赏的统一

　　在阅读接受方面，科学文艺是科学启蒙与文学欣赏的统一。与一般的儿童文学文体不同，科学文艺天然地包含了向儿童读者传递科学知识以对其进行科学启蒙和教育的意图。不论是科学诗、科学小品、科学散文还是科学童话、科学寓言等，其创作的出发点都是为了帮助孩子初步了解特定的科学知识。

　　儿童科学文艺的启蒙性还表现在为对未来科技的独特预言，科幻小说尤其如此。以凡尔纳的科幻小说为例，当年在他的小说中被想象和描述过的许多事物，今天都已变成了现实。而之所以如此，主要在于启发了后人的想象力和创造力。许多科学家，如无线电报的创始人马可尼、火箭动力学家齐奥尔科夫斯基、航空学家茹科夫斯基等都曾经表示凡尔纳的作品给予了他们最初的想象。

三、儿童科学文艺是教育性与趣味性的统一

　　在功能价值方面，儿童科学文艺是教育性与趣味性的统一。关于儿童科学文艺的

教育性,如李毓佩在科学童话《有理数无理数之战》,以不同数类之间进行的"一次交火",将初等数学领域中比较抽象的无理数概念予以拟人化展现。故事的中心是将"凡是有理数,都可以化成两个整数之比;而无理数,无论如何也不能化成两个整数之比"这个数学概念进行故事化表达,将题材本身因概念的抽象而产生的艰涩,用具象化的表达方式巧妙化解。一些优秀的科学文艺作品的教育性比较含蓄,不是直接地传授知识,而是在无形中传递因科学探索而带来的喜悦、惊奇、敬畏等审美情感,激发学生对科学知识的探索欲。

儿童科学文艺是有教育性的,但是又不是枯燥的,优秀的儿童科学文艺创作者,总是尽力尝试通过具有浓郁美学特征的艺术创作手法来寓教于乐,在体现教育性的同时又不失趣味性。

第二节 儿童科学文艺的类别及作品赏析

前述各章的各种文学体裁都可以用来呈现科学知识,所以从体裁上来划分,儿童科学文艺可以包括科学诗、科学童话、科学小品、科学散文、科学寓言、科幻小说等多种体式。各类文学体裁的特点也均适用于对应体裁的科学文艺作品。但因儿童科学文艺作品具有传授科学知识、激发科学兴趣、培养科学思维的特有使命,使得各类体裁的儿童科学文艺作品又呈现出了区别于普通意义上的儿童文学体裁的特性。

一、科学诗

科学诗自诞生以来,关于它的定义问题一直争议不断。1959 年,高士其在《科学诗》一书的序言中认为,科学诗,包括"科学儿童诗"在内,是现代文学中一个新的品种,它的特点是把科学和诗歌结合起来,把一般人认为枯燥无味的科学,变成生动活泼富有诗意的东西。诗评家谢冕认为,科学诗的写作,只应是一种诗与科学产生联系并彼此溶解的写作,不应简单地理解为在诗中装填进去有关科学的内容。"科学"与"诗"是科学诗的两大特性,但又不是简单的拼凑,但不管怎样其最终体现为以诗歌的形式呈现科学的内容。科学诗选集《飞跃吧 China》的序言中,编者指出:"显而易见,科学性、思想性和艺术性三者是有机的统一,缺乏或离弃其中之一,便会使科学诗大为逊色。就内容而言,它必须是准确的科学知识;就感情而言,它必须是热烈的、积极的、进取的;就艺术而言,它必须是诗的,富有诗意、诗味。知识、感情、诗美三者的巧妙组合,则是我们理想的科学诗。"[①]

二、科学散文

19 世纪法国作家法布尔的科学散文《昆虫记》将一位科学家对昆虫世界的精确、细致的实证观察与生动的文学构思和笔法相结合,从而将昆虫的知识变得引人入胜、妙趣

---

① 曾甘霖作:《科普理论与实践研究·科普创作概论》,中国科学技术出版社,2020 年版,第 153 页。

横生。在《昆虫记》中毛虫、孔雀等各种动物的本能行为都成了可以探究的对象,看似常态的背后的科学知识与逻辑是作者试图展现的,而在呈现方式上则以散文的形式体现了情味和妙趣。《圣甲虫》和《荒石园》中的描写即体现了上述特征:

  那么,是否是异性间的一种合作,是一对圣甲虫在忙着成家立业?有一段时间,我确实这么想过。两只圣甲虫,一前一后,激情满怀地在一起推动着那沉重的粪球,这让我想起了以前有人手摇风琴唱着的歌儿:为了布置家什,咱们怎么办呀?——我们一起推酒桶,你在前来我在后。通过解剖,我便丢掉了这种恩爱夫妻的想法。圣甲虫从表面上看是分不出雌雄来的。因此我把两只一起运送粪球的圣甲虫拿来解剖,我发现它们往往是同一个性别的。

——《昆虫记·圣甲虫》[①]

  我以前在野外捕捉昆虫时,从未遇到过任何一个地方,像这个荒石园那样,聚集着如此之多的昆虫,可以说,所有的膜翅目昆虫全都聚集到这里来了。它们当中,有专以捕食活物为生的"捕猎者",有以湿土"造房筑窝者",有梳理绒絮的"整理工",有在花叶和花蕾中修剪材料备用的"备料工",有以碎纸片建造纸板屋的"建筑师",有搅拌泥土的"泥瓦工",有为木头钻眼的"木工",有在地下挖掘坑道的"矿工",有加工羊肠薄膜的"技工"……还有不少干什么什么的,我也记不清了。

——《昆虫记·荒石园》[②]

  上述两段文字以散文的笔触描写了昆虫的世界,在弥漫的烟火气中,形塑了一个陌生而又不陌生的世界。人间生活与昆虫世界借助作者的细致观察和巧妙联想具有了某种联系,而这种联系又不牵强,而是让人觉得趣味横生、妙不可言,具有诗意的美感。

三、科学童话

  科学童话又称知识童话、自然童话,是童话的一个分支,是以童话形式展现科学内涵的儿童文学作品,是能给儿童一定量的科学知识的儿童文学作品。并不是每一篇以动物、植物、机器等或科学技术中的事物为出场人物的童话都可以算作是科学童话。典型的科学童话具有科学性和儿童性,常常富于儿童思维逻辑允许的幻想。科学童话在科学文艺中是一个重要的品种,无论在国内还是国外,都产生过重要的作品。与一般童话相比,科学童话具有一定的知识性,即它是以科学知识为内容的,所表现的主题也与自然科学有关。科学童话将科学内涵和童话构思结合起来,把科学的理性概念转化为幻想的感性形象,使其既富于科学的启迪,又具有艺术的美感。科学童话所涉及的知识内容一般较为单纯。它并不负有普及科学的任务,但它能培养儿童对自然科学的兴趣,

---

[①][②] 让·亨利·法布尔著,陈筱卿译:《昆虫记》,二十一世纪出版社集团,2017年版,第55、78页。

启迪少年儿童的智慧。科学童话与科幻小说、科幻故事相比,具有相同之处,即三者都具有"幻想"。但科幻小说、科幻故事的"幻想"主要表现在内容上;科学童话的"幻想"则表现在形式上。科学童话的形象可以是拟人体,也可以是常人体,但是科学故事和科幻小说只能是常人体。此外,科学童话的读者主要是少年儿童,因此,就知识内容来说,它要比科幻小说更浅显些。

总之,科学童话作为童话的一种,除了具有童话的一般性特征,还有其自身的特性,那就是具有一定的知识性,既要对科学内容做艺术化的概括,又要以艺术的方法来认识科学内容。

四、科学幻想小说

科幻小说是一种以科学知识的想象编织幻想故事的特殊文学体式。在这类作品中,科学知识赋予了小说独特的叙事基点和依托,而小说所打开的那个丰富绚丽的艺术世界则使这些知识焕发出了奇异的光彩。法国作家儒勒·凡尔纳被誉为"科学幻想小说之父",他的科学幻想小说具有一定的代表性。《格兰特船长的儿女》描述了格兰特船长的一对儿女随一支旅行队驾驶"邓肯"号游船去寻找两年前失踪的父亲的神奇经历,一路上他们穿越大西洋、印度洋,先后到达了南美洲、澳大利亚、新西兰,最后无意中在太平洋荒岛——达抱岛上找到了格兰特船长;《海底两万里》叙述的是生物学家阿罗纳克斯等人跟随诺第留斯号潜艇船长尼摩航行海底的惊险、奇妙的故事;《神秘岛》发表时间较晚,其以5位美国人在荒岛上的创业经历为故事框架,描述了神秘曲折、斑斓多姿的冒险生活。

以上作品在题材上都是具有幻想特性的小说,但是其以小说的体裁形式,通过幻想的方式展示了地理、历史、天文、海洋、生物、科技等各种科学知识,小读者在欣赏奇妙的故事过程中学到了知识。在这些作品中,环境、人物、故事情节作为小说的要素一起使作品具有了吸引人的特质。在具体构思和情节设置方面,凡尔纳十分善于巧设悬念制造种种神秘、惊险、紧张、神奇的叙事氛围。这种氛围吸引着读者的好奇心,刺激着读者的阅读神经,诱导读者进入一种沉醉的阅读状态。

例如《海底两万里》一开始就以"海面上出现了一个大怪物"抓住了读者的探求欲望,而在《神秘岛》中,读者想知道那个总是在紧要关头暗中支持帮助史密斯和少年赫伯特他们的神秘人物究竟是谁。《八十天环游地球》则是情节跌宕起伏,从比预定时间晚了5分钟输掉赌约,彻底破产到发现弄错了日期,这一过程中吸引人的是故事情节,但同时也普及了关于地球的科学知识。叙事细密、起伏跌宕、前后照应、张弛自然的小说创作在严谨的科学知识描述的有力支持下,作品获得了巨大艺术魅力与科学价值。

生动的人物形象是科学文艺作品打动人的另一个原因。《海底两万里》中爱憎分明又对科学事业充满热爱和执着的尼摩船长,《格兰特船长的儿女》中机智、勇敢、执着的12岁少年罗伯尔,《八十天环游地球》中沉着、果断、严肃、冷静、行动精确的福克先生等,这一个个活跃于故事中的生动人物形象,不只是激发起读者的科学探险和思考的乐趣,更像所有优秀的小说作品那样,启迪着读者对世界和人生的理解与思索。

一方面,科幻感受未来的震撼;另一方面,它又用自己的设计给未来带去可能的震

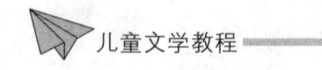

撼。只有在这样的深度上观察科幻,人们才能认识到科幻文学的核心与本质。

五、儿童科学文艺作品赏析

（一）科学童话《小蝌蚪找妈妈》

《小蝌蚪找妈妈》是一篇生物题材的科学童话,这类作品中的角色以动物、植物为主。生物题材之所以受到科学童话作家的青睐,是因为动植物本来就受到儿童的喜爱,其外貌特点是儿童所熟悉的,而其中的知识却是儿童所不知道的,因此这类题材容易引起儿童的共鸣。这篇作品以围绕"找妈妈"这个中心展开,线索单一,情节单纯,却又生动地描绘出了小蝌蚪找妈妈的急切心情。在情节推动上通过"误会法",在小蝌蚪一次又一次错认妈妈的过程中逐步介绍了青蛙的特点。作品结构虽然较简单,情节也比较单纯,然而却塑造了生动具体的形象。

（二）科学诗《我们的土壤妈妈》

高士其(1905—1988),原名高仕琪,福建省福州人。我国现代著名科普作家、科学家。1925年于清华留美预备学校毕业后,被保送到美国留学。1928年在芝加哥大学医学研究院研究食物毒细菌时,因实验事故受甲型脑炎病毒感染,留下严重残疾。1930年秋回国,曾在南京中央医院任检验科主任。1933年在陶行知、李公朴、艾思奇等人影响下,开始从事科学文艺创作,是我国儿童科学文艺的奠基人与杰出代表。由安徽少年儿童出版社出版的四卷本《高士其全集》的第三卷收录了他的全部科学诗创作,近50万字。高士其不仅是科学诗的创作者,也是科学诗创作的理论家,他的科学诗论涉及语言技巧、儿童心理及科学、文学、哲学修养与时代性等许多方面。在《怎样写科学诗》一文中,他总结道:"要写好科学诗,必须善于运用诗的语言,要通过形象化和故事化把科学的语言变成诗的语言,每一个用词造句都要十分正确,每一个夸张和比喻都需要用得十分恰当。写给孩子们看的科学诗,还必须注意儿童的心理特点和熟悉儿童的语言。"《我们的土壤妈妈》这首诗就很好地体现了他的创作理论。

《我们的土壤妈妈》创作于1950年,曾获1954年全国第一次少儿文艺创作评奖一等奖,1980年又被授予全国第二次少儿文艺创作评奖荣誉奖。诗人采用拟人化的手法,运用一系列的比喻,形象而生动地讲述了土壤不断运动、变化、更新、发展的过程;介绍了土壤的特性、功能以及它与一切植物、矿物、微生物、地球、水、太阳等的关系,特别是和人类的关系,在赞颂土壤孕育生命、造福人类的巨大作用的同时,塑造了一位慈爱无私、勤奋耕耘的土壤妈妈的形象。更有趣的是,诗人借助妈妈的形象告诉读者,"她"也是大自然的一员,体现了人与自然不可分割的理念。

❓ 探究与实践

1. 理论探究

（1）儿童科学文艺具有哪些特征?

(2)儿童科学文艺主要有哪些类别？并举例说明。

2. 协作探究

学生分组合作自创或鉴赏经典科学文艺作品，并进行舞台化呈现。

3. 鉴赏实践

《飞向蓝天的恐龙》是部编版小学语文教科书四年级下册第二单元的一篇课文，请运用所学的教法以及儿童文学的相关理论知识进行鉴赏。

《飞向蓝天的恐龙》的完整内容扫章首二维码获取＊＊＊＊＊＊＊＊＊＊＊＊＊＊＊＊＊

《飞向蓝天的恐龙》是部编版小学语文教科书四年级下册的一篇课文。这是一篇科普文章，主要向学生介绍了科学家们根据研究提出的一种假说：鸟类很可能是一种小型恐龙的后裔。20世纪末，我国科学家在辽西首次发现了保存有羽毛印痕的恐龙化石，为人们想象恐龙飞向蓝天、变化为鸟类的演化过程提供了证据。文章既揭示了科学家们在古生物研究方面的重大发现，也向学生开启了一扇探索古生物的科学之门，唤起他们对科学的浓厚兴趣。

课文以"飞向蓝天的恐龙"为题，破除了人们头脑中对恐龙的固有印象，颇具吸引力。课文开篇即以生动形象的语言将笨重、迟钝的恐龙与轻巧灵活的鸟类这两种在人们印象中似乎毫不相干的动物展现在读者面前，告诉我们：在中生代时期，恐龙的一支经过漫长的演化最终变成了凌空翱翔的鸟儿，接着介绍了这一科学发现的大致过程。

课文的第3、4自然段是全文的重点段。第3自然段循着读者的阅读思路，以"恐龙是如何飞向蓝天的呢"这一设问，十分自然地引出下文，将我们的视线引向中生代，在我们眼前再现了恐龙变成鸟类的演化过程。这一过程以时间为序，先讲了两亿三千万年前第一种恐龙的大小、形态、行走方式；接着介绍了经过数千万年之后，它的后代繁衍变化、形态各异的情况；由于它们的体态、体表、生活习性等方面的变化，最终使一支猎食性恐龙变成了天之骄子，飞向了蓝天。

了解"恐龙飞向蓝天的演化过程是怎样的"这一部分是课文的重点。抓住重点词句品味是难点。学习这一部分时，应充分发挥学生的主体地位，让学生充分地读、体会，并发动学生相互评议、补充，让每个学生都能在自身的基础上得到提高。在教学中可以将"读""悟""议""想"结合。

第八章 绘 本

第一节 绘本概述

"绘本"这一艺术形式十九世纪末发端于英国,经由欧洲影响到美国,再到亚洲的日本,日本将"Picturebook"翻译为"绘本"。此后该艺术影响到我国台湾地区,"绘本"的概念便开始进入中文世界。因"绘本"有较强的造词能力(如可构成"绘本馆""绘本剧"等),所以使用上有其便利之处。同时,作为一个独特的文类,"绘本"也容易和"有插图的书"做出更为清晰的区隔,所以"绘本"一词在国内的接受度很广。不过,我国出版机构引进"Picturebook"概念时,多直译为图画书。

绘本经过百余年的发展,现已成为一门独立的艺术类型。由于艺术本身对创造性的不断追求,绘本不断呈现出灵活且多元的样貌,不断打破已有边界。大量优秀的绘本不仅仅只针对儿童创作,而是吸引了各个年龄层的读者,也获得教育、艺术、电影等诸多领域的青睐和关注。但"为儿童"乃是绘本最初发展的根本动因,其艺术的发展和儿童观的进步深深捆绑,这是其非常珍贵的文化传统,"为儿童"也是许多绘本作者最重要的艺术追求,所以本章关注的绘本可理解为"儿童绘本"。

在儿童文学界,绘本已经成为一个专有的文类名称。绘本进入中国,最初是在台湾地区得到发展与重视的。1987年台湾设立信谊图画书奖,绘本艺术得到大力推广。大陆有很优秀的"连环画"传统,改革开放后因重视儿童教育也有许多彩色图画故事书,在此基础上,国内的原创绘本逐步发展繁荣起来。

1991年,蔡皋出版《荒原狐精》,1993年获得布拉迪斯拉发国际插画双年展的"金苹果奖",成为第一个获此殊荣的中国插画家。其后,蔡皋、朱成梁、王祖民等优秀的大陆艺术家作为国内绘本艺术的先驱,先后出版了大量的绘本作品,促进了绘本艺术的交流与合作。

21世纪初,中国的原创绘本艺术迎来了飞速的发展。前辈艺术家蔡皋、于大武、朱成梁、周翔持续发力,年轻艺术家熊亮、彭懿、徐萃、姬炤华、九儿、大吴等新作不断,水平逐渐提高。2009年,第一届"丰子恺儿童图画书奖"在香港成功举办,而后两年一届,极大提升了中国绘本艺术的创作和出版水平。国内较有影响力的陈伯吹国际儿童文学奖也紧跟绘本艺术的发展趋势专设了"最佳绘本奖"。在儿童文学研究者、图书出版人、阅读推广人等的影响推动下,绘本迅速抢占了图书市场高地,学校、家长大量购置绘本,使得这种图文共同叙事的儿童文学类型真正进入了中国孩子的世界。

《义务教育语文课程标准(2022年版)》中,明确提出1—2年级学生应"学习儿歌、童话,阅读图画书,体会童真童趣,感受多姿多彩的生活,初步体验文学阅读的乐趣。"这是新课标第一次提到"图画书"。我们相信在包括中国在内的世界优秀绘本的滋养下,孩子们将真正爱上绘本、爱上阅读,并通过绘本进入更广阔的世界。

总之,绘本这一伴随着"儿童"观念的发展而发展的艺术,虽然进入中国的时间不长,但正积极地影响着当代中国儿童,日渐成为孩子们最喜欢的一种读物。

一、绘本的概念

图画在书籍中存在的历史很久远,梳理图画在书籍中的作用,能帮助我们更好地理解绘本与"有插图的书"的差别。图画在书籍中的功能大致可分为以下三种。

一是装饰功能。如西方中世纪的手抄本,常以昂贵的金粉作装饰,设计精美、画风细腻、色彩艳丽。此类图画虽具有很高的艺术性,但在书中往往只是起到装饰作用,这种装饰性一直延续到当代图书中。

二是表意功能。图画对文本起到阐释甚至补充的作用,为文本提供一种富有想象的空间,代表是有插图的书籍。这类书籍的历史同样非常悠久,比如大家非常熟悉的"小人书""连环画"。这一类书,都是先有成熟的文字故事,再配以插图,插图主要是为了阐释和强化文字内容。

三是叙事功能。后来图画从对文字的从属中独立出来,具有了叙事功能。最典型的代表便是绘本。对于前两类书籍来说,都是文字完全确定后,再配上图画。配图时,文实际已经"意尽"。图固然为文增添几分趣味,但图对于文的作用,只是锦上添花,并非缺之不可。如古斯塔夫·多雷为但丁《神曲》所作的插图,大气磅礴、精美绝伦,为其增添了许多韵味,但如果没有这些图,也并不损害《神曲》的价值。因此,相对文字而言,图画大多是一种附属的作用。

而在绘本中,图画具备了独立的叙事功能。文字和图画使用不同的叙述方式进行故事讲述,而且两者的作用也不是简单的意义叠加。如《母鸡萝丝去散步》,全书只有51个字。"母鸡萝丝出门去散步。她走过院子,绕过池塘,越过干草堆,经过磨坊,穿过篱笆,钻过蜜蜂房,按时回到家吃晚饭。"单就文字来看,故事寡淡无味。事实上,图画几乎是独立地讲述了一个全然不同的故事。而当文字和图画结合在一起时,文图之间又因为叙述上的冲突,使文本产生了新的艺术效果。

因此,当我们探究什么是绘本时,我们探究的是绘本是如何用图画这一介质来讲故事,以及图画和文字是如何在互动中实现叙事的。

1988年,加拿大著名儿童文学理

图 8-1 《母鸡萝丝去散步》

论家佩里·诺德曼在《说说图画：儿童图画书的叙事艺术》前言中指出："图画书——这种以年幼孩子为取向的书，它和其他言辞或视觉艺术的形式有所不同，主要是因为它通过一系列的图画，结合较少的文字或甚至没有文字，以传达讯息或说故事。"他认为，"图画书是通过大量的连贯性的图画与相对较少的文字（或没有文字），互相结合来传递信息或讲述故事的童书"。日本学者松居直在《我的图画书论》中认为，图画书是"用再创造的方法把语言和绘画这两种艺术，不失特性地结合在一起，形象地表现为书这种独特的物质形态"。对图画书的艺术特征，松居直还有一个更有影响力的概括，即"文＋画＝有插图的书，文×画＝图画书"。中国学者方卫平认为，图画书"是由绘画和文学语言两种媒介相互补充，通过图与文的有机结合而产生完整故事的特殊的儿童文学门类"。

由此我们看出，图画具有独立的叙事功能，是绘本区别于其他儿童文学类型的典型特征。经过长久的讨论，人们已经对绘本的形式特点——用"图像"和"文字"这两种不同性质的介质来共同叙事，有了基本共识。但这两种叙事媒介之间的差异，及其在合作叙事中所产生的变动不居的化学反应，实在太令读者着迷。因为绘本这一艺术正在发生发展，所以对它进行全面的定义是很困难的。日本儿童文学学者鸟越信在《日本绘本史》中对绘本这一艺术形式的论述，富有启发性，笔者摘录如下，希望能引发读者进一步的探索和思考：

> 绘本是文本，是图画，是综合性美术设计。绘本是大量生产的一种产品，是商品。绘本是社会、文化、历史的记录。在多种属性中，最首要的是，绘本是给儿童带来一种体验的作品。
>
> 作为艺术形式，有三个方面决定了绘本的构造：图画和语言相互补足、融合；同时展示对开的两个页面；通过翻页营造戏剧性变化。
>
> 绘本自身的可能性是无限的。

二、绘本的艺术特征

针对"儿童绘本"这一范畴，笔者尝试梳理出以下三个艺术特征，以帮助读者更深入地理解绘本艺术。

（一）独特的图文叙事方式

文字有悠久的叙事传统，特别是在民间故事讲述中，故事通过语词以线性方式先后承继着进入听者耳中，读者被迫只能按照这一次序阅读和理解故事。而作为空间型的艺术，图画擅长将所有故事情节同时呈现出来，阅读顺序不被控制，读者因此获得了更大的阅读自主权。德国剧作家莱辛在《拉奥孔——论诗与画的界限》中说，画描绘在空间并列的事物，诗叙述在时间上先后承继的动作，便是对这两种艺术叙事特性的提炼。

其实，绘画叙事的历史比文字叙事的历史还要悠久，但人类一度遗忘了图画叙事的传统。另外，图画确实不擅长表现时间的延续，即便将多幅图画连接起来，故事的连贯性还是可能受到阻滞。所以，好的绘本会充分利用文字和图画各自的优势合作叙事，文字保障故事的流动性,赋予故事好的结构、音韵、节奏、旋律,图画又通过视觉符号传递出氛围、场景、形象、动作、神情等,进一步丰富绘本的讲述魅力。

文字和图画的差异还体现在读者对这两种叙事介质的解码方式上。文字是抽象的符号系统,不识字的儿童通过声音来把握意义,识字的儿童则将声音与字形相结合来把握文本意义,这都需要经过一个对语词这种象征符号的学习掌握和解码的过程,这个过程是和儿童的象征思维同步发展的。而图像是视觉艺术,读者使用感知觉器官来把握故事,这种方式在阅读的初始阶段就可以进行,并不需要象征或者是转化。虽然绘本中的图画也是一种符号,也需要一个解码的过程,但这个过程相对于文字的解码来说更自由,也因此赋予了读者更大的主动权。因此,图画的叙事方式相比文字而言,有趣许多,也神秘许多。

绘本最终是通过文字和图画相互配合实现完整叙事的。关于绘本的图文关系的具体类型,许多学者都进行了深入的研究。比如戴维·刘易斯在《阅读当代图画书:图绘文本》中借用音乐术语比喻,把图绘和文字的交互作用类比为"交织""二重唱""协同互增""轮唱""合奏""对位"等;玛丽亚·尼古拉耶娃和卡罗尔·斯科特在《教育中的儿童文学》中将图文交互作用分成对称性关系、增强性关系、对位性关系、矛盾性关系四种类型。日本图画书研究者鸟越信根据绘本的创作过程,归纳出图文关系三种类型:文章先导型、绘画先导型、同时进行型。

以上对图文关系的类型概括都表明绘本在叙事上的独特之处。图画和文字相互独立,又相互配合。越是成功的绘本,图画与文字越是配合得紧密而巧妙。图断文续,文止图行,图、文完美配合,获得最独特的艺术效果是绘本作家的终极目的。

(二) 儿童本位明确

绘本有悠久的"为儿童"的传统。简单来说,儿童性可以理解为符合儿童的情感和审美需要。优秀绘本的角色塑造、情节设置、版面设计,大多是基于儿童的接受习惯和欣赏趣味而进行的。如《我的兔子朋友》。小老鼠新得的一架玩具飞机,被朋友兔子飞到树梢去了。兔子先后拖来一头大象,推来一头犀牛,又举过来河马、鹿、鳄鱼、小松鼠、棕熊、鸭子,用叠罗汉的方式把飞机摘了下来。就在摘到飞机的那刹那,"梯子"倒了,动物们摔得七荤八素。大家都在埋怨兔子的时候,小老鼠驾着飞机救了兔子,兔子感激得紧紧抱住小老鼠,却因此遮住了小老鼠的眼睛,于是飞机再次挂在了树梢。

《我的兔子朋友》的魅力,在于幽默风趣的图画,也在于作者通过小老鼠和兔子反映出一个单纯质朴的童年世界。兔子活脱脱就是一位活泼好动、乐观开朗、精力充沛的儿童形象。莽撞的兔子把老鼠朋友折腾得那么狼狈,老鼠却仍坚信兔子是好心好意的,从来不抱怨兔子给自己带来的麻烦,总是和兔子站在一起,支持兔子,共同解决问题,表现出孩子之间超越功利的友谊。这也正是松居直所说的用"孩子的想法和心情去绘画的图画书"。

北京师范大学陈晖教授认为,"绘本的内容、形式、表达与呈现相应地反映出鲜明的儿童性"。"儿童生活、心理和趣味投射到绘本中,令绘本具有了浓郁的童趣,焕发出的源自童心天然的童趣和童稚美,成就了绘本美学意义上的儿童性。"

图 8-2 《我的兔子朋友》

"童稚""童趣"是儿童性的重要方面。但是,儿童性实质上是一个成年人的儿童观问题,从历时的角度看,儿童性是不断发展变化的。从共时的角度看,不同民族对儿童性的认识不同。阿里耶斯认为,"儿童"是个历史建构的概念,人类文明很长时间里都没有感觉到儿童的世界和成人世界之间的差别。法国社会史家菲利普·阿里耶斯在《儿童的世纪:家庭生活的社会史》中分析到,16、17世纪欧洲的上层社会中,儿童期作为一种与成年期相分离的状态的意识还不存在。18世纪中叶,现代的儿童观念出现,孩子成了家庭的中心。在此之后,西方才把儿童看作是一个需要与成人加以区别的群体。

当儿童没有被与成人相区别时,自然也没有专为儿童写作的读物。只有当儿童与成人区别开来,为儿童创作才得以可能。这也是为什么在中国长期的历史进程中,虽然产生了灿烂辉煌的文学艺术作品,但是在新文化运动之前,几乎完全没有专门为儿童创作的作品。长期以来,儿童被当作是成人的附庸或成人的"预备",因此,儿童与成人共享同类读物。即便是所谓的童谣,也并非特意为儿童而作,往往还附有特殊的政治目的。新文化运动时期在西方的影响下,出于反对封建纲常的需要,儿童作为一个人生时段和群体,获得了独立的意义。中国才有了专门"为儿童"的文学和艺术。

因此,儿童性是一个历史建构的概念。而"为儿童"的绘本的创作也意味着对儿童世界的一种探索。

桑达克的《野兽国》刚出版时把美国的评论界和家长吓坏了,他们担心书中怪物的造型会吓到孩子们,同时也对故事表现孩子内心的阴暗面深怀戒心。不过《野兽国》得到了孩子们的喜欢,最终也获得了评论界和家长的认同。在某种意义上,桑达克如同社会学家,改变了人们对儿童的认识。原来大人眼中那个幼稚甚至肤浅的小人,内心中也会有沉重得近似于黑暗的东西。也许大人可以选择对黑暗视而不见,它却始终在那个地方。《纽约时报》在桑达克的讣告中说"他把绘本从安全、整洁的世界拖进了黑暗、可怕又美妙的人类心理的幽深之处。"他的作品终结了美国儿童文学作品一成不变的上百年的传统:"主角都是干净、听话的孩子,他们也不会有什么真正的遭遇"。①

图 8-3 《野兽国》

桑达克《野兽国》的出版被看作是绘本成年的标志。从此,更多复杂的主题,比如性、种族、暴力、死亡,进入绘本的创作领域。约克·米勒的无字书《坚定的小锡兵》涉及战争、杀戮、东西方贫富分化,意大利罗伯特·英诺森的《百变小红帽》打破了传统童书美好的结局,展现出世界的危险与残酷。这些以前被认为不适合孩子的内容在图画书中得到表现,反映出人们对儿童认识的加深,即不再把孩子看作是智力上低于成人的群体,相信孩子的理解能力、领悟能力和判断能力,同时,也体现出成年人对儿童权利的维护。绘本因此也不再只是哄孩子睡觉的东西,它向孩子展示世界的简单与美好,也展示世界的复杂与黑暗,引领着他们走向生命的深处。

因此,不能简单地将儿童性认定为"童稚""童趣"。在"儿童—成人"的权力格局中,儿童天生就是弱者,儿童性始终依赖于成人的界定。而成人所界定的儿童性是否合于儿童自身,注定了是一个难以定论的问题,这使得我们始终要朝着"儿童本位"的方向不断对"儿童性"进行建构。许多优秀的绘本,正是因为真正站在儿童视角为儿童发声,不断探索符合儿童的主题和表现手法,才成了不起的艺术作品。

(三)个人风格独特

对于各种艺术来说,风格都是一个至关重要的问题,绘本也是如此。优秀的绘本还具备第三个特征,即鲜明的个人风格。

贡布里希认为,原始艺术看似笨拙,这并非意味着古人艺术技能低下,而只是因为古人的思想观念、对艺术的理解与我们不同,由此形成了他们独特的风格。所以他认为,艺术的历史并不是艺术技法进步的历史,而是艺术风格不断替代的历史,"任何一种

---

① 转引自小贝《野兽国》,《三联生活周刊》2012 年第 20 期,164 页。

风格都有可能达到艺术的完美境界。"①贡布里希的话深刻道出了风格对于艺术的重要性。但在关于对绘本的理解与认识中，绘本的艺术风格常被人所忽视。

方卫平教授认为："图画书画面的功能不仅仅是呈现场景，它本身是一种艺术的创造。优秀的童书插画家经受过严格的绘画技巧训练，并对插图艺术有着自己独到的理解，他们的作品在线条的使用、画面的构图、色彩的调配等方面，都包含着艺术方面的严肃考量。"②

绘本中画面的表现媒质多种多样，除绘画外，还有拼贴、剪纸、摄影、版画、浮雕等。从绘画材料来说，又有水粉、水彩、水墨、丙烯、油画、蜡笔、炭笔等，在此基础上，由于绘本作者对艺术手法的偏好不同，所倾慕的艺术流派不同，所欲表达的意义和情感不同，使得绘本呈现出多姿多彩的风格。

大卫·威斯纳的无字书《疯狂星期二》，其画面具有强烈的动感，表现出奔放不羁的想象力和幽默感。桑达克的《在那遥远的地方》以具有深厚象征意味的海、山、阴暗的树林，营造出一种带有神秘感的幻想氛围。同样是社会批判主题，安东尼·布朗以具有幽默意味的超现实画风对社会进行着尖锐的批判，而罗伯特·英诺森提则以写实的笔触、凝重的色彩去表现深刻的社会主题，让人觉得沉重、忧伤，还有几分悲愤、无奈。同样是漫画风格，宫西达也的画有着写意画般的传神，《一只小猪和一百只狼》中，作者寥寥几笔就将狼的愚笨、贪婪却又带几分天真的形象刻画得淋漓尽致，而谢尔·希尔弗斯坦的《爱心树》却纯用线条白描，以淡淡的人生讽刺与生活哲学取胜。

不同的绘本还体现了不同的民族特色。赤羽末吉的《木匠和鬼六》多用红、绿二色，线条大胆，人物形象夸张，洋溢着世俗的欢乐气氛，具有日本浮世绘的味道；陈江洪的《虎王子》用斧劈皴画峻山，以墨渍画碎石、以洇散表现树木，以枯墨勾画老藤，体现出纯

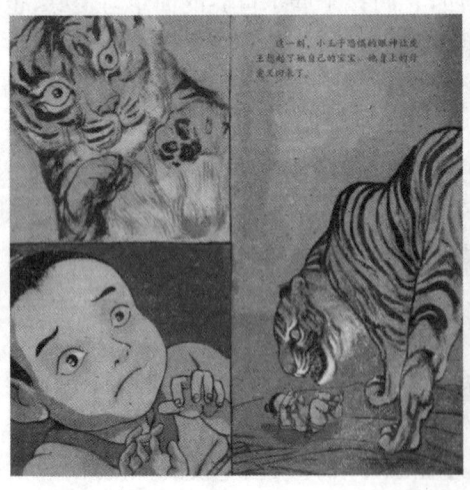

图 8-4 《虎王子》

---

① 贡布里希：《艺术的故事》，生活·读书·新知，1999 年版，第 115 页。
② 方卫平：《享受图画书——图画书艺术与鉴赏》，明天出版社，2012 年版，第 36 页。

正的中国水墨韵味;玛西亚·布朗的《影子》只用黑白二色,在人物和动物的描绘上虽然不注重形体的准确,但抓住生动的神态,充满强烈的运动感,具有非洲原始艺术的风格;保罗·布戈尔的《野马之歌》中类似印第安人脸谱的大色块的运用,则表现出美洲原始艺术的特点。欣赏不同作者的绘本作品,宛如进入了一座视觉艺术博物馆。

因此,笔者认为,丰富的图文叙事方式、明确的儿童本位、独特的个人风格,是绘本不可或缺的三个元素。在优秀的绘本中,三者水乳交融,不可分离,才使得绘本成为深受读者喜爱的艺术形式。

第二节　绘本的图画叙事艺术

人类可以用来叙事的材料很多,法国符号学家罗兰·巴特说:"对人类来说,似乎任何材料都适宜于叙事:叙事承载物可以是口头或书面的有声语言、是固定的或活动的画面、是手势,以及所有这些材料的有机混合;叙事遍布于神话、传说、寓言、民间故事、小说、史诗、历史、悲剧、正剧、喜剧、哑剧、绘画、彩绘玻璃窗、电影、连环画、社会杂闻、会话。但无可否认,最基本、最重要的叙事媒介却非语词与图像莫属。"这里说的语词,是我们最熟悉的口语和文字。

研究表明,大部分识字的人都能够轻易记住五万个词。经过系统的语言学习,我们就能够熟练地安排这些语词以不同的原则将其组合,借以说出千千万万个故事来。但因为缺乏系统的绘画练习和艺术史学习,大部分人对如何运用图画来讲故事基本没有经验,面对优秀的绘画作品,可能很难全面深刻地把握和理解它们。

事实上,图像的叙事本身确实会让意义很不明确,相对于文字来说,图画更具开放性。所以,人们会使用文字和图画共同叙事的方式来讲述故事,不过,图画在和语词的长期共存和竞争中,总是处于被贬抑的地位。而绘本这门艺术,却在图像的叙事功能上进行了深入的探索,使图像在叙事这件事上大放异彩。插画家们运用色彩、线条、形状、空间布局等技巧,用以表达他所看到的、想到的,完成对故事的独立讲述。这个过程和文字作家的创作一样,是一个极其严肃和艰苦的探索过程。比如美国的莫里斯·桑达克花了8年时间才完成了《野兽出没的地方》,最终这部作品成为绘本艺术金字塔的塔尖,深刻影响了整个美国绘本艺术的发展。

本节笔者将选取视角、文字、边框等几个普通读者可能不常留意的部分进行分析,帮助读者领略绘本图画叙事的魅力,理解绘本艺术与传统的儿童文学文体的差异。

一、视角

（一）观看的物理视角

我们读绘本用眼睛观察图画,表面上是我们在看,实际上我们能看到什么,看不到什么,甚至是我们怎么看,都是画家早早就设计好的。画画和拍摄照片、电影一样,首先要确定用什么角度来呈现要表现的场景。观察点与观察点之间的角度差异,会产生平视、俯视、仰视、鸟瞰和虫视等视角。平视、俯视、仰视是我们比较熟悉的视角,鸟瞰是垂直向下看，虫视正相反，是像蚂蚁一样垂直向上看。事实上，真正的视角是全方位的，而使用不同的视角去观看，其效果会很不一样。

中国画家大钧绘图的绘本《风筝》，故事文本是鲁迅先生的短文《风筝》。鲁迅回忆自己小时候以兄长姿态欺负瘦小的兄弟，讥笑他喜欢风筝，喜欢游戏是可鄙的。所以当有天发现小兄弟自己在悄悄地做风筝时，他上前踩烂了他的风筝。我们看到，大钧在这张图中使用了俯视的视角，读者得以站在小兄弟的视角，体会他不敢抬头抗争，只能低着头看着自己辛苦粘制的风筝被哥哥踩烂的恐惧与无奈。

而莫迪凯·葛斯坦的《高空走索人》是在几个视角中灵活切换。当杂技艺术家菲利普·帕特站在纽约世贸中心双子星大楼顶端时，作者使用鸟瞰的视角，展示那惊心动魄的一幕，此

图8-5 《风筝》

时，地面上的车辆和行人成了密密麻麻的点。接下来，又切换到行人的角度上，用虫视的视角垂直向上看，站在钢索上的菲利普·帕特成了一个小点，这一视角突出了建筑物的高度，凸显了艺术家的艺高胆大。

图8-6 《高空走索人》

绘本作者还会根据自己想要表达的主题或想要传递的氛围来选择不同的视角。比如绘本《爷爷有没有穿西装》。"爷爷有没有穿西装？"是小男孩布鲁诺的问话，他之所以这样问，是因为他看到爷爷穿上了黑皮鞋，而平时，只要爷爷穿黑皮鞋，他就一定会穿西装。可是他看不到爷爷有没有穿西装。配合文字叙事，作者在绘图中使用仰视的视角，所以，读者就和小男孩布鲁诺一样，只能看到爷爷的脚。这样有限的视角使我们一时无

法把握故事的信息,但也因此让我们对儿童眼中所见和心中所想感同身受。翻开后页,作者又使用俯视的视角,让读者看到布鲁诺被举起,看到爷爷躺在了棺木里。

图 8-7 《爷爷有没有穿西装》

在绘本的图画艺术中,从不同角度来取景,并将其连缀起来,还可以完成一段非常流畅的时间性的叙事。比如大卫·威斯纳的《三只小猪》,最令人称奇的三张图中,作者使用平视、仰视、俯视三个视角的切换,完成了对三只小猪骑上纸做的飞机,快意地飞起来这一情节的叙事。为了让我们完整获得作者所设定的视角,页面中有大量的空白,甚至是产生了完全空白的一页。

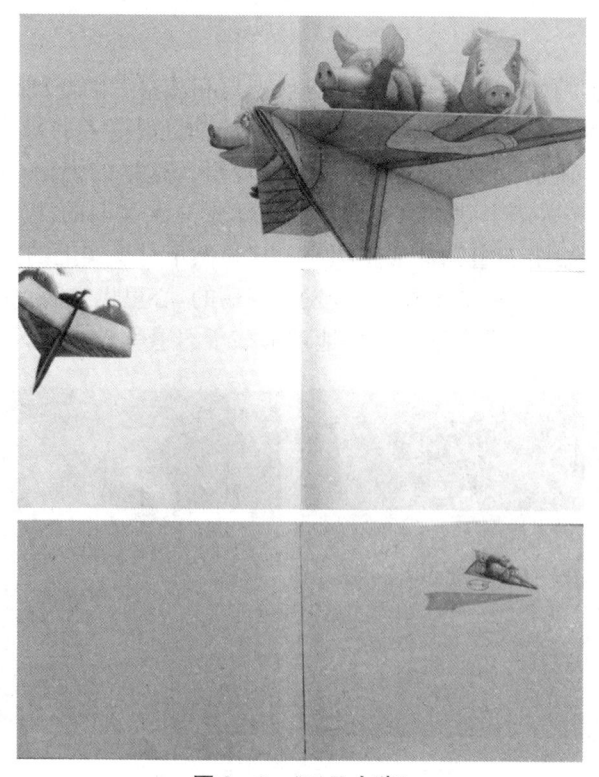

图 8-8 《三只小猪》

（二）观察者的身份视角

图画叙事中的视角，除了指取景的物理角度，还可以指观察者的身份视角，即"谁在看"。

《风筝》故事中，小兄弟惊恐地抬头时，观察者显然是突然闯进的哥哥鲁迅，但大钧随即又将观察者切换到了小兄弟身上，视线显示小兄弟在哥哥面前不敢抬头。通过这种切换，把兄长的压迫感和小兄弟的恐惧形成鲜明对比。

图 8-9 《风筝》

还有更复杂的一种情况，即观察者的身份视角和观察者的心理视角不一致的情况。如《爷爷有没有穿西装》中的这张图，物理视角是平视，观察者的身份是故事以外第三人，但读者会感觉得画面中的人物有点丑，空间变形。这里的视角，更多投射的是儿童的心理视角。比如布鲁诺坐到窗边爷爷常坐的那张又大又旧的沙发上时，画家将沙发的空间处理得特别宽大，布鲁诺却显得很小。这显然不是事实上的空间比例，而是为了表现出布鲁诺的感受——爷爷不在了，沙发空荡荡的，心里也空荡荡的。作者无疑是希望用这样的图画语言提醒成人读者更好地理解孩子的感受，进而真正地"发现儿童"。

图 8-10 《爷爷有没有穿西装》

无论是从看的物理角度还是从叙事者的身份角度不断变化视角，无论是全局性无所不知地讲述一个故事，还是以故事中的某种有限身份现身说法讲故事，都会深刻影响读者感受，带来非常复杂的阅读体验，这显然是创作者的意图，是图画叙事的重要技巧。

二、文字

绘本，是文字和图画共同叙事的艺术。这里的文字是指传递叙事意义的抽象的文字符号。每一本绘本都需要将这样的抽象符号以非常直观的方式印制在绘本的画页中，于是，文字也成了一种视觉符号，成了图画叙事的重要工具。

（一）与图画互相独立存在的文字

传统的连环画、小人书，文字和图画明显分离，文字的位置从头到尾都是固定的。比如连环画出版社出版的《柳毅传书》，画家戴宏海绘图，图画的艺术性很高，而文字始终在图画以外，非常规整。

图 8-11 《柳毅传书》

在现代意义的绘本中，同样是和图画互相独立存在，但文字的设计与排版就明显灵活许多。比如喜多村惠的《我变成了一只猫》。故事讲述一个小男孩，有一天发现自己变成了一只猫。事实上是他和那只猫互换了身体。他走过那只猫日常走过的地方，用惊奇的眼光去仔细打量猫的世界。前半部分，文字和图画配合以一个稳定的节奏讲述故事，位置相对固定。故事中段开始，当故事讲述那只猫变成了小男孩之后的经历，文字的位置就随着图片布局而变化了。

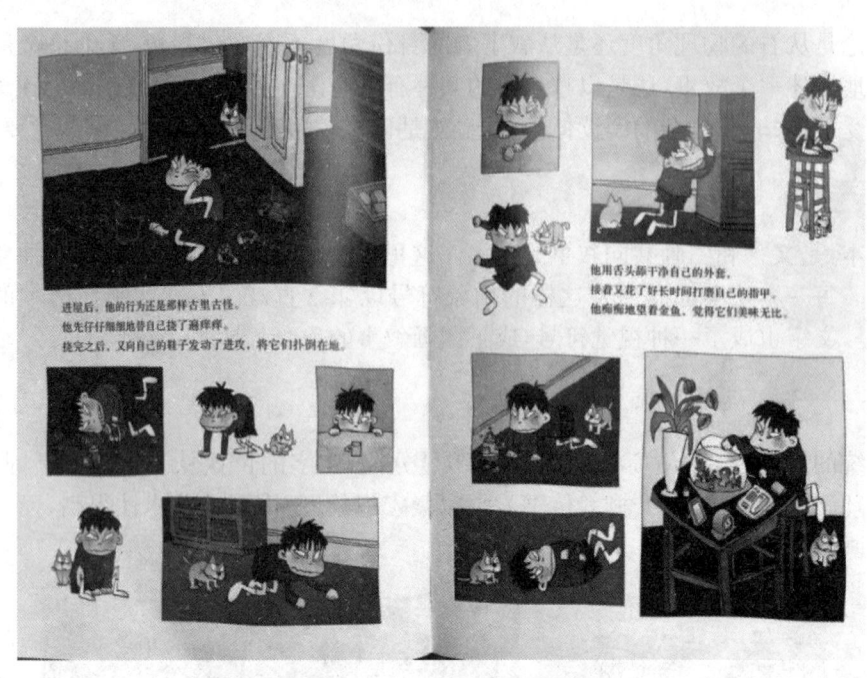

图 8-12 《我变成了一只猫》

第二种情况是文字设计在图画内部，但也是相互独立。文字常常放置在图画的无语义的空白中，或者图画的背景中。比如周翔老师的《一园青菜成了精》。《一园青菜成了精》是一首北方童谣，有整齐的字数、朗朗上口的平仄和押韵，所以对应的文字也整齐排列，只是在画面中的位置不是固定的，有时候在上，有时候在下。这样类型的绘本非常多。

图 8-13 《一园青菜成了精》

(二)"图形化"的文字

维吉尼亚·李·伯顿创作的《小房子》获得了 1943 年的凯迪克金奖。这个绘本的文字设计让人过目难忘。比如故事开头这幅温馨的画,文字内容是:"很久很久以前,在城外很远的乡下,有一座小房子。这座小房子盖得很好,她非常坚固也非常漂亮。那位把她盖得很好的主人说:'这座小房子永远也不能卖,出多少钱都不卖。她要一直看着我们的孙子的孙子的孙子的孙子的孙子的孙子住在里面。'"

图 8-14 《小房子》

画页中充满着柔和的曲线。房子的窗户仿佛是两只眼睛,台阶和门形成的图案就像是人的嘴巴。小房子旁边的树显得婀娜多姿。猫、狗、松鼠、小鸟、追逐的孩子以及房子的主人,无不传递出温柔婉转的氛围。所以,如果文字还是采用中规中矩的设计,会破坏画面的整体性。维吉尼亚·李·伯顿就将文字进行图形化排版,其效果就仿佛是小房子门前的台阶一样,和蜿蜒的小路和谐地统一在了一起。这种文字设计风格贯穿了整个绘本。

2017 年凯迪克银奖绘本《他们都看见了一只猫》。图画内的文字位置也非常灵活,不仅如此,文字配合图画的特点精心设计,字体的颜色和大

图 8-15 《他们都看见了一只猫》

小以及形状都非常和谐地内嵌在图画里面。

（三）作为图画的文字

还有许多优秀的绘本，文字变成了图画本身，承担了图画叙事的功能。比如莫莉·卞的《菲菲生气了——非常非常生气》，菲菲和姐姐抢夺玩具时发出"NO"的声音，但这个文字并没有像书页中的其他文字一样进行整齐的设计，作者把这个单词直接设计成了仿佛是火焰一般的图形。

后来，菲菲发出火红火红的咆哮，"Roar"（咆哮）这个单词成了更大的一团火焰，从菲菲口中发出来。

再进一步，地板变形，形成了一个火山口，作者将"Explode"（爆发）这个单词设计成了火山喷发出来的熔岩的形态。

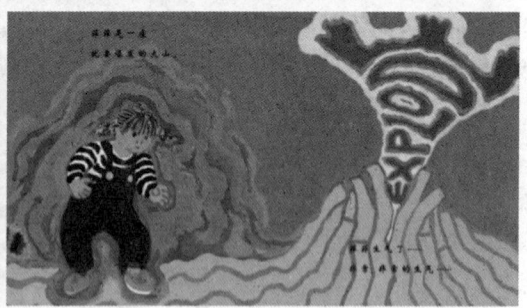

图 8-16 《菲菲生气了——非常非常生气》

文字作为图画元素本身发挥奇特的叙事作用，不得不提及大卫·威斯纳的《三只小猪》。这是一个典型的后现代风格的绘本，作者将传统的童话故事拆解、颠覆，注入全新的内核。故事里，当三只小猪带着一条龙打开门回到传统的三只小猪的故事里时，因为龙的出现，连原本故事的文字都被撞碎了……

接下来,画页中的小猪摘下故事里的文字,把他们放到篮子里,然后,又重新拼贴上去,组成了一个新的结尾……

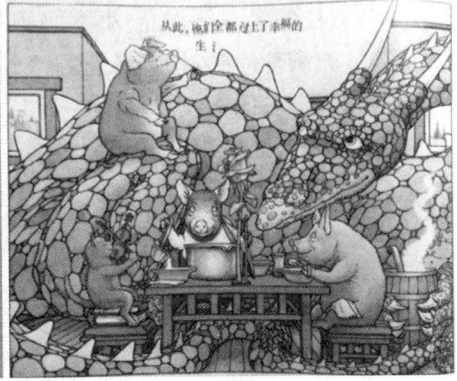

图 8-17 《三只小猪》

文字被打碎,重组,重建成新的故事,这里的"文字"既是抽象的意义符号,又是图画本身。这样的设计所产生的感受和作品本身想要表达的意思是完美配合,极具深意,也深刻体现了绘本在叙事上的独特魅力。

许多优秀的绘本,文字都设计和运用得非常灵活和巧妙,这一点中国原创绘本还有很大的学习空间。

三、边框

(一)线条边框和无线条的边框

1. 线条边框

生活中我们看到的画都需要用画框框定起来。画框的大小、粗细、材质对一幅画会产生不小的影响。

比如汤米·狄波拉的《武士与龙》，这本绘本内页的框线和故事中人物的轮廓线条形态一致，手绘的粗线条，不平滑，复古怀旧，因此框线的风格和图画整体的风格浑然一体。

图8-18 《武士与龙》

汤米·狄波拉的另一部作品《巫婆奶奶》，仅就框线来说，风格和《武士与龙》一致，同样复古怀旧，充满梦幻感，使读者仿佛来到了中世纪的欧洲小镇。若仔细观察，还可以发现，图画和画框看似不经意地结合在了一起，使得框线成了图画的一个部分，同时隐隐地突破了原有的框线。这首先传递了一种幽默感，同时还产生了"神奇"的气氛，正和"巫婆奶奶"那个神奇的咒语给读者带来的感受是一致的。这本书获得了1976年的凯迪克银奖。

图8-19 《巫婆奶奶》

2. 无线条边框

绘本的图画除了有显而易见的实体框线，还有无实体线条的边框。比如《野兽出没的地方》。故事前半段的几幅画，表面看没有框线，图画以外是书页中的空白，但当读者按照一个稳定的顺序翻阅，可以发现图画在逐渐变大，直至铺满整个页面。相应地，空白的区域也就逐渐缩小。在这里，图画以外的空白区域形成了一个隐性的边框，结合这是一个表现孩子的情绪变化的故事，我们可以感受到，空白边框对图画的包裹与情绪的压抑、被控制之间的隐性关联。

图 8-20 《野兽出没的地方》

再比如大钧的《风筝》，这本身是一个让人压抑的故事，所以整本书就用黑色做底色，因此也就形成了黑色的边框。在这幅图中，小表弟拖着腮帮子看着窗外，整个人不仅被画在黑色框线内，而且被设计在了一个四周封闭的窗户内，因此黑色框线以外，他仿佛又被窗户给框住了。双重框线显然传达出了更深入的情绪。利用图画中的图案本身来形成框线，是优秀的绘本艺术家常用的做法。在这些绘本里，框线就是图画叙事的元素本身。

图 8-21 《风筝》

（二）被突破的边框

讨论完被各种边框框定的图画，我们再来看看不受边框控制的图画，理解一下，突破边框在画家这里，意味着什么？

比如安东尼·布朗的《公园里的声音》。这张图中，带孩子查尔斯来公园散步的女士，此刻找不儿子到查尔斯，她焦急地寻找。"这几天公园里经常有些古怪的人，我叫查尔斯的名字，叫了好久好久"，与文字对应的图画，小小一幅，没有实体框线，书页上的白色区域很大，形成了实际上的外框，并对图画形成了一种明显的包围。女士的帽子突破了外框，这棵树，倒向了她呼喊的那一边，仿佛大风吹过，可是哪里来的大风呢？是女士口中吹出的大风吗？吹得这棵树也突破了边框。

读者可以明显感受到这样的设计和主人公的内心感受的一致性，这个女士内心的焦虑与慌张，通过突破边框非常细腻地表现了出来。

再来看到这一页，小男孩查尔斯和小女孩脏脏打算滑滑梯。名字传递出故事的背景信息，查尔斯，是一个富裕人家的或者是有教养的人家的孩子，脏脏，一看就是社会底层家庭的孩子。

这几天公园里经常有些古怪的人！
我叫查尔斯的名字，叫了好久好久。

图 8 - 22　《公园里的声音》

这还可以从两个孩子身上的着装中看出来。查尔斯的衣服讲究、郑重。脏脏的衣服，舒适、随性。滑滑梯应该是孩子们最喜欢的事，但在滑滑梯顶端的查尔斯，穿着这样正式的衣服，仿佛在犹豫要不要滑下去，顺着滑梯的方向向下，我们看到滑梯的另一端溢出了边框。那意味着什么呢？如果滑下去，查尔斯就会突破某种束缚吗？所以他犹豫挣扎了吗？最终，他会滑下去吗？

说到突破边框，还有一部让人惊叹的作品——大卫·威斯纳的《三只小猪》。开始的页面里，我们能看到非常传统的图画设计方式。作者用黑色线条框定图画，讲述传统的三只小猪的故事。但很快，故事讲到"大灰狼吹呀吹呀，把我吹到故事外面去了……"时，那只猪真的到了故事外面去了……

如果没有图画，仅用文字表述，该如何叙述"故事以外"这件事呢？文字所不擅长表现的空间概念，却给了图画艺术极好的发挥空间。当小猪逃离框线，来到书页的空白区域，读者一下子能够理解"故事以外"是什么意思。也就是说，大卫·威斯纳不仅赋予了"边框"以象征的意义，还赋予了原本无意义的空白区域以实在的意义。空白，是一个空间，无边无际，是和现实的空间异质的时空，既抽象又实在。三只猪可以在这个空间里从事各种活动。还可以把绘本的图画折成纸飞机飞来飞去……这样打破经典、突破传统的设计，正是绘本艺术的魅力。

图 8-23 《三只小猪》

第三节 绘本赏析与阅读指导

绘本的主题无所不包，绘本也因此极具魅力。可以说，正是绘本这一形式的出现，才真正帮助儿童通过有意思的阅读走入广阔的文化和现实世界。因此，了解与接触不同主题、不同风格的优秀绘本，可以很好地支持儿童成长的需要。

绘本的主题包罗万象，每一个主题下都有许多艺术水平很高的作品。本节笔者选取了三个主题中的优秀绘本进行赏析，这些绘本都可以成为小学教育中非常有价值的阅读材料。

一、传统文化绘本

中国传统文化博大精深，大量的原创图画书努力将中国传统文化融入作品中。这些作品呈现出了独特的中华传统文化的美学特质，绘本创作的民族性得到了加强。同时，绘本作家们又谦虚地学习与吸收着现代的儿童观念，以更符合儿童接受特点的方式讲述着传统文化故事，使得传统文化得以真正进入当代中国儿童的生活。

绘本《用甲骨文做游戏：中国的十二属相传说》讲的是典型的中华文化故事。人类不会计算年龄，求助于玉皇大帝，玉皇大帝因此让动物们进行比赛，

图 8-24 《用甲骨文做游戏：中国的十二属相传说》

取十二个先报到的动物来代表属相,用以计算年龄。山水田地、风云雷电以及各种动物,都用甲骨文进行表现,使读者有机会直观欣赏象形文字的奇妙艺术,了解象形、指示、会意等汉字造字法,进而体验到先民的智慧和表现力,因此由衷产生对中华传统文化的骄傲之情。作品用看似轻巧简单的方式展示了中华传统文化厚重的历史与独特的魅力。

林秀穗和廖健宏夫妇共同创作的绘本《进城》,改编自民间故事《父子骑驴》。小虎儿和老爹二人牵着驴进城赶集,遇到一个个"热心"的路人指手画脚,父子俩因此就谁来骑驴以及是否骑驴这个问题变了一路,甚至还一起扛着驴走。最后,父子俩突然有所领悟,随自己的心意高高兴兴地进城去了。故事本身诙谐幽默,让人忍俊不禁,改编之后,文本的哲学意蕴更加丰富。从媒材技法上看,黑白图像、剪纸风格的图画给人留下深刻印象,正是纯粹的黑白对比非常出色地突出了图画语言,便于读者抓住叙事信息。另外,图文合作叙事表现得非常出色。对父子俩评头论足的"路人"都是中国传统文化中的"名人",但这些人的身份信息,是通过图画语言表现出来的。比如父子俩进城路上最早遇见的"小男孩儿",坐在人参果树上,头戴金箍、身背棍棒、手持芭蕉扇,仔细一看,树下还隐藏着猪八戒和牛魔王。读者一看就明白这呼应了《西游记》里孙悟空路阻火焰山、求取芭蕉扇和收服牛魔王的故事情节。孙悟空骂父子愚笨,有驴不骑,不懂享受,也呼应了孙悟空调皮捣蛋又好享福的个性特征。黛玉葬花、张飞唱戏、老鼠娶亲、八仙过海、武松打虎、姜太公钓鱼……创作者用戏仿的方式,将这些中国传统文化中的典故巧妙地嵌入图画中,使得整个作品层次丰富、引人入胜。

图 8-25 《进城》

中国的文学艺术起源很早,历代文人墨客凭借自身对艺术的不懈追求,创造了辉煌灿烂的中国传统文学艺术作品,这些作品是中华民族的瑰宝,也是中国原创图画书重要的素材和灵感来源。青年画家叶露盈的《洛神赋》取材于曹植的辞赋名篇。曹植从京师返回封地,途径洛水,有感于《神女赋》中宋玉对楚王所说的神女之事,写下《洛神赋》,虚构了自己与洛神邂逅和彼此思慕爱恋的故事。曹植的《洛神赋》是辞赋中的精品,辞藻华丽而不浮躁,语言优美、生动,刻画的"宓妃"形象传神且具有神秘气息。儿童文学作家余治莹忠于原著的基调,将古辞赋改编为现代文。叶露盈则受敦煌飞天形象影响,紧扣"水"之缥缈、灵动特质,创作出了发束柔软、半裸身体、鱼尾披风随肩的"洛神"形象。

绘本选择了大开本,多处使用折页设计,特别是表现众神降临的好几幅画,想象奇特瑰丽、气势磅礴。叶露盈说:"我希望能将中国传统文风、画风与现代的漫画技艺结合。将诗词歌赋与绘画融为一体,创造出了具有中国传统意味的绮丽世界。"

图 8－26 《洛神赋》

二、艺术绘本

绘本中有一部分作品聚焦艺术历史或知识,既给读者提供了欣赏艺术的契机,传递了与艺术相关的历史与知识,又作为一种特殊的艺术形式,表达着艺术本身。这类绘本集文学审美与艺术认知于一身,推动读者对艺术产生更深入的理解。

音乐绘本《彼得与狼》是能获得有趣"听赏"体验的作品。音乐本身改编自1936年春苏联著名作曲家普罗柯菲耶夫为孩子们创作的交响童话《彼得与狼》。无论是原曲还是绘本改编后的乐曲,作曲家都首先使用特定的乐器来表现故事角色,如长笛声音清脆,因此代表小鸟;巴松声音厚重,用以表现爷爷深沉的嗓音。乐曲还通过旋律、节奏来表现动作,推进情节发展。如用长笛和双簧管演奏出小鸟和小鸭在树上拌嘴的效果,传递出轻快、幽默的氛围。小猫偷袭小鸟时,单簧管上场,表现了猫咪蹑手蹑脚匍匐着逐渐靠近的场景。大灰狼出现时,圆号用低沉的声音吹奏出让人感到紧张的旋律。主旋律使用小提琴演奏,代表主角彼得,每次旋律一出,都能让人感受到彼得的从容、机智,听起来让人安心、放松。听赏这个绘本,能了解多种乐器的特点,感受经典的交响乐曲目,更能直接体验到音乐的叙事魅力。

图 8－27 《彼得与狼》

绘画是视觉艺术中最常见的类型。画家们创造出光怪陆离、纷繁复杂的视觉形象，用以表达情感和思想，体现他们对美的追求。因此，许多绘本作家创作了以绘画艺术为主题的作品。如阿兰·赛尔的《格尔尼卡——毕加索对故国之爱》，这既是一本介绍世界名画"格尔尼卡"的故事绘本，也可称是画家毕加索的传记绘本。绘本开场通过大量照片和画作，首先让读者得以了解毕加索艺术生命的成长历程。"蓝色时期""粉红色时期""立体主义时期""新古典主义时期"……不同时期的代表作品，表明毕加索始终在不断突破自我。风格的变化意味着画家看世界的方式在不断变化，这体现了毕加索对"绘画"这个艺术的思考。绘本还原了巨幅反战体裁作品《格尔尼卡》（毕加索是西班牙人，格尔尼卡是西班牙一个重要城市。1937年，格尔尼卡被德国和意大利军队轰炸，整个城市顷刻之间被摧毁殆尽。）的创作过程。"怎样让一幅图画比50吨炸药轰炸更为强烈？"它能否让死亡更长久地留在读者的脑海里？沉默不语的公牛、嘶吼的马、站在阴影里的鸟……它们象征着什么？画家为什么仅仅使用黑白两色？阅读这本绘本，读者会自然地追随艺术家的思考而思考，从而加深对绘画艺术的理解。

图8-28 《格尔尼卡——毕加索对故国之爱》

对普通人来说，建筑是栖身和功用之所。但建筑师在追求实用基础上，还力图使建筑成为历史、宗教、地方风俗、文化思想等的宏大性的表达，这也赋予了建筑以审美的功能，发展出了建筑艺术。因此，有许多绘本讲解建筑的建造秘密、讲述与经典建筑有关的历史与文化故事，带领读者欣赏和理解建筑的艺术。说到建筑艺术，我们很容易想到建筑大师贝聿铭。苏州博物馆、香港中银大厦、法国卢浮宫……都是让贝聿铭享誉世界的建筑作品。有意思的是，他的有些作品一开始是不被人们理解的。比如贝聿铭改造法国卢浮宫时所建造的玻璃金字塔，曾经引起许多法国人包括卢浮宫博物馆馆长的强烈抗议。为了让人们更好地理解艺术家的设计思想，苏州博物馆官方出品了立体绘本《贝聿铭的建筑密码》，把贝聿铭最有代表性的6个建筑作品精巧地呈送到读者眼前。绘本帮助我们了解贝聿铭"让光线来做设计"的理念，感受他将充满现代感的几何形状融入了古老建筑的奇妙创造，理解他作品里

图8-29 《贝聿铭的建筑密码》

包含的古典艺术的美学风范,以及他追求建筑与人文生活自然和谐共处的艺术理想。

三、自然科学类绘本

儿童进入具体运算的思维阶段后,就会对自然科学产生广泛的兴趣,蕴含丰富的科学知识和呈现有趣的大自然魅力的绘本能很好地回应儿童的探究兴趣。比如瑞典绘本《小莲的花草四季》,绘本的主人公是一个普通的城市孩子,读完这本书时儿童会意识到,其实自然一直就在身边,只是我们"视而不见"罢了。绘本按照十二个月的顺序来推进,呈现小莲一年里的日常生活。小莲的身边有两个"老师",一个是退休园艺师布鲁姆爷爷,一个是画家唐纳德爷爷,他们给了小莲很多专业上的指导,也教会小莲观察的方法。有了指导和帮助,自然观察就成了生活本身,不需要刻意安排,随着大自然本身的变化,去观察去体验去游戏就很好。读完这本书,读者可以像小莲一样去发现"城市里的自然"。这种把寻常之物变成"惊奇之物"的感受会让读者充满惊喜。

图 8-30 《小莲的花草四季》

说到自然科学类绘本,不得不提及凯迪克奖得主史蒂夫·詹金斯。《一秒有多长》《扇贝的眼睛在哪里》《如何一口吞下一头猪》《生物简史:如果地球的年龄是一天》,仅看书名就可知詹金斯是如何精心地从海量知识信息中找到科普和儿童兴趣的最佳结合点以激发孩子的好奇心。詹金斯认为,科学是一个过程,一种看待世界的方式,提出问题,提出假设,以及通过验证这些假设来判定什么是世界真实的面貌。科学不是教条,科学也不是知识的罗列。"孩子天生就可以欣赏大自然的神奇,不用人教。他们只是需要一种方法,把脑袋里的零散的知识串联起来,形成一幅关于世界的有逻辑的图画。科学,就为他们提供了优雅而美好的方法。"比如绘本《一秒有多长》就是他创作理念的典型代表,这本书把抽象概念变直观,运用跨学科的知识帮助孩子认识时间和世间万物的变化,像一部娓娓道来的纪录片,优雅而美好。图画上,詹金斯使用的是撕贴和剪贴的手法,充分利用各种类型纸质的特性形成丰富的激励和图画质感,艺术水平非常高。

图 8-31 《一秒有多长》

四、绘本阅读指导

新世纪的儿童,在一个视觉文化流行的时代成长,阅读绘本这类读物,会比上一辈更得心应手。在一个有意思的绘本面前,他们会表现得热情洋溢、心领神会,很快就能明了图画和文字如何相辅相成共同讲述一个故事。儿童对语词(文字的)和插图(视觉的)的阅读速度不同,但会很容易就把握住两者合作叙事的精髓,获得阅读的愉悦感。

因为图文合作叙事这种方式,阅读绘本的时间会比仅仅读文字作品的时间长,而且因为需要全神贯注才能在图画中发现蛛丝马迹,完成对情节推进的思考,所以这个过程自然会极大地调动儿童的阅读积极性。

也因为每一个儿童对文字、图画两种介质的理解有个体差异,所以不同的儿童对同一个绘本会有不同的解读,这些不同的解读又因为绘本这一形式而被充分尊重。所以,儿童在阅读的过程中受到了欢迎,成为积极的参与者,他们甚至能结合自己的体验,实现对故事意义的新的创造。这些,都会对成年人的惯性阅读思维形成挑战。如果无法理解这一点,将不能很好地支持儿童阅读绘本。

绘本阅读,不仅仅是教会儿童理解文本,更是让儿童获得审美愉悦,让他们从阅读出发走向思考、表达和分享。教师的阅读指导不仅仅是为提高儿童的阅读和理解能力,更是传递给他们阅读的方法、策略和批评思维。

要成为儿童好的阅读伙伴,教师需要"蹲下来"。这要求教师要放低身心,尊重儿童的权利,坚持正确的儿童观,悉心观察儿童的行为,倾听他们的心声,这样才能发现儿童的真正需求,从而提供相应的阅读支持。

要成为儿童好的阅读伙伴,教师还需要"多读书"。这就意味着要成为有协助能力的人,首先要做一名专业性强的读者。教师要熟悉绘本出版,研究绘本的叙事艺术。要具备一定的审读与评判水平,这样才能为小读者推荐好的和适用的绘本,提供有针对性和个性化的阅读支持。

要成为儿童好的阅读伙伴,老师还需要会"讲故事"。它要求的"讲述",不是对书中内容的照本宣科,而是用适合儿童的语言和适合故事文本的方式进行讲述,这首先要求教师要对绘本有深刻的理解。教师还要关注儿童读者在听讲时的状态,吸引他们的注意力,调动他们的感官,通过互动让他们听得入耳、入脑、入心。

❓ 探究与实践

1. 组织班级读书会,选择不同叙事类型的经典绘本进行讲述,讨论讲述策略。可选择以下类型绘本:

(1) 根据传统民间故事改编的使用第三人称叙事的绘本,如 1973 年凯迪克银奖绘本《白雪公主和七个小矮人》。

(2) 使用第一人称叙事的绘本,如英国绘本大师安东尼·布朗的《我爸爸》《我妈妈》。

(3) 图画与文字相背离讲述故事的绘本,如英国绘本大师约翰·伯宁罕的《莎莉,离水远一点》。

(4) 不以故事讲述为目的的游戏绘本,如法国绘本大师埃尔维·杜莱的《点点点》《洞》。

（5）没有文字的无字书，如美国绘本大师大卫·威斯纳的《海底的秘密》《疯狂星期二》。

绘本讲述结束后展开自由讨论，记录下读者的不同看法。

2. 选取一个适合改编成戏剧的绘本作品，以小组合作的形式尝试进行绘本剧的编排和表演。注意以下几点：

（1）讨论分析绘本主题和故事内容的儿童性；

（2）学习如何将绘本转化成戏剧剧本；

（3）着重表现人物特征和呈现戏剧冲突；

（4）讨论表演作为一种阅读方式对儿童阅读的影响。

第九章 儿童戏剧与儿童影视

第一节 儿童戏剧

一、儿童戏剧概述

从广义上来看,儿童戏剧包括最原始的幼儿自发性戏剧游戏(Dramatic Play),如幼儿在"过家家"游戏中扮演父母;同时也包括以"戏剧"形式为主的即兴创作,如儿童戏剧教育中的创造性戏剧(Creative Drama);此外还包括以"剧场"形式为主的表演活动,如儿童剧场(Children's Theater)。

从狭义上来看,儿童戏剧主要指的是以"剧场"形式为主的表演活动。这种表演采用舞台表演的形式,为儿童创造了一个需要用视听和心灵去感受的艺术环境,使得儿童身临其境,获得独特的艺术享受,并接受教育。狭义角度的儿童戏剧概念已经被广泛接受,因此,下面我们将主要从这个角度来讨论儿童戏剧。

儿童戏剧是戏剧的一个分支,它既具有戏剧的特点,又符合儿童的心理变化规律和审美接受特征。从戏剧角度看,儿童戏剧是一种综合性的舞台表演艺术。它以演员的表演为中心,综合了文学、舞蹈、音乐、灯光、美术等多种艺术手段,以主题、人物、情节、冲突、语言等为结构要素,通过幕、场或情节段的形式将故事完整地呈现出来。儿童戏剧文学则是这种综合性舞台表演艺术的"脚本",是供演员和其他艺术部门再创造的"蓝图"。同时,它也可供儿童阅读,是儿童戏剧的文学核心。从面向儿童的角度看,儿童戏剧适应儿童的接受能力和欣赏趣味。它通过跌宕起伏的情节、复杂尖锐的矛盾、生动活泼的动作和颇具趣味的语言等独特的戏剧手段,与观众产生共鸣。优秀的儿童戏剧能把真、善、美的种子播撒进儿童的内心,并伴随儿童一起成长,对他们的人生产生重要影响。

中国戏剧从元代起便开始兴盛,也产生了一些比较受儿童欢迎的戏剧种类,比如傀儡戏(木偶戏)和影戏(影灯戏)。但直到五四运动时期,创作者才开始有意识地创作面向儿童的戏剧。在这一时期,文学工作者大量翻译引进了西方儿童文学理论成果,"儿童中心主义"的思想以及"现代儿童"的观念进入中国。研究儿童的心理发展规律,为儿童创作适合他们欣赏的戏剧作品由此成了种趋势。其中,周作人、郑振铎、郭沫若、黎锦晖等人,或在理论界定或在创作实践上,都对儿童戏剧的发展起到了重要作用。1919年,郭沫若创作的独幕童话剧《黎明》揭开了中国现代儿童戏剧的序幕。1922年,郑振铎主编的《儿童世界》刊载了20多个儿童剧,丰富了儿童戏剧的种类。20世纪20年代初,黎锦晖的《葡萄仙子》《明月之夜》等,则成了儿童剧的代表作。20世纪30年代,由于时局的变化儿童戏剧的风格从浪漫转向了写实。于玲的《蹄下》、陈白尘的《两个孩子》、许幸之的《古庙钟声》等作品,都不由自主地将目光投向战争中的孩子的苦难生活。同时,儿童剧团的活跃也是这个时期的一个特别的现象。到了20世纪40年代,儿童剧渐趋成熟,三幕以上的多幕剧逐渐普及,儿童角色形象更为立体,戏剧冲突也更加复杂。这一时期的代表作品有石凌鹤的《乐园进行曲》、董林肯的《小主人》等。新中国成立后,儿童剧面临着市场经济的冲击和人才流失的问题。中国儿童戏剧工作者不断努力地寻求着市场与创作之间的平衡,终于在20世纪90年代后期实现突破。如今,中国儿童戏剧形象更多元丰满,舞台表现更精良,题材种类更丰富。另外,创造性戏剧教学的概念也在近年被引入中国,并逐渐在戏剧、文学、教育领域成为热门的实践和研究方向。从五四时期到当下,中国儿童戏剧经历了萌芽、发展、成熟的几个阶段,最终走向"大发展大繁荣"的新局面。

二、儿童戏剧的特征

儿童戏剧是戏剧中的一个独立剧种,它既具有戏剧的特点,也符合儿童的心理变化规律和审美接受特征。

与诗歌、小说、散文这三种静态的文体不同,戏剧包括静态的"剧本"和动态的"舞台表演",两者缺一不可。从"舞台表演"方面看,戏剧是一种综合性的艺术,以演员的表演为中心,综合了舞蹈、音乐、灯光、美术等多种艺术手段,以主题、人物、情节、冲突、语言等为结构要素,以幕、场或者情节段的形式将故事完整地呈现出来。从剧本的"文学性"方面看,为了服务舞台表演,在人物塑造上,它弱化了心理描写,或将心理描写用外化的方式呈现出来,更注重外貌、动作、语言的塑造。同时,空间、时间的跳跃也被限制在剧场舞台上,由剧场装置呈现。

儿童戏剧的观众是儿童,因此它必须满足不同阶段儿童的知识结构、心理特征、欣赏习惯、审美趣味等。

综合儿童戏剧的舞台性、文学性和儿童性,儿童戏剧的文体特征主要呈现出以下六个特点:

(一)题材:广泛、真实、健康

儿童戏剧的题材广泛。儿童戏剧的题材可以表现儿童的生活,也可以表现成人的生活。比如根据张乐平漫画创作的多媒体卡通剧《三毛流浪记》,描绘了旧社会儿童三毛在旧上海的种种遭遇,展现了动荡时期城市流浪儿童的不幸命运。而美国潘多斯儿童剧团的音乐剧《鲁滨逊漂流记》,改编自英国著名作家笛福的同名小说,讲述的则是成年人鲁滨逊的荒岛生活。该剧展现了鲁滨逊以非凡的毅力,克服重重困难,用勤劳的双手在荒岛上为自己创造了生存家园的冒险。儿童戏剧的题材可以表现拟人化的动植物的生活,也可以表现充满奇思妙想的未来世界。比如济南儿童艺术剧院创排的《老鼠嫁女》,描述了老鼠王国遭受猫的威胁,鼠大王和鼠王后想要把女儿嫁给最厉害的英雄,重振老鼠王国的故事。而由北京丑小鸭儿童剧团出品的《梦想的翅膀》,通过刻画四个孩子参加机器人大赛的故事讲述了一段科技追梦的童话。多种多样的题材能够满足不同儿童的兴趣爱好,同时符合儿童好奇心强、求知欲旺盛、兴趣广泛的特点。

儿童戏剧的题材要真实反映儿童的当下生活和精神面貌,具有时代精神。比如1937年日本侵略上海后,上海成立的"孩子剧团"创编的剧目《孩子剧团宣言》中说:"我们是一群流浪儿。我们是一群不愿跟着爸爸妈妈逃难享福的孩子。……在抗日战争开始了的时候,我们知道我们不能上前线去同鬼子拼,不能做大规模的事情,我们只有以我们所有的力量,团结起来,以过去所爱好的工作来为国家服务,为民族尽力。"他们排演了法国作家都德小说《最后一课》改编的同名话剧,受到了热烈欢迎。而随着时代的变迁,进入新时期后,儿童的生活中涌入了一些新的内容,这些也被反映在新时期的戏剧作品中。比如安徽省话剧院创作的话剧《山里的泥鳅》,聚焦了农民工子女进入城市后与新环境发生的种种摩擦和身份认同的障碍。这些儿童剧触摸当下儿童生活的脉搏,能让儿童产生共鸣,深受儿童欢迎。

儿童戏剧要健康、明朗,具有一定的引导作用和教育意义。儿童往往不能够理解复杂的现实,也没有树立完整的是非观念,儿童戏剧能够启发儿童的思辨能力、提升儿童的审美趣味、培养儿童的创造性思维、促进儿童的心理健康。但是儿童戏剧的教育功能并不是"说教式"的,它是将主题意蕴融入故事情节之中,通过颇具趣味的情节间接地揭示出主题。比如儿童剧《绿野仙踪》,讲述小姑娘多萝西与没有大脑的稻草人,没有心脏的铁皮人与胆小的狮子的返家冒险。自认为没有脑子的稻草人,却多次在危险关头急中生智,让大家化险为夷。被女巫迫害变成了铁皮人的樵夫,认为自己失去了心就失去了爱的能力,却因为不小心踩死了甲虫而泪流不止。缺乏勇气的狮子在面对横跨在路前深不见底的壕沟时,即使害怕失足落下,却还是毫不犹豫地背着队友逐个跃过。这些情节都提醒着小观众,当我们艳羡他人之时,常常忘记自己内心也蕴含无穷的能量。另外,新世纪儿童戏剧的教育功能部分摆脱了政治意识形态和传统道德的枷锁,能够呈现出更加多元的价值观。比如中国儿童艺术剧院编排的童话剧《长袜子皮皮》,改编自瑞典作家林格伦的同名作品,塑造了一个叛逆果敢的女孩皮皮。她满头红发、小辫子翘向两边、脸上布满雀斑、大嘴巴,并不符合传统认知中漂亮公主的形象;她能轻而易举地把一匹马、一头牛举过头顶,能制服身强力壮的小偷和强盗,也不符合传统认知中的柔弱的女生形象。但是她有取之不尽的金币,常用它买糖果和玩具分送给孩子们,显得非常慷慨。她喜欢冒险、很淘气,常想出许许多多奇妙的鬼主意。皮皮的形象是对传统女孩形象的突破,也是对于儿童个体独立意识的补充。

(二)结构:开端简洁、冲突强烈、线索集中

儿童戏剧的结构与成人戏剧结构一致,都具有开端、发展、高潮、结尾四个完整的部分。但因为儿童特殊的心理结构,如儿童难以保持对事物长时间的注意力,难以理解比较抽象的表达方式和比较复杂的情节,使儿童戏剧在情节和冲突上都颇具特色。

首先,儿童戏剧重视开端的简洁。儿童戏剧的引子不宜过长且不宜抽象,不宜使用像成人戏剧中较常使用的旁白形式引入故事,而应该营造身临其境的戏剧场景和有利

于展现人物形象的动作和对话,从而让情节快速推进,矛盾冲突迅速展开。比如任德耀编剧的《马兰花》中,剧本一开场设置的场景是这样的:

【天刚破晓,太阳上升。长着茂密树木的远山逐渐显现,山谷里的小河在闪闪发光。
【雄鸡在叫,大地渐渐明亮了。王老爹家的屋子轮廓,也越来越清楚。这间屋子是建造在一个山坡上的,墙上长满了爬墙虎之类的植物,显得很古老。院子里也栽了很多花草。
【烟囱里冒着青烟,家雀在叽叽喳喳地叫着。

这样的场景综合了视觉和听觉的感受,塑造了一个古朴宁静的中国传统乡村。它能立即将小观众带入"马兰花"的世界,让儿童身临其境,快速被吸引并集中注意力。
另外,《马兰花》中,率先出场的两个人物的动作和语言是这样的:

【王老爹坐在一个长满青苔的水池旁边磨斧头,一边磨,一边唱着山歌。
【一会儿,妈妈从屋里匆匆忙忙地跑出来,手里拿着一个篮子,埋怨着自己。
妈妈:该死!该死!起晚了,起晚了!……
【她发现王老爹已经起来了,就跑到他身边。
妈妈:你早起来了?真是,也不叫我一声。
【王老爹不搭理她,光笑。看着她,又唱起歌来了。
妈妈:还唱?像鸭子一样!
王老爹(笑得格外起劲了):妈妈,你别急,我是存心要你多睡一会儿的。

角色一出场,他们的动作和语言,如"磨斧头""唱山歌",让儿童立即明白他们是农夫。这强化了角色身份与故事背景之间的联系,并帮助儿童沉浸在"中国乡村"情境中。这些动作和语言也快速塑造出了两个性格迥异的人物,一个是风风火火的妈妈,一个是乐观热情的王老爹。

儿童戏剧的冲突往往强烈且连绵不断。戏剧冲突是戏剧不可或缺的元素,通过相互对立的力量的影响和变化,产生张力,吸引观众的关注。儿童戏剧将冲突双方简化为正义和邪恶的对立力量,使得儿童容易理解。比如《马兰花》中,冲突双方简化为代表着正义的一方,即小兰和马郎;代表着邪恶的一方,即大兰和老猫。在第二幕第七场中,小兰与大兰发生冲突的方式是大兰骗走小兰的衣服和耳环,并把小兰推入水中,这一情节的冲突非常强烈。另外,《马兰花》也通过步步设置矛盾和悬念来进一步吸引儿童的兴趣。先是王老爹进山寻找马兰花,艰险的自然环境与王老爹不畏艰辛形成强烈的矛盾;接着王老爹失足坠入悬崖,此时王老爹的安危又造成了巨大的悬念;马郎救起王老爹后,送给他的马兰花的归属又展现出大兰和小兰的矛盾;小兰带着马兰花进山与马郎成亲后,大兰和老猫设计陷害小兰,又掀起了剧情的新波澜;最后马郎在朋友们的帮助下消灭敌人,救活小兰,使故事走向了最后的圆满结局。故事的一波三折,为观赏这部戏剧的儿童提供了源源不断的乐趣。

最后,儿童戏剧与成人戏剧相比,线索更集中清晰。成人戏剧可能会刻意追求更复杂的情节,构造双线或多线并行的冲突线索。比如在莎士比亚的戏剧《哈姆雷特》中,除了以哈姆雷特为父亲被谋杀篡位向叔叔报仇为主要线索之外,还有挪威王子福丁布拉斯为其在战场上比武丧生的父亲向丹麦复仇,以及雷欧提斯为被无意杀死的父亲向哈姆雷特复仇的两条辅助线索。这三条线索共同发展,在情节推进中产生交叉,有互相对照和互相补充的作用。但是,这种多线并行的线索对儿童来说容易造成理解上的困难,因此儿童戏剧常常只描绘一个核心事件,所有的人物和矛盾都围绕着这一事件层层展开。比如儿童剧《马兰花》,矛盾层出不穷,但从听说马兰花、寻找马兰花,到找到马兰花,最后使用马兰花,情节都围绕着马兰花从无到有再到无而展开。

(三)人物:多样、鲜明、可信

儿童剧的人物种类就像儿童剧的主题是多种多样的。它可以是闪烁着时代精神的、不断成长的少年儿童形象。如锡剧《少年华罗庚》中刻画的出身贫寒却有着"奇特之才,非常之思"的少年华罗庚形象;方洪友编剧的滑稽戏《一二三,起步走》中塑造的打工子弟安小花形象。这一类的形象是儿童戏剧人物塑造的主要任务,这些形象也会使儿童感到亲切,产生共鸣。但儿童戏剧不止有儿童形象,也可以有成人形象、动植物形象、幻想形象等其他的形象。如王正编剧的《月光摇篮曲》中着力刻画的善良的母亲形象,沈经纬创作的《寒号鸟》中历经痛苦后战胜懒惰的寒号鸟形象,以及《绿野仙踪》中稻草人、铁皮人、奥兹巫师的形象。这些人物不仅丰富了儿童剧的内容,而且满足了儿童广泛的好奇心,是儿童认识世界、想象世界的窗口。

儿童剧的人物形象往往是个性鲜明而又独具特色的。这是因为儿童往往不满足于平淡的现实生活,向往着充满冒险意味的经历,崇拜有着超凡能力的英雄和富有传奇色彩的人物。

如中国儿童艺术剧院的神话舞台连续剧《西游记》三部曲,改编自本就广受儿童欢迎的中国古典名著《西游记》,戏剧讲述的是师徒四人西行路上历经磨难的故事,其中桀骜不驯但机智勇敢的孙悟空给孩子们留下了最深的印象。孙悟空在剧中破石而出、三打白骨精、大战黄袍怪,这些情节都给这个人物形象增添了传奇色彩。而孙悟空护送唐僧的"忠诚"、被唐僧教训之后的"叛逆",使这个人物更加鲜活和独特。

对人物形象进行夸张变形处理,能够使人物独特的性格突显出来。例如,在童话剧《雪童》中,作者充分运用了夸张变形的手法,将"孩子"形象塑造成一个由冰雪堆成的"雪童"。为了表现家长对孩子的溺爱,作者利用了雪在阳光的照射下会融化的特性。"雪童"一出场,姥姥姥爷就用蓝布裹住雪童唱到"哎哟,不得了啦,雪童不能化,春天来了也不化,太阳来也不化,不化、不化、不能化"。另外,为了表现"雪童"在与小伙伴相处时的蛮横,作者也利用了冰雪本身很寒冷的特性,描写"雪童"向着小伙伴"花籽"吹气,"花籽"受不了,说道:"雪童,你别吹了,到了春天,我就发不了芽了。"这种利用事物本身的特性对人物形象进行夸张变形处理,使得人物形象非常鲜明。

212

儿童剧的人物形象塑造不仅要努力描写人物的语言,更要描写能够揭示人物性格和心理的选择和行动。

如王镇的话剧《枪》,描写了一个渴望拥有真枪的儿童团团长玉堂的形象。玉堂和小伙伴夺取了敌人的枪之后不肯上交;在被敌人包围的危急时刻,举枪欲打却打不响;最后他匍匐到孙营长的身边,把枪交给了没有武器的孙营长;在战斗结束后,玉堂动员小伙伴们一起交了枪。这一系列的选择和举动,塑造出一个不乏勇气,但仍显稚嫩的儿童团团长形象。

儿童戏剧中的人物形象应避免脸谱化。受儿童喜欢的形象应该与他们心灵相通,富有生活气息、可信度高。即使是像"孙悟空"这样的幻想形象,也可以通过不同性格特点的塑造显得生动可信,并被儿童所接受。而一些儿童戏剧的作品,站在成人的视角去俯视儿童,把正面儿童的形象"拔高",或者把儿童的形象"幼稚化",这都有悖于儿童戏剧的人物创作原则,只会引起儿童的反感。

(四)语言:浅显、口语化、富有童趣

戏剧语言分为人物语言和舞台说明(提示)两种。人物语言也就是台词,包括对白、独白、旁白、唱词等。舞台说明(提示)是对舞台场景和戏剧人物表情、动作的一种提示,对人物性格刻画和推动情节发展都有一定的作用。在儿童戏剧中,舞台说明(提示)一般比较简略,戏剧语言主要是指人物语言中的对话和独白。对话和独白能塑造人物、推动情节、显示主旨、控制戏剧的节奏。好的对话必须重视语态、语调,内容切合剧中人物的身份及戏剧的情境。

儿童戏剧的语言不能像成人戏剧那样有着大段的内心独白或抽象的理性对白,而应该符合儿童的理解能力,浅显易懂。比如张天翼创作的儿童剧《大灰狼》,描写狼想吃羊时,有这样一段对白:

> 哼,又是哪个小鸟儿!我当我肚子真的又叫起来了呢。可是我的肚子的确有点泄气。我跟它说来的,我说:"干什么是去跟小耗子当肚子?有什么意思?跟狼当肚子才威风呢。"我肚子就说:"威风威风,里面空空。你要学学小耗子偷东西,比净做狼还好一点儿呢。"

这段对白用幽默生动的方式,表现出狼的贪婪本性。且对白中的句子都是短句,非常的口语化和生活化。

儿童戏剧的语言应当符合儿童的口语表达习惯,富有韵律性。比如乔羽创作的儿童剧《果园姐妹》,它的台词中有许多歌唱的成分,本身就具有歌词的韵律感。而它的普通对白中也同样有韵律。

> 笤帚疙瘩:姥姥,你的手这么大!
> 老狼:走路甩的!
> 笤帚疙瘩:姥姥,你的脚这么大!

老狼：泥里踩的！
二门鼻：姥姥，你的脸上这么多麻子呀？
老狼：傻丫头，这不是麻子，这是姥姥在绿豆囤里睡觉硌的！
笤帚疙瘩：姥姥，你脸上那些黑斑呢？
老狼：哪是黑斑呀！——东来的风，西来的风，刮来一把荞麦皮，一贴贴在脸当中！

老狼为了骗过果园姐妹们，和她们的一唱一和，问句和答句像对山歌一样结构工整。句首重复的"姥姥"，句末重复的"的""呀"，形成了回环往复的节奏和韵律，使得对白朗朗上口，让儿童容易模仿记忆，因此受到儿童的喜爱。

儿童戏剧的语言应当对儿童的日常生活进行观察提炼、加工，通过富有童趣的戏剧语言表达出来。比如柯岩创作的儿童剧《小熊拔牙》，狗熊妈妈和小熊之间的一段对话：

妈妈：我是狗熊妈妈。
小熊：我是狗熊娃娃。
妈妈：我长得又胖又大。
小熊：我就像我妈妈。
妈妈：妈妈要去上班。
小熊：小熊在家里玩耍。
妈妈：不对，你要先洗脸……
小熊：嗯嗯……好吧，洗一下。
妈妈：不对你还要刷牙……
小熊：嗯嗯……好吧，刷一下。

这段对话看似直接从生活中选取，不加修饰，却体现出作者对儿童日常生活观察之仔细。对话看似是最简单的口语，却凝练出儿童生活中最具趣味的部分，塑造了一个不爱洗脸刷牙的淘气小熊的形象。

（五）舞台：设计巧妙、综合性强

儿童戏剧既包括静态的"剧本"，也包括动态的"舞台表演"。从"舞台表演"方面看，戏剧是一种综合性的艺术。除了以演员为核心的表演之外，音乐、舞蹈、舞台美术等也能够帮助导演和演员，在观众面前搭建起特定的戏剧幻觉。这是因为音乐和舞蹈能增加舞台的动感和活力，也能烘托氛围，并帮助演员塑造出更生动的人物形象。舞台美术包括的项目很多，如布景、灯光、道具、服装、化妆等。布景即在舞台上营造一个特定的环境样貌，如门、窗、阳台、桌椅、山坡、树墩等，为演员的表演提供空间，增强表演的氛围感，表现表演的历史背景和社会环境；灯光除了提供必要的照明之外，还能起到聚焦、表现情绪、揭示时间地点等效果。与传统舞台灯光相比，现代舞台灯光还包括特效，如激光和烟雾；道具是舞台表演时使用的器具，如刀枪、钱币、桌椅、杯子等；服装和化妆都是演员在演出中的造型因素,它能够帮助塑造角色的外部形象,体现出演出的风格。我们通常认为,戏剧表演应该以剧本为中心,舞台美术辅助故事的呈现。而在儿童戏剧中,舞台美术的重要性不容忽视。它不仅是形式也是内容,也具有叙事能力,而且符合儿童的心理发展和审美需求。

儿童戏剧的受众主要是儿童,儿童天生具备视觉听觉上天马行空的期待视野与艳丽缤纷的色彩感知,所以儿童戏剧比成人戏剧更注重舞台设计,将舞蹈、音乐、灯光、布景等都巧妙地融合在故事之中,利用这些技术和艺术的手段,营造氛围感,力求实现视听语言在儿童视角的最优表现。甚至有时候还会利用包括杂技、魔术等成人戏剧中很少使用的艺术形式。

比如儿童戏剧常常利用舞台装置增强感染力。北京儿童艺术剧院的《迷宫》,在舞台上设置了大皮鞋、大喇叭、大电话、大齿轮等装置,直观地呈现了戏剧中各种垃圾堆成的地下城堡场景。北京儿童艺术剧院的《想飞的孩子》,舞台中间摆放着一个巨大的"大鹏关"的几何模型,随着剧情的推进,放置在舞台中央的"大鹏关"开始旋转,并配合着灯光投影,将孩子们对于飞行的一些幻想用具象的形式展现出来;一向粗糙的爸爸为了帮孩子找回失去的记忆,决定为孩子做一架飞机。孩子的飞机刚出场时,只有一盏灯从舞台深处打光,众人推着飞机,喊着劳动号子从台后走到台前时,观众只能看到演员的黑色剪影。这些剪影既是一种群体的抽象表现,给观众一种众志成城之感,也让观众对飞机的真实外形充满期待。等到飞机终于现身,它代替了"大鹏关"模型成为舞台的核心,蓝色的舞台灯光笼罩着飞机,使孩子们仿佛真的飞翔在天空中,从而紧紧扣住"想飞"的主题。

另外,儿童戏剧不仅使用舞台装置来增强感染力,还经常吸取其他艺术形式来增强表现力。中国儿童艺术剧院编排的《西游记》,在传统经典故事中加入时尚的艺术形式,集音乐、舞蹈、功夫、台词为一体,剧中孙悟空不但会舞金箍棒,还会跳街舞、唱嘻哈。上海儿童艺术剧院的《宝贝来看戏》系列剧,将14个戏曲种类,如京剧、沪剧、昆剧等传统的戏曲表演形式贯穿到整体的演出当中,将"唱、念、做、打"四门基本功也改造为适宜孩子欣赏的形式。儿童剧强调舞台艺术的综合性,使用各种艺术和技术的手段,营造出一种非日常化的美的艺术幻境,让小观众如同身临其境,获得美的享受。

(六) 互动:频繁、多样

在戏剧演出过程中,演员虽然是表演的主体,但观众作为接受者,同样在观影关系中起到重要的作用。任何一个戏剧演出活动都离不开演员和观众的互动,演员和观众共同围绕着舞台形成一场完整的演出。这种互动既包括演员和观众心理上产生的互动,也包括演员和观众在动作上产生的互动。对于儿童戏剧来说,这种对互动的强调,在当下的戏剧舞台上表现得更为突出。这种现象产生的原因一方面在于戏剧艺术在发展过程中,剧场性趋向摆脱以往被戏剧性压制的局面,戏剧追求"第四堵墙"的打破,重视观众的在场。另一方面则是因为儿童观众的特殊性,儿童天生有巨大的好奇心,喜欢冒险,喜欢体验他人的处境、行为和感受,当幻想中的世界呈现在眼前时,儿童加入其中的欲望非常强烈。布莱恩·威在描述儿童青少年剧场的演出中特别强调,观众参与是一种自然现象。他说:"我们应该不断地提醒自己,所有的剧场,不论任何年龄层或者任何一种观众,都需要依靠观众的参与。因为从主要的剧场经验中得知,观众皆有不等比例的智能、情绪与精神上的参与感存在于主要的活动之中。尽管观众参与的情况可能与原作者、演员或导演的预期不同,但观众却从心智、情绪或精神上的参与中得到了某种收获。"

在剧场中,观众参与戏剧的方式多种多样。有演员提问,请观众用语言或肢体简单作答的;有请观众到舞台上做简单表演的;也有类似于沉浸式戏剧,打破表演区和观众区的区分的,观众甚至能够决定戏剧的走向和结局。观众参与到剧中的方式一般来说,有以下几种:

1. 演员表演时与观众的互动

这种互动可以是由演员向观众发问或由观众向演员提出问题、征询意见、告知内心感受、表达立场或态度。比如西班牙多媒体动画剧《猫飞狗跳》,演员现场作画表现故事情节,而作画时演员会用肢体询问观众"猫狗逃逸坐什么去追,火烈鸟还是法拉利?";也可以是邀请观众就剧中某一段落或情况做出即兴模仿扮演。比如上海儿童艺术剧院的《宝贝来看戏》系列剧,将豫剧《抬花轿》的片段以互动的方式融合在表演之中,由主持人在开场前邀请现场的小观众扮演新娘子,小观众的家长扮演轿夫。家长和小朋友都跟着豫剧演员现场学习豫剧中的"抬轿",在"上坡""下坡"的学习中,体会传统戏曲的魅力;还可以是表演时由演员引导观众进入到戏剧情节中,扮演事件或情节中的角色。比如中国香港话剧团的儿童剧《小郯子「鹿」险之旅》中,有一个场景是小郯子启程去医生家,扮演小郯子的演员请小观众帮忙看地图,而成人观众在剧场内则由另一位演员带领,用身体构建出地图场景。例如:六位成人观众分两排,面对面伸直双腿席地而坐,同时双手向前平伸摆动模仿流水的样子。当小观众经过时,表演出流水地形的成人观众会发出水流声,或用手轻抚小观众,模拟溅在他们身上的流水。这样的互动不仅提供了成人和儿童一起享受戏剧的机会,而且也让观众成了演出的参与者。

2. 舞台设置上与观众的互动

有的儿童剧场摒弃了传统的镜框式舞台。在这样的剧场中,舞台不做抬高处理,儿童观众跟舞台是平行的。剧场座位的设计也充分考虑到儿童的需求,剧场里没有固定的座位,儿童可以坐着看、趴着看、躺着看。目的是为儿童营造一个无障碍的戏剧空间,为儿童与演员的互动赋予更多可能。

有的剧场则在舞美设计上别出心裁,强调场景与观众的互动性。比如中国儿童艺术剧院编排的《西游记》,惟妙惟肖的"群猴"突然出现在观众席中与观众嬉闹,用"威亚"展现的"美猴王横空出世"使"孙悟空"从天而降,令观众仿佛亲身来到"花果山水帘洞"。

3. 剧前、剧后进行互动性的延伸活动

在演出前开展一些与戏剧有关的活动,可以提前让儿童熟悉剧情、了解剧中涉及的知识,提前进入互动的氛围。而在演出后设置一些活动,能够让戏剧延伸到儿童的生活中,加深儿童对于戏剧的印象。

小不点剧场引进的丹麦儿童剧《新新小行星》,在开场时会呈现出一个全黑的状态,儿童在毫无准备的状况下突然来到黑暗的环境中,容易产生焦虑、不安的情绪。因此小不点剧场在演出开始之前设置了一个互动环节,让小观众们聚集在一起,然后请家长和工作人员张开一张巨大的黑色幕布,引导黑色幕布底下的孩子们透过幕布的间隙去观察屋顶。屋顶上有灯光,这些灯光就像星星一样闪烁。这种开场前的互动一方面消除儿童对黑暗的恐惧,一方面引导儿童进入到戏剧的情境之中。而在演出结束之后,剧场也设置了征集"太空主题"绘画的活动,将戏剧的影响带到儿童的生活中。

三、儿童戏剧的种类

儿童戏剧是戏剧的一个独立剧种,它的分类大体上和一般戏剧一致。依照不同的分类标准,儿童戏剧可以分成不同的类型。

(一)按照场次不同划分,可分为多幕剧、场景剧和独幕剧

在戏剧表演中,舞台上的大幕每启闭一次便为一幕。多幕剧是分作若干幕演出的比较大型的戏剧,它的人物众多、情节复杂。如任德耀创作的《马兰花》等。独幕剧是通常意义上只有一幕一场的戏剧,这种戏剧人物比较少,情节比较简单。对于儿童来说,独幕剧因为时间较短、线索较集中,更容易被理解和接受,独幕剧尤其适合低幼儿童观赏。如于伶创作的《蹄下》等。场景剧是在同一个舞台背景下进行多个场次演出的戏剧形式,它虽然只有一幕,但是有不同的场次,所以情节上比独幕剧要复杂一些,如黎锦晖创作的《葡萄仙子》等。

(二)按照表现的题材划分,可以分为现代剧、历史剧、神话剧、童话剧等

儿童现代剧是指以儿童的现实生活为题材的戏剧作品,这类作品富有生活气息和时代气息,如邱建秀创作的《柠檬黄的味道》等。儿童历史剧是指以历史题材为主要表现内容的戏剧作品,如宋捷文创作的《甘罗十二为使臣》等。神话剧以历代流传民间的神话故事为题材,如宋捷文、安利改编的《孙悟空三打白骨精》等。童话剧以童话为题材,常以拟人化的小动物担任主角,它是儿童最喜爱的戏剧样式,如老舍创作的《宝船》等。

(三)按照内容划分,可以分为喜剧、悲剧、正剧

悲剧是展现主人公与现实之间不可调和的矛盾,最后以悲惨结局收尾的戏剧作品,如秦培春创作的《童心》等。悲剧展现的生活和社会的苦难,对儿童有震撼力,能够激发儿童对社会的认识和反思,从而促进少年儿童的健康成长。喜剧是儿童最为喜爱的戏剧样式,儿童对明快乐观的事物会自然地亲近,他们更乐于接受充满幽默、基调轻松的戏剧,能够在游戏和笑声中领悟到戏剧的内涵。如方园创作的《"妙手"回春》等。正剧是介于悲剧和喜剧之间的一种戏剧样式。

（四）按照艺术表现形式划分，可分为话剧、歌舞剧、戏曲、木偶剧、皮影戏、哑剧、课本剧等

按照艺术表现形式划分是一种最为常用的儿童戏剧的分类方法，它可以将儿童戏剧划分为：

1. 儿童话剧

儿童话剧是一种以人物的对话、表情、动作为主要表现手段来塑造人物形象、展现主题思想的戏剧形式。如集体创作的《报童》、刘厚明的《小雁齐飞》、任德耀的《宋庆龄和孩子们》等。

2. 儿童歌舞剧

儿童歌舞剧是以歌唱、舞蹈和音乐曲调来塑造舞台形象、展现戏剧情节的戏剧形式。一般来说歌唱、舞蹈和音乐需要达到高度的和谐一致，使戏剧具有强烈的艺术感染力。但在具体的剧本中，或以唱歌为主，或歌舞并重，或配以诗歌朗诵和旁白等，表现方法多种多样。如黎锦晖的《葡萄仙子》、乔羽的《果园姐妹》、赖俊熙的《春天是谁画的》等。

3. 儿童戏曲

儿童戏曲是运用传统戏曲的形式，通过演员的唱、念、做、打及富有民族色彩的舞蹈动作来表现故事情节、反映儿童生活的戏剧形式。如齐铁雄创作的儿童京剧《寒号鸟》等。

4. 儿童木偶剧

儿童木偶剧又名儿童傀儡戏，有着悠久的历史，它是儿童化色彩和民族特色结合得最好的剧种之一。木偶剧演员在幕后一边操纵木偶，一边配音、配乐。根据木偶的形体和操纵技术的不同，又可以分为提线木偶（如福建漳州的"傀儡戏"）、铁枝木偶（如广东潮州的"木偶戏"）、杖头木偶（如湖南祁阳、邵阳的木偶戏）、指头木偶（如福建泉州的"布袋戏"）等。木偶剧短小精悍、人物对白简单明了、线索集中单纯、剧情紧张明快。木偶剧的人物虽然由木偶扮演，不能像人一样自由活动或表演出细致的表情变化，但这些木偶的形象都是通过艺术造型后典型化的，能够给观众留下鲜明深刻的印象。且木偶剧经过近年来的不断改进，操纵装置和表现形式不断丰富，使木偶的动作和表情越来越栩栩如生。代表作有木偶剧版的《宝船》等。

5. 儿童皮影戏

儿童皮影戏又叫"影子戏""影灯戏"，和木偶剧一样，也是我国历史悠久、颇具民间色彩的戏剧形式。它用兽皮或纸板，通过绘画和雕刻制成各种关节可以活动的人物造型，在灯光的照射下，在幕布上形成剪影。演员在特制的幕布后，一边操纵一边配音来表现故事情节。皮影戏兼有造型艺术、绘画艺术和电影艺术之美，深受儿童的欢迎。如《三打白骨精》就是我国儿童皮影戏的代表之作。

6. 儿童课本剧

儿童课本剧一般取材于学校教育活动中的具有典型教育意义的真实案例,由教师和学生们共同编写,供学校学生演出;也可以指根据教材提供的材料编写、供学生表演的,能使静态、凝固的课文描述,变为借助台词和演员表演的动态的戏剧形式。课本剧现在大都作为课堂教学改革创新的一种特有形式出现,学生通过课本剧的排练,揣摩台词对白、练习朗诵、歌唱、舞蹈技巧,体会剧本的主题,学习人物的品质,能够起到强化课堂学习氛围,加深对课文内容的理解,提高课堂教学质量的作用。

(五)新世纪出现的其他剧种

进入21世纪后,儿童戏剧发展繁荣,一方面是在与国外交流的过程中,引入借鉴了一些全新的剧种;另一方面是新媒体技术和市场的发展,给予了戏剧更多的可能性。这些新出现的剧种,艺术综合性和互动性都极强。比较有代表性的新剧种有肢体剧。这类戏剧的语言比较少,主要通过演员的动作和面部表情传达剧情,如俄罗斯的肢体剧《魔法师的白手套》。除此之外,还有爱尔兰的创意游戏踢踏舞剧《大浪之舞》、西班牙多媒体动画剧《猫飞狗跳》、丹麦轨道装置探秘游戏剧《新新小行星》、荷兰色彩迷宫互动音乐剧《声临奇境》等。

四、儿童戏剧剧本鉴赏

《葡萄仙子》全文扫章首二维码获取

葡萄仙子(儿童歌舞剧)(节选)
黎锦晖

第一场　仙子的心思

【乐作;开幕;葡萄仙子在场中跳舞

仙子唱:高高的亢儿罩着,淡淡的光儿耀着,短短的篱儿抱着,弯弯的道儿绕着,多好啊! 这里真真好,好! 静悄悄地,谁料是春天到了!

仙子唱:我先把芽儿排起,我再把叶儿发起,还要把花儿开起,更要把果儿挂起,我结果,结得十分多,多! 到那时候,无论谁都要爱我!

仙子唱:请问哥哥,弟弟,姐姐,妹妹,你们可曾知道? 我就是葡萄,葡萄,葡萄,葡萄,最可爱的葡萄!

【尾声

喂! 远远的一位仙人来了!

第二场　宝贵的枝桠

【雪花仙子上场,按四季花节拍跳六出舞

雪花唱:飘飘飘飘飘飘,飘飘,雪花飘飘,飞得低飞得高。飞呀,飞呀,飞

呀,飞呀,飞呀,飞呀,飞到葡萄姐姐家中来了!

　　仙子唱:喂!喂!飞着的仙人,请问你的大名!

　　雪花唱:我是雪花,我是雪花。我到这里保护你,保护你,有许多小小的虫儿,小小的虫儿,要害你的身体,待我用那寒冷的枪刀,将那小小的虫儿杀死!

　　仙子唱:谢谢你!谢谢你!

　　【仙子与雪花共舞

　　喜鹊唱:北风吹,雪花飞,寒冷多凶恶,我冻得真难过,我小窝又被那风吹破,要找些树枝儿去拾掇,要找些树枝儿去拾掇,你的枯枝多,故请你送一点儿给我!

　　仙子唱:老朋友!老朋友!你不要发愁,这无论哪里都有,我请他陪你去走一走,我的要留着发芽的,不能给你,真对不起!

　　喜鹊唱:请你不要客气,我谢谢你的美意!

　　【雪花偕喜鹊下

第三场　鲜艳的嫩芽

　　【雨点仙姑上场,按四季花节拍跳落珠舞

　　雨点唱:落落,落落,落落,落落,雨点落落,落得少,落得多。落啊,落啊,落啊,落啊,落啊,落啊,落到葡萄姐姐家中站着。

　　仙子唱:喂!喂!落着的仙人,请问你的大名。

　　雨点唱:我是雨点,我是雨点。我到这里伺候你,伺候你,这时候土地干燥,土地干燥,想你早已渴了,待我用这潮湿的水点,将这干燥的土地浇浇。

　　仙子唱:有劳你!有劳你!

　　【甲虫先生上场

　　甲虫唱:啊呀!这么大的雨!啊呀!这么大的汛!我走到西,我走到东,走不动啦,我的肚子空啦,我的头也有点儿痛啦!肚子空,走不动,头痛,伤风,鼻子不通!春天啊!醒来吧!别藏在家中,作你那沉沉的梦!(作嚏势)

　　甲虫唱:天啊,住了你的雨!天啊!歇了你的风,我走到西,我走到东,走不动啦,我的肚子空啦,我的头也有点儿痛啦!肚子空,走不动,头痛,伤风,气往上冲,春天啊!出来吧!别让这寒冬,冻死我小小的虫!

　　仙子唱:先生!你来干甚么啊!

　　甲虫唱:姑娘!我的肚里饿啦,你这些嫩芽,都给我吃吧。(甲虫吸吸)

　　仙子唱:不要忙呀,我的芽儿长啦,我的叶儿快要放啦!(甲虫咳咳)

　　仙子接唱:石板桥,有嫩草,又多,又好!跟她同去找。

　　甲虫咳接唱:那很好!同去找,走到石板桥,我倒要吃一个饱!

　　【雨点偕甲虫下

　　……

【作品赏析】　黎锦晖(1891—1967),字均荃,生于湖南湘潭,是中国儿童歌舞剧的拓荒者。他借鉴中国传统音乐和西方歌舞剧的表现技巧,探索创造出了儿童歌舞剧这一独特的戏剧形式。他的作品坚持表现真、善、美的主题,对儿童教育事业、儿童音乐以及儿童文学等整个中国儿童事业的进步和发展作出了突出的贡献。《葡萄仙子》是黎锦晖儿童歌舞剧的著名代表作,黎锦晖在1922年4月创办了《小朋友》周刊,《葡萄仙子》于1923年7月在《小朋友》上连载,后又印制成单行本,并在三年间重印了22次,可见其在读者中受欢迎的程度。

《葡萄仙子》是一部充满着童话色彩的歌舞剧,作品首先充分运用了拟人的手法,表现了一株葡萄的生长过程。葡萄仙子经历了发芽、长叶、开花、结果的过程;在此期间,受到了雪花、雨点、太阳、春风、露珠的帮助;也遇到了向她索要枯枝、嫩芽、嫩叶、花朵、果实的喜鹊、甲虫、小羊、兔子、白头翁。葡萄仙子感谢了五位仙人的帮助,也没有将索取东西的五种小动物视作敌人,而是拒绝了他们,同时也感谢了他们最后对葡萄的爱护。内容体现出葡萄仙子的感恩之心和宽容之心。因此,儿童从故事中能够学习到仙子们乐于助人的精神,以及动物们体谅他人的精神。其次,这部作品的情节生动、画面感强、音乐和舞蹈的运用恰到好处,能够使儿童在欣赏故事的同时,受到美的熏陶。再次,该剧表现出了葡萄生长的过程,以及一年四季自然界的环境变化,对舞台装置的要求较高。儿童从中能够学习到植物生长以及自然界气候的一些知识,从而萌生出对大自然的向往,产生保护自然的欲望,是非常优秀的自然教育范例。

《宝船》全文扫章首二维码获取

宝船(儿童话剧)(节选)

老 舍

第一幕

第一场

人物:王小二、李八十。

时间:古时候,有那么一天的上午。

地点:山涧有一座独木桥的地方。

【幕启:一片美丽的山景,比图画还更好看。山脚有一条溪涧,很深,上边有个独木桥,极难走。林中百鸟争喧。忽然鸟声静下来,自远而近传来歌声。这是王小二唱呢。他是个爱劳动的好孩子,背着柴下山,边走边唱。

王小二 (唱)清早上山去打柴,

太阳升,下山把柴卖。

早打柴,早去卖,

买盐买米,早早回家来。

盐米交给好妈妈,

妈妈夸我真可爱!(走到桥头,把柴放下,休息一下,以便聚精会神地过桥。找了块平滑的大石,坐下,向林中说)小鸟儿,我不唱了,听你们的吧!(鸟声又起)你们这些小家伙,老唱那一个调儿,叽咕叽,叽咕叽的!用点心思,编点新歌儿不好吗?

【李八十老翁从对面走来。要过桥,自言自语。

李八十　这个破桥,多么难走!我老啦,怎么年轻的人不动动手,修一座宽点的,结实点的桥呢?

王小二　(立)老爷爷,你出主意,我来修!这里,石头木头都现成啊!

李八十　(望望)你呀,是个好孩子!可惜,年纪太轻,没力气呀!

王小二　说我没力气?你等等,我把你背过桥来,看看我有力气没有!这可不是逞能,是应当帮助老人!

李八十　说得好!我领情!可是,让我自己慢慢过去吧!背着我,你的腿一颤,心一慌,咱们就一起掉下去!(开始战战兢兢地过桥)王小二慢着点,老爷爷!眼睛别往下看!

李八十　我知道!(可是,失足落水)哎呀!

王小二　哎呀!老爷爷!(急跳下去)

【小梅花鹿、小狗熊等到涧边往下看,颇为着急。小二救上老人来,扶老人坐大石上。小鹿等跑开。

王小二　老爷爷!老爷爷!

李八十　哎呀呀呀!好孩子!好孩子!你救了我的老命!

王小二　快脱了这湿衣裳,晒晒吧!

李八十　不要紧,山风儿一吹,一会儿就干!你的也都湿透了啊!

王小二　不要紧,山风儿吹干了你的,也会就手儿吹干了我的,不是吗?

李八十　对呀,你简直比老人还聪明!

王小二　老爷爷,在哪儿住呀?我送你回家!

李八十　不用送!我的家呀,只在此山中,云深不知处,连我自己也有时候找不着!

王小二　找不着自己的家,倒怪有意思儿,可就是麻烦点!

李八十　孩子,你在哪儿住呀?

王小二　就在这山下边,门口儿有个磨盘,磨盘旁边有棵大柳树,柳树上有俩"知了"儿,吱、吱、吱地唱。我妈说,那俩"知了"儿要不是哥儿俩,就是夫妻俩。

李八十　他们在冬天也唱吗?

王小二　老爷爷,你怎么了?冬天他们睡觉,不像咱们一年四季老爱干活儿!

李八十　说得好!我最喜爱干活儿的小伙子!你叫什么呀!

王小二　我叫王小二。

李八十　"王小二过年,一年不如一年"的那个王小二呀?

王小二　谁说的!我是一年比一年身量更高,力气越大,越能多干活儿的王小二!

李八十　都快结婚了吧?

王小二　还不一定!

李八十　家里还有什么人哪?

王小二　有妈妈,顶好的妈妈,最爱干活儿!所以呀,我们的门外种着吃不完的菜,缸里老存着点粮食!我们还有一只大白猫!

李八十　你爱大白猫吗?

王小二　当然喽!它会捉老鼠啊!其实呀,我也很爱老鼠!

李八十　这可就不大对了!我们爱好的,不爱坏的!你能爱天上的九头鸟,山里的四眼狼吗?你能爱天天杀人的皇上,夜里偷吃小孩的妖精吗?不能吧?你是个有好心的孩子,要是能够分好歹,辨黑白,可就更有出息了!

王小二　好,我听你的话!老爷爷,你有妈妈没有呀?

李八十　从前有,现在我已经八十多岁,妈妈早不在了!

王小二　你都八十多岁了?

李八十　一点不假,我就叫李八十嘛!看,我的胡子不是全白了吗?

王小二　可是,我们的大白猫也有白胡子呀!

李八十　看你,怎么可以拿老爷爷比大白猫呢?

王小二　别生气,老爷爷!我也看那么比不大合适!

李八十　来吧,好孩子,我最爱好孩子!你今天做了一件好事,我得送给你一点礼物!

王小二　老爷爷,我不要!妈妈常说:帮助人是应该的,不为得礼物!

李八十　你妈妈说得对!可是,礼物要是一件宝贝,也不要吗?

王小二　也不要!我自己有宝贝!

李八十　你带着宝贝哪?叫我看看!

王小二　(从腰中掏出小板斧)看!这还不是宝贝吗?(耍斧)有它,上山能砍柴,豺狼虎豹不敢近前来!它们敢前进,喳喳喳,一斧劈开它们的脑袋!

李八十　好!好!好!可是,有朝一日发来大水,房子冲塌,树木冲倒,白茫茫一片,天连水,水连天,你的宝贝可有什么用呢?

王小二　老爷爷,会有那么一天吗?

李八十　会有,会有!你看,咱们的皇上多么懒哪!日上三竿他才起,先喝一大碗香油,然后吃好几大张葱花烙饼,吃完了就再睡,睡醒了再吃,既不修河,也不开渠,怎能不闹大水呢?

王小二　哎呀,那可怎么办呢?可恶的臭皇上,吃了睡,睡了吃,活像我家的大白猫!

李八十　大白猫还爱拿老鼠,咱们的皇上连臭虫都不肯拿!快来吧,拿去这件宝贝!(掏出一个小木盒,掀开,取出个小纸船)你看!你看!

王小二　一只小纸船儿?有什么用呢?还装不下我的一个拳头!

李八十　宝贝不一定都很大呀!你的斧子比树大吗?可是斧子能砍树,树不能砍斧子!这是宝船!

王小二　我明白了,大水来到,我拿着它,可以淹不死!可是,妈妈怎么办呢?大白猫怎么办呢?要是扔下他们不管,我一个人逃命,说什么我也不干!

　　李八十　你,你妈妈,大白猫,连你们家的磨盘,都装得下!

　　王小二　老爷爷,你是瞎说!

　　李八十　一点不是瞎说!你看着,听着,记着:快长快长,乘风破浪!(小船变大)你看,长大了没有?再念再长,要多大有多大!赶到不用的时候,你念:水落收船,快快还原!(船又变小)

　　王小二　老爷爷,这可真是个宝贝!有了它,大水来到,我可以救起许多活东西呀!

　　李八十　说说吧!

　　王小二　比如说,水上漂着一群蚂蚁,该救不该救?

　　李八十　该救,蚂蚁多么勇敢,多么勤劳啊!还有?

　　王小二　水上来了一窝蜜蜂,也得救起来呀,蜜蜂多么爱干活儿,酿的蜜又多么甜哪!

　　李八十　应当救。还有?

　　王小二　一只美丽的仙鹤,或是一只胖小狗,都该救起来呀!可是,老爷爷,第一要先救人!

　　李八十　是吗?连坏人也救吗?王小二,你要小心,你要是救起一条毒蛇呀,它会咬死你!坏人哪,也许比毒蛇更厉害!你记住那两句话了吗?

　　王小二　记住了!快长快长,乘风破浪!水落收船,快快还原!对吧?

　　李八十　对!好好地拿着,交给你妈妈收起来!看,太阳这么高了!

　　【小二看太阳,一回头,老人不见了。

　　王小二　老爷爷!老爷爷!你在哪儿啦?老爷爷!老爷爷!(只闻回响,不见人影)哎呀,奇怪呀!老头儿藏在哪儿去了?

　　李八十　(声音)快回家吧,王小二!再见!

　　王小二再见!(四山回响)再见,再见……

【作品赏析】　老舍(1899—1966),原名舒庆春,字舍予。中国现代小说家、剧作家,代表小说有《四世同堂》《骆驼祥子》等,剧作有《茶馆》《龙须沟》等。1955年9月16日,《人民日报》发表社论《大量创作、出版、发行少年儿童读物》,社论号召"作家们在一定时间之内为少年儿童写一定数量的东西。"老舍响应号召,于1961年创作了《宝船》。该剧由中国儿童艺术剧院在1963年首演,1986年复排演出。

　　《宝船》是一部根据江苏铜山民间故事改编的儿童剧,全剧共3幕5场。剧本讲述了这样一个故事:善良勤劳的王小二在山中砍柴时,救起落水的老汉李八十,因此获赠一条小纸船和一篇口诀,可以将小纸船变成一条乘风破浪的大船。洪水来了,王小二驾着宝船,帮助很多动物脱离险境,并在大水中救起好吃懒做的张不三。洪水退去后,贪婪的张不三趁大家重建家园时,偷走宝船献给了皇帝。王小二在李八十和朋友们的帮助下,进皇宫夺回宝船,并让贪婪的张不三和愚蠢的皇帝受到了应有的惩罚。《宝船》从儿童的天真、活泼、富于幻想的心理特征出发,使剧作充满童话的神奇色彩。该剧颂扬了劳动者勤劳善良、助人为乐、顽强勇敢、团结互助的美好心灵。曲折生动的故事、神幻色彩的情节、天真童稚的语言,使得该作自诞生以来一直深得观众和读者的喜爱,在当代文学史上起到了较大的影响。

《曹冲称象》全文扫章首二维码获取

曹冲称象(课本剧)(节选)

第一幕

【音效:锣声
【面光亮

东汉末年,曹操拥有兵马无数、战将千员,诸侯都十分惧怕他。这天,江东孙权派使者前来拜见曹操,会发生什么事呢?

士兵:升帐!

(文官武将在舞台站立)

士兵:请大人!

众人:请大人!

(曹操上场,走到中间的长几后坐下。)

众人(鞠躬行礼):拜见大人!

曹操:免礼!

众人:谢大人!

许褚:大人,江东孙权日前派遣使者前来,不知所为何事。

曹丕:孙权一直与我们作对,此次派使者前来,定有图谋。

程昱:大人,不如先把使者带上来,探探他的口风?

曹操:好,带使者!

士兵:带使者!

【面光灭,追光亮

【音乐1起

(使者从舞台左侧上场)

使者:本使者从江东而来,往江北而去,真是……吓死我了!曹军兵多将广、兵强马壮,倘若日后攻打我们,该如何是好?

(使者在舞台上来回踱步,突然停下。)

使者:有了!我出个难题,考考他们,让他们知道,我们不是好欺负的!

(使者回到舞台左侧)

【追光灭，面光亮

　　使者：江东使者拜见大人！
　　曹操：使者远道而来辛苦了。此次前来不知有何贵干？
　　使者（假意献媚）：我家主公仰慕大人已久，特派我前来拜见。
　　曹丕：这不像孙权的风格啊。
　　曹操：狼子野心！请回吧！
　　使者：唉，我家主公本还精心准备了一份厚礼进献给大人，既然大人无意，那我……
　　曹操：哈哈哈！想不到，他居然准备了厚礼，真是太客气了！什么厚礼啊？
　　使者：大人请看！
　　（大象从舞台左侧缓缓上场）
　　大象：鼻长耳宽皮肉厚，两颗大牙在口中。你要问我叫什么？行不更名，坐不改姓：大象！
　　大象（对着使者）：怎么样，这个出场帅气吧？
　　使者（对着大象）：太帅了！曹操肯定喜欢！
　　使者（对着曹操）：这就是我家主公送给大人的礼物。
　　曹操（笑着）：嗯，不错不错！
　　（使者和大象高兴地点头）
　　曹操（兴奋地）：拖下去，拿水煮了！
　　（士兵迅速冲上去准备拖走大象）
　　大象：什么？救命啊！
　　使者：啊？这是为什么啊？
　　曹操：这大象浑身是肉，不就是孙权送给我的大餐吗？
　　使者：大人误会了，这大象可吃不得！
　　曹操：吃不得？那你送来做什么？
　　曹丕：父亲，这大象在中原实属罕见，吃了实在可惜呀。
　　曹操：有道理……放开它！
　　使者：谢大人！（打岔）大人啊，我来之前，我家主公特意叮嘱我一定要向您请教一个问题。
　　曹操：哦？什么问题？
　　使者（奸笑并假装犹豫地）：哎呀，这……

【音乐1停

　　许褚（不耐烦地）：哎呀什么哎呀，快说！小心我敲了你的小脑瓜子！
　　程昱：将军息怒。想必这个问题一定很有难度，还请使者明说。
　　使者：实不相瞒，我家主公十分喜爱这头大象，所以一向悉心呵护，但心中一直存有一个疑问。

曹操：什么疑问？

使者：这头大象……

（所有人都屏住呼吸，看向使者。）

使者：这头大象究竟有多重？还请大人帮忙解惑。

许褚：哦，原来是这个问题……（突然暴怒）这是什么问题！谁能称出来？我敲了你的小脑瓜子！

（程昱拦住许褚）

程昱：将军息怒，将军息怒。

曹丕：大象又高又大，身子像一堵墙，腿像四根柱子，怎么给它称重啊？

使者：难道大人没有办法吗？

曹操（环顾四周）：你们谁有办法称出这头大象的重量？

（众人议论纷纷）

大臣甲：下官认为，应该造一杆大秤，砍一棵大树做秤杆。

大臣乙：可是有了大秤也不行啊，谁有那么大的力气提起这杆大秤呢？

许褚：大人，我力大无穷，试试能不能举起大象，估估重量。（说完撸起袖子冲向大象）

许褚（对大象抱拳、鞠躬）：象兄，得罪了！（说完抱住象腿）

大象（满脸不解地）：你要干什么？

许褚：哎哟……我的腰！

（许褚试了三次，不但没能举起大象，还把腰闪了。）

曹丕：快把将军扶下去。

（士兵搀扶着许褚从舞台右侧下场）

使者（佯装失望地）：看来，大人也没有什么好办法。枉我家主公还认为大人无所不能、无所不知。唉！他一定很失望……

曹操（生气地）：到底谁能有办法？

（曹冲从舞台左侧上场）

曹冲：我有！

（众人惊愕地看向曹冲）

【面光灭

【作品赏析】 2015年，国务院办公厅发布了《关于全面加强和改进学校美育工作的意见》，提出"义务教育阶段学校在开设音乐、美术课的基础上，有条件的要增设舞蹈、戏剧、戏曲等地方课程"，将"戏剧"增设为美育课程内容。

《曹冲称象》课本剧正是基于这一《意见》产生的优秀作品，它取材于人教部编版二年级上册第四课的课文，通过戏剧专家和一线教师们共同改编、创作，将戏剧艺术融于普通教育中。一方面使学生通过亲身表演的方式，增强对文章的理解；另一方面锻炼了学生的观察力、注意力、想象力、感受力、思考力、适应力、表现力，培养了他们的真实感、形象感、幽默感、节奏感以及良好的思维方式与行为习惯,增强了他们的创新意识。

与课文相比,课本剧《曹冲称象》在人物形象塑造上更加具体生动。课文主要通过曹冲和一众守旧的大臣的对比,突出了曹冲的早慧。在课文中,大臣们作为一个群体,模糊了各自的性格特点。但在课本剧中,程昱、许褚、大臣甲、大臣乙的性格都各不相同。尤其是许褚,他虽然是曹操的一员猛将,身体强壮,但却头脑简单,妄图举起大象估计重量,结果试了三次,不但没能举起大象,还把腰闪了。这个"举大象"的动作设计,既体现了许褚的性格,又为戏剧增加了趣味性。

除此之外,本剧还深化了课文中的主题。《曹冲称象》的课文主要表现了曹冲积极自信,勇于思考与创新的精神,以及曹操能够采纳别人的合理意见的气度,鼓励学生向这两位人物学习。但课本剧在曹冲提出如何称象的意见后,增加了一段情节,即曹冲在为自己能够想出大人都想不出的办法得意时,曹操却劝告他"为人臣者,替人解惑。为人王者,解己之惑"。学生能从中学习到"藏拙""谦虚"的道理。

可以说,"课本剧"并不是让学生单纯地学会演戏,而是赋予其更好的学习和生活能力。

五、儿童戏剧的改编

在日常教学过程中,教师为孩子们编排节目越来越常见。但是,现成的儿童剧本存在很多限制,比如专业的儿童剧剧本对舞美、演员演技要求比较高。一些经典的儿童剧剧本年代久远,离当代儿童的生活较远,无法使儿童产生共鸣。但是如果要求教师原创一部儿童戏剧作品,一方面难以保证质量,另一方面又对教师的创作能力提出了很高的要求。如果能够把一些童话、小说、课文等改编成儿童剧,就可以解决这些问题。

(一)原作选择

1. 戏剧性较强

适合改编成儿童戏剧的原作,应该具有完整连贯的故事情节,有生动有趣的人物形象和紧张集中的戏剧冲突。如方惠珍、盛璐德创作的《小蝌蚪找妈妈》,故事以小蝌蚪寻找青蛙妈妈为线索,情节完整;在寻找妈妈的过程中,小蝌蚪又遇到了鲤鱼、乌龟,最后自己变成了青蛙,这些形象都非常生动有趣。且小蝌蚪询问鲤鱼妈妈的去处、误认乌龟为妈妈,最后变成青蛙与妈妈相认的情节都充满戏剧性,非常适合改编为面向幼儿演出的儿童剧。

2. 适宜舞台演出

从剧本的舞台性出发,那些人物多、时空转换频繁、情节十分曲折、矛盾又很复杂的故事,是不太适合用舞台演出的方式给儿童观赏的,如意大利作家卡洛·科洛迪创作的童话《木偶奇遇记》;那些幻想非常奇特、道具制作难度很大的故事,也是不适宜于改编的,如瑞典作家塞尔玛·拉格洛夫创作的童话《尼尔斯骑鹅旅行记》。

(二)改编要求

把儿童童话或故事改编为儿童戏剧,是对文学作品的再创作。改编时既要尊重原作,不随意增减主题、情节、人物,又必须根据剧本写作要求和舞台演出需要做必要改动。

1. 符合剧本形式

剧本由舞台提示和台词两部分组成,它和故事的书写形式明显不同。改编时,应将故事发生的时间、地点和角色集中写在剧本正文前的舞台提示中;应对叙述语言和人物语言进行筛选,分别写进舞台提示和台词中。

2. 转化叙述语言

剧本一般没有叙述人语言。改编时,应尽量提炼、概括原作的叙述内容,并把它转化为人物台词或舞台提示。如环境描写改为舞台布景,人物的身份介绍、行动路线(含上下场)、表情动作、感情交流通过剧中的舞台提示说明,或者写进台词里。

3. 设计个性化的台词和戏剧动作

动作性语言是儿童戏剧的一大特点。改编时,不但要提炼台词,使它富有个性、动作性,而且要为人物设计好有特征的戏剧动作,使人物形象更加鲜明,以增强感染力,达到良好的表演效果。

4. 考虑各种艺术形式的协调配合

改编时,可以设计烘托人物性格的音乐,设计表现主题和人物特征的舞蹈,设计能够表现角色特点的服装道具……各种艺术形式的协调配合,能使戏剧演出更富有游戏娱乐性,从而受到孩子们欢迎。

六、儿童戏剧的舞台表演

儿童剧表演因其极强的游戏性、表演性和参与性等特点,深受少年儿童的喜爱。在儿童戏剧教学中,儿童剧表演是提高教学效果的最佳手段之一,用儿童剧表演的方式进行儿童戏剧教学要遵循以下几点基本的原则。

(一) 剧本的选择

剧本是进行儿童剧表演的基础。在进行儿童戏剧教学时,剧本的准备是必需的。在选择何种儿童剧剧本用于儿童戏剧教学时,有以下两种方案:一是选取现有的儿童戏剧经典剧本,二是使用教师编写的儿童剧剧本(可以是原创的,也可以是儿童文学作品的改编)。在选择剧本时,要尊重儿童本位的原则,要选择适合儿童接受能力和审美的、受儿童欢迎的、有教育意义的剧本。也可以让儿童充分行使自主权,甚至还可由儿童自己动手改编剧本。在实际教学中,要引导儿童认真阅读剧本内容,为表演打好基础。

(二) 角色的分配

儿童剧角色的分配是儿童戏剧表演的一个重要环节。分配儿童剧中的角色首先要充分重视儿童的意愿;其次,儿童本身个性、气质、爱好的不同也决定着角色分配的差异;再次,要尽可能让儿童自行选定导演,自定服装道具,按照自我对儿童剧的理解进行表演。此外,应让儿童尝试不同的角色,通过角色的转换,加深对儿童剧剧本的理解。儿童戏剧教学应以儿童为中心,尊重儿童的兴趣和想法及其内在需求。

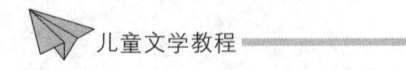

（三）排练和表演

舞台的表演也离不开台下的准备和排练。儿童在进行戏剧表演之前，教师可以指导儿童动手制作道具，自己化妆、配乐。在儿童戏剧排练过程中，教师应充分调动学生的主动性，由儿童自主组织排练，由儿童自己来对排练的效果进行总结、反思、提高。在表演过程中，要注意团结协作，不同角色之间要互相配合，要加强角色与角色之间的沟通。表演的过程是儿童用动作、情感、语言、身体等全面加深对儿童剧的理解的过程。

（四）评价与反思

评价与反思是实现进一步提升的过程，在这一过程中，应充分发挥儿童的积极性，给儿童一个开阔的空间，让儿童随心所欲地进行评价。评价可以是多方面的，如观众对演员的表演进行评价、演员自我评价、演员与演员之间的评价等。在评价与反思过程中，要允许儿童之间相互争论，允许儿童观众与角色之间互动；教师可做适当的导评。对儿童剧表演的评价和反思有利于儿童之间相互启发、相互促进，有利于加深对儿童剧剧本的理解。

在小学语文教学中，儿童剧是一个非常好的教育载体，让学生进行儿童剧表演是一种很好的体验性学习。学生不仅能用自己的头脑思考、用眼睛欣赏、用耳朵聆听，还能用嘴巴去表达、用手去实践、用心灵去感悟。

七、创造性戏剧教学

创造性戏剧是西方国家非常重视的一种艺术教学方法，由美国的戏剧教育家温妮弗列德·瓦德率先提出，引入我国后被越来越多地运用于幼儿园和小学的教学之中。这种教学方法是指参与者在领导者的引导之下，运用想象、语言、肢体动作等去表现对于世界的理解。创造性戏剧教学的目的并不是将儿童的演出呈现给观众，而是促进儿童对课程或者主题的认知；促进他们人格的发展及对戏剧与剧场艺术的体验；促进他们自主性、创造性的学习。

创造性戏剧包括基础的和高级的课程项目。肢体与声音的表达与应用是基础性的创造性戏剧项目；故事戏剧是高级的创造性戏剧项目。

（一）肢体与声音的表达与应用

由于儿童的发展与学习多是通过感觉与动作进行的，因此许多戏剧专家在带领戏剧活动时，以此作为儿童进入戏剧教育的入门课程。一般而言，这类的入门课程多半以简短的方式呈现，包含韵律活动、模仿活动、感官知觉、声音及口语练习、口述哑剧等种类。

1. 韵律活动

韵律活动是指随着特定的韵律而创造的肢体表达动作。比如运用铃鼓、手鼓创造固定的节奏，引发儿童跟着韵律进行想象，并创造出不同的角色与哑剧动作。

2. 模仿活动

模仿活动是参与者对于某些特定的人物、动物或静物仔细观察及了解后,运用自己的肢体动作或声音口语把这些人物或动物的形态和特色表达出来的活动。比如在教学中引导学生模仿"婴儿""小狗""机器人""闪电"等形象。

3. 感官知觉

感官活动就是通过默剧、游戏及其他戏剧活动来加强参与者五官及情绪知觉的敏锐度,以增强其想象与表现的能力。教师可以设计让一位同学做出某种情绪,让另外的同学模仿,或者口述一些情况,让儿童做出来,如"假装看一场很好笑的电视节目""突然看到个很丑的巫婆"等。

4. 声音及口语练习

声音模仿即针对特殊的声音或音效做模仿。老师可以编创一个故事,让幼儿在聆听故事后,用自己的声音或身体部位为故事中制造音效。对白模仿即针对某些人物的口语内容或对话做模仿。例如幼儿可以模仿大巨人或小精灵的声音说:"让我进来!"通过练习,儿童会注意用不同的声音、语气及会话的内容来沟通。

5. 口述哑剧

口述哑剧是老师用旁白口语的方式把戏剧的情境带出,并引导儿童通过哑剧动作来呈现剧情的原貌。

(二) 故事戏剧

故事戏剧是创造性戏剧教育之中,最能表现出其程序性特点的一种。故事戏剧虽然也要表演故事,但它的表演场地一般限制在教室内,和舞台上的表演区别很大。它的演出目的不在于呈现一个作品,而在于使儿童通过戏剧的方式进行思考,同时感受戏剧的魅力。故事戏剧的活动程序大致包括以下五个阶段。

1. 故事的导入

良好的故事导入能引起儿童的兴趣,使其集中注意力并增强他们的参与积极性。一般的导入活动包括引起动机、热身活动和介绍故事三种。

(1) 引起动机

引起动机,即在活动开始时,利用提问、讨论、音乐和一些道具来引入将要进行的戏剧活动的主题。比如课程的主题是"毛毛虫变成蝴蝶"时,可以给儿童展示蝴蝶的标本。

(2) 热身活动

热身活动,即教师以简短的游戏,熟悉的短歌或者带动唱的活动,来集中参与者的注意力,培养团体互动的默契。如"听节拍踏步走"。

(3) 介绍故事

介绍故事,即教师利用讲故事,朗读诗歌或者儿歌等方式,将主题呈现出来。最好的方式是将它"讲"出来,而不是"读"出来,可使故事更加生动活泼。

2. 故事的发展

在讲完故事后,教师接着可引导儿童深入理解故事的情节或者角色的特性,可以利用提问的技巧,鼓励儿童说出自己的想法,同时也可以做部分口语或者肢体语言的练习。

引发开放性的讨论。教师可以鼓励参与者从故事的人物、时间、地点、事件等几个方面入手,对故事的主要内容开展开放性的讨论,从而使其对故事的内容形成自己独立的见解和清晰的认识。如在讨论事件时,"毛毛虫变成蝴蝶"的课程中,教师可以询问"如果毛毛虫从茧里面钻不出来了怎么办?"

选择组织恰当的活动。教师可以依据故事的题材,考虑使用各种不同形态的戏剧活动,如果故事的动作较多,就用"哑剧活动",如果对话较多,就用口语活动。

3. 戏剧表演

在教师和儿童对故事的片段内容有了充分的讨论与练习后,就可以准备将完整的故事呈现出来。在正式呈现前,必须先做计划,计划的内容包括,呈现的"流程"(戏剧的开始、过程及结束的部分)、"角色分配"(依据剧情与儿童的需要来分配角色)、"位置分配"(各个角色的出场和退场的相关位置)等。此外,人员分组的问题也需要讨论。

戏剧呈现可以采用不同的方式:单角口述默剧,即由教师旁白故事,全体学生担任同一种角色,通常单角色的故事可以采用这种方式;双角互动,即教师扮演一个角色,学生扮演另一个角色,两者之间互动或者教师旁白,把学生分成互动的两组,通常双角色的故事适合用此种方法;多角互动,即教师扮演其中一个角色与多组学生互动或者教师旁白,由学生分别扮演不同的角色,通常多角色的故事,可以采用这种方式。

4. 故事的回顾

演出呈现后,儿童会乐于分享他们的经验与心得。教师可以借此机会协助儿童对自己的行为、创作内容加以回顾与反思。

5. 故事的再创造

对于喜欢的事情,儿童通常喜欢反复做,对于戏剧也不例外。教师可以引导学生重复以上流程,把重点放在不同的角色或者片段,也可以重复加强第一次演出的部分。只要教师和学生们喜欢,这些过程可以不断地计划与呈现。

虽然戏剧课程不一定非得依照流程来进行,但教师的脑子里却应该有着清晰的概念,知道哪些已经做过、哪些必须再讨论。如此,才能够随时回应学生的需要,做弹性的调整或者修改。循序渐进地将儿童戏剧的活动形式应用于学校教育或者相关工作中,将会更加有利于儿童戏剧的普及和更好地发挥其教育意义。

第二节 儿童影视

一、儿童影视及儿童影视文学概述

影视艺术指的是以现代科技为手段,以画面和音响为媒介,在特定的多维时空中通过银幕形象塑造直观的视听形象,再现和反映生活的一门综合艺术。影视文学是为影视作品拍摄所创作的文学剧本,它是影视创作的文学基础、是导演再创作的依据。剧本区别于纯粹文学性作品,它的文学语言最终要转化为影视作品的银幕语言,剧本塑造的文学形象最终要转化为直观的视觉形象,这些预期都会影响文学剧本的创作。

电影诞生于1895年,电视剧比电影诞生得更晚,世界上第一部电视剧产生于1930年的英国。影视从对生活简单的模仿,逐渐发展成为一门独立的艺术。儿童影视属于影视艺术,它涵盖了两层含义:一是"儿童的",二是"影视的"。即与成人影视相比,它体现出儿童的生理、心理、年龄、思维、情感、爱好等多方面的儿童特征;与儿童文学相比,它展现出影视艺术的形象性、综合性、流动性等媒介特征。

这里有一个值得注意的问题,就是儿童影视的儿童视角。儿童影视的主要服务对象是少年儿童。由于儿童对自己的同龄人及其活动总是倍感亲切,对儿童题材的影视作品更加欢迎,因此,大多数儿童影视作品以表现儿童生活为主。但是,有些以少年儿童为主人公、通过他们的遭遇来折射社会问题的影视作品,也不一定成为儿童接受的儿童影视作品。如吴贻弓导演的电影《城南旧事》(1983),虽以一个孩子——英子为主人公,并采用她的主观视线为叙述方式,但作品所显现的深刻的社会内容和丰富的人生哲理,小观众们却不易理解。电影古朴庄重、舒缓淡雅的艺术风格,与小观众们的欣赏趣味有一定距离,而且作品创作的动机并非为了儿童。另外,儿童影视文学并非一定要以少年儿童为主角,并非一定要以反映少年儿童的生活为主要内容。如日本导演武田一成的电影《我的老师》(1977),虽然以成人为主角,却完全从儿童视角去描绘一位热爱孩子的老师的动人形象:这位古谷老师充满童心、风趣幽默、与学生平等相处。由于该作品所表现的生活内容与小观众的心灵息息相通,使儿童感到十分亲切。

由此可见,是否可称得上儿童影视作品,关键在于作者创作时,是否真正地、鲜明地把服务对象——少年儿童摆在了接受主体的位置上,充分照应儿童的欣赏趣味、理解水平和观察能力。儿童影视自然也可以对少年儿童加以引导和提高,但不能过分地超越他们所能接受的界限。所以,能否牢牢地把握儿童视角,可以说是一部影视作品能否称得上儿童影视的一个重要标志。

不过,仍有学者对儿童影视的"儿童性"定义有不同观点。以《儿童电影:儿童世界的影响表达》一书为例,它将儿童影视作品分为以下三种类型:① 纯儿童片;② 准儿童片;③ 儿童视点片。三者的关系如下表。

表9-1 儿童影视作品的类型与关系

影片类型	拍摄动机	艺术表现重心	艺术实现的主旨	与儿童观众的对应关系	与成人观众的对应关系	影片举例
纯儿童片（儿童本位的儿童片）	专门为儿童拍摄	儿童自身生活世界及其精神世界	反映儿童自身的思想状态、情感内蕴、精神面貌,发掘童年人生的珍贵价值	以儿童观众为主体	适合成人观众观看(优质的儿童片,老少咸宜)	《小兵张嘎》《红衣少女》《豆蔻年华》《霹雳贝贝》《我的九月》《草房子》

(续表)

影片类型	拍摄动机	艺术表现重心	艺术实现的主旨	与儿童观众的对应关系	与成人观众的对应关系	影片举例
准儿童片（非儿童本位的儿童片）	不一定专门为儿童拍摄	与儿童密切相关的成人（教师、家长等）及其世界	兼顾儿童与成人两个世界，引起人类对儿童及成人生命状态的思考	儿童能在一定程度上理解与接受	适合成人观众观看（褒贬教师、家长等成人形象或反思成人社会）	《苗苗》《泉水叮咚》《为什么生我》《天堂回信》
儿童视点片（非儿童本位的成人片）	为成人拍摄	儿童眼里难以理解的成人社会	透过儿童纯良本性折射社会形态、以儿童命运反衬时代变革	儿童一般较难理解影片深奥的思想、丰富的艺术内涵、强大的隐喻性和暗示性	拍给成人看的影片	《城南旧事》《看上去很美》《铁皮鼓》《自己去看》《芬尼与亚历山大》《泥之河》

这些学者认为，在讨论儿童影视的儿童特性时，不能忽视儿童影视在中国大陆的具体实践，以及儿童影视概念的约定俗成性，比如上文提到的《城南旧事》，约定俗成地被认为是儿童电影。而纯儿童片、准儿童片、儿童视点片就是为了对这些约定俗成且较为含混的领域做出划分，肯定每一类影片的价值。

儿童影视文学的定义除了符合上述的"儿童性"和"影视性"之外，还要符合"文学性"的特点。儿童影视文学用主题、人物、情节、冲突、语言等文学结构要素将故事呈现出来。

综上所述，我们可以给儿童影视文学一个明晰的定义：儿童影视文学，主要指儿童影视剧本，它是从儿童视角出发，以儿童为主要表现对象和接受主体，并为拍摄儿童电影、电视服务的一种充满童真、童趣的具有独特审美价值的文学体裁。

随着影视传媒方式的普及，少年儿童在日常生活中越来越频繁地接触到影视媒介，它不仅丰富着少年儿童的生活、塑造着少年儿童的审美，更是对少年儿童的知识结构、行为方式、价值观念、人格修养产生着全方位的影响。因此儿童影视在世界范围内也受到普遍重视。一方面，世界各国通过成立儿童影视协会加强创作上的交流。1955年，联合国教科文组织下属的国际儿童少年影视交流中心宣布成立。1986年3月，中国儿童电影制片厂与中国中央电视台共同代表中国，正式加入并成为该中心的理事单位。另一方面，各种类型的儿童影视活动也促进了儿童影视的发展。比如很多国家都设有儿童电影、电视节，如芝加哥国际儿童电影节、巴黎国际青少年电影节、威尼斯国际儿童电影节和中国国际儿童电影节等；洛杉矶国际动画电影节、多伦多国际动画电影节、澳大利亚国际动画电影节等；斯洛伐克的布拉迪斯拉发国际儿童少年电视节等。

我国也非常重视儿童影视事业的发展。在儿童电影领域，我国于1981年创建了专业生产儿童电影的中国儿童电影制片厂，1984年成立了中国儿童少年电影学会，1985年创办了专业的儿童电影奖项——中国电影童牛奖（2005年正式并入中国电影华表奖）。2005年底落成的中国电影博物馆，设有专门的儿童电影展厅。中国国际儿童电影节于1988年经国家有关部门批准正式成立。中国国际儿童电影节在加强中外儿童电影交流、促进我国儿童电影事业的发展方面起到了重要的作用。在电视媒介方面,自中央电视台于2003年12月28日开播少儿频道以来,全国已有几十个电视少儿频道开播;电影频道专门设有"少儿影院";电视剧频道专门设有"少儿剧场"(后改名为"青春剧苑");各电视台还设有不少专门的动画节目时间(如少儿频道的"中国动画精品版"等)。全国各地还涌现出学生直接参与的校园电视台。

二、儿童影视及儿童影视文学的特征

儿童影视文学,主要指儿童影视剧本。它是从儿童视角出发,以儿童为主要表现对象和接受主体,并为拍摄儿童电影、电视服务的一种充满童真、童趣的具有独特审美价值的文学体裁。儿童影视文学具有影视性、文学性、儿童性三方面的特点。

戏剧与影视两者都是综合性的艺术,它们都以演员的表演为中心,综合了声、光、电、影、文学等多种艺术手段,以主题、人物、情节、冲突、语言等为结构要素将故事呈现出来。两者存在一些共同点,但也有许多不同之处。首先,虽然戏剧也被称为综合性艺术,但是影视所综合的范围比戏剧要广泛得多、也复杂得多。儿童影视把文学、戏剧、绘画、美术、建筑、雕塑、舞蹈和摄影等艺术因素有机地融合到了一起。影视作品的生产需要编剧、导演、演员、投影、美工、特技、音乐、配音、录音、剪辑等多方面的密切合作。其次,戏剧作品和影视作品一样,两者都具有直观性,能够直接诉诸视听感官。但戏剧是演员通过舞台演出直接呈现在观众眼前的,戏剧剧本必须受到舞台演出的限制。而影视作品比戏剧作品拥有更大的自由度,它不受舞台的时空限制,能够运用剪辑的手段,从而更广阔的反映生活。再次,影视作品的拷贝与发行非常便捷,这使得影视观众群体比戏剧观众群体数量更多。因此,对于影视作品主题、审美、表现形式都要更加大众化。戏剧与影视作品在逐步完善自身艺术形态的过程中相互影响,从一定意义上讲,影视艺术是戏剧艺术的一种延伸和发展。

因此,下文不再赘述儿童影视与儿童戏剧的相似特征,比如,儿童影视的题材和儿童戏剧的题材一样,十分广泛,既可以表现儿童的生活,也可以表现成人的生活。只就儿童影视区别于儿童戏剧的部分展开论述。

(一) 叙事要素特征

1. 形象鲜明且富有视觉性

儿童影视要塑造儿童乐于接受、喜欢学习、具有鲜明个性特点的人物形象。我国儿童影视作品中的潘冬子、孙悟空、沉香、哪吒等,美国儿童影视作品中的米老鼠、加菲猫、白雪公主等,日本儿童影视作品中的哆啦A梦、樱桃小丸子等,都是受到儿童欢迎的鲜活形象。

影视艺术就是视觉的艺术。儿童影视文学用文字描写的形象必须能够体现、转化为鲜明的视觉形象,具有具体实在的形象性,符合拍摄的要求。所以儿童影视文学在塑造艺术形象、描写环境场面时,就必须避免抽象的叙述,要对画面的形态、动作、色彩、声音等做出清晰的勾勒,尽量塑造出鲜明可爱、富有儿童情趣、可以转化为视觉画面的艺

术形象。例如赵元、郑建民导演的《扶我上战马的人》(1983)中一个镜头的描写:

> 大河边,
> 战马跑成了散兵线。
> 战马跑成了单行队列。
> 狗疯狂地撵着战马。
> 战马跑过了的土地上,尘土飞扬。
> 战马跑过水泊,水花飞溅。
> 彭总站在小山丘上深情地遥望着孩子们。
> 狗娃在马上转过头,乐滋滋地向彭总挥手。
> 树啊,河啊,向后面闪逝着……小羊睁着大眼,双手紧紧抱着小刘的腰背。
> 强强兴奋地大笑。
> 狗娃身子前倾,几乎贴着马背,白马的毛在轻风中舞动。
> 狗娃情不自禁地放开嗓子唱起来……

这里的文字对于形象、动作、声音、色彩和情感的描述非常详细,具有强烈的画面感。这些由视觉性语言所设计的画面中,包括了人物——彭老总、狗娃、小刘,也包括了人物所处的地点、时间、环境,还包括了战马奔跑的情景和人物活动的状况。

儿童影视的人物对话、动作设计也应当服务鲜明的人物性格,并且能够帮助视觉形象的表现。如王树忱、严定宪导演的动画片《小号手》(1973)讲述了放牛娃小勇成长为红军小战士的故事。在一次战斗中,小勇负伤,来到郑大妈家中养病。在养病期间,他在门口遥望东峰山,兴奋地大喊:"大妈,你快来看,那不是我们游击队的红旗吗!红得多好看呐!"大妈笑着说:"噢!你想部队都想入迷啦!那不是红旗,是红枫树啊!"这里的语言为作品中年轻的小英雄找到了正确的语调,把小勇渴望归队的急切心情刻画得细致入微。同时,伴随着对话,红旗、红枫的形象呈现在屏幕上,语言没有顶替视觉的表达,反而帮助了视觉形象的表达。

再如汉斯·海因里希导演的电影《英俊少年》(1970)描绘了一个奇怪的家庭,儿子海因策支撑着这个家,而父亲却是一个酒鬼。剧本中对两人的关系有这样一段动作描写:

> 海因策两手拎着东西……
> 海因策捡起信……把信放在面包盘底下……
> 海因策走到兔笼边,打开笼子门,塞了一个萝卜进去……
> 海因策把药片递给父亲……

这样一连串的"拎""捡""放""打开""塞""递"等动作,充分表现了海因策懂事、早熟的个性特征。

"海因策回到床前看见父亲又睡熟了,就纵身跃起,跳到床上,一个跟斗翻过去,把盖在父亲身上的被子全掀了开来。海因策看见父亲仍呼呼大睡就拿来一把水壶,往父亲头上浇水。"这些动作都栩栩如生地展示了海因策的顽皮,它们不仅表现了人物个性,富有童趣,而且画面动感也特别强烈。

2. 情节集中且富有悬念

儿童在生理上倾向直觉感受,在心理上还未完成从形象思维到抽象思维的过渡。这使得儿童很难在影视作品中理解复杂的人物个性、深刻的社会背景、隐晦的象征比喻和深奥的思想哲理。因此,儿童影视的情节要比较精炼,最好采用"单线式"的情节结构。"单线式"指的是全部情节围绕一件事或一个人而展开。比如徐景达、马克宣导演的《三个和尚》(1981),围绕着一个和尚挑水喝—两个和尚抬水喝—三个和尚没水喝—三个和尚协力水更多的情节主线描写,情节虽然单纯,却环环紧扣,抓住了小观众的心。

但是,仅仅注意到情节的单纯性还不够。儿童注意力容易分散、自控能力弱,必须注重悬念的设置,才能不断激起观众对于人物命运的关注,吸引他们的视线,引起他们对影片中人物命运的关注。比如常光希导演的《宝莲灯》(1999)围绕着沉香救母的情节,设置了一个又一个的悬念。"幼年沉香的母亲被二郎神囚禁—沉香来到凡间寻师学艺—少年沉香对战二郎神",在此期间,沉香遇到了许多磨难。拜师孙悟空被拒、夺回宝莲灯被困天庭、与二郎神及天兵大战……沉香不断遇到困难、克服困难的过程使整个情节在发展过程中张弛有致,悬念迭出,增强了影片的观赏性。

3. 故事新奇且趣味性强

儿童的天性是爱幻想的,影视作品中新奇的情节、新颖而又陌生的画面对儿童具有天生的吸引力。在儿童影视中,有许多根据魔幻小说、科幻小说改编的作品,如蒂姆·波顿导演的《查理和巧克力工厂》(2005)、《哈利·波特》系列电影等,这些作品创造的世界极富想象力,也深受儿童喜爱。以《哈利·波特》系列电影为例,神奇的魔法、奇异的生物构建起了一个亦真亦幻的世界。主角哈利·波特既给儿童观众以真实感,又给他们以惊异感,满足了儿童观众将自己代入其中的幻想。

儿童也喜欢轻松幽默、充满趣味性的故事。儿童影视作品往往采用夸张、幽默、揶揄、错位、误会等艺术手段来刻画人物,推演情节,张扬儿童情趣,使作品趣味盎然。以克里斯·哥伦布导演的《小鬼当家》(1990)为例,影片讲述了一个八岁的小男孩制服两个歹徒的故事。机智勇敢的小男孩凯文在家中设置了各种陷阱,把笨拙的盗贼搞得狼狈不堪,引发了种种笑料。这种故事不符合常理,但是其中大胆的夸张和奇特的想象恰好符合儿童的心理期待。

(二)造型元素特征

首先,在制作方面,儿童影视会运用综合性的造型元素表现作品。这些造型元素会表现在儿童影视的剧本之中,反映在影视文学里。比如,构成影视画面基本元素的镜头,就有空镜头、主观镜头、客观镜头、运动镜头以及推镜头、拉镜头、摇镜头、移镜头、综合运动镜头之分。除此之外,还有光、影、明暗度、线条、色彩、摄影方向、摄影角度等的区别;与画面一起完成叙事功能的声音,包括了人物声、自然声、音乐和画外音等;另外,参与到叙事功能的造型元素还有很多,如蒙太奇结构、表演、服装、道具、场景等。以下就一些常见的造型元素进行介绍。

1. 蒙太奇手法

蒙太奇手法是影视作品创作中的一种重要而又独有的手法。蒙太奇的分类很多，如叙事蒙太奇、表现蒙太奇、节奏蒙太奇等。所谓"蒙太奇"指的是将一部影片预定要表现的内容分成若干镜头拍摄，拍摄之后再根据一定的创作构思，按照剧情的需要，用一定的节奏把这些拍好的镜头加以剪辑，有机地把画面、音响、色彩等因素组合起来，使它产生连贯、对比、联想、烘托、悬念等作用，从而结构成一部完整地反映特定生活，表达主题思想而又能为观众所接受的影片。比如伊朗马吉德·马吉迪导演的《小鞋子》（1997年）（又译《天堂的孩子》）讲述了贫穷的伊朗儿童阿里把妹妹唯一的鞋子弄丢后，为了给妹妹赢得一双鞋参加跑步比赛的故事。在影片中，导演将"阿里未赢得球鞋，回家后与妹妹两人在庭院中悲伤无言"的画面和"父亲推车回家，车座上两双新鞋"的特写镜头穿插表现，通过强烈的对比，表现出这家人的互相理解和付出，极大地增强了作品的感染力。

2. 光影和色彩的运用

光影和色彩是儿童影视艺术造型的两个重要元素。通过布光和用色，使画面的光影和色彩表现出创作者的意图。如日本导演宫崎骏的《千与千寻》（2001），在布光和用色上都十分考究。千寻与父母在搬家途中迷路，千寻跟随父母进入隧道，此时千寻对未知世界的恐惧通过从身后斜射过来的阳光造成的逆光效果表现出来；千寻进入汤屋，按照小白龙的指示去找锅炉爷爷寻求一份工作。在马上进入锅炉房时，门洞中映出闪烁的火光和恐怖的影子制造出一种紧张和充满悬念的效果。

3. 音乐的运用

儿童影视音乐是作者根据儿童影视作品进行创作的，具有营造气氛、塑造形象、抒发情感、深化主题，吸引、感动、教育观众的功能。比如1939年在美国创作问世的《猫和老鼠》（又名《汤姆与杰瑞》）动画片，它采用的是哑剧的形式，剧中几乎没有对白，配乐的使用成了作品叙事成功的一个很重要的原因。在《猫儿协奏曲》这一集中，汤姆猫在音乐厅演奏钢琴，它演奏的曲目是由李斯特作曲，并以钢琴技巧难度著称的《升C小调匈牙利狂想曲2号》。钢琴的声音吵醒了躲在琴弦中睡觉的老鼠杰瑞，杰瑞的被子、枕头在琴弦的跳动下有节奏地飞了起来，这个节奏正好是配乐中汤姆猫演奏的音乐的节奏。之后汤姆和杰瑞围绕着钢琴开始追逐，音乐的节奏加快了，人物动作也开始加速，打斗的场面和钢琴的音乐声完全合拍。这首配乐是叙事中不可或缺的一部分，正是因为音乐的存在，这对欢喜冤家的形象才得以塑造起来。

除了参与叙事的背景音乐之外，儿童影视作品中也有很多插曲，它既可以作为影视作品特有的组成内容，又能够独立存在其中。一首好的电影电视插曲，往往经久不衰，长时间被人们所喜欢、所唱诵。如1999年常光希执导的动画电影《宝莲灯》中由李玟演唱的《想你的三百六十五天》、刘欢演唱的《天地在我心》、张信哲演唱的《爱就一个字》等插曲，它们早已跨越时空，并独立于影片之外，成为不仅受到观众，也受到更多人喜爱的歌曲。

4. 表演、服装、场景、道具的运用

与成人影视作品一样，儿童影视作品也要依赖演员的出色表演来实现语言艺术向视觉艺术的转化,所以演员的表演就显得尤其重要。从某种意义上讲,出色的演员可以成就一部电影电视片。优秀的故事有了优秀出众的演员来表演就更能出彩,比如我国六小龄童扮演的孙悟空就是家喻户晓的影视形象,尤其受到孩子们的喜爱。而美国20世纪30年代的好莱坞童星秀兰·邓波儿,其载歌载舞的才能和表演天分使她主演的影片不仅轰动当时的美国,迄今为止在全世界仍然受到大家的欢迎。

服装、场景、道具在儿童电影电视里所起的作用同样是重要的。它们是影视作品中人物的造型手段,能够揭示剧中人物身份、性格、时代、爱好等各种内在信息。好的服装、场景和道具的安排,对塑造人物、揭示作品主题起到重要的作用。如李俊、李昂导演的儿童电影《闪闪的红星》(1974)中,潘冬子参加红军的那场戏,冬子穿着的红军服装、背上背着的枪都展现出他的身份。场景中漫山遍野的杜鹃花,也展现出影片歌颂革命的主题。

由于有摄影、光影、色彩、音乐、表演、服装、场景、道具多种元素的高度有机整合,使得影片的演出播放效果超出了舞台的限制,比戏剧有更大的自由,超出了文学的局限,比小说更有身临其境的感觉。

三、儿童影视的种类

常见的儿童影视种类,按照播放媒介划分,可以分为儿童电影和儿童电视剧。按照反映的年代划分,可以分为历史片、现代片;按照内容划分,可以分为故事片、科教片、纪录片等;按照表现形式划分,可以分为美术片(动画片)、真人演员表演的影片;按照载体划分可以分为儿童电影、儿童电视剧……一个具体的作品因为不同的划分方式,可以属于不同的儿童影视种类。比如日本导演宫崎骏的《千与千寻》,既属于故事片,又属于美术片。

(一) 儿童故事片

儿童故事片是指通过演员的表演,表现儿童生活和学习等多方面内容的影片。它的特点是故事性强、情节引人入胜。

中国第一部儿童电影故事短片是1922年由但杜宇编导的《顽童》。这是一部无声的黑白短片,表现了一个6岁的孩子在花园里玩耍的片段。中国第一部儿童故事长篇则是1923年由郑正秋编剧、张石川导演的《孤儿救祖记》。

儿童故事片按照表现内容可以分为生活、童话、神话、科幻、冒险、喜剧等许许多多不同种类,下面展开介绍常见的5种类型。

1. 儿童生活故事片

儿童生活故事片取材于现实,以表现儿童日常生活和学习中发生的真实故事为题材。如1997年伊朗马吉德·马吉迪导演的《小鞋子》(又译《天堂的孩子》),通过两个孩子与一双鞋子的故事,展现出伊朗最为普通的一户家庭的生活,折射出伊朗的风土人情和社会环境。尽管镜头下的伊朗平民生活艰苦,但在物质匮乏的环境下,人们却依然能够保持宽容仁爱的本色。1998年徐耿导演的《草房子》,主人公桑桑来到油麻地小学念书,结识了纸月、秃鹤、杜小康、蒋老师、白雀等人。通过对这些人日常生活中一件件动人小故事的展现,观众们看到了20世纪60年代中国儿童的乡村生活图景。相比时间有限的电影,电视剧更擅长对生活的细致描绘。2005年林丛导演的系列情景喜剧《家有儿女》讲述两个离异家庭结合后的各种有趣故事。爸爸夏东海离婚后带着儿子夏雨、女儿夏雪与妈妈刘梅结婚,刘梅离异后带有一子叫刘星。夏东海和刘梅都是富有爱心、关心孩子成长的家长;而生活在同一屋檐下的姐弟仨,尽管血缘不同,年龄不同,却相处得犹如亲生一般。该剧展现出进入新世纪后,中国家庭生活的变化,以及观众对于美好家庭生活的向往。

2. 儿童历史故事片

儿童历史故事片取材于历史上的儿童代表人物,这些形象可以是真实存在的,也可以是艺术虚构的。比如2004年徐耿导演的电视剧《小兵张嘎》里的张嘎（嘎子）,1974年李昂执导的电影《闪闪的红星》里的潘冬子,1982年刘蕙仪导演的动画电影短片《曹冲称象》里的曹冲。这种作品不仅以它本身的英雄人物范例影响儿童,而且还使小观众从作品所展示的英雄人物所生活的时代的风貌中,正确地认识历史及其发展的进程。

3. 儿童童话故事片

儿童童话故事片是儿童故事片的主要样式之一。它以童话为题材,根据儿童的心理特点,运用奇特的幻想、虚幻的情节、优美的意境和画面、通俗有趣的对话等,曲折地反映生活,给儿童以美的享受和情操陶冶,也能愉悦儿童的身心,增长他们的见识。这种故事的主人公大多是被作者或编者赋予特殊本领的超人或拟人化的动植物,故事内容具有极其鲜明的象征性。如1955年靳夕、尤磊导演的动画电影《神笔马良》,讲述了自幼家贫的马良用仙人赠送的神笔帮助穷苦老百姓,并用智慧与贪官作斗争,最后消灭贪官,惩恶扬善的故事。1950年美国迪士尼公司出品的动画电影《仙履奇缘》,讲述了经典童话形象灰姑娘的故事。1988年日本宫崎骏执导的动画电影《龙猫》,讲述了一对姐妹因为妈妈生病,来到乡间居住,遇到了"煤灰"、小精灵、龙猫和猫巴士等神奇事物的故事。

4. 儿童神话故事片

儿童神话故事片是以神话为题材的电影电视片。它以神魔、仙、妖及其他人格化的事物为主人公,通过虚幻、离奇或非人间的故事情节来反映人类与大自然的复杂矛盾与斗争关系、人类的理想与追求等。如1982年杨洁执导的电视剧《西游记》,讲述了经典中国神话中,孙悟空、猪八戒、沙僧辅保大唐高僧玄奘去西天取经,最终修成正果的故事。

5. 儿童冒险故事片

少年儿童对冒险故事总是充满热情,这和儿童渴慕不平常的事物的心理特点密切相关。冒险故事片中有许多特殊的、不平常的事件,主人公身处其中,战胜了一切艰难险阻,成了小观众所仰慕的人物。而这些事件和人物所构成的尖锐的"戏剧冲突",又以影视所特有的造型手段表现出来,大大地增强了作品的感染力。

比如2005上映的美国电影《纳尼亚传奇:狮子、女巫和魔衣柜》,讲述了四个孩子从衣柜中进入魔法王国纳尼亚,战胜了邪恶的白女巫,成了纳尼亚新国王的冒险故事。

（二）儿童美术片

在《电影艺术词典》中美术片指的是"以绘画或其他造型艺术形式作为人物造型的

主要表现手段,不追求故事片的逼真性特点,而运用夸张、神似、变形的手法,借助幻想、想象和象征,反映人们的生活、理想和愿望,是一种高度假定性的电影艺术"。其拍摄大多采用逐格拍摄的方法,即将所要表现的图画或静物的动作,用分解的方法制作或塑造成一系列连贯而又逐渐变化的静止形象,然后由摄影机依次将它们逐个、逐格地拍摄下来。连续放映时,便能产生活动的影像。

中国美术片创作始于20世纪20年代初期。万氏兄弟(万籁鸣、万古蟾、万超尘和万涤寰)被称为"中国动画电影之父"。1926年,万氏兄弟制作的《大闹画室》宣告了中国儿童美术片动画片的诞生。1935年,万氏兄弟又拍摄了中国第一部有声动画片《骆驼献舞》,1941年他们完成了中国第一部动画长片《铁扇公主》。我国的美术片具有鲜明的民族特色,美术工作者在我国传统艺术的基础上开创出许多动画新品种。

我国的美术片可分为卡通片、剪纸片、折纸片、木偶片等不同类型。

1. 卡通片

卡通片是美术片中最常见、最主要,也是儿童最喜爱的形式。《电影艺术词典》中解释道,"(卡通片)以各种绘画形式作为人物造型和环境空间造型的主要表现手段。一般采用单线平涂方法,也有以其他绘画形式绘制的。随着计算机技术的发展,可以用三维动画手段来制作动画片,其原理是相同的"。20世纪50年代是我国卡通片的繁荣时期,上海美术电影制片厂制作了许多优秀的卡通片,如《小鲤鱼跳龙门》《大闹天宫》《哪吒闹海》《黑猫警长》等。1960年,上海美术电影制片厂运用中国水墨画的技法创制了水墨卡通片,把《小蝌蚪找妈妈》搬上了银幕,这一卡通片种突破了世界各国通用的线条结构法,它借墨色的浓淡虚实表现形象,讲究笔墨情趣、追求意境气韵,受到国内外同行的高度评价。1955由计算机制作的、立体感很强的三维卡通片诞生,如美国皮克斯动画工作室制作的《玩具总动员》《怪兽大学》等。

2. 剪纸片

这是一种在借鉴我国剪纸、皮影、窗花等民间艺术基础上发展起来的美术片。它采用平面雕镂作为人物、动物造型的主要手段,吸取皮影戏装配关节以操纵人物及动物的经验,制成平面关节纸偶。拍摄时把纸偶放在玻璃板上,用逐格摄影的方法把分解的动作逐一拍摄下来,再通过连续放映成为活动的影像。比较有代表性的剪纸片是1958年上海美术电影制片厂制作、万古蟾导演的《猪八戒吃西瓜》,这也是我国第一部剪纸片。另外,万古蟾导演还有《渔童》《济公斗蟋蟀》《金色的海螺》等作品,都是优秀的剪纸片。

剪纸片的人物造型,比卡通片要简单得多,只需制作几个正面型的和侧面型的人物,加上背面和八分面就可应用。表演时,直接用手来操纵,轻便灵活。布置道具也是用剪刻描绘的图形制作出来的。在装置上可分前景、后景和远景,有层次,有深远的感觉。而且它具有浓郁的民族风格,合乎中国传统的审美习惯。

3. 折纸片

折纸片是在折纸手工劳作基础上发展而成的。折纸片在人物造型和场景设计方面注重用明快艳丽的色彩,利用折纸的线条和角度来夸张各种动物的外形特征。由于纸偶轻巧灵活,特别适合拍摄腾空飞跃的镜头,尤其适合幼儿童话题材的摄制。剪纸片是我国独创的具有民族特色的美术片。1960年上海美术电影制片厂制作、虞哲光导演的《聪明的鸭子》是我国第一部折纸片,之后上海美术电影制片厂和虞哲光导演又摄制了《三只狼》《湖上歌舞》《小鸭呷呷》等折纸片。

折纸片不是用纸偶来替代木偶,而是要充分掌握折叠的纸质的性能,如折纸小白兔,可以折扁了头部和身体钻进竹篓,却仍灵活自如,像是有生命的动物。折纸人物造型粗犷,有笨拙感,使小观众一看就知道是假的,是一些纸片造出来的。但又感到它是有生命似的,显示出不似之似的艺术韵味,易引起小观众的兴趣和新鲜感。

4. 木偶片

木偶片是在借鉴木偶戏的基础上发展起来的一种美术片。片中的木偶一般用木料、石膏、橡胶、塑料、海绵等原料及银丝关节器制成,以脚钉定位。拍摄时将每个动作分解成若干环节,用逐格拍摄法拍摄下来,通过连续放映还原为活动的影像。对于可以连续操纵的布袋木偶提线木偶和杖头木偶,则用连续摄影的方法拍摄。木偶片主要采用高度夸张的手法来突出个性化的人物动作,展示鲜明的人物性格,在人物造型上别具一格,尤其擅长于表现幽默或讽刺性的喜剧故事。上海美术电影制片厂制作的《神笔》《阿凡提的故事》都是极具木偶趣味和木偶艺术特色的优秀木偶片。美国迪士尼出品的《木偶奇遇记》、华纳影片公司出品的《僵尸新娘》等,也是木偶片佳作,深受儿童喜爱。

四、儿童影视实践

(一)儿童影视鉴赏指导

人们对影视作品的观赏,往往是通过具体的形式(各种视听元素),经历具体的内容(作品讲述的故事),然后感受到其中的内蕴(作品蕴含的思想精神)。也就是说,一部影视作品实际上在形式、内容、意蕴三个方面对观众发生着艺术影响。即视听层面、叙事层面、主题层面。对儿童进行儿童影视作品的鉴赏指导,也可以围绕这三个基本层面展开。

1. 视听层面

在鉴赏影视作品的过程中,鉴赏对象首先直接作用于观众视觉和听觉感官的是视听层面。儿童在影视作品视听层面关注的是画面是否优美、色彩是否悦目、音响是否动听。因此,教师应该引导学生留意作品中参与艺术造型的各种视听元素,使学生对影视艺术的接受逐渐从单纯地看故事层面进入影视艺术媒介属性的理解与感知层面。

从视觉角度来看,教师可以引导学生关注画面的构图,包括构成影视画面基本元素的镜头、光、影、明暗度、线条、色彩、摄影方向、摄影角度等的区别。声音元素的成功运用也能使影片带给观众独特的审美体验。除了那些贯穿作品的对白,音乐和音响都是参与作品风格的重要元素。音乐不仅可以渲染气氛或情绪,而且还可以推动故事情节的发展。参与儿童影视作品视听层面构造的元素还有很多,如蒙太奇结构、表演、服装、道具、场景等。蒙太奇在影视艺术中起着组合、剪接声音和画面的作用,作为影视作品的基本结构元素而被普遍运用。

2. 叙事层面

从叙事层面鉴赏时,应该引导学生关注构成故事的各个环节和要素,比如:背景的设置,人物的设置,人物形象的塑造,故事开端、发展、高潮以及结束等方面。由于儿童的思维比较跳跃,教师还可以有意识地引导他们去寻找人物性格发展的轨迹,从而加深对人物和故事的理解。

3. 主题层面

影视作品的主题层面,指通过影片内容自然流露出来的思想内涵。儿童影视与成人影视相比,承担着更重的教育任务。教师可以引导学生去发现并且讨论这些主题,从而加深学生对影视作品的理解,使他们从影视作品中汲取力量、明白道理。

比如1996年徐耿导演的《红发卡》的主题是家庭的呵护和儿童的成长之间的矛盾。在鉴赏这部作品时,教师可以用提问的方式启发学生,从而使学生认识到培养健康心理和承受挫折的重要性。

在引导学生进行主题讨论时,教师应该倡导学生各抒己见,还可以围绕影片主题展开辩论,从而使作品对儿童的人生观、道德观、价值观产生更为持久的影响,也使儿童影视发挥更大的作用。引导学生寻找作品中强化主题的片段,也不失为一种有效的解读作品的方式。如《哈利·波特》系列的主题是综合性的,歌颂正义、反对邪恶是其中的一个大的母题,而在故事的叙事中又穿插了勇敢、友爱、智慧等各种主题。教师可以引导学生寻找那些说明这些主题的片段,并把它们按照一定的顺序加以整理,形成一条条清晰的线索,以加深影片主题在学生心中的印象。带领少年儿童从主人公的行为线索中去发掘一个个潜藏的主题是一个有趣且有益的过程。

(二)儿童影视鉴赏

图9-1 《宝莲灯》1999年首映海报

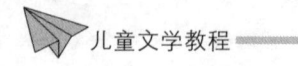

【故事简介】

　　天宫中的三圣母爱上人间书生刘彦昌,并不顾天庭戒律和弟弟二郎神的反对,带着宝莲灯私奔下凡。七年后,正当夫妻二人与孩子沉香一起过着幸福的生活,二郎神从宝莲灯的闪光中发现了他们的踪迹,找到他们并将沉香抓走。三圣母被迫交出宝莲灯,并被压在华山底下。沉香从土地神口中得知身世,在他人帮助下,夺回宝莲灯,逃离天宫寻找母亲。一路上,沉香历经艰难险阻,成长为一名英勇的少年。在孙悟空等人的点拨帮助下,沉香推倒二郎神的石像,铸成神斧,勇斗二郎神。后在危急关头,宝莲灯发出金光与沉香合而为一,令他打败二郎神,劈开华山,救出母亲。

【作品赏析】

　　《宝莲灯》根据同名中国神话改编,讲述了沉香救母的故事。由常光希导演,王大为担任编剧,虞鹏飞、杨硕、徐帆、姜文等配音。该片于1999年7月30日在中国上映,并获第19届中国电影金鸡奖最佳美术片奖。

　　在视听语言方面,影片开头有一个一分钟左右的背景交代,讲述三圣母为追求爱情而触犯天条,被二郎神惩罚。在这个叙述段落里,没有旁白或对话,情节的演绎完全依靠画面和背景音乐。在画面一开始,一条从天而降的飘带飘飘荡荡,落到了刘彦昌的手中。这条飘带象征着三圣母"从天而降"的位置变化代表着三圣母从天庭来到人间。而飘带"柔软""飘零"的形象,正是三圣母女性化、命运飘摇的象征。除了物品的象征意义之外,背景色的变化也起到了叙事的作用。当三圣母和刘彦昌相拥时,背景的主色调是白色和金色,体现出三圣母的高贵以及这段感情的圣洁。1分42秒时,随着背景音乐由舒缓变为紧张,背景色也突然变成了黑色和深蓝色。背景中密布的黑色乌云和二郎神的主色调深蓝色,都象征着这段感情将迎来不幸的结局。

　　在叙事层面,电影《宝莲灯》塑造了比传统民间故事更丰富的人物形象。除了劈山救母的沉香以外,还有骄矜自负的二郎神、仁爱宽厚的三圣母、刚毅勇敢的嘎妹、逍遥自在的孙悟空、忠诚可爱的小猴……在人物形象的外在塑造上,例如服饰和发型,《宝莲灯》也结合了中国传统审美。

　　在主题层面,传统民间故事中,沉香劈山救母强调的是孝道的主题。在儒家文化中,孝是百善之首,是它的内在逻辑和根本出发点,这则故事正是因为这样的主题才得以广泛而悠久的流传。但电影《宝莲灯》则是将重心放在了沉香的成长上,沉香在救母的过程中经历了一系列思想蜕变,在最初踏上救母的征程时,少年沉香显得幼稚顽皮,而后一次次的考验中,他用友情融化了冷漠之神的坚冰,用坚持抵制了权力之神难以抗拒的诱惑,用博爱之心揭露了死神的陷阱。沉香的稚气褪去,从一个孩子成为一个英雄。电影《宝莲灯》在继承古老神话有关孝道的内容上,增添了更多元的主题。

图 9-2 《哈利·波特与魔法石》2020 年中国大陆重映海报

【故事简介】

哈利·波特是一个孤儿,从小寄养在姨妈家,受尽欺凌。但就在哈利 11 岁生日的时候,他意外收到了霍格沃茨学院的入学通知书。哈利从该学院派来接他的巨人海格口中得知,这是一间魔法学院,并得知了自己的身世,原来哈利的父母都是伟大的魔法师,在对付伏地魔的战斗中双双献身,唯有哈利幸免于难。

哈利进入霍格沃茨后,一方面,表现出了超乎想象的飞行天赋,得到麦格教授的推荐进入了格兰芬多的魁地奇球队。另一方面,哈利发现霍格沃茨学院内有一股黑暗势力似乎在暗暗滋长,揭开谜团的关键就在有凶恶的三头犬守护的房间内。

哈利、罗恩和赫敏三个好朋友决定探个究竟。

【作品赏析】

《哈利·波特与魔法石》改编于英国畅销作家 J. K. 罗琳同名小说。斯蒂芬·科洛弗(Steve Kloves)担任编剧,克里斯·哥伦布执导,丹尼尔·雷德克里夫、鲁伯特·格林特、艾玛·沃特森等联袂出演。影片于 2001 年 11 月 16 日在美国上映,2002 年 1 月 26 日在中国内地首映。该影片获得第 74 届奥斯卡最佳艺术指导、最佳服装设计、最佳配乐三项提名。《哈利·波特》系列影片深受儿童和成人的欢迎,自 2001 年首映以来曾在全球多次重映。

这部作品的视听语言非常精彩,比如哈利从九又四分之三站台上车,开启去往霍格沃茨的旅程时,火车向前驶去,画面是一列火车在广阔的原野之中驰骋的大全景镜头。它传达出哈利即将面对的世界与他熟悉的姨妈家楼梯下的壁橱相比,广阔、陌生但极富魅力。同时,它也隐喻着哈利即将步入充满挑战的人生新阶段。再比如,电影中的服装设计也非常讲究。霍格沃茨分为四个学院,每个学院的院服颜色都代表着学院的教育理念。格兰芬多以红色和金色为主要配色,象征着勇敢;斯莱特林的标志配色是绿色加银色,象征着野心;赫奇帕奇的黄色与黑色象征忠诚与善良;拉文克劳的蓝色象征智慧。正是这些非常具体的视听语言互相配合,才让小说和剧本中抽象的魔法世界真实地呈现在了观众面前。

从叙事层面看,哈利·波特的形象塑造也非常成功。影片一开头,哈利只是一个普通的男孩,在经了众多冒险和奋斗后他终于成为守护魔法世界的英雄。这也符合儿童对于冒险故事的期待。

最后,这部影片的主题是很丰富的。勇敢、友爱、智慧等主题都贯穿在影片中,对于儿童来说,这些主题都有着良好的教育意义。比如,影片中有很多表现哈利勇敢的地方。像霍格沃茨被山怪入侵,其他的学生都赶紧躲到安全的地方,只有哈利和罗恩为了救被困厕所的赫敏,毫不犹豫地掉头与山怪展开战斗。

图 9-3 《千与千寻》2019 年中国大陆上映海报

【故事简介】

千寻和爸爸妈妈一同驱车前往新家,在郊外的小路上不慎进入了神秘的隧道——他们到了另外一个诡异世界——一个中世纪的小镇。远处飘来食物的香味,爸爸妈妈大快朵颐,孰料之后变成了猪!这时小镇上渐渐来了许多样子古怪、半透明的人。

千寻仓皇逃出,一个叫小白的人救了她,喂了她阻止身体消失的药,并且告诉她怎样去找锅炉爷爷以及汤婆婆,而且必须获得一份工作才能不被魔法变成别的东西。

千寻在小白的帮助下幸运地获得了一份在浴池打杂的工作。渐渐地不再被那些怪模怪样的人吓倒,并从小玲那儿知道了小白是凶恶的汤婆婆的弟子。

一次,千寻发现小白被一群白色飞舞的纸人打伤,为了救受伤的小白,她用河神送给她的药丸驱出了小白身体内的封印以及守封印的小妖精,但小白还是没有醒过来。

为了救小白,千寻又踏上了她的冒险之旅。

【作品赏析】

《千与千寻》是由吉卜力工作室制作的美术片,由宫崎骏执导,柊瑠美、入野自由、中村彰男、夏木真理等人参与配音。2001年7月20日在日本上映,2012年07月28日CCTV-6佳片有约播出,2019年6月21日在中国大陆公映。该影片获得第75届奥斯卡金像奖最佳动画长片奖、第52届柏林国际电影节最佳影片奖、第21届香港电影金像奖最佳亚洲电影奖等多项大奖。

在视听语言方面,《千与千寻》表现突出。比如,影片通过颜色传达出很多信息。在千寻的父母"变成猪"的画面里,整个镜头用大量的红色进行渲染。红色除了突出传统日本建筑的古朴神秘之外,更重要的是表现出食物对于人的诱惑。同时红色也代表着危险的颜色,它隐喻着来自外界的诱惑和人类无穷无尽的欲望。蓝色则在千寻去往钱婆婆家的路上运用得非常普遍,蓝色的大海、蓝色的夜空,它象征着一种冷静和坚强,预示着千寻的成长。

从叙事层面看,层层递进的戏剧冲突成为推动情节发展的动力。在《千与千寻》中,贯穿整个故事的最大冲突就是千寻如何拯救变成猪的父母。从故事开头,千寻的父母因为贪吃中了魔法变成猪,到千寻为了拯救父母与汤婆婆签订劳动合同,再到拯救父母的过程中遇到了无脸男而引发一系列事件……这多组矛盾看似与千寻救出父母这个主要矛盾无过多的联系,但正因为经历了这些事件,千寻才得以成长起来,最终救出父母。这种层层递进,充满矛盾与悬念的叙事,对观众产生了极大的吸引力。

最后,关于作品的主题,《千与千寻》也是多元化、多层次的。我们能看到对日本泡沫经济后迷失一代的探讨,对日本主流文化(神道教)"万物有灵"的哲思……不同年龄、不同背景的人都可以在这部电影里找到自己所认同的主题。对于儿童观众来说,《千与千寻》中有对贪婪、自私、邪恶的揭露,也有对爱、勇气、成长的展现。儿童能够学习千寻身上所体现的对亲情、友情的珍惜,和她在面对困难时绝不放弃的勇气。

探究与实践

1. 戏剧的根本特征可以概括为（　　　）。
   A. 戏剧行动、戏剧冲突　　　　B. 戏剧表演、戏剧欣赏
   C. 戏剧批评、戏剧行动　　　　D. 戏剧冲突、戏剧欣赏

2. （　　　）是以歌唱、舞蹈和音乐曲调来塑造舞台形象、展现戏剧情节的戏剧形式。
   A. 儿童歌舞剧　　　　　　　　B. 儿童戏曲
   C. 儿童话剧　　　　　　　　　D. 儿童木偶剧

3. 在儿童戏剧表演等口语活动中,不同的发声可以表达不同的情感。声音轻柔,气息绵长,发声松而虚表达的是（　　）的情感。
   A. 恨　　　　B. 怒　　　　C. 爱　　　　D. 急

4. 儿童容易模仿影视片中反面人物的行为,结果导致不良品德的形成。为了避免影视片的消极影响,根据班杜拉社会学习理论,适当的做法是（　　　）。
   A. 避免学生观看这类影视片

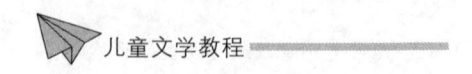

B. 对有模仿行为的儿童进行说理教育
C. 影片中尽量少描写反面人物
D. 影视片应使观众体验到"恶有恶报,善有善报"

5. 我国第一部剪纸片是1958年上海美术电影制片厂制作、万古蟾导演的(　　)。
   A. 《金色的海螺》　　　　　　　B. 《猪八戒吃西瓜》
   C. 《渔童》　　　　　　　　　　D. 《济公斗蟋蟀》

6. 下列不属于对儿童影视作品的叙事要素要求的是(　　)。
   A. 形象鲜明且富有视觉性　　　　B. 情节集中且富有悬念
   C. 故事新奇且趣味性强　　　　　D. 服装、场景、道具有机整合

7. 请从本章介绍的相关影视作品中任选一个作品,从视听、叙事、主题三个角度,分析儿童影视作品的艺术特点。

8. 请从本章介绍的相关戏剧剧本中任选一个剧目,结合所在学校实际,组织一次儿童戏剧表演活动。

参考文献

[1] 任继敏.幼儿文学创作与欣赏[M].北京:高等教育出版社,2010.
[2] 李玉鸽.儿童文学[M].北京:高等教育出版社,2016.
[3] 陈振桂.新儿童文学教程儿童文学基础理论[M].南宁:广西人民出版社,2007.
[4] 李晓红.幼儿文学[M].北京:北京理工大学出版社,2012.
[5] 朱自强.儿童文学概论[M].上海:华东师范大学出版社,2021.
[6] 方卫平,王昆建.儿童文学教程[M].4版.北京:高等教育出版社,2022.
[7] 蒋风.中国儿童文学史[M].上海:华东师范大学出版社,2018.
[8] 韦苇.世界儿童文学史[M].合肥:安徽教育出版社,2019.
[9] 吴翔宇,徐健豪.中国儿童文学编年史(1908—1949)[M].南京:南京大学出版社,2019.
[10] 方先义.儿童文学[M].南京:南京大学出版社,2020.
[11] 陈晖.中国图画书创作的理论与实践[M].长沙:湖南少年儿童出版社,2020.
[12] 阿甲.图画书小史[M].南京:江苏凤凰美术出版社,2021.
[13] 张晓华.教育戏剧理论与发展[M].台北:心理出版社,2004.
[14] 王泉根.儿童文学教程[M].北京:北京师范大学出版社,2009.
[15] 郑欢欢.儿童电影:儿童世界的影像表达[M].北京:中国电影出版社,2009.
[16] 蒋风.新编儿童文学教程[M].杭州:浙江师范大学出版社,2013.
[17] 林玫君.儿童戏剧教育的理论与实务[M].上海:复旦大学出版社,2015.
[18] 周均东.儿童文学教程[M].北京:中国人民大学出版社,2016.
[19] 王杰,杨红霞.儿童文学[M].北京:北京师范大学出版社,2011.
[20] 于虹.儿童文学[M].北京:人民教育出版社,2004.
[21] 韩进.儿童文学[M].合肥:安徽大学出版社,2013.
[22] 王姗,杜春海,牟海芳.儿童文学教程[M].成都:西南交通大学出版社,2015.
[23] 方卫平.儿童文学教程[M].上海:复旦大学出版社,2015.
[24] 王国忠.谈儿童科学文艺[M].上海:少年儿童出版社,1962.
[25] 方卫平.中国儿童文学大系科学文艺 3[M].太原:希望出版社,2009.
[26] 张美妮,金燕玉.百年中国儿童文学精品文丛·科学文艺卷[M].广州:新世纪出版社,2001.
[27] 叶永烈.中国儿童文学大系科学文艺 2[M].太原:希望出版社,2009.
[28] 吴翔宇.百年中国儿童文学史[M].杭州:浙江大学出版社,2022.

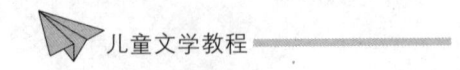

[29] 张贵勇.阅读的旅程[M].上海:华东师范大学出版社,2017.

[30] 任大霖.儿童小说创作论[M].上海:少年儿童出版社,1987.

[31] 李怀源.儿童阅读的力量[M].上海:华东师范大学出版社,2020.

[32] 苏菲·范德林登.一本书读透图画书[M].陈维,袁阳,译.西安:世界图书出版有限公司,2018.

[33] 佩里·诺德曼.说说图画:儿童图画书的叙事艺术[M].陈中美,译.贵州:贵阳人民出版社,2018.

[34] 丽贝卡·J.卢肯斯,杰奎琳·J.史密斯,辛西娅·米勒·考甫尔.儿童文学经典手册[M].9版.李娜,译.北京:商务印书馆,2019.

[35] 艾登·钱伯斯.说来听听:儿童、阅读与讨论[M].蔡宜容,译.北京:北京联合出版公司,2016.

[36] 艾登·钱伯斯.打造儿童阅读环境[M].徐慧贞,译.北京:北京联合出版公司,2016.